A ESCALADA DE

EMILY

Lucy Maud Montgomery

A ESCALADA DE EMILY

Trilogia da mesma autora de

Anne de Green Gables

Tradução: Bruno Amorim

Principis

Esta é uma publicação Principis, selo exclusivo da Ciranda Cultural

Traduzido do original em inglês
Emily climbs

Texto
Lucy Maud Montgomery

Editora
Michele de Souza Barbosa

Tradução
Bruno Amorim

Preparação
Fernanda R. Braga Simon

Revisão
Agnaldo Alves

Produção editorial
Ciranda Cultural

Diagramação
Linea Editora

Design de capa
Ana Dobón

Imagens
Liliana Danila/shutterstock.com

Dados Internacionais de Catalogação na Publicação (CIP) de acordo com ISBD

M787e Montgomery, Lucy Maud

A escalada de Emily / Lucy Maud Montgomery ; traduzido por Bruno Amorim. - Jandira, SP : Principis, 2022.
336 p. ; 15,5cm x 22,6cm. – (Clássicos da literatura mundial ; v.2)

Tradução de: Emily climbs
ISBN: 978-65-5552-256-3

1. Literatura infantojuvenil. 2. Literatura canadense. 3. Romance. 4. Amizade. 5. Artes. I. Amorim, Bruno. II. Título. III. Série.

2022-0553 CDD 028.5
CDU 82-93

Elaborado por Lucio Feitosa - CRB-8/8803

Índice para catálogo sistemático:
1. Literatura infantojuvenil 028.5
2. Literatura infantojuvenil 82-93

1ª edição em 2022
www.cirandacultural.com.br

Esta obra reproduz costumes e comportamentos da época em que foi escrita.

Ao
"Pastor Felix",
Com carinhoso reconhecimento

Sumário

Escrevendo até cansar

Emily Byrd Starr estava sozinha em seu quarto, na antiga casa de fazenda de Lua Nova, em Blair Water, em uma noite tempestuosa de fevereiro nos velhos tempos antes de o mundo virar de ponta-cabeça. Naquele momento, estava tão feliz quanto se é possível estar. A tia Elizabeth, em consideração ao frio que fazia naquela noite, permitiu que ela acendesse sua pequena lareira; isso era algo raro. O fogo flamejava e banhava de um vermelho dourado o pequeno e imaculado quarto, com sua mobília antiga e suas janelas de parapeitos largos e compridos, em cujas vidraças congeladas e branco-azuladas os flocos de neve se grudavam, formando pequenas guirlandas. Isso dava um ar de profundidade e mistério ao espelho na parede, que refletia Emily, encolhida sobre a otomana em frente à lareira e escrevendo, à luz de duas velas brancas e altas (velas eram a única forma de iluminação permitida em Lua Nova), em seu novíssimo "caderno Jimmy" preto e brilhante, que lhe havia sido dado pelo primo Jimmy mais cedo naquele dia. Emily ficou muito alegre ao recebê-lo, pois já havia terminado o outro que ele havia lhe dado no último outono e, durante duas semanas, havia padecido com a terrível angústia de não poder escrever em um "diário" inexistente.

Seu diário havia se tornado um fator primordial em sua intensa juventude. Havia tomado o lugar de certas "cartas" que ela escrevia na infância para seu falecido pai, nas quais tinha o hábito de "registrar" seus problemas e preocupações – pois, mesmo no período mágico da vida em que se tem menos de 14 anos, os problemas e as preocupações se fazem presentes, especialmente quando se está sob os cuidados rígidos e bem-intencionados, ainda que não muito carinhosos, da tia Elizabeth Murray. Às vezes, Emily tinha a sensação de que, não fosse por seu diário, já teria se desfeito em cinzas, consumida pelo próprio fogo interior. Aquele "caderno Jimmy" grosso e preto era para ela como um amigo pessoal e um confidente seguro para assuntos que ardiam para serem expressos, mas que, todavia, eram demasiado inflamáveis para serem confiados aos ouvidos de alguém. Naqueles dias, cadernos em branco de qualquer tipo não eram coisa fácil de arranjar em Lua Nova e, se não fosse pelo primo Jimmy, Emily talvez nunca tivesse tido um. A tia Elizabeth certamente não lhe daria, pois achava que Emily gastava tempo demais "com essa bobagem de escrevinhar"; e a tia Laura não ousaria contrariar a tia Elizabeth, sobretudo pelo fato de ela mesma achar que Emily poderia encontrar ocupação melhor. A tia Laura era uma joia, mas certas coisas estavam além de sua compreensão.

O primo Jimmy, contudo, nunca se sentia intimidado pela tia Elizabeth e, quando cismava que Emily carecia de um "caderno em branco", esse caderno se materializava imediatamente, em desacato aos olhares repreensivos da tia Elizabeth. Mais cedo naquele mesmo dia, ele havia ido a Shrewsbury, com a tempestade batendo à porta, só para comprar o tal caderno. Assim, Emily estava feliz, iluminada pela luz débil e amistosa da lareira, enquanto o vento uivava e assobiava por entre as grandes e antigas árvores a norte de Lua Nova, lançava enormes e fantasmagóricas guirlandas de gelo em rodopios através do famoso jardim do primo Jimmy, cobria completamente de neve o relógio de sol e sibilava de modo sinistro entre as Três Princesas (como Emily costumava chamar os três choupos-da-lombardia que havia no canto do jardim).

"Adoro uma noite de tempestade como esta, quando não preciso sair", escreveu Emily. "O primo Jimmy e eu passamos uma tarde esplêndida planejando nosso jardim e escolhendo nossas plantas e sementes no catálogo. Bem ali, onde a neve está caindo em maior quantidade, atrás do gazebo, faremos um canteiro de ásteres rosa e daremos aos Dourados[1] (que, agora, estão dormindo sob mais de um metro de neve) um fundo de cerejeiras em flor. Adoro planejar o verão dessa maneira, no meio de uma tempestade. Parece que estou vencendo uma batalha contra algo muito maior que eu, simplesmente porque tenho um cérebro, e porque a tempestade não é nada além de força bruta e cega – terrível, mas cega. Tenho a mesma sensação quando estou aqui, aconchegada diante desse fogo gostoso, e ouço a fúria dela à minha volta, e *rio* dela. E *tudo* porque, mais de cem anos atrás, meu trisavô Murray construiu esta casa muito bem construída. Pergunto-me se, daqui a cem anos, alguém vai vencer alguma batalha contra alguma coisa por causa de algo que eu deixei ou que fiz. É um *pensamento inspirador*.

"Escrevi essas palavras em itálico sem pensar. O professor Carpenter disse que eu uso itálico demais. Ele disse que isso é uma obsessão do início da Era Vitoriana[2] e que eu preciso me esforçar para abandoná-la. Cheguei à conclusão de que faria isso quando olhei o dicionário, porque evidentemente estar obcecado não é bom, apesar de não ser tão mau quanto estar *possuído*. Lá vou eu de novo! Mas acho que o itálico está correto desta vez.

"Passei uma hora inteira lendo o dicionário, até que a tia Elizabeth ficou desconfiada e sugeriu que seria muito melhor se eu fosse tricotar minhas meias de lã. Ela não conseguiu determinar com exatidão por que era errado que eu estivesse absorta no dicionário, mas teve certeza de que algum problema havia nisso, porque não era algo que *ela* faria. Eu *amo* ler o dicionário. (Sim, esses itálicos são *necessários*, professor Carpenter. Um 'amo' simples e comum não expressaria de forma alguma meu

---

[1] O primo Jimmy chama os narcisos de "os Dourados" (*Golden Ones*). V. *Emily de Lua Nova*. (N.T.)

[2] Entende-se como o período do reinado da rainha Vitória, que foi de 1838 a 1901. (N.T.)

sentimento!) As palavras são tão *fas*cinantes. (Desta vez, me lembrei na primeira sílaba!) O mero som de algumas delas – como 'assombrado' e 'místico', por exemplo – faz *o lampejo* aparecer. (Ai, puxa! Mas eu *preciso* colocar *o lampejo* em itálico. Não é algo comum... É a coisa mais extraordinária e maravilhosa de toda a minha vida. Quando ele vem, sinto como se uma porta se abrisse à minha frente, e eu tivesse um vislumbre do... sim, *do céu*. Mais itálico! Ah, percebi por que o professor Carpenter me dá bronca! Preciso me libertar desse hábito.)

"As palavras grandes nunca são bonitas: 'incriminador'; 'indisciplinado'; 'internacional'; 'inconstitucional'! Elas me lembram de umas dálias e uns crisântemos gigantes e horríveis que o primo Jimmy me levou para ver em uma exibição em Charlottetown no outono passado. Não conseguimos ver nada de bonito neles, apesar de algumas pessoas os terem achado maravilhosos. Os pequenos crisântemos amarelos do primo Jimmy, que pareciam débeis estrelas mágicas brilhando contra o bosque de pinheiros a noroeste do jardim, eram dez vezes mais bonitos. Mas estou devaneando para longe do assunto, o que também é hábito meu, segundo o professor Carpenter. Ele disse que eu *preciso* (o itálico é dele desta vez!) aprender a me concentrar – outra palavra grande e bem feia.

"Mas eu me diverti bastante com o dicionário; muito mais que tricotando a meia de lã. Queria ter um par (só um) de meias de seda. Ilse tem três. O pai dela lhe dá tudo que ela quer, agora que aprendeu a amá-la. Mas a tia Elizabeth disse que meias de seda são *indecentes*. Queria saber por que elas são, e as de lã, não.

"Falando de roupas de seda, a tia Janey Milburn, de Derry Pond (ela não tem parentesco nenhum conosco, na verdade, mas todos a chamam assim), fez um voto de que jamais vai usar vestido de seda até que todo o mundo gentio se converta ao Cristianismo. Isso é muito bom. Queria ser boa assim, mas não sou: gosto demais de seda. É um tecido tão suntuoso e brilhante. Queria vestir seda o tempo todo e, se eu tivesse dinheiro para isso, é o que eu faria – embora eu ache que, toda vez que eu pensasse na querida tia Janey e nos gentios não convertidos, minha consciência pesaria. Contudo, ainda vai demorar muitos anos para que eu possa comprar pelo menos um vestido de seda, se é que algum dia eu vou poder, e, no meio-tempo, doo todos os meses um pouco do dinheiro que ganho com os ovos para as missões. (Já tenho cinco galinhas, todas descendentes da franga cinza que o Perry me deu no dia do meu aniversário de 11 anos.) Se algum dia eu conseguir comprar esse único vestido de seda, já sei como ele vai ser. Não vai ser nem preto, nem marrom, nem azul-marinho, que são cores utilitárias, muito usadas pelos Murray de Lua Nova. Ah, não! Vai ser de seda furta-cor: azul sob uma luz e prateado sob a outra, como um céu crepuscular visto através de uma janela congelada. Também quero que tenha um pouco de renda aqui e ali, como aquelas pequenas penas formadas por flocos de neve que ficam presas à vidraça da minha janela. O Teddy disse que vai me pintar usando esse vestido, e o nome da pintura vai ser *A dama de gelo*. A querida tia Laura sorriu e disse, de um jeito doce e condescendente que eu detesto mesmo nela:

"'E que utilidade um vestido assim teria para você, Emily?'

"Talvez não tenha utilidade nenhuma, mas eu me sentiria como se ele fosse parte de mim; como se tivesse crescido comigo, e não como se tivesse sido comprado e vestido. Quero ter pelo menos um vestido assim na vida. E anágua de seda embaixo dele... e meias de seda!

"A Ilse agora tem um vestido de seda; é rosa-choque. A tia Elizabeth disse que o doutor Burnley veste a Ilse de um jeito adulto e opulento demais para uma criança. Mas ele quer compensar todos os anos que passou sem vesti-la. (Não quero dizer que ela andava nua, mas, por ele, ela poderia muito bem andar. Outras pessoas precisavam cuidar das roupas dela.) Ele agora faz tudo que ela quer e cede a todas as vontades dela. A tia Elizabeth diz que isso é muito ruim para ela, mas, às vezes, eu invejo um pouco a Ilse. Sei que isso é algo ruim, mas não consigo evitar.

"O doutor Burnley vai mandar a Ilse para o Liceu de Shrewsbury no próximo outono e, depois disso, para Montreal, para estudar locução. É por isso que a invejo, e não pelo vestido de seda. Queria que a tia Elizabeth me deixasse ir estudar em Shrewsbury também, mas acho que isso nunca vai acontecer. Ela não confia em mim porque minha mãe fugiu. Mas ela não precisa ter medo de que eu fuja. Já decidi que não vou me casar nunca. *Vou me casar com minha arte.*

"Teddy quer ir estudar em Shrewsbury no outono que vem, mas a mãe dele também não quer deixar. Não porque ela tenha medo de que ele fuja, mas porque ela o ama tanto que não consegue se separar dele. Teddy quer ser artista, e o professor Carpenter disse que ele tem talento e que deveria aproveitar a oportunidade, mas todos têm medo de confrontar a senhora Kent. Ela é uma mulher bem pequena (tem a mesma altura que eu), quieta e tímida; ainda assim, todos têm medo dela. *Eu* morro de medo. Sempre soube que ela não gosta de mim; desde quando a Ilse e eu fomos visitar o Sítio dos Tanacetos pela primeira vez, para brincar com o Teddy. Mas, agora, ela me odeia – tenho certeza disso –, só porque o Teddy gosta de mim. Ela não admite que o Teddy goste de algo ou de alguém além dela. Tem ciúmes até dos desenhos dele. Assim, é difícil que ele consiga permissão para ir estudar em Shrewsbury. O Perry vai. Ele não tem um centavo, mas vai trabalhar para conseguir. É por isso que ele prefere ir para Shrewsbury a ir para a Queen's Academy. Ele acha que vai ser mais fácil conseguir trabalho em Shrewsbury, e a hospedagem lá é mais barata.

"'A besta velha da tia Tom tem um dinheirinho', ele me disse, 'mas não vai me dar nem um tostão, a não ser... a não ser...'

"E então ele me lançou um olhar cheio de *significados*.

"Eu corei; não consegui evitar; aí fiquei furiosa comigo mesma por ter corado, e com o Perry, por ele ter mencionado um assunto do qual eu não queria nem lembrar, isto é, aquele dia em que a tia Tom me encurralou no bosque do John Altivo, há muito e muito tempo, e quase me matou de medo, exigindo que eu prometesse *me casar com Perry quando crescesse*, sendo isso uma condição para que ela custeasse a educação dele. Nunca contei isso a ninguém, porque tenho vergonha, salvo à Ilse, que disse:

"'Que ideia essa da velha tia Tom, de querer casar Perry com uma Murray!'

"Mas também tem o fato de que a Ilse é muito dura com o Perry e discute com ele praticamente o tempo todo, por causa de coisas que só me fazem rir. O Perry detesta se sentir menor que qualquer pessoa, não importa a situação. Quando estávamos na festa da Amy Moore na semana passada, o tio dela nos contou uma história sobre um bezerro deformado extraordinário que ele havia visto, com três patas traseiras, e Perry disse:

"'Ah, *isso* não é nada perto de um pato que vi uma vez na Noruega'.

"(O Perry realmente esteve na Noruega. Ele costumava velejar para todo lado com o pai quando era criança. Mas não acreditei em nem uma palavra sequer sobre esse pato. Ele não estava *mentindo*; só *romantizando*. Querido professor Carpenter, *não consigo* seguir sem itálicos.)

"O pato do Perry tinha quatro patas, segundo ele: duas onde as patas de um pato normalmente estão e duas brotando das costas do bicho. E, quando ele se cansava de andar sobre as patas normais, virava de costas para baixo e seguia andando com o outro par de patas!

"O Perry contou essa história da carochinha com a cara mais lavada; todos rimos, e o tio de Amy disse: 'Ah, mas por favor, Perry'. Mas a Ilse ficou furiosa e não quis falar com ele durante todo o caminho de volta. Disse que ele havia feito papel de bobo tentando 'se gabar' com uma historinha besta como aquela, e que *nenhum cavalheiro* agiria dessa forma.

"O Perry disse: 'Ainda não sou nenhum cavalheiro; sou só um criado. Mas, algum dia, dona Ilse, vou ser um cavalheiro mais refinado do que qualquer outro que você conheça'.

"'Os cavalheiros *nascem* sendo cavalheiros. Não é algo que se possa *tornar*, entende?', a Ilse respondeu, desdenhosa.

"A Ilse já abandonou quase por completo o hábito de xingar, como ela costumava fazer quando discutia com o Perry ou comigo, e passou a dizer coisas amargas e cruéis. Elas machucam muito mais que os xingamentos, mas eu não me importo... muito... nem por muito tempo, porque sei que a Ilse diz essas coisas da boca para fora e que me ama tanto quanto eu a amo. Mas o Perry diz que elas ficam presas na garganta dele. Eles não se falaram pelo resto do caminho de volta para casa, mas, no dia seguinte, a Ilse já estava brigando com ele de novo por cometer erros de gramática e por não se levantar quando uma dama entra na sala.

"'Obviamente, você não tem como conhecer regras de etiqueta', ela disse, com voz mais desdenhosa, 'mas tenho certeza de que o professor Carpenter fez o melhor que pôde para lhe ensinar a gramática'.

"Perry não disse nenhuma palavra à Ilse, mas se virou para mim.

"'Você poderia me dizer quando eu cometer algum erro?', ele me perguntou. 'Não me importo quando você faz isso. Afinal, é você quem vai ter de me aturar quando crescermos, e não a Ilse.'

"Ele disse isso para irritar a Ilse, mas acabou me irritando também, pois era uma alusão a um *assunto proibido*. Assim, nenhuma de nós falou com ele por dois dias, mas ele disse que isso foi bom, porque ele pôde descansar das críticas da Ilse.

"O Perry não é o único que passa vergonha em Lua Nova. Eu disse uma bobagem ontem à tarde que me deixa vermelha só de lembrar. A Sociedade das Damas da Beneficência fez uma reunião aqui, e a tia Elizabeth fez um jantar para elas, que trouxeram os maridos. A Ilse e eu esperávamos à mesa, que foi posta na cozinha, porque a da sala de jantar não era grande o suficiente. De início, foi tudo muito empolgante, mas logo ficou um pouco chato, e comecei a compor poesias mentalmente enquanto olhava para o jardim pela janela. Esse meu exercício mental estava tão interessante que me esqueci completamente de todo o resto, até que, de repente, ouvi a tia Elizabeth dizer 'Emily'. Quando olhei para ela, ela fez um sinal com os olhos, apontando para o senhor Johnson, que é nosso novo ministro. Fiquei confusa, peguei a chaleira às pressas e perguntei, atrapalhada:

"'Senhor chá, quer que eu lhe sirva mais Johnson[3]?'

"Todos gargalharam; a tia Elizabeth pareceu desgostosa; a tia Laura, envergonhada; e eu quis que a terra se abrisse e me engolisse. Passei metade da noite em claro remoendo isso. O mais estranho é que eu realmente acho que me senti mais envergonhada com isso do que me sentiria se de fato tivesse feito algo de errado. Mas isso é o 'orgulho dos Murray', obviamente, e é algo que acho muito ruim. Às vezes, acho que, no fim das contas, a tia Ruth Dutton está certa a meu respeito.

"Mas, não; não está!

"O problema é que é uma tradição de Lua Nova que as mulheres sempre se comportem à altura de qualquer situação, com graça e dignidade, e

[3] No original, o erro de Emily acaba incorrendo em uma frase de cunho sexual, já que a palavra *johnson* também é usada em inglês para referir-se informalmente ao pênis. (N.T.)

não foi digno nem gracioso fazer uma pergunta dessas ao novo ministro. Tenho certeza de que ele nunca mais vai olhar para mim sem se lembrar disso, e eu sempre vou me sentir meio incomodada quando perceber que ele está me olhando.

"Mas, agora que escrevi isto em meu diário, já não me sinto tão mal. No papel, *nada* é grande e terrível – nem lindo e grandioso, infelizmente – quanto é em nossos pensamentos e sentimentos. Tudo parece *se encolher* ao ser posto em palavras. Nem mesmo o verso que eu estava compondo logo antes de fazer essa pergunta absurda parecerá tão bom quando eu o puser no papel:

Onde os pés aveludados da escuridão pousam com maciez.

"É, realmente não parece. Algo nele se perde. Quando eu estava lá, de pé junto à janela, com toda aquela gente a falar e a comer no fundo, vi a escuridão se aproximar bem devagar sobre o jardim e as colinas, como uma linda mulher vestindo um robe de sombras, com olhos de estrela. O *lampejo* então apareceu, e me esqueci de tudo, exceto do fato de que eu queria converter um pouco daquela beleza que eu sentia em palavras. Quando esse verso me veio à cabeça, não parecia que havia sido eu quem o compôs; era como se *Outra Coisa* estivesse falando através de mim. E foi essa *Outra Coisa* que fez o verso parecer lindo. Agora que ela se foi, as palavras soam bobas e vazias, e a imagem que eu tentei pintar com elas já não é tão maravilhosa.

"Ah, quem me dera poder converter as coisas em palavras do modo como eu as vejo! O professor Carpenter disse: 'Esforce-se! Esforce-se! Continue! As palavras são suas ferramentas; torne-as suas escravas, até que falem por você o que você quer que elas digam'. Ele está certo, e eu até que me esforço, mas acho que há algo *além* das palavras, não importa quais sejam elas. É algo que sempre nos escapa quando tentamos agarrá-lo, mas que, ainda assim, nos deixa com algo na mão que não teríamos se não tivéssemos tentado.

"No último outono, teve um dia em que Dean e eu subimos a Montanha Deleitável e caminhamos até o bosque que há além dela. Esse bosque é quase todo de abetos, mas, em uma parte dele, há uns pinheiros antigos e maravilhosos. Nós nos sentamos sob essas árvores, e Dean leu *Peveril of the Peak*[4] e alguns poemas de Scott para mim. Depois, ele olhou para cima, observou os grandes e frondosos galhos e disse: 'Os deuses estão falando em meio aos pinheiros... deuses das antigas terras nórdicas... das sagas vikings. Estrela, você se lembra dos versos de Emerson[5]?'. Em seguida, ele declamou os versos, que, desde então, eu guardo na memória com muito amor:

Os deuses falam no hálito das colinas,
Falam no balançar dos pinheiros,
E preenchem toda a extensão da praia
Com um diálogo divino;
E o poeta que entreouve
Uma palavra aleatória dita por eles
É um escolhido entre os homens
A quem as eras devem obedecer.[6]

"Ah, essa 'palavra aleatória'... é essa a *Coisa* que me falta. Estou sempre atenta, tentando ouvi-la. Sei que nunca consigo (meus ouvidos não estão atinados para ela), mas tenho certeza de que, às vezes, me chega um eco bem baixinho e distante dela, e isso faz com que eu sinta um prazer enorme e uma vontade desesperadora de algum dia ser capaz de traduzir essa beleza em palavras.

"De qualquer forma, é uma pena que eu tenha passado uma vergonha dessas logo depois de uma experiência tão maravilhosa.

---

[4] Romance de Walter Scott (1771-1832): romancista e poeta escocês. (N.T.)

[5] Ralph Waldo Emerson (1803-1882): poeta e filósofo estadunidense. (N.T.)

[6] Trecho do poema *The Poet*, de Ralph W. Emerson. No original em inglês: "*The gods talk in the breath of the wold, / They talk in the shaken pine, / And they fill the reach of the old seashore / With dialogue divine; / And the poet who overhears / One random word they say / Is the fated man of men / Whom the ages must obey*". (N.T.)

"Se eu tivesse apenas flutuado até o senhor Johnson, com pés aveludados como os da própria escuridão, e enchido a xícara dele com a chaleira de prata da bisavó Murray, da mesma forma como aquela mulher das sombras havia vertido a noite na taça branca do vale de Blair Water, a tia Elizabeth teria ficado muito mais satisfeita comigo do que ficaria se eu fosse capaz de escrever o poema mais lindo do mundo.

"O primo Jimmy é tão diferente... Hoje à tarde, depois do trabalho com o jardim, recitei meu poema para ele, que o achou lindo. (*Ele* não sabia como o poema estava aquém do que eu havia visto em minha mente.) O primo Jimmy também compõe poesia. Para certos assuntos, ele é muito esperto. Para outros, nem tanto, por causa dos danos que ele sofreu quando a tia Elizabeth o empurrou no poço de Lua Nova. Por isso, as pessoas o chamam de zureta e de débil. A tia Ruth ousa dizer que ele não tem nem o bom senso de espantar uma mosca da própria sopa. Ainda assim, se somarmos todos os assuntos em que ele é esperto, não há ninguém em Blair Water que se iguale a ele, nem mesmo o professor Carpenter. A questão é que não é possível juntar todas as partes espertas dele: vai sempre haver essas lacunas entre elas. Mas eu amo o primo Jimmy e nunca sinto medo quando ele tem lá seus acessos de estranheza. Todo mundo tem, até mesmo a tia Elizabeth (embora talvez seja remorso, e não medo), exceto o Perry. O Perry sempre se gaba de não ter medo de nada, de não saber o que é o medo. Acho isso uma coisa fantástica. Queria ser destemida assim. O professor Carpenter diz que o medo é uma coisa vil que está na raiz de quase tudo que é errado e de todo o ódio que há no mundo.

"'Expurgue seu medo, minha flor', ele me disse, 'expurgue-o de seu coração. O medo é a confissão da fraqueza. O que você teme é mais forte que você, ou você pensa que é. Do contrário, não teria medo. Lembre-se de Emerson: sempre faça aquilo que tem medo de fazer'.

"Mas essa é uma lição de perfeição[7], como diz Dean, e eu não acho que vou ser capaz de segui-la. Para ser franca, tenho medo de um bom

[7] Em inglês, a expressão *counsel of perfection* (conselho ou lição de perfeição), que alude ao Sermão da Montanha, é usada para descrever um conselho nobre, porém irrealista, impossível de ser seguido. (N.T.)

bocado de coisas, mas só há duas pessoas que eu realmente temo. Uma é a senhora Kent, e a outra, o senhor Morrison Louco. Tenho muito medo dele, e acho que todo mundo tem. Ele mora em Derry Pond, mas quase nunca fica por lá: vaga pelo país inteiro em busca de sua esposa perdida. Foi casado só por umas poucas semanas, e então sua jovem esposa morreu. Isso foi há muitos anos, mas, desde então, ele nunca mais foi totalmente são. Insiste que ela não está morta, apenas perdida, e que vai encontrá-la algum dia. Envelheceu e passou a andar encurvado enquanto procurava por ela, mas, para ele, ela ainda é jovem e bela.

"Veio aqui um dia no verão passado, mas não quis entrar; só espiou dentro da cozinha, aflito, e perguntou 'Annie está por aqui?'. Estava bem dócil esse dia, mas, às vezes, é bem bravo e violento. Ele insiste que sempre ouve Annie chamar por ele, que a voz dela vai flutuando à frente dele, sempre à frente, como minha palavra aleatória. O rosto dele é enrugado e sulcado, e ele tem a aparência de um macaco muito, muito velho. Mas a coisa que mais abomino nele é a mão direita. Ela é toda de um vermelho-sangue muito escuro, devido a uma marca de nascença. Não sei por quê, mas ela me enche de horror. Não suportaria tocá-la. E, às vezes, ele ri sozinho, de um jeito muito pavoroso. O único ser vivo com o qual ele parece se importar é seu velho cachorro preto, que o segue por toda parte. Dizem que ele jamais pede comida para si mesmo. Se ninguém oferecer, fica com fome. Mas, para o cachorro, ele pede.

"Ai, tenho tanto medo dele, e fiquei tão aliviada por ele não ter entrado em casa nesse dia... A tia Elizabeth o vigiou enquanto ele ia embora, com seus cabelos longos e grisalhos ao vento, e então disse: 'Fairfaix Morrison já foi um jovem bonito e inteligente, com um futuro muito promissor. Bem, Deus opera de forma muito misteriosa...'

"'Por isso é interessante', respondi.

"Mas a tia Elizabeth franziu o cenho e me disse para não ser desrespeitosa, como ela sempre faz quando eu digo algo a respeito de Deus. Por que será? Ela também não permite que o Perry e eu conversemos sobre Ele, apesar de o Perry ter muita curiosidade sobre Ele e desejar aprender tudo a Seu respeito. Em certo domingo à tarde, a tia Elizabeth me entreouviu contando ao Perry como eu achava que Deus era, e disse que isso era algo de se escandalizar.

“Não era! A questão é que a tia Elizabeth e eu temos deuses diferentes, é isso. Acho que todo mundo tem um Deus diferente. O da tia Ruth, por exemplo, é um que pune os inimigos dela, que lança ‘julgamentos’ sobre eles. Acho que, para ela, é só para isso que Ele serve. Jim Cosgrain usa o dele para fazer juramentos. Já a tia Janey Milburn resplandece a luz do semblante do Deus dela.

“Já me esgotei de escrever por hoje e agora vou para a cama. Sei que ‘gastei palavras’ neste diário; outra de minhas falhas literárias, de acordo com o professor Carpenter.

“‘Você gasta palavras, Jade... Você as derrama por toda parte, com extravagância. Economia e autocontrole: é disso que você precisa’.

“Ele tem razão, claro, e, em minhas redações e meus contos, tento pôr em prática o que ele prega. Mas, em meu diário, que ninguém além de mim lê ou lerá até que eu morra, gosto de me soltar”.

Emily olhou para a vela; esta também havia praticamente se esgotado. Sabia que não teria outra aquela noite: as leis da tia Elizabeth eram como as dos medos e dos persas[8]. Guardou o diário na prateleira direita sobre a lareira, apagou o fogo que já ia morrendo e assoprou a vela. Aos poucos, o cômodo foi sendo preenchido pela luz débil e fantasmagórica daquela noite nevosa, em que a lua cheia brilhava por trás das nuvens de tempestade. E, bem quando Emily se preparava para meter-se em sua cama de cabeceira alta e preta, veio-lhe uma inspiração repentina – uma ideia esplêndida para um novo conto. Por um momento, ela vacilou, relutante: o quarto estava ficando frio. Mas a ideia não deveria ser abandonada. Emily enfiou a mão entre o travesseiro de pluma e o colchão de palha e retirou uma vela pela metade, guardada ali exatamente para emergências como essa.

Obviamente, não estava certo fazer aquilo. Contudo, nunca fingi nem fingirei que Emily é uma criança que só faz o que é certo. Não se escrevem

[8] Alusão à passagem no livro bíblico de Daniel 6:8; trata-se de uma lei que não pode ser modificada ou revogada. (N.T.)

livros sobre crianças que só fazem o que é certo. Seriam tão enfadonhos que ninguém os leria.

Ela acendeu a vela, calçou as meias e pôs um casaco grosso, tomou um outro caderno Jimmy cheio até a metade e pôs-se a escrever, à luz incerta daquela única vela, que era como um oásis de luminosidade em meio à penumbra do quarto. Nesse oásis, Emily escreveu, debruçada sobre o caderno, enquanto as horas da noite passavam, e os residentes de Lua Nova dormiam profundamente. Sentia frio e câibras, mas não se dava conta disso. Seus olhos ardiam; suas bochechas estavam enrubescidas; as palavras vinham-lhe como tropas de obedientes gênios seguindo o chamado de sua pena. Quando, por fim, sua vela se apagou com um chiado na poça de cera derretida, ela regressou à realidade com um suspiro e um arrepio. Eram duas da manhã, e ela estava muito cansada e com muito frio; mas havia terminado seu conto, e era o melhor que ela já havia escrito. Meteu-se em seu ninho gelado com um sentimento de realização e vitória, nascido do esforço de seu impulso criativo, e caiu no sono, embalada pela música da tempestade minguante.

Dias de mocidade

Este livro não vai ser nem completa nem majoritariamente composto por excertos do diário de Emily. Contudo, a fim de conectar alguns assuntos que não são suficientemente importantes para integrar um capítulo, mas que, ainda assim, são necessários para uma compreensão adequada da personalidade e do contexto de Emily, incluirei mais alguns desses excertos. Além disso, quando se tem um material pronto à mão, por que não o utilizar? O "diário" de Emily, com suas rusticidades juvenis e seus itálicos, de fato possibilita uma melhor interpretação dela e de sua mente fantasiosa e introspectiva, naquela décima quarta primavera de sua vida, do que qualquer biógrafo, por mais solidário que fosse, jamais poderia oferecer. Assim sendo, espiemos mais algumas páginas amareladas desse velho "caderno Jimmy", escrito há tanto tempo, no "mirante" de Lua Nova.

"15 de fevereiro de 19...

"Decidi que vou escrever diariamente, neste caderno, todos as minhas boas e más ações. Tirei essa ideia de um livro e gostei bastante dela. Tenho a intenção de ser tão honesta quanto possível. Vai ser fácil, claro, registrar as boas ações; mas as más, nem tanto.

"Só fiz uma coisa ruim hoje – digo, somente uma coisa que *eu* ache ruim. Fui impertinente com a tia Elizabeth. Ela achou que eu estava demorando demais para lavar a louça. Não imaginei que houvesse pressa e estava compondo um conto chamado *O segredo do moinho*. A tia Elizabeth olhou para mim e, em seguida, para o relógio, e então disse, do jeito mais desagradável:

"'Você por acaso tem parentesco com as lesmas, Emily?'

"'Não! Não tenho parentesco *nenhum* com elas', respondi, *desdenhosa*.

"A impertinência não estava no que eu disse, mas, sim, na forma como eu o disse. *E isso foi intencional*. Eu estava irritada: sarcasmo sempre me tira do sério. Depois, fiquei bastante arrependida por ter perdido a paciência; mas me arrependi porque essa foi uma coisa *tola* e *mesquinha*, e não porque foi algo *errado*. Por isso, acho que não foi um arrependimento sincero.

"Quanto às boas ações, fiz duas hoje. Salvei duas vidas. Sal Sapeca havia capturado um pobre passarinho, e eu o livrei das garras dela. Ele voou para longe na hora, e tenho certeza de que ficou bem feliz. Mais tarde, fui buscar algo na despensa e encontrei um camundongo preso numa ratoeira pelo pé. O pobrezinho estava lá, praticamente exausto de tanto lutar, com os olhinhos pretos *cheios* de desespero. *Não consegui* suportar isso e o libertei, e ele conseguiu fugir até que bem rápido, apesar do pé. Não estou muito *segura* quanto a *esta* última ação. Sei que foi boa do ponto de vista do camundongo, mas e quanto ao da tia Elizabeth?

"Hoje à tarde, a tia Laura e a tia Elizabeth leram e queimaram uma caixa inteira de cartas velhas. Elas foram lendo em voz alta e fazendo comentários, e, enquanto isso, eu tricotava minhas meias, sentada em um canto. As cartas eram muito interessantes, e eu aprendi um bocado sobre os Murray que eu não sabia até então. Acho fantástico pertencer a uma família como esta. Não é de espantar que os moradores de Blair Water nos chamem de 'os Escolhidos' (embora *não* digam isso como um elogio). Sinto que preciso cumprir com as tradições de minha família.

"Recebi uma longa carta de Dean Priest hoje. Ele está passando o inverno em Argel. Ele disse que volta para casa em abril e que vai passar o verão na casa da irmã, a senhora Fred Evans[9]. Fiquei tão feliz! Vai ser esplêndido tê-lo em Blair Water durante todo o verão. Ninguém conversa comigo como Dean. Ele é o adulto mais gentil e interessante que eu conheço. A tia Elizabeth diz que ele é egoísta, como são todos os Priests. Mas ela não gosta dos Priests. E ela sempre o chama de Corcunda, o que, por alguma razão, me faz ranger os dentes. Um dos ombros de Dean é levemente mais alto que o outro, mas isso não é culpa dele. Disse à tia Elizabeth uma vez que gostaria que ela não chamasse meu amigo assim, mas ela só respondeu:

"'Não fui *eu* quem deu esse apelido ao *seu amigo*, Emily. A própria família dele sempre o chamou de Corcunda. Os Priests não são conhecidos por sua delicadeza!'

"Teddy também recebeu uma carta de Dean; e um livro: *As vidas de grandes artistas* – Michelangelo, Rafael, Velázquez, Rembrandt, Ticiano. Ele diz que não ousa deixar que sua mãe o veja lendo o livro; ela o queimaria. Tenho certeza de que, se Teddy tivesse uma oportunidade, seria tão grande quanto qualquer um desses artistas."

"18 de fevereiro de 19...

"Esta tarde, passei uns momentos maravilhosos sozinha, depois da escola, andando pelo caminho junto ao riacho do bosque de John Altivo. O sol ia se pondo num céu cor de creme; a neve resplandecia de brancura; e as sombras dançavam, esguias e azuis. Acho que não há nada mais bonito que as sombras das árvores. E, quando saí do bosque para o jardim de casa, minha própria sombra estava tão engraçada: tão longa que chegava ao outro lado do jardim. Fiz um poema na mesma hora, e aqui estão dois versos dele:

Se fôssemos tão altos quanto nossas sombras
Que altas seriam elas!

[9] Não se trata de uma mulher chamada Fred. Nesse caso, Fred Evans provavelmente é o nome do marido da personagem. Era comum, em países de língua inglesa, que a mulher fosse chamada pelo nome completo do marido, precedido de *Mrs.* (senhora). Esse costume caiu em desuso com a emancipação feminina. (N.T.)

"Achei bem *filosóficos* esses versos.

"Esta noite, escrevi um conto, e a tia Elizabeth sabia o que eu estava fazendo e ficou bastante irritada. Ela chamou minha atenção por perder tempo com isso. Mas *não é* tempo perdido. Eu *amadureci* enquanto escrevia; tenho certeza. E, em algumas das frases, teve algo de que gostei. '*Temo o bosque cinzento*' – isso me agradou muito. E 'alva e altiva, ela caminhou pelo bosque escuro, como um raio de luz'. Achei essa frase muito boa. Contudo, o professor Carpenter me disse que, sempre que eu achar que algo é particularmente bom, devo cortá-lo. Mas, ai, *não posso* cortar essa frase – pelo menos não ainda. O estranho é que, sempre que o professor Carpenter me diz para cortar algo, depois de uns três meses acabo concordando com ele e ficando com vergonha. O professor Carpenter não teve nenhuma misericórdia com minha redação hoje. Nada nela o agradou.

"'Três 'ais de mim' em um único parágrafo, Emily. Um já seria muito nos dias de hoje! '*Mais irresistível*'... Emily, pelo amor de Deus, escreva direito! Isto é imperdoável.'

"E *de fato* o era. Eu mesma notei isso e senti a vergonha se apossar de mim, da cabeça aos pés, como uma onda vermelha. Então, depois de ter rabiscando a lápis azul praticamente todas as frases, desdenhado de todos os meus melhores versos, encontrado defeitos na maioria de minhas construções e me dito que eu era muito dada a botar 'coisas inteligentes' em tudo que escrevia, o professor Carpenter jogou meu caderno de atividades para o lado, passou a mão pelos cabelos e disse:

"'E você ainda quer escrever! Jade, pegue uma colher e vá aprender a cozinhar!'

"E então ele se foi, resmungando xingamentos em um tom que não era 'alto, mas profundo'[10]. Recolhi minha pobre redação, mas não me senti muito mal. Já *sei* cozinhar e já aprendi uma ou outra coisa sobre o professor Carpenter. Quanto melhor minha redação, mais ele se enfurece com ela. Esta última deve ter saído muito boa. Contudo, ele fica muito bravo e impaciente ao ver partes em que ela poderia ter sido *ainda melhor*, mas

[10] Alusão a uma passagem de *Macbeth*. (N.T.)

não foi, por descuido, preguiça ou indiferença minha (isso na visão dele). Ele não tolera uma pessoa que *poderia* melhorar, mas não melhora. Além disso, ele não perderia tempo comigo se não achasse que eu posso, aos poucos, chegar a algum lugar.

"A tia Elizabeth não concorda com o senhor Johnson. Ela acha que a teologia dele não é adequada. Na pregação do último domingo, ele disse que o budismo tem algo de bom.

"'Daqui a pouco ele vai dizer que tem algo de bom no papismo', disse a tia Elizabeth, indignada, à mesa do jantar.

"Talvez haja *mesmo* algo de bom no budismo. Vou perguntar a Dean quando ele retornar."

"2 de março de 19...

"Hoje, fomos todos ao funeral da senhora Sarah Paul. Sempre gostei de ir a funerais. Quando disse isso, a tia Elizabeth ficou pasma, e a tia Laura disse: 'Ai, Emily, *meu bem*!'. Gosto bastante quando deixo a tia Elizabeth pasma, mas nunca me sinto confortável quando deixo a tia Laura preocupada; ela é *tão* querida. Então, eu me expliquei, ou pelo menos tentei. Às vezes, é muito difícil explicar as coisas à tia Elizabeth.

"'Os funerais são interessantes', eu disse. 'E engraçados também'.

"Acho que, ao dizer *isso*, só fiz piorar as coisas. Ainda assim, a tia Elizabeth sabia tão bem quanto eu que havia algo de engraçado em ver aqueles parentes da senhora Paul, que haviam passado anos brigando com ela e odiando-a (ela *nunca* fora amistosa, mesmo estando morta!), sentados ali, levando os lenços aos rostos, fingindo chorar. Eu sabia muito bem o que cada um deles estava pensando no fundo. Jake Paul perguntava-se se a velha megera havia lhe deixado alguma coisa no testamento; e Alice Paul, que sabia que *não* receberia nada, desejava que Jake também não recebesse. *Isso* a satisfaria. O senhor Charles Paul se perguntava quando seria decente começar a reforma da casa, para deixá-la da forma como sempre quis, mas que a senhora Paul *jamais* aceitou. A tia Min estava preocupada, com medo de não haver comida suficiente para todo aquele bando de primos de quarto grau, os quais ninguém esperava nem desejava receber; por sua vez, Lisette Paul contava os presentes, sentindo-se envergonhada com o fato de não haver tanta gente quanto no funeral da senhora Henry Lister, na semana anterior. Quando disse isso à tia Laura, ela respondeu, séria:

"'Tudo isso pode ser verdade, Emily' – ela sabia que era! –, 'mas, de certa forma, não parece muito adequado que uma garotinha tão nova quanto você seja capaz de... de... de perceber essas coisas, em suma'.

"Contudo, não posso evitar percebê-las. A querida tia Laura está sempre tão preocupada com as pessoas que é incapaz de ver o lado cômico delas. Mas eu também notei outras coisas. Notei que o pequeno Zack Fritz, que a senhora Paul adotou e com quem era muito gentil, estava inconsolável; e notei que Martha Paul estava arrependida e envergonhada de suas velhas e amarguradas discórdias com a senhora Paul; e notei que o rosto da senhora Paul, que era tão descontente e abatido em vida, agora parecia sereno e nobre, quase belo, como se a Morte tivesse por fim *satisfeito* sua vontade.

"Sim, os funerais *são* interessantes."

"5 de março de 19...

"Está nevando um pouco hoje à noite. Adoro ver a neve cair sobre as árvores escuras em linhas diagonais.

"*Acho* que fiz uma boa ação hoje. Jason Merrowby esteve aqui para ajudar o primo Jimmy a serrar madeira, e eu o vi quando ele *foi até o chiqueiro e tomou um gole em uma garrafa de uísque*. Mas eu não contei isso a ninguém; essa foi minha boa ação.

"Talvez eu *devesse* ter contado à tia Elizabeth, mas, se eu contasse, ela nunca mais o chamaria, e ele precisa muito de trabalho, para sustentar sua pobre esposa e seus filhos. Tenho percebido que nem sempre é fácil determinar se nossas ações são boas ou más."

"20 de março de 19...

"Ontem, a tia Elizabeth ficou muito brava porque eu não quis escrever um 'necrológio poético' para o velho Peter DeGeer, que morreu na semana passada. A senhora DeGeer veio aqui me pedir isso. Eu não quis; me senti muito indignada com esse pedido. Senti que seria uma *dessacralização da minha arte* fazer uma coisa dessa; mas, obviamente, eu não disse isso à senhora DeGeer. Em primeiro lugar porque isso teria magoado seus sentimentos; em segundo, porque ela não faria a mínima ideia do que isso quer dizer. Nem mesmo a tia Elizabeth foi capaz de entender quando lhe expliquei, depois de a senhora DeGeer ter ido embora, as razões pelas quais eu me recusei a atender o pedido dela.

"'Você passa o tempo todo escrevendo um monte de lixo que ninguém quer', ela disse. 'Acho que você poderia muito bem escrever algo que *alguém* quer. A senhora Mary DeGeer teria ficado feliz, coitada. 'Dessacralização da sua arte', sei. Já que você precisa tanto falar, Emily, por que não diz coisas que façam sentido?'

"Então, pus-me a dizer coisas que faziam sentido.

"'Tia Elizabeth', eu disse, séria, 'como eu poderia escrever um necrológio para ela? Eu seria incapaz de escrever algo que *não* fosse *verdadeiro* para agradar quem quer que fosse. E você sabe muito bem que não há nada ao mesmo tempo bom *e* verdadeiro que possa ser dito a respeito do velho Peter DeGeer!'

"A tia Elizabeth realmente sabia disso, o que a deixou um tanto desconcertada e ainda mais insatisfeita comigo. Ela me atormentou tanto que decidi subir para o quarto e escrever um 'necrológio poético' sobre Peter, só para minha própria satisfação. É sem dúvidas muito divertido escrever um necrológio *sincero* sobre alguém de quem não se gosta. Não que eu *detestasse* Peter DeGeer; eu só o achava desprezível, como todo mundo. Mas a tia Elizabeth havia me irritado e, quando eu estou irritada, sou capaz de escrever de maneira muito sarcástica. E, novamente, senti que alguma *Coisa* escrevia através de mim; mas era uma *Coisa* muito diferente da de costume: era uma *Coisa* travessa e zombeteira que sentiu *prazer* em caçoar desse pobre velho preguiçoso, indolente, mentiroso, estúpido e hipócrita que era Peter DeGeer. Ideias... Palavras... Rimas... Tudo parecia se encaixar enquanto essa *Coisa* dava risinhos.

"O poema me pareceu tão bom que não resisti à tentação de levá-lo para a escola hoje, para mostrá-lo ao professor Carpenter. Achei que ele fosse gostar – e acho que gostou, de certa forma; mas, depois de ler o poema, ele o botou na mesa e olhou para mim.

"'Imagino que *seja* bom satirizar um fracassado', disse. 'O coitado do velho Peter era um fracassado; e está morto; e o Criador talvez seja misericordioso com ele, mas seus iguais não serão. Quando eu morrer, Emily, você vai escrever algo assim a meu respeito? Você tem capacidade para isso; tem, sim, aqui está a prova: isto aqui é algo muito inteligente. Você consegue apontar a fraqueza, a tolice e a maldade de uma pessoa de um jeito que é certamente excepcional para uma menina de sua idade. Mas a pergunta é: vale a pena, Emily?'

"'Não! Não!', respondi. Estava tão envergonhada e arrependida que quis fugir e chorar. Era horrível pensar que o professor Carpenter imaginasse que eu jamais seria capaz de escrever algo assim a respeito dele, depois de tudo que ele fez por mim.

"'Não vale', disse o professor Carpenter. 'A sátira tem seu lugar; existem gangrenas que só podem ser queimadas; mas deixe isso para os grandes gênios. É melhor curar que ferir. Nós, os fracassados, sabemos bem disso'.

"'Ai, professor Carpenter!', comecei a falar. Queria dizer que *ele* não era um fracassado; queria dizer uma centena de coisas; mas ele não me deixou.

"'Fique tranquila; não vamos falar disso, Emily. Quando *eu* morrer, diga: 'Ele era um fracassado, e ninguém tinha uma consciência mais clara e mais amarga desse fato que ele próprio'. Seja clemente com minhas falhas, Emily. Satirize meus erros, se quiser; mas tenha piedade das fraquezas'.

"Ele então se afastou e chamou os alunos para dentro. Tenho me sentido péssima desde então e não vou conseguir dormir hoje à noite. Mas, aqui e agora, registro esta promessa em meu diário: *Minha pena servirá apenas para curar, e não para ferir*. E escrevi isso em itálico, seja vitoriano ou não, para mostrar que me comprometo com toda seriedade.

"Contudo, não rasguei o poema; não consegui: *era* de fato bom demais para destruir. Guardei-o em minha prateleira literária para reler de vez em quando, para meu próprio divertimento, mas nunca vou mostrá-lo a mais ninguém.

"Ai, como eu queria não ter magoado o professor Carpenter!"

"1º de abril de 19...

"Hoje, ouvi uma visitante de Blair Water dizer algo que me irritou muito. O senhor Alec Sawyer e sua esposa, que moram em Charlottetown, estavam no correio quando fui até lá. A senhora Sawyer é muito bonita, moderna e condescendente. Ouvi quando ela disse ao marido: '*Não sei* como os moradores deste lugarzinho parado continuam a viver aqui ano após ano. *Eu* enlouqueceria. Nunca acontece *nada* por aqui'.

"Teria gostado bastante de ter dito a ela uns bons bocados sobre Blair Water. Eu poderia ter sido sarcástica, para me vingar. Mas, obviamente, os habitantes de Lua Nova *não fazem cenas em público*. Assim, eu me contentei em acenar *muito friamente* quando ela me dirigiu a palavra, passando por ela *com a cabeça erguida*. Ouvi o senhor Sawyer perguntar: 'Quem é essa menina?', e a senhora Sawyer responder: 'Deve ser a cria dos Starrs; ela tem esse jeito dos Murray de andar com o nariz empinado, isso é fato'.

"Que ideia essa de dizer que 'nunca acontece nada por aqui'! Ora, há coisas acontecendo agora mesmo; coisas empolgantes. A vida aqui me parece *extremamente* maravilhosa. Não nos falta motivo para rir, chorar e conversar.

"Veja quanta coisa aconteceu em Blair Water só nas últimas três semanas; é uma mistura de comédia e tragédia. De repente, James Baxter parou de falar com a esposa, e ninguém sabe por quê. Nem ela sabe, coitada, e isso está despedaçando seu coração. O velho Adam Gillian, que detestava fingimento de qualquer natureza, morreu faz duas semanas, e suas últimas palavras foram: 'Certifiquem-se de que não haja ninguém chorando ou fazendo escândalo em meu funeral'. Assim, ninguém chorou nem fez escândalo. Ninguém queria fazer isso e, como ele havia proibido, ninguém fingiu querer. Nunca houve um funeral mais alegre em Blair Water. Já presenciei casamentos mais melancólicos; como o de Ella Brice, por exemplo. O que a deixou de mau humor foi o fato de que ela se esqueceu de calçar as sandálias brancas depois de se vestir e desceu para o saguão usando um par de pantufas velhas e desbotadas, com furos nos dedos. As pessoas de fato teriam comentado menos se ela tivesse descido descalça. A pobre Ella chorou durante todo o jantar por causa disso.

"O velho Robert Scobie e sua meia-irmã tiveram uma briga, depois de terem morado juntos por trinta anos sem discutirem uma só vez, apesar de ela ter fama de ser bastante irritante. Robert jamais se deixou provocar por nada que ela dissesse ou fizesse, mas parece que, numa noite recente, havia sobrado apenas uma rosquinha do jantar, e Robert gosta muito de rosquinhas. Ele a guardou na despensa para comer antes de dormir e, quando foi procurá-la, descobriu que Matilda a havia comido. Ele teve um surto horrível de fúria, ofendeu-a, xingou-a de *diaba* e expulsou-a de casa. Ela foi morar com a irmã em Derry Pond, e Robert vai se virar sozinho. Nenhum dos dois jamais perdoará o outro, o que é bem típico dos Scobies, e nenhum dos dois jamais voltará a ser feliz outra vez.

"Há duas semanas, numa certa noite de luar, George Lake estava voltando para casa de Derry Pond quando, *de repente*, viu uma segunda sombra *muito negra* indo ao lado de sua própria sombra na neve iluminada pela lua.

"*E não havia nada que pudesse estar projetando aquela sombra.*

"Ele correu até a casa mais próxima, quase morto de medo, e dizem que ele nunca mais será o mesmo.

"Essa foi a coisa mais *dramática* que aconteceu. Tenho calafrios só de escrever sobre ela. Certamente, George deve ter se enganado. Mas ele é um homem verdadeiro e não bebe. Não sei o que pensar disso.

"Arminius Scobie é *muito mesquinho* e sempre compra os chapéus da esposa por ela, para evitar que ela pague caro por eles. Todos sabem disso nas lojas de Shrewsbury e riem dele. Certo dia da semana passada, ele foi à loja de Jones e McCallum para comprar um chapéu para ela, e o senhor Jones disse a ele que, se ele *usasse o chapéu* da loja até a estação, ele poderia levá-lo de graça. Arminius fez isso. A distância até a estação era de uns quatrocentos metros, e vários meninos correram atrás dele, fazendo troça, mas Arminius não se importou. Havia economizado três dólares e quarenta e nove centavos.

"*Por fim*, certa noite, bem aqui, em Lua Nova, deixei cair um ovo cozido com a gema mole no segundo melhor vestido de caxemira da tia Elizabeth. Esse, *sim*, foi um acontecimento. Um reino poderia ter caído na Europa sem causar comoção semelhante em Lua Nova.

"Portanto, senhora Sawyer, você está tremendamente enganada. Ademais, além dos acontecimentos, as próprias pessoas aqui são interessantes. Não *gosto* de todas, mas acho todas interessantes: a senhorita Matty Small, que tem 40 anos e usa roupas de cores *escandalosas* (usou um vestido velho cor-de-rosa e um chapéu escarlate para ir à igreja durante todo o verão passado); o velho tio Reuben Bascom, tão preguiçoso que, quando começou a gotejar do teto numa noite de chuva, preferiu passar a noite inteira deitado, segurando um guarda-chuva, a levantar-se e mover a cama; Elder McCloskey, que não achou adequado dizer 'calças' enquanto contava uma história sobre um missionário no encontro de oração e preferiu dizer, com muita educação, 'as roupas da parte inferior do corpo'; Amasa Derry, que ganhou quatro prêmios na Mostra do outono passado com legumes que roubou do campo de Ronnie Bascom, que, por sua vez, não ganhou nenhum; Jimmy Joe Belle, que veio de Derry Pond buscar madeira para 'construir um *galinheirro parra* meu cachorrinho'[11]; o velho Luke Elliott, tão fanaticamente sistemático que traça um esquema de todo o ano no dia primeiro de janeiro, marca todos os dias em que pretende se embebedar *e segue esse esquema à risca*; todos eles são interessantes, divertidos e encantadores.

"Pronto, provei que a senhora Alec Sawyer estava tão redondamente enganada que até sinto certa simpatia por ela, apesar de ela ter me chamado de 'cria' dos Starrs.

"Não sei por que não gostei de ser chamada de cria; as crias de gato, por exemplo, são tão fofinhas. Mas prefiro que me chamem de *gatinha*."

"28 de abril de 19...

"Duas semanas atrás, enviei o melhor de meus poemas, *Canção do vento*, para uma revista em Nova Iorque, e hoje ele foi mandado de volta, com um simples *bilhetinho impresso*, no qual estava escrito: 'Lamentamos não poder publicar esta contribuição'.

---

[11] O personagem Jimmy Joe Belle é descrito, no livro anterior, como franco-canadense. Portanto, inglês não é sua primeira língua. (N.T.)

"Senti-me muito mal. Acho que realmente não sou capaz de escrever algo bom.

"Sou, *sim*. Algum dia, vai ser uma *honra* para essa revista poder publicar uma obra minha!

"Não contei ao professor Carpenter que fiz isso. Ele não seria nem um pouco solidário comigo. *Ele* diz que só daqui a uns cinco anos é que vai ser hora de eu começar a perturbar os editores. Mas eu *sei* que alguns dos poemas que li nessa mesma revista não eram nada melhores que a *Canção do vento*.

"Sinto mais vontade de escrever poesia na primavera que em qualquer outra época. O professor Carpenter diz que eu preciso lutar contra esse impulso. Segundo ele, a primavera tem sido responsável por mais lixo que qualquer outra coisa neste mundo que Deus nos deu.

O professor Carpenter tem um jeito bem *peculiar* de falar."

"1º de maio de 19...

"Dean voltou para o país. Chegou ontem à casa de sua irmã e, hoje de tardinha, veio aqui; fomos caminhar pelo jardim, subindo e descendo o caminho que leva ao relógio de sol enquanto conversávamos. Foi maravilhoso tê-lo de volta, com seus misteriosos olhos verdes e sua boca bonita.

"Tivemos uma longa conversa. Falamos de Argel, da transmigração das almas, de ser cremado e de perfis: Dean disse que tenho um bom perfil; 'grego puro'. Sempre gosto dos elogios de Dean.

"'Estrela-d'alva, como você cresceu!', disse ele. 'No outono passado, deixei para trás uma criança e, agora, encontro uma mulher!'

"(Faço 14 anos em três semanas e sou alta para a minha idade. Isso parece agradar Dean; muito diferente da tia Laura, que sempre solta suspiros tristes quando aumenta o tamanho de meus vestidos, dizendo que as crianças crescem rápido demais.)

"'Assim corre o tempo', respondi, citando a frase que há no relógio de sol e me sentindo *bastante sofisticada*.

"'Está quase do meu tamanho', disse ele; então, acrescentou, *amargurado*: 'mas, obviamente, o Corcunda Priest não tem lá uma estatura muito imponente.'

"Sempre evitei fazer qualquer referência ao ombro dele, mas, nesse momento, disse:

"'Dean, por favor, não se desmereça assim; pelo menos não comigo. *Nunca* penso em você como Corcunda.'

"Dean tomou minha mão e olhou bem nos meus olhos, como se tentasse *ler minha própria alma.*

"'Tem certeza disso, Emily? Você não deseja, por vezes, que eu não fosse manco... e torto?'

"'Desejo para o seu bem', respondi, 'mas, para mim, isso não faz nenhuma diferença; e nunca fará.'

"'E nunca fará!', Dean repetiu minhas palavras, enfatizando-as. 'Se eu tivesse certeza disso, Emily; se ao menos eu tivesse certeza disso.'

"'*Pode* ter certeza', declarei, amistosa. Estava aborrecida, porque ele parecia duvidar; além disso, algo em sua expressão me deixou um tanto desconfortável. De repente, isso me fez lembrar de quando ele me resgatou na encosta da Baía de Malvern e disse que minha vida pertencia a ele, porque ele a havia salvado. Não gosto da ideia de que minha vida pertença a qualquer outra pessoa além de mim; *seja quem for*, mesmo Dean, por mais que eu goste dele. E, *em alguns aspectos*, gosto de Dean mais que de qualquer outra pessoa no mundo.

"Quando escureceu, as estrelas apareceram, e nós as estudamos com a fantástica luneta nova de Dean. Isso foi tremendamente fascinante. Dean sabe tudo sobre as estrelas; ele parece saber tudo sobre tudo. Mas, quando eu disse isso a ele, ele respondeu:

"'Existe um segredo que eu desconheço; trocaria tudo que sei para desvendá-lo; um segredo apenas; talvez jamais o desvende. É o segredo de como conquistar... de como conquistar...'

"'O quê?', perguntei, curiosa.

"'O desejo do meu coração', respondeu Dean, sonhador, olhando para as estrelas iluminadas, que pareciam estar penduradas aos galhos mais altos de uma das Três Princesas. 'Neste momento, ele me parece tão desejável e inalcançável quanto aquela estrela preciosa, Emily. Mas... quem sabe?'

"Queria saber o que é que Dean tanto deseja."

"4 de maio de 19...

"Dean me trouxe um lindo portfólio de Paris, e copiei minha estrofe favorita de *A genciana franjada*[12] na parte de dentro da capa. Vou lê-la todos os dias, para me lembrar de minha promessa de 'escalar o Caminho Alpino'. Começo a perceber que vou precisar engatinhar bastante, embora antes eu imaginasse que alçaria voo tranquilamente até 'esse longínquo objetivo', com asas cintilantes. O professor Carpenter jogou por terra essa doce esperança.

"'Crave os pés na terra e se segure com unhas e dentes; essa é a única maneira possível', ele costuma dizer.

"Ontem à noite, enquanto estava deitada, pensei em títulos maravilhosos para os livros que vou escrever no futuro: *Uma dama de alta estirpe*; *Leal à fé e aos votos*; *Oh, rara margarida alva* (para esse, eu me inspirei em Tennyson[13]); *O castelo de Vere de Vere* (idem); e *Um reino junto ao mar*.

"Agora, se eu ao menos tivesse ideias que combinassem com os títulos!

"Estou escrevendo um conto chamado *A casa entre as sorvas* (esse também me parece um ótimo título). Mas os diálogos românticos ainda me incomodam. Tudo que escrevo relacionado a isso soa duro e bobo tão logo coloco no papel, e isso me deixa furiosa. Perguntei a Dean se ele poderia me ensinar a escrever sobre esse assunto de forma adequada, e ele me prometeu há muito tempo que me ajudaria, mas que eu ainda era muito jovem; disse isso naquele tom misterioso que ele tem, que sempre parece passar a ideia de que há muito mais por trás de suas palavras do que o que é expresso pelo mero som delas. Queria saber falar de forma tão *cheia de significados*, porque isso nos torna *muito interessantes*.

"Hoje à tarde, depois da escola, Dean e eu começamos a reler *A Alhambra*[14], sentados no banco de pedra do jardim. Esse livro sempre me deu a sensação de ter aberto uma portinha e entrado numa terra encantada.

---

[12] O poema *The fringed gentian* foi escrito pelo poeta estadunidense William Cullen Bryant (1794-1878). (N.T.)

[13] Alfred Tennyson (1809-1892): escritor inglês. (N.T.)

[14] Referência ao livro *Contos da Alhambra* (1832), do estadunidense Washington Irving (1783-1859). (N.T.)

"'Eu adoraria conhecer a Alhambra!', eu disse.

"'Um dia iremos lá; juntos', disse Dean.

"'Ai, isso seria *maravilhoso*!', exclamei. 'Acha que conseguiremos, Dean?'

"Antes que Dean pudesse responder, ouvi o assobio de Teddy no bosque de John Altivo; o querido assobio com duas notas agudas e uma grave, que é *nosso sinal*.

"'Com licença; preciso ir; Teddy me chama', eu disse.

"'Você precisa mesmo ir sempre que Teddy a chama?', perguntou Dean.

"Assenti com a cabeça e expliquei:

"'Ele só chama assim quando quer *muito* me ver, e eu prometi que sempre iria, se fosse possível.'

"'*Eu* quero *muito* ver você!', disse Dean. 'Vim aqui hoje especialmente para ler *A Alhambra* com você.'

"Nesse momento, eu me senti muito triste. Queria muito ficar com Dean, todavia sentia que precisava ir até Teddy. Dean lançou-me um olhar fulminante. Em seguida, fechou *A Alhambra*.

"'Vá', disse.

Eu fui, mas senti que, de alguma forma, algo se quebrou."

"10 de maio de 19...

"Estive lendo três livros que Dean me emprestou esta semana. Um era como um jardim de rosas: muito agradável, mas doce demais. Outro era como um bosque de pinheiros em uma montanha: perfumado pelo bálsamo das árvores; gostei bastante dele, mas, ainda assim, ele me encheu de uma espécie de tristeza. O último... era exatamente como um chiqueiro. Dean me emprestou esse por engano. Sentiu-se muito chateado consigo mesmo quando percebeu; chateado e perturbado.

"'Estrela... Estrela... Eu nunca teria lhe emprestado um livro como esse; foi pura confusão, puro descuido meu; peço perdão. Esse livro é o retrato fiel de um mundo, mas não do seu mundo, graças a Deus; também não se trata de um mundo do qual você fará parte. Estrela, me prometa que vai esquecer esse livro.'

"'Esquecerei, se conseguir', respondi.

"Mas não sei se consigo. Era tão feio. Não me sinto muito feliz desde que o li. Sinto como se minhas mãos tivessem se sujado de alguma maneira, e como se eu não conseguisse lavá-las. E também sinto uma outra coisa estranha, como se *uma porta tivesse se fechado atrás de mim*, trancando-me em um mundo novo que eu não compreendo muito bem e do qual não gosto muito, mas que preciso atravessar.

"Hoje à noite, tentei escrever uma descrição de Dean no caderno Jimmy em que faço esboços de personagens. Mas não tive sucesso. O que escrevi parecia uma fotografia, e não um retrato. Há algo em Dean que não consigo compreender.

"Dean tirou uma foto minha outro dia, com sua câmera nova, mas não gostou do resultado.

"'Não se parece com você', disse, 'mas, claro, não se pode fotografar a luz das estrelas.'

"Ele então acrescentou, em um tom que me pareceu um tanto brusco:

"'Diga àquele capetinha do Teddy Kent para deixar seu rosto fora dos desenhos que faz. Ele não tem nada que ficar colocando você em tudo que desenha.'

"'Ele não faz isso!', exclamei. 'Ora, Teddy só fez um retrato meu, que é o que a tia Nancy *roubou*.'

"Disse isso com raiva e sem pestanejar, pois nunca perdoei a tia Nancy por não me devolver esse retrato.

"'Ele coloca *algo* de você em todo desenho', insistiu Dean; 'seus olhos; a curva de seu pescoço; o inclinar de sua cabeça; sua personalidade. Esta última é a pior de todas. Não me importo tanto que use seus olhos e suas curvas, mas não admito que aquele fedelho coloque nem um pedaço sequer de sua alma nas coisas que desenha. Talvez ele nem perceba que está fazendo isso, o que só piora as coisas.'

"'Não entendo você', eu disse, *com ar de altivez*. 'Mas Teddy é *maravilhoso*; o professor Carpenter que disse.'

"'E Emily de Lua Nova repete! Ah, o menino tem talento; vai chegar a algum lugar se aquela mãe horrível que ele tem não arruinar a vida dele. Mas ele precisa manter o lápis e o pincel longe da *minha* propriedade.'

"Dean riu quando disse isso, mas eu mantive a cabeça erguida. Não sou 'propriedade' de ninguém, nem de brincadeira. E nunca serei."

"12 de maio de 19...

"A tia Ruth, o tio Wallace e o tio Oliver vieram aqui hoje à tarde. Gosto do tio Oliver, mas não tanto da tia Ruth e do tio Wallace. Participaram de uma espécie de conclave familiar com a tia Elizabeth e a tia Laura na sala de visitas. O primo Jimmy pôde participar, mas eu não, embora eu esteja bastante certa de que a conversa teve algo a ver comigo. Também acho que a tia Ruth não conseguiu o que queria, pois me criticou durante todo o jantar e disse que eu estou me tornando franzina! Geralmente, a tia Ruth me critica, e o tio Wallace me trata com condescendência. Prefiro as críticas da tia Ruth, porque não tenho que fingir que gosto delas. Suportei-as até certo ponto, mas a gota d'água foi quando a tia Ruth disse:

"'Emily, não retruque', como se estivesse falando com uma *mera criancinha*. Olhei-a bem nos olhos e respondi, *com frieza*:

"'Tia Ruth, acho que já estou um tanto velha para quem falem comigo dessa maneira.'

"'Mas, pelo jeito, não está velha para ser mal-educada e impertinente', respondeu a tia Ruth, com uma fungada. 'Se *eu* fosse Elizabeth, lhe daria um sopapo ao pé do ouvido, mocinha.'

"Detesto que me chamem de mocinha e que funguem para mim! Tenho a sensação de que a tia Ruth tem *todos* os defeitos dos Murray, mas *nenhuma* de suas virtudes.

"O filho do tio Oliver, Andrew, também veio e vai passar uma semana aqui. Ele tem quatro anos a mais que eu."

"19 de maio de 19...

"Hoje é meu aniversário. Escrevi uma carta *De mim aos 14 anos para mim mesma aos vinte e quatro*, botei em um envelope e guardei na prateleira, para abri-la no meu aniversário de 24 anos. Fiz algumas previsões nela. Será que elas terão se realizado quando eu a abrir?

"A tia Elizabeth me devolveu todos os livros do meu Pai hoje. Fiquei tão feliz... Tenho a sensação de que uma parte do meu Pai está nesses livros. Ele mesmo escreveu o próprio nome à mão em cada um dos livros, além de ter feito notas nas margens. Essas notas parecem pequenas cartas escritas por ele. Passei a tarde inteira lendo-as e relendo-as; Papai parece tão *próximo* de mim novamente, e me sinto ao mesmo tempo triste e feliz.

"Um acontecimento estragou meu dia. Na aula, quando fui resolver um problema no quadro-negro, todos começaram a dar risadinhas de repente. Não entendi o motivo disso. Então, percebi que alguém havia pregado uma folha de papel almaço nas minas costas, na qual estava escrito, com letras grandes e em tinta preta: 'Emily Byrd Starr, autora de O pato de quatro patas'. Todos riram ainda mais quando arranquei a folha e joguei-a num balde cheio de carvão[15]. Fico enfurecida quando alguém ridiculariza meus sonhos dessa maneira. Voltei para casa zangada e magoada. Mas, depois de me sentar nos degraus do gazebo e observar, por cinco minutos, um dos enormes amores-perfeitos roxos do primo Jimmy, toda a minha raiva passou. Não é possível continuar com raiva depois de passar um tempo observando um amor-perfeito.

"Além disso, *vai chegar o dia em que eles não rirão de mim!*

"Andrew foi embora ontem. A tia Elizabeth me perguntou o que achei dele. Ela nunca antes me perguntou o que eu achei de alguém; minha opinião não era relevante o suficiente para isso. Acho que ela está começando a perceber que *já não sou mais criança.*

"Respondi que ele me pareceu bom, gentil, burro e pouco interessante.

"A tia Elizabeth ficou tão irritada que não me dirigiu a palavra pelo resto da tarde. Por quê? Eu precisava dizer a verdade. E Andrew *de fato* é assim."

"21 de maio de 19...

"O Velho Kelly esteve aqui hoje pela primeira vez nesta primavera, trazendo um monte de panelas novas e brilhantes. Trouxe-me um pacote

[15] Antigamente, em países frios como o Canadá, era comum que houvesse, nas salas de aula, uma espécie de aquecedor semelhante a um fogão a lenha, motivo pelo qual Emily faz referência ao balde de carvão (em inglês, *coal-scuttle*). (N.T.)

de balas, como sempre; e fez brincadeiras sobre quando vou me casar, como também é de costume. Mas ele parecia estar encucado com alguma coisa e, quando fui à leiteria buscar um copo de leite para ele, ele veio atrás de mim.

"'Minha filha', disse ele, misterioso, 'encontrei o Corcunda Priest no caminho. Ele tem vindo muito aqui?'

"Inclinei minha cabeça à Murray.

"'Se está falando do senhor Dean Priest', respondi, 'sim, ele vem bastante. É um amigo meu.'

"O Velho Kelly meneou a cabeça.

"'Minha filha, eu a avisei; nunca diga que eu não a avisei. Eu lhe disse, no dia em que a levei a Priest Pond, para nunca se casar com um Priest. Disse ou não?

"'Senhor Kelly, não seja ridículo', respondi, zangada e, ao mesmo tempo, pensando que era absurdo estar zangada com o velho Jock Kelly. 'Não vou me casar com ninguém. O senhor Priest tem idade para ser meu pai, e eu sou só uma garotinha que ele ajuda com os estudos.'

"O velho Kelly tornou a menear a cabeça.

"'Eu conheço os Priests, minha filha; e, quando eles decidem que querem algo, é mais fácil fazer parar o sol que os convencer do contrário. Já esse Corcunda, dizem que ele está de olho em você desde que a salvou das rochas de Malvern; só está esperando que você tenha idade para ser cortejada. Dizem que ele é ateu, e todo mundo sabe que, quando estava sendo batizado, ele ergueu as mãos e agarrou os óculos do ministro. Assim, o que você espera? Nem preciso lhe dizer que ele é manco e torto; isso você consegue ver sozinha. Ouça o conselho deste velho tolo e livre-se dele enquanto há tempo. Ora, não me lance esse olhar de Murray, minha filha. É para o seu bem que digo isso.'

"Dei as costas para ele e fui embora. *Não* era cabível discutir esse assunto com ele. *Gostaria* que as pessoas não botassem essas ideias na minha cabeça. Elas grudam feito carrapicho. Vou passar semanas sem me sentir confortável perto de Dean agora, apesar de saber perfeitamente bem que tudo que o Velho Kelly disse é besteira.

"Quando o Velho Kelly se foi, subi para meu quarto e escrevi uma descrição completa dele em um caderno Jimmy.

"Ilse tem um chapéu novo decorado com grandes laços de tule azul e cerejas vermelhas. Não achei bonito e disse isso a ela. Ela ficou furiosa, disse que eu estava com inveja e não fala comigo há dois dias. Pensei muito a respeito. Sei que não estava com inveja, mas cheguei à conclusão de que errei. Nunca mais direi algo assim a alguém. Era verdade, mas não foi gentil.

"Espero que, amanhã, Ilse já tenha me perdoado. Sinto muito a falta dela quando ela está de mal de mim. Ela é tão querida, alegre e divertida quando não está zangada...

"Teddy também anda meio chateado comigo ultimamente. *Acho* que é porque Geoff North voltou comigo do encontro de oração na última quarta-feira à noite. *Espero* que seja esse o motivo. Gosto de saber que tenho *tanta influência* sobre Teddy.

"Pergunto-me se devia ter escrito isso. Mas é verdade.

"Se Teddy ao menos soubesse; tenho me sentido muito infeliz e envergonhada por causa desse assunto. De início, quando Geoff me escolheu dentre todas as outras meninas, eu me senti bastante orgulhosa. Foi a primeiríssima vez que tive um *acompanhante* na volta para casa, e Geoff é um rapaz da cidade, muito *bonito* e *educado*; além disso, todas as meninas mais velhas de Blair Water são loucas por ele. Saí desfilando com ele, com a sensação de que havia me tornado adulta de repente. Mas não havíamos chegado longe, e eu já o detestava. Ele foi tão *condescendente*. Parecia pensar que eu era uma mera menininha do interior, que deveria estar completamente deslumbrada com a *honra* de ter a companhia dele.

"E, no início, eu de fato estava! *Isso* é o que me mais me incomodou. Pensar que fui tão ingênua!

"Ele não parava de dizer: 'É sério, você me surpreende', de um jeito afetado e arrastado, sempre que eu fazia algum comentário. E ele me *enfadava*. Não sabia falar de maneira sensata sobre nada. Pelo menos não comigo. Eu estava bastante irritada quando chegamos a Lua Nova. E *essa criatura insuportável* me pediu um beijo!

"Aprumei-me de tanta indignação; ah, mas eu era bem uma Murray nesse momento. Senti-me a *própria* tia Elizabeth.

"'Não beijo rapazinhos', respondi, desdenhosa.

"Geoff riu e tomou minha mão.

"'Ora essa, bobinha, por que você acha que a acompanhei até em casa?', perguntou.

"Puxei minha mão de volta e entrei em casa. Mas, antes disso, fiz mais uma coisa.

"*Dei um tapa na cara dele!*

"Então, subi para meu quarto e chorei de vergonha por ser insultada e por ter reagido de forma tão pouco digna ao me deixar abalar pelo insulto. A dignidade é uma tradição de Lua Nova, e senti como se a tivesse traído.

"Mas também acho que dei um bom 'susto' em Geoff North."

"24 de maio de 19...

"Jennie Strang me disse hoje que Geoff North disse ao irmão dela que eu sou uma 'baita nervosinha' e que não quer mais saber de mim.

"A tia Elizabeth descobriu que Geoff voltou para casa comigo e me disse hoje que não 'confiaria' mais em mim o suficiente para me deixar ir sozinha ao encontro de oração novamente."

"25 de maio de 19...

"Estou sentada aqui em meu quarto, à luz do crepúsculo. A janela está aberta, e as rãs estão coaxando uma canção sobre algo que aconteceu há muito tempo. Ao longo de todo o caminho que atravessa o jardim, o Povo Alegre[16] ergue suas taças de rubi, ouro e pérolas. Não está chovendo agora, mas choveu o dia todo; uma chuva perfumada de lilases. Gosto de todos os tipos de tempo e gosto de dias de chuva: dias suaves e brumosos de chuva, nos quais a Mulher de Vento balança apenas o topo dos abetos bem gentilmente; e também dias de chuva torrencial, tempestuosa e violenta.

[16] No livro anterior, Emily explica que o primo Jimmy chama as tulipas do jardim de "Povo Alegre". (N.T.)

Gosto de estar trancada em casa por causa da chuva; gosto de ouvi-la bater contra o telhado e os vidros das janelas e escorrendo pelos beirais, enquanto a Mulher de Vento guincha feito uma bruxa velha e louca pelo bosque e o jardim.

"Contudo, se chove quando quero ir a algum lugar, fico ranzinza como qualquer pessoa!

"Uma tarde como esta sempre me faz lembrar da primavera em que Papai morreu, há três anos, bem como daquela querida e velha casinha lá em Maywood. Nunca mais voltei lá desde então. Pergunto-me se haverá alguém morando nela. E se Adão e Eva, o Pinheiro Galo e a Árvore Que Reza ainda estarão iguais. E quem estará dormindo em meu antigo quarto lá; e se alguém estará dando amor às pequenas bétulas e brincando com a Mulher de Vento nos campos de abeto. Assim que escrevi as palavras 'campos de abeto', uma antiga lembrança me veio à mente. Numa tarde de primavera, quando eu tinha 8 anos, estava correndo pelos campos, brincando de esconde-esconde com a Mulher de Vento, quando encontrei um pequeno vão entre dois abetos, o qual estava coberto por pequenas folhas verdes e brilhantes, apesar de tudo ao redor ainda estar marrom e desbotado em razão do inverno que havia terminado. Eram tão bonitas que *o lampejo* apareceu para admirá-las; foi a primeiríssima vez que ele apareceu para mim. Acho que é por isso que me lembro dessas folhinhas verdes tão distintamente. Ninguém mais se lembra delas, talvez porque ninguém mais as tenha visto. Esqueci-me de todas as outras folhas, mas me lembro dessas toda a primavera e, cada vez que me lembro, sinto novamente o fascínio que elas me proporcionaram."

Na escuridão da noite

Algumas de nós conseguem se lembrar do instante exato em que ocorreram certos marcos na vida: o momento maravilhoso em que passamos da infância à mocidade; o momento belo e mágico (ou talvez terrível e arrasador) em que deixamos a mocidade e passamos a ser mulheres; o momento assustador em que percebemos que a juventude já ficou para trás; o momento sereno e pesaroso em que nos damos conta da idade. Emily Starr jamais se esqueceu da noite em que alcançou esse primeiro marco e deixou para sempre a infância para trás.

Toda experiência enriquece a vida e, quanto mais profunda é uma experiência, mais riqueza ela traz. Essa noite de horror e mistério, mas também de descobertas, amadureceu sua mente e seu coração como se anos tivessem passado.

Era uma noite no início de julho. O dia havia sido extremamente quente. A tia Elizabeth havia passado tão mal por causa do calor que decidiu não ir ao encontro de oração. A tia Laura, o primo Jimmy e Emily foram. Antes de ir, Emily pediu e obteve a permissão da tia Elizabeth para voltar com Ilse Burnley para a casa dela depois do encontro e passar a noite lá. Esse foi um feito raro. A tia Elizabeth, no geral, não via com bons olhos isso de passar a noite fora.

Contudo, o doutor Burnley precisou sair, e a empregada estava temporariamente acamada, por causa de um tornozelo quebrado. Ilse havia pedido a Emily para passar a noite lá, e Emily acabaria conseguindo permissão para ir. Ilse não sabia disso (na verdade, sequer tinha esperança de que isso acontecesse) e iria ser informada no encontro de oração. Se Ilse não tivesse se atrasado, Emily a teria informado antes de o encontro começar, e então todos os infortúnios da noite teriam provavelmente sido evitados. Mas Ilse, como de costume, atrasou-se, e todo o resto seguiu seu curso.

Emily sentou-se no banco dos Murray, na parte dianteira da igreja, junto à janela que dava para o bosque de pinheiros e bordos em volta da igrejinha branca. Esse encontro de oração não era a costumeira reunião semanal de uns poucos fiéis. Era um "encontro especial", celebrado por causa do iminente domingo de comunhão, e o pregador não era o jovem e sério senhor Johnson, que Emily sempre gostava de ouvir, apesar de sua gafe no Jantar das Damas da Beneficência, mas, sim, um evangelista itinerante, cedido por Shrewsbury por uma única noite. Sua fama fez encher a igreja, mas a maioria dos presentes disse mais tarde que preferiria ter ouvido o bom e velho senhor Johnson. Emily observou-o com seu olhar crítico, de igual para igual, e decidiu que ele era bajulador e pouco espiritual. Ouviu-o rezar e pensou:

"Dar bons conselhos a Deus e falar mal do diabo não é rezar."

Ela ouviu o discurso dele por uns poucos minutos e chegou à conclusão de que ele era óbvio, ilógico e sensacionalista. Então, procedeu calmamente a fechar os ouvidos e a mente para ele e a entrar no mundo dos sonhos – algo que, normalmente, era capaz de fazer à vontade, sempre que se via ansiosa por escapar de uma realidade desarmônica. Lá fora, o luar ainda atravessava, como uma chuva prateada, os galhos dos pinheiros e dos bordos, embora nuvens agourentas se formassem a noroeste e repetidas trovoadas cortassem o ar silencioso daquela noite quente de verão – uma noite em geral sem vento, apesar de, vez por outra, um sopro repentino, que mais parecia um suspiro que uma brisa, remoinhasse em meio às árvores, fazendo com que suas sombras dançassem em grupos estranhos. Havia algo estranho naquela noite, naquela mistura de beleza plácida e costumeira com presságio de tempestade, que intrigava Emily, de modo que ela passou a primeira metade da pregação do evangelista compondo uma descrição mental da noite para escrever mais tarde em seu caderno Jimmy. A outra metade, passou-a estudando os membros da audiência que estavam ao alcance de sua visão.

Isso era algo que Emily jamais se cansava de fazer nas reuniões públicas, e, quanto mais crescia, mais gostava de fazê-lo. Era fascinante estudar todos aqueles diferentes rostos e especular sobre as histórias escritas nos misteriosos hieróglifos impressos neles. Todos aqueles homens e mulheres tinham suas vidas secretas, particulares, desconhecidas por todos, exceto por eles mesmos e por Deus. Aos demais cabia apenas tentar adivinhar o que acontecia nessas vidas secretas, e Emily adorava esse jogo de adivinhação. Às vezes, esse exercício chegava a lhe parecer mais do que uma simples adivinhação: em alguns momentos mais intensos, era como se ela pudesse entrar na alma dessas pessoas e, dentro delas, descobrir paixões e motivações secretas que, talvez, fossem um mistério até para os próprios donos. Era sempre muito difícil para Emily resistir à tentação de fazer isso quando sentia que era capaz, muito embora fosse afligida, sempre que cedia a esse ímpeto, pela desconfortável sensação de estar cometendo uma violação. Era algo muito diferente de subir nas asas da imaginação e adentrar num mundo ideal de criatividade; muito diferente da beleza extraordinária e sobrenatural do "lampejo"; nenhuma dessas duas coisas lhe causava hesitação ou dúvida. Mas entrar às escondidas por uma porta momentaneamente destrancada e espiar coisas veladas, não ditas e não dizíveis nos corações e nas almas dos outros era algo que sempre trazia consigo, junto com a sensação de poder, uma sensação de ser algo proibido, quase um sacrilégio. Ainda assim, Emily não sabia se algum dia seria capaz de resistir a essa tentação; quando se dava conta, já havia espiado pela porta entreaberta. As coisas que via eram quase sempre terríveis. Segredos quase sempre horríveis. Quase nunca se esconde a beleza; só a feiura e a deformidade.

"Elder Forsyth seria um inquisidor no passado", pensou ela. "Tem cara disso. Neste exato momento, está adorando a descrição do inferno que o pregador está fazendo, pois acredita que todos os seus inimigos irão para lá. Sim, é por isso que parece estar tão satisfeito. Acho que a senhora Bowes voa numa vassoura à noite. Ela tem a *aparência* de quem faz isso. Há quatrocentos anos, ela teria sido uma bruxa, e Elder Forsyth a teria queimado na praça. Ela odeia todo mundo; deve ser horrível odiar todo mundo, ter a alma cheia de ódio. Preciso tentar descrever essa pessoa em meu caderno Jimmy. Será que o ódio já expulsou *todo* o amor do coração dela ou será que ainda resta um pouquinho por alguém ou por alguma coisa? Se ainda restar, talvez seja o suficiente para salvá-la. Essa é uma boa ideia para um conto. Preciso anotá-la antes de ir dormir; vou pedir um pedaço de papel à Ilse. Não... tem um pedacinho aqui no meu hinário. Vou anotar agora.

"Queria saber o que toda essa gente diria se alguém de repente lhes perguntasse o que eles mais desejam, e eles tivessem que responder com franqueza. Queria saber quantos desses maridos e esposas anseiam por uma mudança. O senhor Chris Farrar e sua esposa com certeza desejam mudança; disso todo mundo sabe. Não sei por quê, mas tenho certeza de que James Beatty e sua esposa também desejam. Passam a impressão de estarem muito satisfeitos um com o outro; mas, certa vez, eu a vi olhar para ele num momento em que não percebeu estar sendo observada; nossa, tive a sensação de ver dentro da alma dela, através de seus olhos, e vi que ela o odiava... e o temia. Ali está ela, bem ao lado dele, pequena, magra e desalinhada, com o rosto cinza e os cabelos desbotados; mas ela é, por si só, uma chama de rebeldia. O que mais deseja é ser livre dele – ou pelo menos revidar alguma vez. Isso a satisfaria.

"Ali está o Dean; o que será que o trouxe ao encontro de oração? Seu rosto está solene, mas seus olhos caçoam do senhor Sampson. De que é que o senhor Sampson está falando? Ah, sim, algo sobre as virgens prudentes[17]. Detesto as virgens prudentes; acho que foram absurdamente

[17] Referência à Parábola das Dez Virgens, contida no evangelho segundo Mateus, capítulo 25, versículos de 1 a 13. (N.T.)

egoístas. Elas bem que *poderiam* ter dado às imprudentes um pouco de azeite. Não acredito que Jesus tenha tido a intenção de elogiá-las, assim como não teve intenção de elogiar o mordomo infiel[18]; acredito que ele estava apenas tentando avisar os imprudentes que eles não deviam *ser* descuidados – nem imprudentes – porque, se o fossem, as pessoas prudentes e egoístas jamais os ajudariam. Será que é errado pensar que eu preferiria estar do lado de fora com as virgens imprudentes, tentando ajudá-las e reconfortá-las, a estar do lado de dentro, festejando com as prudentes? A meu ver, seria *mais interessante*.

"Ali estão a senhora Kent e o Teddy. Ah, *ela* está desejando muito alguma coisa; não sei o que é, mas é algo que ela jamais poderá ter, e esse desejo a atormenta dia e noite. É por isso que ela mantém o Teddy tão perto; tenho certeza. Nunca consigo espiar dentro da alma *dela*; ela mantém todos fora; a porta jamais é destrancada.

"E o que é que *eu* mais desejo? Escalar o Caminho Alpino até o topo,

E escrever, em seu pergaminho reluzente,
O humilde nome de uma mulher[19].

"Estamos todos famintos. Todos queremos um bocado de pão da vida, mas o senhor Sampson não pode dá-lo a nós. O que será que *ele* mais deseja? Sua alma é tão embaçada que não consigo ver dentro dela. Ele tem muitos desejos sórdidos; não quer *nada* que possa dominá-lo. O senhor Johnson deseja ajudar as pessoas e pregar a verdade; deseja isso de verdade. E o que a tia Janey mais deseja é ver todo o mundo pagão convertido ao cristianismo. A alma dela não contém nenhum desejo obscuro. Sei bem o que o professor Carpenter deseja: a chance única que perdeu. Katherine Morris deseja ter a juventude de volta; ela nos odeia, nós que somos moças mais jovens, precisamente *porque* somos jovens. O velho Malcolm Strang deseja apenas viver; só mais um ano; sempre

[18] Referência à Parábola do Mordomo Infiel, presente no evangelho segundo Lucas, capítulo 16, versículos de 1 a 13. (N.T.)

[19] Referência ao poema *The fringed gentian*, de William Cullent Bryant (1794-1878). (N.T.)

só mais um; apenas viver; apenas não morrer. Deve ser horrível não ter nenhum outro motivo para viver além de fugir da morte. Contudo, ele crê no paraíso e acredita que irá para lá. Se pudesse ver meu lampejo apenas uma vez, ele não odiaria tanto a ideia de morrer, pobre coitado. E Mary Strang deseja morrer antes que algo terrível, do qual ela tem muito medo, a torture até a morte. Dizem que é câncer. Ali está o senhor Morrison Louco, na galeria superior; todos sabemos o que *ele* quer: encontrar sua Annie. Tom Sibley deseja a lua, acho, mas sabe que não pode tê-la; é por isso que o chamam de zureta. Amy Crabbe deseja que Max Terry volte para ela; nada mais lhe importa.

"Amanhã, preciso escrever todas essas coisas em meu caderno Jimmy. São fascinantes, mas, no fim das contas, prefiro escrever sobre coisas bonitas. A questão é que essas coisas de que falei têm alguma particularidade que as coisas bonitas não têm. Que maravilhoso aquele bosque lá fora, com sua silhueta escura e prateada. O luar está criando efeitos extraordinários nas lápides: até a mais feia delas está bonita. Mas faz tanto calor; está fervendo aqui dentro; e esses trovões estão chegando cada vez mais perto. Espero que Ilse e eu cheguemos em casa antes que a tempestade comece. Ah, senhor Sampson, senhor Sampson, Deus não é irascível; você não sabe nada sobre Ele se diz o contrário; tenho certeza de que Ele se entristece quando agimos de maneira tola ou maldosa, mas não tem surtos de raiva. O seu Deus e o Deus de Ellen Greene são exatamente iguais. Queria poder levantar e dizer isso a você, mas demonstrar atrevimento na igreja não é uma tradição dos Murray. Você faz Deus parecer feio; e Ele é lindo. Detesto você por fazer Deus parecer feio, seu baixinho gordo".

Nesse momento, o senhor Sampson, que, por diversas vezes, notara o olhar intenso e avaliador de Emily e concluíra tê-la impressionado profundamente, fazendo despertar nela um consciência de sua condição de pecadora, terminou sua pregação com um derradeiro brado suplicante, sentando-se em seguida. Naquele ambiente opressivo que se formara dentro da igreja cheia e iluminada por lamparinas, os fiéis que ouviam o sermão soltaram um suspiro audível de alívio e mal foram capazes de esperar o término do hino e da bênção para sair em busca de um ar mais fresco. Levada pelo mar de gente e separada da tia Laura, Emily foi empurrada para a porta usada pelos membros do coral, a qual ficava à esquerda do púlpito. Levou um bom tempo para que conseguisse se desvencilhar da multidão e dirigir-se às pressas à entrada da igreja, onde esperava encontrar Ilse. Lá, havia outra aglomeração, que, apesar de densa, começava a se dispersar rapidamente; contudo, não havia sinal da Ilse ali. De repente, Emily se deu conta de que não estava com seu hinário e disparou de volta para dentro. Certamente, havia esquecido o hinário no banco da igreja e não podia, de forma alguma, deixá-lo lá. Nele, havia guardado um pedaço de papel no qual, furtivamente, fizera algumas anotações dispersas durante o último hino: uma descrição bastante mordaz da senhorita Potter, uma integrante esquelética do coral; um par de frases irônicas sobre o senhor Sampson; e algumas poucas lucubrações, que eram o que ela mais queria esconder, pois continham sonhos e fantasias e, por isso, seria um sacrilégio que fossem lidas por olhos estranhos.

O velho sacristão, senhor Jacob Banks, que era meio cego e bem surdo, já estava apagando as lamparinas quando Emily entrou. Tentava alcançar as duas lamparinas na parte de trás do púlpito quando ela encontrou o hinário no porta-livro do banco, mas o pedaço de papel não estava dentro dele. À parca luz que restou antes que Jacob Banks apagasse a última lamparina, Emily localizou o papel sob o assento do banco da frente. Ajoelhou-se e estendeu o braço para alcançá-lo, mas, quando finalmente conseguiu agarrá-lo, Jacob já havia saído da igreja e trancado a porta. Emily não percebeu que ele já havia saído; a igreja ainda estava levemente iluminada pela lua, que, naquele momento, logrou vencer as densas nuvens de tempestade. No fim das contas, aquele não era o pedaço de papel que ela buscava. *Onde* estaria ele? Ah, lá está! Emily pegou o papel no chão e dirigiu-se rapidamente à porta, mas não conseguiu abri-la.

Foi então que percebeu que Jacob Banks já havia saído, de que estava completamente só naquela igreja. Em vão, tentou novamente abrir a porta e chamar pelo senhor Banks. Em seguida, correu para a porta da frente, chegando a tempo de ouvir a última charrete sair pelo portão da igreja e se afastar; nesse exato momento, a lua foi engolida pelas nuvens negras, e a igreja mergulhou de repente em uma completa escuridão; uma escuridão sufocante, quente, abafada, quase tangível. Emily soltou um grito repentino de pânico, esmurrou a porta, girou a maçaneta freneticamente e tornou a gritar. Oh, não era possível que todos já tivessem ido embora! Alguém certamente a ouviria! "Tia Laura! Primo Jimmy! Ilse!", gritou, acrescentando, em um último e desesperado lamento: "Teddy! Oh, Teddy!".

A luz azul-prateada de um raio iluminou a entrada da igreja, sendo seguida por um poderoso trovão. Dava-se início a uma das piores tempestades jamais registradas nos anais de Blair Water, e Emily Starr estava trancada sozinha naquela igreja escura em meio ao bosque de bordos. Logo ela, que sempre nutrira um medo ilógico e primitivo de trovões, algo que era incapaz de superar ou mesmo de controlar.

Sentou-se, trêmula, em um degrau da escada que conduzia à galeria e se encolheu. Alguém certamente voltaria quando dessem falta dela. Mas será que dariam falta dela? Quem sentiria sua falta? A tia Laura e o primo Jimmy concluiriam que ela estava com Ilse, como combinado. Por sua vez, Ilse imaginou que Emily teria voltado para Lua Nova e que não iria lhe fazer companhia; com isso, foi embora sozinha. Ninguém sabia onde Emily estava; ninguém viria procurar por ela. Ela ficaria ali, naquele lugar pavoroso, solitário, escuro e cheio de barulhos macabros. A igreja que ela conhecia tão bem e que tanto amava, por associá-la às reuniões da Escola Dominical, às cantorias e aos bons e velhos amigos, havia se convertido em um lugar estranho, fantasmagórico, repleto de assombrações medonhas. Não havia como fugir. Não era possível abrir as janelas: a ventilação da igreja se dava, na verdade, por meio de umas basculantes que havia acima delas, sendo preciso puxar uma corda para abri-las ou fechá-las. Emily não conseguiria alcançar essas basculantes e, mesmo que conseguisse, não poderia passar por elas.

Encolheu-se ainda mais na escada, tremendo dos pés à cabeça. A essa altura, os raios e os trovões eram constantes; a chuva batia contra a janela – já não eram gotas, mas jatos de água – e saraivadas intermitentes de granizo golpeavam as vidraças. Acompanhando o ritmo da tempestade, a ventania se tornou mais forte e assobiava em torno da igreja. Isso não era coisa de sua velha amiga de infância, a brumosa Mulher de Vento, com suas asas de morcego, mas, sim, uma legião de bruxas a gritar. Certa vez, ela ouvira o senhor Morrison Louco dizer que "o Príncipe das Potestades do Ar governa os ventos"[20]. Por que estava pensando no senhor Morrison logo agora? Quanto barulho faziam as janelas! Era como se os demônios que habitam as tempestades as estivessem chacoalhando. Emily lembrou-se de uma história absurda que lhe contaram: muitos anos atrás, alguém teria escutado o órgão sendo tocado na igreja quando não havia ninguém dentro dela. *E se ele começasse a tocar agora?!* Nada que lhe passava pela cabeça era absurdo ou terrível demais para se tornar realidade. Que rangido era aquele nas escadas? Entre cada relâmpago, a escuridão que se formava era tão intensa que parecia *palpável*. Emily teve medo de que alguma coisa no escuro a tocasse e escondeu o rosto nos joelhos.

Contudo, nesse momento, ela se recompôs e chegou à conclusão de que não estava fazendo jus às tradições da família Murray. Um Murray não deveria se desesperar dessa maneira. Seus antigos ancestrais que descansavam no cemitério familiar junto ao lago a teriam renegado, por ser uma descendente indigna. A tia Elizabeth teria dito que aquela atitude de Emily era evidência do sangue Starr que corria em suas veias. Emily precisava ser forte; afinal, ela havia passado por momentos bem piores que aquele, como aquela noite em que comeu a maçã envenenada de John Altivo ou o dia em que quase despencou sobre as rochas da baía de Malvern[21]. Aquela situação em que se encontrava havia se desenrolado de forma tão repentina que Emily quase se entregou ao desespero antes de conseguir enfrentá-la. Precisava se recuperar. Nada de mau lhe aconteceria; apenas passaria a noite na igreja, nada mais. Pela manhã, poderia tentar chamar a atenção de alguém que passasse por perto. Já fazia uma hora que estava ali e nada havia lhe acontecido – a não ser que seus cabelos tivessem ficado brancos; Emily sabia que isso às vezes acontecia. De fato, ela havia sentido umas cócegas estranhas e um formigamento nas raízes dos cabelos. Emily

[20] Referência ao versículo 2 do segundo capítulo do livro de Efésios. (N.T.)

[21] Ver *Emily de Lua Nova*. (N.T.)

segurou as longas tranças, esperando pelo próximo relâmpago. Quando relampejou, confirmou que seus cabelos ainda estavam negros. Soltou um suspiro de alívio e começou a se sentir melhor, pois a tempestade já estava passando. Os trovões estavam diminuindo e se tornando menos estrondosos, embora a chuva continuasse a cair e o vento ainda sibilasse ao redor da igreja, entrando pela enorme fechadura com um assobio sinistro.

Emily aprumou os ombros e, com muito cuidado, botou os pés em um degrau mais abaixo. Achou melhor tentar voltar para o interior da igreja. Se outra nuvem se formasse, um raio poderia atingir o pináculo (isso acontecia com frequência); nesse caso, o raio poderia descer pelo pináculo e acertá-la em cheio ali na entrada. Iria se sentar no banco da família Murray; permaneceria serena, sensata e contida, pois estava envergonhada de seu acesso de pânico, embora aquela situação fosse *mesmo* terrível.

Uma escuridão densa e silenciosa preenchia todo o lugar; persistia aquela sensação misteriosa de ser uma escuridão palpável, provavelmente por causa do calor e da umidade daquela noite de julho. A entrada da igreja era muito pequena e estreita; no interior do templo, Emily não se sentiria tão sufocada.

Ela estendeu a mão para agarrar o corrimão e se firmar sobre os pés doídos. Contudo, o que sua mão tocou não foi o corrimão. Céus, o que seria aquilo? Era algo peludo... Um grito de pavor ficou preso na garganta de Emily; leves passos passaram por ela descendo a escada; um relâmpago iluminou os degraus mais abaixo, revelando um enorme cachorro preto, que se virou e a encarou antes de mergulhar de novo na escuridão. Contudo, mesmo no escuro, ela ainda pôde ver, por um instante, o brilho avermelhado e demoníaco dos olhos dele fulminando-a.

Novamente, Emily sentiu cócegas e um formigamento nas raízes dos cabelos; era como se uma lagarta enorme e fria estivesse descendo lentamente por sua espinha. Não seria capaz de mover um músculo, nem se sua vida dependesse disso. De início, só conseguia pensar no terrível cão demoníaco do Castelo de Manx, em *Peveril of the Peak*[22]. Durante alguns

[22] Romance do escocês Walter Scott (1771-1832). (N.T.)

minutos, seu pavor foi tanto que ela se sentiu fisicamente mal. Em seguida, com um esforço e uma determinação atípicos em uma criança (acredito que esse foi o momento em que Emily deixou de ser criança de uma vez por todas), ela recuperou o autocontrole. *Não* iria ceder ao medo; franziu o cenho e cerrou os punhos trêmulos; *seria* corajosa e sensata. Aquele não passava de um cachorro comum de Blair Water; devia pertencer a algum moleque da cidade e acabou ficando preso ali depois de seguir o dono até a galeria da igreja. Algo assim já havia acontecido antes. Um novo relâmpago revelou que não havia ninguém na entrada. O cachorro certamente havia ido para o interior da igreja. Emily decidiu ficar onde estava. Havia se recuperado do susto, mas não queria se arriscar a sentir o toque repentino de um focinho gelado ou de uma pata peluda no escuro. Não conseguia se esquecer do momento aterrorizante em que *encostara* naquela criatura.

Já devia ser meia-noite; eram dez horas quando o encontro terminou. A tempestade praticamente não fazia mais barulho. Vez por outra, o vento soprava e sibilava, mas, entre essas rajadas, fazia-se um silêncio profundo, quebrado apenas pelo som da chuva cada vez mais branda. Os trovões ainda ressoavam lá longe e continuava relampejando com frequência, mas de um jeito mais fraquinho e bonançoso. Não se assemelhava em nada àqueles clarões que rasgavam os céus e pareciam inundar toda a edificação em um brilho azul insuportável que lhe queimava os olhos. Aos poucos, as batidas de seu coração retomaram o ritmo normal. Recuperou a capacidade de pensar racionalmente. Sua conjuntura não lhe agradava, mas Emily começava a ver oportunidades empolgantes nela. Ah, que maravilhoso capítulo para seu diário (ou caderno Jimmy) aquilo daria; além disso, como aquilo contribuiria com o romance que ela pensava em escrever no futuro! Era uma situação perfeita para a heroína, que, obviamente, precisaria ser resgatada pelo herói. Emily pôs-se a construir a cena, complementando-a, intensificando-a, buscando palavras para descrevê-la. No fim das contas, aquilo era muito... interessante. A única coisa que queria era saber exatamente onde estava o cão. Ao olhar pela janela à sua frente, Emily notou como era estranha a luz que os relâmpagos lançavam sobre os túmulos. Notou também que o vale mais além, outrora tão familiar, agora parecia bizarro sob essa luz misteriosa. Os ventos gemiam, resmungavam, reclamavam; mas, desta vez, era sua amiga, a Mulher de Vento. A Mulher de Vento era uma das criaturas imaginárias da infância que Emily havia levado consigo até a maturidade; era como uma antiga companheira que, naquele momento, lhe trazia uma sensação de conforto. Os medonhos habitantes da tempestade haviam partido, e sua amiga mágica estava de volta. Emily soltou um suspiro que era quase de alegria. O pior havia passado, e, no fim das contas, não é que havia se comportado muito bem? Conseguiu recuperar a autoestima depois disso.

Mas, subitamente, Emily percebeu que não estava só.

Não saberia dizer como percebeu. Não havia ouvido, visto ou sentido nada; mesmo assim, sabia, sem nenhuma sombra de dúvida, que havia uma Presença na escuridão, nos degraus superiores da escada.

Ela se virou e olhou para cima. Era horrível ter que olhar, mas Emily preferia encarar aquela Coisa a estar de costas para ela. Aflita, ela fitou a escuridão com as pupilas dilatadas, mas não conseguiu ver nada. Então, ela ouviu uma gargalhada mais acima; uma gargalhada que quase fez seu coração parar de bater; era a gargalhada medonha e macabra dos que já perderam a sanidade mental. O relâmpago que iluminou a escada naquele momento era desnecessário, pois Emily já havia concluído que, em algum dos degraus superiores, estava o senhor Morrison Louco. Mas relampejou, e ela o viu; era como se ela tivesse mergulhado em uma piscina de gelo; não foi capaz nem de gritar.

A visão daquele homem, gravada em sua mente graças ao relâmpago, permaneceu em sua memória para sempre. Estava de cócoras cinco degraus acima dela, com a cabeça grisalha inclinada para a frente. Ela viu o brilho desequilibrado de seus olhos; os dentes amarelos e afiados como presas expostos em um sorriso sinistro; e a mão grande e ossuda, vermelho-sangue, estendida em direção a ela, quase tocando seu ombro.

Um pânico absoluto arrancou Emily de seu transe. Em um salto, ela se pôs de pé e soltou um grito de pavor:

– Teddy! Teddy! Socorro! – clamou, desesperada.

Ela não entendeu por que chamou por Teddy; nem notou que chamou por ele; só se lembrou disso mais tarde, como quem lembra do grito com que despertou de um pesadelo. A única coisa que sabia era que precisava de ajuda; que, se aquela mão a tocasse, ela cairia morta. A mão não podia tocá-la.

Emily disparou enlouquecida escada abaixo e avançou às pressas pelos corredores rumo ao interior da igreja. Precisava esconder-se antes que relampejasse de novo; mas não sob o banco dos Murray. Ele provavelmente a procuraria aí. Meteu-se embaixo de um dos bancos centrais e encolheu-se num canto. Estava ensopada de suor frio e completamente entregue ao pânico. Só conseguia pensar em não ser tocada pela mão vermelho-sangue daquele velho louco.

Os momentos que se sucederam pareceram anos. Por fim, ela começou a ouvir passos que iam e vinham, parecendo chegar cada vez mais perto. Ela logo entendeu o que ele estava fazendo: passando por todos os bancos e tateando em busca dela, sem esperar pela luz do relâmpago. Então era isso: ele estava procurando por ela; Emily já havia ouvido dizer que ele às vezes perseguia jovens moças, acreditando serem Annie. Se conseguisse alcançá-las, ele as agarrava pelo braço com uma mão e, com a outra, acariciava-lhes o rosto e os cabelos, resmungando afagos senis e delirantes. Nunca fizera mal a nenhuma delas, mas não as soltava a não ser que outra pessoa interviesse. Dizem que Mary Paxton, de Derry Pond, jamais foi a mesma depois disso; seus nervos nunca se recuperaram do choque.

Emily sabia que era só uma questão de tempo para que ele chegasse ao banco sob o qual ela estava encolhida, tateando o chão com aquelas mãos. A única coisa que a impedia de desmaiar, apesar do corpo paralisado, era a ideia de que, se perdesse a consciência, aquelas mãos a tocariam, a agarrariam, a acariciariam. Um relâmpago revelou que ele estava entrando na fileira do banco ao lado. Emily se levantou de um salto, disparou para o outro lado da igreja e tornou a se esconder. Ele a procuraria, mas ela poderia escapar dele de novo. Contudo, aquilo poderia durar a noite inteira, e a persistência de um louco poderia ser mais forte que a dela. Em algum momento, ela poderia cair de cansaço, e ele então daria seu bote.

Emily teve a sensação de que essa brincadeira insana de pique-esconde durou horas. Na verdade, não durou mais do que trinta minutos. Naquele momento, ela tinha tanta dificuldade para agir e pensar de forma racional quanto o louco que a perseguia. Resumia-se a uma criatura aterrorizada que ora se encolhia, ora saltava, ora gritava de pavor. Ele, por sua vez, caçava-a com uma perícia e uma paciência implacáveis. Quando ele a encurralou pela última vez, ela estava perto de uma das portas que davam para o vestíbulo; assim, com um salto desesperado, Emily passou pela porta e deu com ela na cara do senhor Morrison. Com as últimas forças que lhe restavam, ela lutou para impedir que ele conseguisse girar a maçaneta. Em meio a essa peleja, ela ouviu algo. Estaria sonhando? Parecia a voz de Teddy chamando por ela do lado de fora.

– Emily? Emily, você está aí?

Ela não sabia por que ele havia vindo; sequer pensou nisso; a única coisa que lhe importava era que ele *estava* ali.

– Teddy, estou trancada na igreja! – ela gritou de volta. – O senhor Morrison Louco está aqui! Oh, rápido! Rápido! Me ajude!

– A chave da porta está pendurada em um prego na parede à direita! – berrou Teddy. – Consegue alcançá-la e destrancar a porta? Se você não conseguir, eu quebro a janela do vestíbulo.

Nesse momento, as nuvens se dissiparam, e o vestíbulo iluminou-se com o luar. Com isso, Emily avistou a grande chave pendurada no alto da parede ao lado da porta principal. Emily voou até a chave, e o senhor Morrison abriu a porta com um golpe, saltando para dentro do vestíbulo em companhia de seu cachorro. Emily destrancou a porta principal e se lançou nos braços de Teddy bem a tempo de escapulir da mão vermelha do louco, que se estendia atrás dela. Com o rosto metido no peito de Teddy, ela ouviu o uivo sinistro e desesperado que o senhor Morrison Louco soltou ao ver que ela havia escapado.

Tremendo e soluçando, ela agarrou-se a Teddy.

– Oh, Teddy, me leve daqui! Rápido, vamos embora! Oh, não deixe que ele encoste em mim, Teddy! Não deixe que ele me toque!

Teddy botou-a atrás de si e encarou o senhor Morrison Louco, que estava nos degraus que conduziam ao templo.

– Como ousa assustá-la dessa maneira?! – vociferou.

Sob a luz do luar, o senhor Morrison Louco esboçou um sorriso insatisfeito. Subitamente, já não era o louco descontrolado e violento de outrora; era apenas um velho com o coração partido em busca de sua amada.

– Quero a Annie – resmungou. – Onde está a Annie? Achei que a tivesse encontrado ali dentro. Só quero encontrar minha linda Annie.

– Annie não está aqui – disse Teddy, segurando mais firmemente a mão gelada de Emily.

– Sabe me dizer onde ela está? – indagou o senhor Morrison Louco, aflito. – Sabe me dizer onde está minha Annie dos cabelos negros?

Teddy estava furioso com o senhor Morrison por ele ter assustado Emily, mas a angústia do velho o comoveu. Com isso, o artista que habitava nele cedeu aos matizes daquela figura que se apresentava à sua frente, tendo a igreja branca e enluarada como pano de fundo. Pensou que gostaria de pintar o senhor Morrison Louco daquela maneira: alto, macilento, trajando aquele capote cinza, com a barba e os cabelos longos e grisalhos e tendo nos olhos fundos e vazios a marca de sua busca interminável.

– Não, não sei onde ela está – respondeu Teddy, amistoso –, mas sei que o senhor vai encontrá-la algum dia.

O senhor Morrison Louco suspirou.

– Sim, sim. Algum dia, vou alcançá-la. – Em seguida, acrescentou, dirigindo-se ao cão: – Venha, rapaz, vamos procurá-la.

Acompanhado de seu velho cachorro preto, ele desceu os degraus, cruzou o gramado e se foi pelo longo caminho úmido e escuro em meio às árvores. Dessa forma, ele se foi para sempre da vida de Emily, que nunca mais o viu. Mas, ao acompanhá-lo com os olhos, ela sentiu certa compaixão por ele e foi capaz de perdoá-lo. Ao contrário dela, ele não se via como um velho repulsivo, mas, sim, como um jovem e galante pretendente em busca de sua amada noiva desaparecida. Embora ainda trêmula em razão dos momentos de agonia pelos quais passara, Emily se sentia intrigada pela triste beleza daquela busca impossível.

– Pobre senhor Morrison – disse ela entre os soluços, enquanto Teddy a levava quase no colo a uma das lápides no cemitério da igreja.

Sentaram-se aí até que Emily pudesse se recompor o suficiente para contar o que lhe havia acontecido. Ou pelo menos resumir a história, pois ela tinha a sensação de que jamais seria capaz de descrever em detalhes os momentos pavorosos e aterrorizantes que vivera, nem mesmo em seu caderno Jimmy. *Não havia* palavras para isso.

– E pensar que a chave estava lá o tempo todo – choramingou ela. – Nunca soube que ela ficava ali.

– O velho Jacob Banks sempre tranca a porta principal pelo lado de dentro e pendura a chave maior naquele prego – explicou Teddy. – Depois, ele sai pela porta do coral e a tranca pelo lado de fora, usando a chave menor, que ele leva para casa. Ele faz isso há três anos, desde que perdeu a chave maior e levou semanas para encontrá-la.

De repente, Emily percebeu como era estranho o fato de que Teddy tivesse vindo até ali.

– Por que você veio aqui, Teddy?

– Porque eu ouvi você me chamar – respondeu Teddy. – Você me chamou, certo?

– Sim – concordou Emily, pensativa –, chamei por você logo que vi o senhor Morrison Louco. Mas, Teddy, é impossível que você tenha me ouvido. Impossível. O Sítio dos Tanacetos fica a um quilômetro e meio daqui.

– Mas eu *ouvi* – insistiu Teddy. – Eu estava dormindo, e sua voz me acordou. Você gritou "Teddy! Teddy! Socorro!", e sua voz estava mais nítida que nunca. Eu me levantei na hora, vesti as roupas às pressas e corri para cá o mais rápido que pude.

– Mas como você soube que eu estava aqui?

– Ah, não sei... – respondeu Teddy, um tanto confuso. – Não parei para pensar. Quando ouvi seu chamado, só tive a *sensação* de que você estava na igreja e de que eu precisava vir para cá o mais rápido possível. É tudo meio... meio estranho – concluiu, vacilante.

– Isso é... É... Isso me dá um pouco de medo – admitiu Emily, com um calafrio. – A tia Elizabeth disse que eu tenho uma segunda visão. Você se lembra da mãe da Ilse? O professor Carpenter disse que eu sou médium. Não sei o que significa isso, mas sei que prefiro não ser.

Outro calafrio percorreu-lhe a espinha. Teddy achou que ela estivesse com frio e, não tendo com que a cobrir, envolveu-a com os braços, um tanto hesitante, por medo de ferir a dignidade e o orgulho da família Murray. Emily não estava fisicamente com frio; contudo, uma brisa gélida soprava em sua alma. Sentia que algo sobrenatural, obscuro e incompreensível se aproximara dela naquele chamado misterioso. Involuntariamente, aconchegou-se mais perto de Teddy, tendo plena consciência de que, sob o ar de desinteresse que sua timidez de menino fazia emanar, havia uma ternura jovial e masculina. Naquele momento, percebeu que gostava mais de Teddy que de qualquer outra pessoa; mais até que da tia Laura ou de Dean.

Teddy apertou um pouco o abraço.

– De qualquer maneira, que bom que cheguei a tempo – declarou. – Do contrário, esse velho louco a teria matado de susto.

Permaneceram assim por alguns minutos, em silêncio. Tudo parecia muito lindo e especial, mas também um pouco fora da realidade. Emily pensou que poderia estar sonhando, ou talvez imersa em uma de suas fantasias maravilhosas. O ar fresco e frio da noite estava carregado de vozes cativantes: a voz rítmica das gotas de chuva caindo por entre os galhos dos bordos; a voz exuberante da Mulher de Vento, que dançava ao redor da igreja; a voz longínqua e intrigante do mar; e, mais finas e raras que todas as outras, as vozinhas remotas e indiferentes da noite. Emily as ouvia mais nitidamente que nunca; era como se estivesse usando os ouvidos da alma, e não os do corpo. Mais além, viam-se campos, bosques e estradas que se insinuavam de um jeito brejeiro e fugidio, como se cochichassem entre si segredos mágicos à luz da lua. Margaridas branco-prateadas balançavam e remexiam-se por todo o cemitério, lançando-se tanto sobre os túmulos bem-cuidados quanto sobre os abandonados. Uma coruja gargalhou gostosamente, empoleirada em um antigo pinheiro. Com esse som tão mágico, o místico lampejo de Emily se derramou sobre ela, sacudindo-a como se fosse um vento muito forte. Era como se Emily e Teddy estivessem sozinhos em um mundo novo e maravilhoso, criado apenas para eles e feito de juventude, mistério e alegria. Eles mesmos pareciam fazer parte do perfume fresco e suave da noite, da gargalhada da coruja, da dança das margaridas.

Teddy, por sua vez, achou que Emily estava muito bonita sob aquela luz pálida do luar, com seus olhos misteriosos de cílios fartos e aqueles adoráveis cachos negros caindo-lhe sobre o rosto cor de marfim. Ousou apertar o abraço um pouco mais, e não houve nenhum protesto em defesa do orgulho e da dignidade dos Murray.

– Emily, você é a menina mais bonita do mundo – declarou, num suspiro.

Essas mesmas palavras já foram ditas inúmeras vezes, por inúmeros rapazes, para inúmeras moças. Era de esperar que soassem rançosas e batidas. Contudo, quando as ouvimos pela primeira vez, em algum momento mágico de nossa adolescência, elas soam novas, frescas, maravilhosas, como se tivessem acabado de saltar os muros do Éden. Minha cara leitora, não importa quem você é ou que idade tenha, seja honesta e admita que um dos grandes momentos de sua vida foi quando ouviu, pela primeira vez, essas palavras saindo dos lábios de algum tímido namoradinho. Um arrepio percorreu o corpo de Emily da cabeça aos pés, acompanhado de uma sensação que lhe era até então desconhecida; uma sensação doce, quase aterrorizante, que estava para o corpo como o "lampejo" estava para o espírito. Seria compreensível (e não de todo repreensível) que o próximo acontecimento fosse um beijo. Emily concluiu que Teddy iria beijá-la; por sua vez, Teddy já estava decidido a fazê-lo, deduzindo que não levaria uma bofetada como Geoff North.

Mas não era para ser. Um vulto que entrara pelo portão, cruzara o gramado e parara ao lado deles tocou o ombro de Teddy no exato momento em que ele se inclinava em direção a ela. Teddy e Emily olharam para cima, assustados. Era a senhora Kent, com os cabelos ao vento e a cicatriz no rosto perfeitamente visível à luz da lua, fulminando-os com um olhar funesto.

Emily e Teddy puseram-se de pé tão rapidamente que mais pareciam marionetes sendo puxadas para cima. O mundo mágico de Emily se dissipou instantaneamente, como uma bolha de sabão que explode no ar. De repente, tudo aquilo pareceu ridículo. Haveria alguma coisa *mais* ridícula que ser flagrada ali com Teddy, às duas da manhã, *pela mãe dele*? Como era mesmo a expressão que ouvira outro dia? Ah, sim, *de conchinha*. Haveria algo pior que ser flagrada de conchinha com Teddy sobre o túmulo quase centenário de George Horton? Era assim que veriam a situação. Como era possível que, num instante, um momento tão bonito se convertesse em uma situação tão absurda? Emily ardia de vergonha da cabeça aos pés e sabia que Teddy devia estar se sentindo um tolo.

Para a senhora Kent, aquela situação não era ridícula, mas, sim, terrível. Com seu ciúme doentio, ela encontrava significados sinistros naquele incidente. Ela encarou Emily com um olhar vazio, porém voraz.

– Quer dizer que você quer roubar meu filho de mim? – inquiriu. – Ele é tudo que tenho, e você quer roubá-lo de mim?

– Mãe, por favor, seja sensata! – resmungou Teddy.

– E ele... ele ainda me manda ser sensata – lamentou-se a senhora Kent, erguendo o rosto para a lua e repetindo a palavra em um tom dramático: – Sensata!

– Sensata, sim! – bradou Teddy, furioso. – Não há nenhum motivo para esse escândalo. Emily ficou trancada na igreja por acidente, e o senhor Morrison também estava lá, o que a deixou assustada. Vim ajudá-la a sair, e resolvemos nos sentar um pouco para que ela pudesse se recuperar do susto antes de voltar para casa. É só isso.

– E como você soube que ela estava aqui? – indagou a senhora Kent.

Como? Essa era uma pergunta difícil de responder. A verdade parecia uma mentira estúpida, absurda. Contudo, foi o que Teddy disse.

– Ela chamou por mim – respondeu, sem rodeios.

– E você a ouviu? A mais de um quilômetro de distância? Você espera mesmo que eu acredite nisso?! – perguntou a senhora Kent, soltando uma risada histérica.

A essa altura, Emily já havia recobrado a compostura. Nunca houve, na vida de Emily Byrd Starr, uma situação que a deixasse desconcertada por muito tempo. Ela se aprumou com altivez, de modo que, sob aquela luz fraca, ficou muito parecida com Elizabeth Murray uns trinta anos antes, apesar de seus traços de Starr.

– Acredite a senhora ou não, essa é a verdade, senhora Kent – asseverou, imponente. – Não vou roubar seu filho. Não o quero. Ele pode ir.

– Primeiro, vou levá-la para casa, Emily – interveio Teddy, cruzando os braços e erguendo o queixo em uma tentativa de ser tão imponente quanto Emily. Teve a sensação de fracassar miseravelmente, mas a pose surtiu efeito, e a senhora Kent desatou a chorar.

– Pois então vá! – esbravejou ela. – Vá! Me abandone!

Emily estava furiosa. Pois bem; já que essa mulher irracional insistia em fazer cena, assim seria.

– Não vou aceitar que ele me leve para casa – determinou, com frieza. – Teddy, vá com sua mãe.

– Ah, você manda nele agora?! Ele tem que fazer o que você diz, é?! – vociferou a senhora Kent, que agora parecia ter perdido completamente o controle de si. Seu pequeno corpo se sacudia com a violência dos soluços e suas mãos se contorciam de angústia. – Deixe que ele escolha por conta própria! – acrescentou ela, aos berros. – Ou ele vai com você ou vem comigo. Escolha, Teddy! Não venha só porque ela mandou. Escolha o que quer fazer!

Mais uma vez, ela recorreu ao drama, apontando a mão com uma ferocidade teatral em direção ao pobre Teddy.

Teddy sentia-se péssimo, irritado e impotente, como qualquer homem se sente ao virar motivo de discussão entre duas mulheres. Desejou estar a quilômetros de distância dali. Que enrascada! E ainda fizera papel de ridículo na frente de Emily! Por que sua mãe não era como as dos outros rapazes? Por que precisava ser tão impetuosa e exigente? Ele conhecia bem os rumores que corriam em Blair Water de que ela era "meio perturbada". Não acreditava nisso. Mas... mas... bom, em suma, aquilo ali *era* de fato uma bagunça. O que é que ele poderia fazer? Se fosse levar Emily em casa, sua mãe passaria dias chorando e rezando sem parar. Em contrapartida, era impensável abandonar Emily depois daquele incidente tão traumático na igreja e deixar que ela fosse sozinha pela estrada deserta. Contudo, foi Emily quem tomou as rédeas da situação. Estava furiosa, possessa pela ira impassível do velho Hugo Murray; era uma ira que não se extravasava na forma de ameaças vazias, mas que ia direto ao ponto.

– Você é uma mulher tola e egoísta, e isso só vai fazer com que seu filho a odeie – vaticinou ela.

– Egoísta?! Você me acha egoísta?! – questionou a senhora Kent, aos prantos. – Eu só vivo para o Teddy! Ele é minha única razão de viver!

– Egoísta, *sim* – insistiu Emily. Sua postura estava completamente ereta, seus olhos haviam ficado negros, sua voz era cortante: aquele era o "olhar dos Murray" em seu rosto, que, sob o luar, se tornava algo ainda mais assustador. Enquanto falava, Emily se perguntava como sabia de certas coisas. O fato era que sabia. – Você acha que o ama, mas só ama a si mesma. Está determinada a atrapalhar a vida dele. Não permite que ele vá estudar em Shrewsbury porque lhe faria mal estar longe dele. Você tem ciúme de tudo que ele gosta e permite que esse sentimento a consuma e a controle. Não está disposta a tolerar dor alguma por ele. Você não é uma mãe. Teddy tem um talento enorme; todos dizem isso. Você deveria ter orgulho dele; deveria deixar que ele corra atrás das oportunidades. Mas não deixa, e, algum dia, ele vai odiá-la por isso. Ah, mas vai, sim.

– Não, não, não – gemeu a senhora Kent, erguendo as mãos como se para proteger-se de um golpe e recuando para junto de Teddy. – Como você é cruel! Você não sabe o que eu sofri! Não sabe a dor que carrego no peito! Ele é tudo que eu tenho. Tudo! Não tenho mais nada; nem uma lembrança sequer. Você não entende. Não posso... Não posso perdê-lo!

– Se deixar que seu ciúme arruíne a vida dele, vai perdê-lo, sim – rebateu Emily, peremptória. Ela sempre teve medo da senhora Kent, mas agora já não tinha mais e sabia que nunca voltaria a ter. – Você detesta tudo que é importante para ele: detesta seus amigos, seu cachorro, seus desenhos. Você sabe disso. Mas não é assim que vai conseguir mantê-lo por perto, senhora Kent, e, quando se der conta disso, vai ser tarde demais. Boa noite, Teddy. Mais uma vez, obrigada por vir me socorrer. Boa noite, senhora Kent.

O boa-noite de Emily foi decisivo. Ela deu as costas e cruzou o gramado sem olhar para trás, seguindo de cabeça erguida pela estrada molhada. De início, estava muito zangada, mas a raiva logo cedeu lugar a um cansaço terrível. Percebeu que estava tremendo de exaustão. As emoções daquela noite a haviam exaurido. E o que faria agora? Não lhe agradava a ideia de voltar para Lua Nova. Pensou que jamais seria capaz de enfrentar a fúria da tia Elizabeth se os incidentes escandalosos daquela noite lhe chegassem aos ouvidos. Entrou no quintal do doutor Burnley; sabia que as portas da casa dele nunca eram trancadas. O dia já começava a raiar quando ela entrou no saguão e se encolheu no sofá sob a escada. Não faria sentido acordar Ilse. Emily lhe contaria tudo ao amanhecer e imploraria por discrição. Tudo, salvo uma coisa dita por Teddy e aquele episódio com a senhora Kent. A primeira coisa era bonita demais para contar; a segunda, muito desagradável. Evidentemente, a senhora Kent não era uma mulher como as outras e, por isso, não era sensato remoer aquele assunto. Contudo, ela havia destruído algo lindo e frágil; havia tornado absurdo um momento que deveria ser lindo para sempre. Além disso, havia feito Teddy se sentir mal. Em última análise, era *isso* que Emily se sentia incapaz de perdoar.

Antes de se entregar ao sono, Emily lembrou-se dos eventos daquela noite atordoante: de sua clausura solitária na igreja; do susto que tomou ao encostar no cachorro; do pavor de ser perseguida pelo senhor Morrison Louco; do alívio ao ouvir a voz de Teddy; do breve idílio à luz da lua no cemitério da igreja (que lugar para um idílio!); da tragicômica aparição da senhora Kent, essa pobre mulher doente de ciúmes.

"Espero não ter sido dura demais com ela", pensou Emily, enquanto mergulhava em um sono profundo. "Se fui, sinto muito. Mais tarde, preciso registrar essa má ação em meu diário. Sinto que amadureci de repente esta noite; parece que o dia de ontem foi há muitos e muitos anos. Isso vai dar um capítulo fantástico para meu diário! Vou registrar tudo. Tudo, menos o fato de que Teddy me acha a menina mais bonita do mundo. *Isso* é algo bonito demais para escrever. É algo que vou guardar apenas na memória."

“Como os outros nos veem[23]”

Depois de esfregar o piso da cozinha de Lua Nova, Emily estava entretida em poli-lo, seguindo o belo e complexo “padrão de espinha de peixe” que era tradição em Lua Nova e fora inventado, segundo dizem, por sua trisavó, célebre pela frase “Daqui não saio”. Fora a tia Laura quem a ensinara essa técnica, e Emily tinha orgulho de dominá-la. Até mesmo a tia Elizabeth havia admitido que Emily dominava bem essa famosa forma de polir o piso e, quando a tia Elizabeth tecia um elogio, qualquer comentário adicional se tornava desnecessário. Lua Nova era a única residência em Blair Water na qual o antigo costume de polir se mantinha; fazia muito tempo que as outras donas de casa haviam começado a adotar aparelhos “modernos” e produtos de limpeza patenteados para dar brilho aos pisos.

[23] O título deste capítulo faz referência ao verso final do poema *To a Louse*, de Robert Burns (1759-1796), escrito originalmente em *Scots*, ou língua ânglica escocesa, idioma falado nas Terras Baixas da Escócia. O verso diz: “*O wad some Pow'r the giftie gie us / To see oursels as ithers see us!*”, ou, em português, “Oh, quem nos dera se alguma Divindade nos concedesse a dádiva / De nos vermos como os outros nos veem!”. (N.T.)

Mas dona Elizabeth Murray não era uma dessas; enquanto fosse senhora de Lua Nova, as velas continuariam a ser acesas, e os pisos continuariam a ser polidos até reluzirem de brancura. A tia Elizabeth havia, de certa maneira, irritado Emily, insistindo que ela usasse a antiga camisola estilo "Mamãe Hubbard" da tia Laura para esfregar o piso. É preciso explicar aos jovens da geração atual que uma camisola estilo "Mamãe Hubbard" é uma peça de vestuário longa e folgada, usada principalmente durante as manhãs e muito apreciada em sua época por ser fresca e fácil de vestir. Não é preciso dizer que a tia Elizabeth via com péssimos olhos esse tipo de camisola. Considerava-o o ápice do desmazelo e jamais permitiu que a tia Laura comprasse outra peça do tipo. Contudo, a antiga camisola que já havia ali ainda estava "boa" demais para ser descartada entre os trapos, embora sua bela cor lilás original já tivesse desbotado e se convertido em um branco encardido. E foi justamente essa que Emily recebera ordens para vestir.

Emily detestava essas peças tanto quanto a tia Elizabeth. Em sua opinião, eram piores que os abomináveis "aventais de bebê" que usara em seu primeiro verão em Lua Nova. Sabia que ficava ridícula usando a camisola da tia Laura, que lhe chegava aos pés e ficava estranhamente folgada, pendendo de seus ombros jovens e magros. Além disso, tinha horror a fazer papel de ridícula; certa vez, havia escandalizado a tia Elizabeth ao dizer, impassível, que preferia "ser má a ser ridícula". Assim, ao mesmo tempo em que esfregava e polia o piso, Emily também espiava a porta, preparada para fugir e se esconder caso alguém aparecesse enquanto ela usava aquela indumentária horrorosa.

Emily sabia muito bem que "fugir" não era uma tradição dos Murray. Em Lua Nova, era costume manter-se firme e enfrentar a situação, independentemente do que se estava vestindo (partia-se do pressuposto de que as pessoas estariam sempre vestidas de forma adequada para a ocasião). Emily entendia que isso era razoável; ainda assim, era tola e infantil o suficiente para achar que morreria de vergonha se alguém a visse trajando a camisola da tia Laura. Estava limpa e asseada, mas também estava "ridícula". Essa era a questão.

Assim que terminou o trabalho e foi guardar os produtos de limpeza no armário sob a pia da cozinha (onde ficavam desde que o mundo é mundo), Emily ouviu vozes não muito familiares vindo do lado de fora. Como uma espiada furtiva pela janela, constatou serem a senhorita Beulah Potter e a senhora Ann Cyrilla Potter, que certamente estavam ali para tratar de algum assunto relacionado à Associação das Damas de Beneficência. Estavam se dirigindo à porta dos fundos, como era de costume em Blair Water quando se visitava algum vizinho, tanto informalmente quanto a negócios. Já haviam passado pelos alegres pelotões de malva-rosa dispostos pelo primo Jimmy ao longo do caminho de pedra que conduzia à leiteria. De todas as pessoas de Blair Water, era por aquelas duas que Emily mais queria evitar ser vista em uma situação constrangedora. Assim, sem pestanejar, ela se enfiou no cômodo em que guardavam as botas e fechou a porta.

A senhora Ann Cyrilla bateu duas vezes na porta da cozinha, mas Emily não se moveu. Sabia que a tia Laura estava tecendo no sótão, pois conseguia ouvir o baque abafado dos pedais lá em cima, mas imaginou que a tia Elizabeth estivesse fazendo tortas na cozinha externa, de onde poderia ver ou ouvir as visitantes. Quando a tia Elizabeth as levasse para a sala de estar, Emily poderia escapulir. De uma coisa estava certa: não seria vista metida naquele camisolão ridículo. As duas mulheres eram conhecidas fofoqueiras. A senhorita Potter era magra, amarga e peçonhenta; parecia detestar a todos, especialmente Emily. Por sua vez, a senhora Ann Cyrilla era rechonchuda, bonita, tranquila e agradável; justamente por ter essas características, causava mais estrago em um mês do que a senhorita Potter em um ano. Emily desconfiava desta última mesmo quando não conseguia evitar gostar dela. Não era raro ver a senhora Ann Cyrilla caçoar das pessoas pelas costas depois de ter sido muito doce e gentil com elas. Criada no seio da "elegante família Wallace", de Derry Pond, ela demonstrava certa predileção por debochar das roupas dos outros.

Bateram de novo à porta; desta vez, era a senhorita Potter: Emily reconheceu o *staccato* das batidas. Estavam ficando impacientes, mas Emily estava decidida a não ir abrir a porta com aquela roupa. Ela então ouviu a voz de Perry lá fora; ele explicou às damas que a senhorita Elizabeth estava fora, colhendo framboesas no bosque atrás do celeiro, mas que, se elas quisessem entrar e aguardar, ele iria chamá-la. Para o desespero de Emily, foi exatamente o que fizeram. A senhorita Potter se sentou fazendo um rangido, e a senhora Ann Cyrilla, soltando uma arfada; em seguida, os passos de Perry se afastaram no quintal. Emily logo percebeu a enrascada em que se metera. Estava muito quente e abafado naquele minúsculo cômodo, no qual, além das botas, também ficavam guardadas as roupas de trabalho do primo Jimmy. Emily desejou intensamente que Perry não demorasse a encontrar a tia Elizabeth.

– Nossa, como está quente! – protestou a senhora Ann Cyrilla, soltando um longo suspiro.

Emily, pobrezinha... Não, não devemos chamá-la de pobrezinha; ela não merece nossa pena: havia tomado uma decisão infantil e estava apenas colhendo o que plantou. Portanto, Emily, e nada mais, que já estava suando profusamente naquele cômodo apertado, concordou completamente com a senhora Ann Cyrilla.

– Quem é gordo sente mais calor – alfinetou a senhorita Potter. – Espero que Elizabeth não nos deixe esperar por muito tempo. Laura está tecendo; consigo ouvir o barulho do tear no sótão. Mas não adiantaria de nada conversar com ela: Elizabeth passaria por cima de qualquer coisa que ela prometesse, simplesmente por não ser uma decisão *dela*. Pelo visto, acabaram de polir o piso. Veja como estão desgastadas essas tábuas! Era de esperar que Elizabeth Murray já tivesse mandado instalar um piso novo. Mas, não, ela é sovina demais para isso. Veja aquela fileira enorme de velas sobre a lareira. Devem dar um trabalho enorme e iluminar mal; tudo isso só para não gastar um pouquinho a mais com querosene. Mas ela não vai poder levar o dinheiro para o túmulo. Vai ter que deixar tudo para trás, *mesmo* sendo uma Murray.

Emily sentiu um choque atravessar seu corpo. Percebeu não só que estava quase morrendo sufocada naquele armário, mas também que estava ouvindo uma conversa escondido, algo que não fazia desde aquela noite em Maywood na qual se escondera embaixo da mesa para ouvir seus tios discutir qual seria seu destino. Obviamente, aquela situação em Maywood havia sido por querer, ao passo que esta em Lua Nova era inevitável. A "Mamãe Hubbard" a havia tornado inevitável. Contudo, isso não tornou os comentários da senhorita Potter nem um pouco mais agradáveis de se ouvir. Que direito tinha ela de chamar a tia Elizabeth de sovina? A tia Elizabeth *não era* sovina. De repente, Emily teve raiva da senhorita Potter. Ela mesma já havia várias vezes criticado a tia Elizabeth em segredo, mas era inadmissível que alguém de fora o fizesse. Sem contar aquela frase irônica sobre a família Murray! Emily conseguia imaginar o brilho desdenhoso no olhar da senhorita Potter ao dizê-la.

"Os Murray conseguem ver mais à luz de uma vela do que você à luz do sol, senhorita Potter", pensou Emily, com desprezo. Isso foi tudo que conseguiu pensar naquele aperto em que se encontrava, suando em bicas por todo o corpo e sufocando com o cheiro de couro velho.

– Acho que é por causa dos gastos que ela não vai mandar Emily para a escola a partir do ano que vem – disse a senhora Ann Cyrilla. – Muita gente acha que Elizabeth deveria deixar a menina passar pelo menos um ano estudando em Shrewsbury. Era de esperar que deixasse, nem que fosse só por orgulho. Mas, pelo que ouvi, ela é terminantemente contrária à ideia.

Emily sentiu um aperto no peito. Até aquele momento, não tinha certeza se a tia Elizabeth a deixaria ir estudar em Shrewsbury. Seus olhos se encheram de lágrimas; amargas lágrimas de desilusão.

– Emily precisa aprender alguma profissão com a qual possa se sustentar – opinou a senhorita Potter. – O pai dela não deixou nada de valor quando morreu.

– Ele *me* deixou – Emily sussurrou baixinho, cerrando os punhos. A raiva fez com que suas lágrimas secassem.

– Ah! – exclamou a senhora Ann Cyrilla, divertindo-se com o próprio sarcasmo. – Ouvi dizer que Emily vai se sustentar escrevendo contos; aliás, não só se sustentar, mas fazer fortuna.

Soltou uma gargalhada. Aquela ideia era tão absurdamente ridícula! Fazia muito tempo que ela não ouvia algo tão engraçado.

– Dizem que ela passa metade do dia escrevendo besteiras – concordou a senhorita Potter. – Se eu fosse tia dela, logo daria um jeito nessa tolice.

– Acho que não seria tão fácil. Dizem que ela sempre foi muito difícil e cabeça-dura; típica Murray. Todos nessa família são teimosos como mulas.

(*Emily, furiosa*: "Que jeito mais desrespeitoso de falar de nós! Ah, se eu não estivesse metida nesta camisola, abriria esta porta agora mesmo e as confrontaria.")

– Com base no que eu conheço do mundo, diria que ela precisa de rédeas mais curtas – observou a senhorita Potter. – Vai ser namoradeira; qualquer um nota isso. Vai dar trabalho como a mãe. Você vai ver só. Ela já lança olhares para todos e só tem catorze anos!

(*Emily, irônica*: "Não lanço, *não*! E minha mãe não era namoradeira. *Poderia* ter sido, mas não era. Já *você* não conseguiria namorar nem se quisesse, sua velha puritana!")

– Ela não é bonita como Juliet era. Na verdade, é dissimulada. Dissimulada e insondável. A senhora Dutton disse que Emily é a criança mais dissimulada que já conheceu. Ainda assim, ela tem algumas características que me agradam, pobrezinha.

O tom da senhorita Ann Cyrilla era bastante condescendente. Aquele "pobrezinha" fez Emily se contorcer em meio às botas.

– De *minha* parte, o que detesto nela é esse hábito de querer parecer inteligente – asseverou a senhorita Potter. – Ela repete as coisas bonitas que lê nos livros e finge que são invenções dela…

(*Emily, indignada*: "Eu não faço isso!")

– Também é extremamente sarcástica e melindrosa, além de ser orgulhosa como o diabo – concluiu a senhorita Potter.

A senhorita Ann Cyrilla soltou mais uma gargalhada.

– Ah, isso é de esperar em uma Murray. Mas o pior defeito dessa gente é achar que ninguém além deles sabe fazer nada direito, e isso é muito evidente em Emily. Ora, ela chega a achar que sabe pregar melhor que o próprio senhor Johnson!

(*Emily*: "Isso é porque eu falei que ele tinha se contradito em uma de suas pregações, e ele realmente tinha. Além do mais, já ouvi você criticar vários sermões, senhora Ann Cyrilla.")

– Ela também é invejosa – continuou a senhora Ann Cyrilla. – Não admite que alguém a supere; quer ser a melhor em tudo. Me contaram que ela chegou a verter lágrimas de indignação na noite de teatro porque Ilse Burnley levou todas as honras. Mas a atuação de Emily foi pífia; ela mais parecia um pedaço de pau! Como se não bastasse, está sempre contradizendo os mais velhos. Seria engraçado se não fosse falta de educação.

– É estranho que Elizabeth não a corrija. Os Murray acham que seus rebentos estão um pouco acima dos demais – disse a senhorita Potter.

(*Emily, possessa de ódio, dirigindo-se às botas*: "Não deixa de ser verdade.")

– Obviamente, acho que muitos dos defeitos de Emily decorrem da amizade que ela mantém com Ilse Burnley – reconheceu a senhora Ann Cyrilla. – Não deviam permitir que ela ande por aí com Ilse. Dizem que essa menina é tão ateia quanto o pai. Eu mesma nunca achei que ela acreditasse em Deus… nem no diabo.

(*Emily*: "O que, na *sua* opinião, é algo muito pior.")

– Ah, mas o doutor está educando Ilse bem melhor agora que descobriu que sua amada esposa não fugiu com Leo Mitchell – apontou a senhorita Potter. – Ela tem inclusive frequentado a escola dominical. Mas, de fato, não é boa companhia para Emily. Dizem que ela tem a boca suja como um poleiro. Outro dia, a senhora Mark Burns foi ao consultório e disse ter ouvido claramente quando Ilse gritou: "Fora, mancha maldita![24]", provavelmente com algum cachorro.

– Minha nossa! – surpreendeu-se a senhora Ann Cyrilla.

– Quer saber o que a vi fazer na semana passada, com estes mesmos olhos que a terra há de comer?

A senhorita Potter enfatizou bastante isso. Era preciso que Ann Cyrilla soubesse que ela testemunhara aquele acontecimento com seus próprios olhos, e não com os de outra pessoa.

– Nada mais me surpreende – respondeu a senhora Ann Cyrilla. – Ora, pois se dizem que ela estava naquela serenata que deram em frente à residência dos Johnsons na noite da última terça-feira; *vestida de homem*!

[24] Referência a uma fala de Lady Macbeth no clássico shakespeariano: "*Come out, you damned spot!*". (N.T.)

– Não duvido. Mas estou falando de algo que aconteceu bem na minha porta. Ela estava acompanhando Jen Strang, que tinha ido buscar uma muda de rosa-da-pérsia para a mãe. Perguntei a Ilse se ela sabia costurar, cozinhar e fazer umas outras coisas que, na minha opinião, ela devia se lembrar que existem. Ela respondeu "não" a todas as perguntas de um jeito um tanto insolente, e então você *nem* imagina o que ela disse...

– Vamos, conte! – implorou a senhora Ann Cyrilla, aflita.

– Ela me perguntou: "E você consegue ficar num pé só e levantar a outra perna na altura dos olhos, senhorita Potter? Eu consigo". E então... – a senhorita Potter baixou a voz, adequando o tom à coisa horrenda que iria dizer. – ... ela *fez* isso.

A pequena espiã no armário lutou para conter o espasmo de uma gargalhada, abafando-a na jardineira cinza do primo Jimmy. Como aquela louca da Ilse adorava escandalizar a senhorita Potter!

– Santo Deus! Havia algum homem por perto? – indagou a senhora Ann Cyrilla.

– Felizmente, não. Mas acho que ela teria feito isso mesmo se houvesse. Estávamos perto da rua; podia passar alguém. Senti tanta vergonha! No meu tempo, uma moça teria preferido morrer a fazer uma coisa dessa.

– Isso não chega a ser pior do que a história de que Emily e ela foram para a praia à noite e nadaram *nuas em pelo* – avaliou a senhora Ann Cyrilla. – Essa, *sim*, foi a coisa mais escandalosa de todas. Você soube disso?

– Ah, sim; essa história correu toda a cidade. Todos estão sabendo, menos Elizabeth e Laura. Mas não sei como começou. Alguém as *viu*?

– Nossa, não! Não chega a ser tão sério. Foi Ilse mesma quem contou. Parece que, aos olhos dela, esse foi um feito e tanto. Acho que alguém deveria contar isso a Laura e Elizabeth.

– Conte você – sugeriu a senhorita Potter.

– Ah, não; prefiro não me meter em problemas com meus vizinhos. Graças a Deus, não sou responsável pela educação de Emily Starr. Se fosse, também não deixaria que ela ficasse perambulando por aí com o Corcunda Priest. Aqueles olhos verdes dele me dão calafrios. Não consigo descobrir se ele acredita em alguma coisa.

(*Emily, sarcástica*: "Nem mesmo no diabo?")

– Corre por aí uma história estranha sobre ele e Emily – disse a senhorita Potter. – Não fez o menor sentido para mim. Eles foram vistos caminhando pela colina grande na tarde da última quarta-feira, quando o sol estava se pondo. O comportamento deles era muito estranho: iam caminhando com os olhos fixos no céu e, de repente, paravam; um então tomava o outro pelo braço e apontava para o alto. Fizeram isso várias e várias vezes. A senhora Price, que os observava da janela, disse que não fazia ideia do que estavam aprontando. Estava cedo demais para ver estrelas e, segundo ela, não havia absolutamente nada no céu. Ela passou a noite em claro pensando nisso.

– Bom, tudo se resume a isto: Emily precisa de cuidado – determinou a senhora Ann Cyrilla. – Às vezes, acho que seria mais prudente proibir Muriel e Gladys de andarem com ela.

(*Emily, franca*: "Quem me dera. Elas são burras e fúteis e não desgrudam da Ilse e de mim.")

– No fim das contas, sinto pena dela – disse a senhorita Potter. – É tão tonta e pretensiosa que só vai conseguir despertar antipatia nas pessoas, e nenhum homem decente e sensato vai querer perder tempo com ela. Geoff North, por exemplo, disse que a acompanhou até em casa uma vez e isso já foi mais que suficiente para não querer mais nada.

(*Emily, enfática*: "Não duvido! Com esse comentário, o Geoff demonstrou uma inteligência quase humana.")

– Mas talvez ela nem chegue ao fim da adolescência – continuou a senhorita Potter. – Ela é muito raquítica. Acredite, Ann Cyrilla, eu *realmente* tenho pena dessa pobre coitada.

Para Emily, essa foi a gota d'água. Era inadmissível que ela, parte Murray e toda Starr, fosse motivo de pena para Beulah Potter! Com ou sem camisola, aquilo não seria tolerado! A porta do armário se abriu de par a par, revelando Emily, com camisola e tudo, cercada de botas e jardineiras. Seu rosto estava vermelho, e seus olhos, negros de fúria. A senhora Ann Cyrilla e a senhorita Beulah Potter quedaram boquiabertas e completamente mudas.

Emily as fitou por um longo minuto de silêncio reprovador e cheio de significado. Em seguida, cruzou a cozinha majestosamente e desapareceu pela porta da sala de estar no exato momento em que a tia Elizabeth terminava de subir os degraus de pedra, desculpando-se por fazê-las esperar. Elas estavam tão embasbacadas que mal foram capazes de falar sobre a Associação das Damas de Beneficência, de modo que se despediram de um jeito um tanto atrapalhado após uma breve troca de frases. A tia Elizabeth não entendeu muito bem esse comportamento e julgou que elas haviam se ofendido desproporcionalmente com a demora. Contudo, logo tirou isso do pensamento: os Murrays não eram de se preocupar com a opinião dos Potters. A porta aberta do armário também não serviu para esclarecer nada, e ela não sabia que, lá em cima, no mirante, Emily chorava copiosamente com o rosto metido no travesseiro. Sentia-se zangada, humilhada e magoada. Admitia que, em parte, aquilo era resultado de sua vaidade fútil, mas sua punição lhe parecia *demasiadamente* severa.

Não se importava tanto com o que a senhorita Potter dissera, mas as alfinetadas maliciosas da senhora Ann Cyrilla machucaram *de verdade*. Emily costumava gostar de Ann Cyrilla, aquela senhora gentil e amistosa que sempre lhe tecia elogios. Também sempre acreditou que Ann Cyrilla gostasse dela. Agora, havia descoberto as coisas horríveis que essa mulher dizia a seu respeito.

– Será que não tinham *nada* de bom para dizer sobre mim? – questionou-se, aos prantos. – Oh, eu me sinto de certa forma *manchada* pela minha atitude insensata e pela malícia dessas mulheres. Eu me sinto suja e mentalmente abalada. Será que algum dia me sentirei *limpa* de novo?

Ela só se sentiu "limpa" após registrar tudo aquilo em seu diário. Depois disso, sua visão desse evento se tornou menos distorcida, de modo que foi capaz de recorrer ao auxílio da filosofia.

"O professor Carpenter disse que devemos tirar algum aprendizado de todas as nossas experiências", escreveu. "Ele falou que toda experiência, boa ou ruim, tem algo a nos oferecer, se soubermos analisá-la de forma imparcial. E ele então acrescentou, triste: 'Esse é um conselho muito bom que levo comigo desde sempre, mas do qual nunca tive oportunidade de fazer uso'.

"Muito bem, vou tentar analisar essa situação imparcialmente. Imagino que, para fazer isso da forma adequada, preciso considerar tudo que foi dito a meu respeito e decidir o que é verdade, o que é mentira e o que foi simplesmente distorcido (o que é pior do que mentir, na minha opinião).

"Para começar, ficar escondida no armário por simples vaidade é algo que entra na lista dos meus erros. E *imagino* que também entre nela o fato de eu ter aparecido da maneira como apareci, depois de ter passado *tanto* tempo lá dentro, deixando-as completamente perplexas. Mas isso é algo que ainda não consigo analisar de maneira 'imparcial', porque é algo que sinto uma satisfação quase pecaminosa em ter feito, mesmo que elas tenham me visto de camisola! Nunca vou me esquecer da cara delas! Especialmente da senhora Ann Cyrilla. A senhorita Potter não vai se sentir incomodada com isso por muito tempo; vai dizer que fiz por merecer. Mas a senhora Ann Cyrilla nunca na vida vai superar o fato de ter sido *flagrada* daquela maneira.

"Agora, façamos uma revisão das críticas dessas damas a Emily Byrd Starr e determinemos se tais críticas são, em parte ou em sua totalidade, merecidas ou não. Seja honesta, Emily, 'olha dentro do teu coração[25]' e tente se ver; não da forma como você é vista pela senhorita Potter ou por você mesma, mas da forma como você realmente é.

"(Tenho a sensação de que isto vai ser interessante!)

"Em primeiro lugar, a senhora Ann Cyrilla me chamou de cabeça-dura.

"Sou *mesmo* cabeça-dura?

"Sei que sou determinada, e a tia Elizabeth me disse que sou teimosa. Mas cabeça-dura é pior que essas duas coisas. A determinação é uma virtude, e mesmo a teimosia tem lá seu lado bom, se acompanhada de uma boa presença de espírito. Em contrapartida, uma pessoa cabeça-dura é estúpida demais para admitir a insensatez de insistir em algo; em suma, é alguém que mergulha de ponta-cabeça em águas rasas.

"Não, *não* sou cabeça-dura. Sou capaz de aceitar que certas águas sejam rasas.

---

[25] Citação de um verso de Henry Wadsworth Longfellow (1807-1882), poeta estadunidense. (N.T.)

"Contudo, admito que dá trabalho me convencer disso quando penso o contrário. Portanto, sou, *sim*, um pouco teimosa.

"A senhorita Potter disse que sou namoradeira. Isso é pura mentira, então nem vou me prestar a discutir esse absurdo. No entanto, ela também disse que eu 'lanço olhares'. Será que faço isso? Sei que não é minha intenção, mas parece que, às vezes, a gente 'lança olhares' sem nem se dar conta. Dessa forma, como posso evitar isso? Não posso passar o resto da vida andando de cabeça baixa. Outro dia, o Dean me disse:

"'Quando você me olha desse jeito, Estrela, não consigo lhe negar nada.'

"E, na semana passada, a tia Elizabeth ficou bastante incomodada quando eu estava tentando convencer o Perry a ir ao piquenique da escola dominical (ele odeia esses eventos). Isso porque, segundo ela, eu estava olhando para ele de um jeito 'nada adequado'.

"Bem, nessas duas situações, só achei que estava fazendo cara de pidona.

"A senhora Ann Cyrilla disse que eu não sou bonita. Será verdade?"

Emily largou a pena, foi ao espelho e avaliou a própria aparência de maneira "imparcial". Tinha cabelos negros, olhos de um azul profundo, quase violeta, e lábios carmesim. Até aí, nada mau. A testa era um tanto larga, mas o novo penteado amenizava esse defeito. Sua pele era muito branca, e as bochechas, tão pálidas na infância, agora tinham um delicado tom rosa-perolado. A boca era muito grande, mas os dentes eram bonitos. Suas orelhas pontiagudas davam-lhe um charme de fada. O pescoço tinha linhas de que ela gostava bastante. Suas formas esguias e juvenis eram graciosas; disso ela sabia bem, pois a tia Nancy lhe havia dito que ela tinha o tornozelo e a curva dos pés típica dos Shipleys. Emily observou com atenção e de diversos ângulos a pequena Emily-no-espelho. Por fim, voltou para o diário.

"Decidi que não sou bonita", escreveu. "Acho que posso ficar muito bonita, dependendo do penteado, mas uma moça que é bonita de verdade não precisa desses artifícios. Portanto, a senhora Ann Cyrilla tinha razão, mas estou certa de que não sou insossa como ela fez parecer.

"Depois disso, ela disse que sou dissimulada e insondável. Não acho que seja um defeito ser 'insondável', embora o tom dela desse a entender que é. Prefiro ser insondável a ser óbvia. Mas será que sou dissimulada? Não, não sou. Então, por que será que as pessoas pensam isso de mim? A tia Ruth insiste que sou. Acho que é porque tenho o hábito de fugir para meu mundo particular e trancar as portas quando me canso ou me irrito com alguém. As pessoas se incomodam com isso, e é natural que nos incomodemos com uma porta sendo batida em nossa cara. Acham que estou sendo dissimulada, mas estou apenas me defendendo. Logo, não vou me preocupar com isso.

"A senhorita Potter disse algo abominável: que eu leio coisas bonitas nos livros e depois as repito como se fossem minhas, tentando parecer inteligente. Isso é uma *grande* mentira. Francamente, nunca 'tentei parecer inteligente'. Mas é verdade que, muitas vezes, tento ver como algo que pensei soa quando expresso em palavras. Isso talvez seja um pouco arrogante. Preciso tomar cuidado.

"Invejosa é algo que definitivamente não sou. Admito que gosto de ser a melhor, mas não é por ter inveja da Ilse que eu chorei na noite de teatro. Chorei porque minha atuação foi péssima. Eu mais parecia um pedaço de pau, como a própria senhora Ann Cyrilla apontou. Por algum motivo, não consigo atuar. Às vezes, se uma cena me agrada, eu até consigo; do contrário, erro todas as falas. Só aceitei participar para agradar a senhora Johnson, mas fiquei morta de vergonha, porque sabia que ela estava decepcionada. Até acho que meu orgulho ficou um pouco ferido, mas de forma alguma tive inveja da Ilse. O que senti foi orgulho dela; ela atua maravilhosamente bem.

"É verdade que contradigo os mais velhos; esse é um dos meus defeitos. Mas as pessoas dizem coisas tão absurdas! E por que não é um problema quando *me* contradizem? Fazem isso com frequência, e eu posso estar tão certa quanto eles.

"Sarcástica? Sim, temo que esse seja mais um de meus defeitos. Melindrosa? Não, isso não. Sou apenas sensível. E orgulhosa? Bom, sim, sou um pouco, mas não tanto quanto pensam os outros. Não posso evitar andar com a cabeça erguida nem deixar de apreciar o fato de que pertenço a uma família com séculos de tradição e gerações de pessoas justas, honestas e inteligentes. Diferente dos Potters, por sinal, que nasceram ontem!

"Ah, como essas mulheres distorceram os fatos sobre a Ilse! Evidentemente, não se pode esperar que uma Potter ou a esposa de um Potter reconheça a cena do sonambulismo de Lady Macbeth[26]. Já disse várias vezes à Ilse para se certificar de que todas as portas estejam fechadas quando for ensaiá-la. Ela é perfeita nessa cena. Além disso, ela não participou da serenata; só disse que gostaria de participar. E, quanto a isso de termos ido nadar à noite, é verdade que fomos, mas não que nadamos nuas em pelo. Não aconteceu nada de mais; na verdade, foi muito bonito. Mas agora a lembrança desse dia está manchada pelas fofocas dessa gente. Preferia que a Ilse não tivesse dito nada.

"Tínhamos ido caminhar na praia. Era uma noite de luar, e a praia estava linda. A Mulher de Vento assoprava a grama sobre as dunas, enquanto ondas suaves e reluzentes quebravam na areia. Queríamos nadar, mas, de início, achamos que não seria possível, porque não tínhamos levado nossos trajes de banho. Assim, nós nos sentamos na areia e ficamos conversando. O grande golfo se estendia à nossa frente, prateado, radiante, sedutor, avançando cada vez mais longe, rumo às brumas do céu boreal. Era como o mar de uma 'terra mágica e desolada[27]'.

"Eu então disse à Ilse:

"'Queria subir em um navio e zarpar para muito e muito longe... Aonde será que eu chegaria?'

"'Suponho que em Anticosti[28]', respondeu a Ilse, prosaica demais para o meu gosto.

"'Não, não... Acho que chegaria em Ultima Thule[29]', rebati, sonhadora. 'Ou em algum lugar desconhecido, 'onde a chuva nunca cai e o

---

[26] *Macbeth*, cena I, ato VI. (N.T.)

[27] Referência ao poema *Ode a um rouxinol*, do célebre poeta inglês John Keats (1795-1821). (N.T.)

[28] Ilha canadense localizada no golfo de São Lourenço. (N.T.)

[29] Ultima Thule era o nome usado na Europa medieval para se fazer referência a qualquer lugar muito distante e desconhecido. Devido ao seu caráter fantástico, esse "lugar" figura, segundo a *Encyclopædia Britannica*, nas obras de diversos autores modernos, como Edgar Allan Poe e Henry Wadsworth Longfellow. (N.T.)

vento nunca sopra'. Talvez na terra atrás do Vento Norte, para a qual Diamond[30] foi.'

"'Acho que esse lugar era o paraíso', disse a Ilse.

"Depois, conversamos sobre a imortalidade, e a Ilse disse que tem medo de viver para sempre. Ela tem certeza de que ficaria muito cansada de si mesma. Respondi que gosto da ideia de Dean de que existe uma sucessão de vidas. Não sei bem se ele acredita mesmo nisso ou não. A Ilse disse que seria tudo muito bom se tivéssemos certeza de que renasceríamos como pessoas boas e decentes, mas e se não tivéssemos?

"'Bom, para qualquer tipo de imortalidade, é preciso correr algum risco', argumentei.

"'De qualquer maneira', disse Ilse, 'independentemente de eu ser eu mesma ou outra pessoa na próxima vida, espero que eu não tenha um temperamento tão difícil. Se eu simplesmente continuar sendo como sou, com certeza vou ter estraçalhado minha harpa no chão, destruído minha auréola em pedacinhos e arrancado todas as penas das asas dos outros anjos meia hora depois de ter chegado ao paraíso. Você sabe que é verdade, Emily. Não consigo evitar. Ontem, tive mais uma discussão das feias com o Perry. Foi tudo culpa minha, mas obviamente ele me irritou com aquela mania de se gabar. Queria conseguir controlar meu temperamento'.

"Hoje em dia, não me importo nem um pouco com os acessos de fúria da Ilse. Já sei que tudo que ela diz nesses momentos é da boca para fora. E eu nunca respondo. Só sorrio e, se tiver papel e lápis à mão, anoto tudo que ela diz. Isso a deixa tão furiosa que ela se engasga com a raiva e não consegue dizer mais nada. Em todos os outros momentos, ela é muito querida e divertida.

"'Você não consegue evitar seus acessos de raiva porque gosta deles', expliquei.

"Ela me encarou.

"'Não gosto, não', respondeu.

---

[30] Referência ao livro *At the Back of the North Wind*, do autor escocês George MacDonald (1824-1905). Diamond é o personagem principal do romance. (N.T.)

"'Gosta, sim. Você se diverte com eles', insisti.

"'Ah, é verdade; até que eu me divirto bastante durante meus surtos', ela admitiu, sorrindo. 'Me dá uma sensação muito boa quando eu xingo as pessoas das piores coisas possíveis. Você está certa, Emily. Gosto mesmo. Estranho eu nunca ter notado. Acho que, se esses acessos me deixassem mal de verdade, eu não os teria. A questão é que, quando eles passam, sinto um remorso terrível. Ontem, depois de brigar com o Perry, passei uma hora inteirinha chorando.'

"'Sim, e gostou disso também, certo?', perguntei.

"Ilse refletiu.

"'Acho que sim. Emily, você é estranha. Não quero mais falar disso. Vamos nadar. E se tirarmos os vestidos? Não tem problema; estamos longe de tudo e de todos. Não estou conseguindo resistir a essas ondas. Elas estão me chamando.

"Eu me sentia exatamente como ela. Nadar ao luar parecia ser algo tão maravilhoso e romântico. E realmente é, quando os Potters da vida não ficam sabendo. Quando ficam, eles mancham toda a beleza da coisa. Nós nos despimos em um pequeno vale entre as dunas, que era como uma tigela de prata sob o luar, mas não tiramos as roupas íntimas. Nós nos divertimos tanto mergulhando e nadando naquelas águas espumosas e azul-prateadas; parecíamos sereias ou nereidas. Era como estar em um poema, em um conto de fadas. Quando saímos, estendi as mãos para a Ilse e declamei:

> *'Venham para estas areias amareladas*
> *E então deem as mãos.*
> *Quando tiverem se cumprimentado e, com um beijo,*
> *Acalmado as fortes ondas,*
> *Pisem de leve aqui e acolá*
> *Então, gentis fadas, carreguem o pesar.*[31]'

[31] Citação da *Canção de Ariel*, da peça shakespeariana *A tempestade*: "*Come unto these yellow sands, / And then take hands: / Courtsied when you have and kiss'd / The wild waves whist, / Foot it featly here and there; / And, sweet sprites, the burthen bear.*" (N.T.)

"A Ilse tomou minhas mãos e nós dançamos juntas pelas dunas enluaradas. Por fim, voltamos para a tigela de prata, isto é, o vale entre as dunas, nos vestimos e voltamos para casa, cheias de alegria. A única questão é que tivemos que levar nossas roupas íntimas enroladas debaixo do braço, de maneira que nossos vestidos estavam bem colados ao corpo, mas ninguém nos viu. E esse foi o acontecimento que tanto escandalizou Blair Water.

"De qualquer maneira, espero que a tia Elizabeth não fique sabendo disso.

"Lamento que a senhora Price tenha perdido uma noite de sono por causa de mim e Dean. Não estávamos praticando nenhuma feitiçaria maligna; estávamos apenas caminhando pela Montanha Deleitável e imaginando figuras nas nuvens. Talvez isso seja infantil, mas foi muito divertido. Gosto disso em Dean: ele não tem medo de fazer algo inocente e divertido só porque é infantil. Ele me mostrou uma nuvem que tinha a aparência exata de um anjo voando pelo céu azul com um bebê nos braços. Na cabeça do anjo, havia um véu azul e transparente, através do qual se via uma estrela brilhando bem fraquinho. As pontas das asas eram douradas, e sua túnica branca era salpicada de luzes avermelhadas.

"'Lá se vai a Estrela da Manhã, carregando o Amanhã nos braços', disse Dean.

"Isso foi tão bonito que tive um de meus momentos de inspiração. Contudo, dez segundos mais tarde, a nuvem já havia se transformado em um camelo com uma corcova exagerada.

"Passamos trinta minutos maravilhosos ali, ainda que a senhora Price, que não conseguiu ver nada no céu, tenha nos achado loucos.

"Bem, a conclusão disso tudo é que não vale a pena passar a vida tentando agradar a opinião alheia. O que temos de fazer é viver como nos parece melhor. Afinal, eu acredito em mim mesma. Não sou má e fútil como pensam, nem raquítica, e *sei* escrever bem. Agora que registrei tudo em meu diário, vejo esse acontecimento com outros olhos. A única coisa que ainda me deixa zangada é o fato de que a senhorita Potter sentiu pena de mim. Logo ela, uma Potter!

"Acabei de olhar pela janela e ver o canteiro de capuchinhas do primo Jimmy. De repente, o lampejo apareceu, e a senhora Potter, com sua pena e sua língua ferina, já não tinha mais nenhuma importância. Minhas belas capuchinhas, quem lhes deu toda essa cor e essa luz? Vocês devem ser feitas do fulgor do entardecer!

"Neste verão, tenho ajudado bastante o primo Jimmy com o jardim. Acho que amo essas plantas tanto quanto ele. Todos os dias, somos surpreendidos com o desabrochar de novas flores.

"Então, quer dizer que a tia Elizabeth não vai me deixar ir estudar em Shrewsbury. Oh, eu me sinto decepcionada como se realmente esperasse o contrário. Todas as portas da vida parecem se fechar para mim.

"De qualquer forma, continuo tendo muito a agradecer. Acho que a tia Elizabeth ainda vai me deixar ir para a escola neste ano, e o professor Carpenter vai poder me ensinar muita coisa nesse período. Além disso, não sou horrorosa, e o luar continua sendo uma coisa linda de se ver. Algum dia, vou ganhar o mundo com meus livros. E também tenho um lindo gatinho cinza da cara redonda que acaba de pular na escrivaninha e de mordiscar minha pena, sinal de que já escrevi demais por hoje.

"Um gato de verdade tem que ser um gato cinza!"

Encontrando um meio-termo

Em certa tarde de fim de agosto, Emily ouviu o assobio de Teddy chamando por ela no Caminho do Amanhã e foi ao encontro dele. Ele tinha novidades; isso estava evidente no brilho de seus olhos.

– Emily, vou poder ir estudar em Shrewsbury! – exclamou ele, animado. – Minha mãe me contou hoje à tarde que decidiu me deixar ir!

Emily se alegrou, mas, por baixo desse sentimento, havia uma pitada de tristeza, pela qual ela se repreendeu. Que solitária seria Lua Nova quando seus três amigos partissem! Até aquele momento, ela não havia percebido como contava com a companhia de Teddy. Ele fazia parte de todos os seus planos para o ano seguinte. Ela sempre partira do pressuposto de que ele estaria ali. Agora, não ficaria ninguém, nem mesmo Dean, que, como costume, iria passar o inverno fora, no Egito ou no Japão, conforme decidisse no último momento. O que ela faria? Haveria no mundo uma quantidade suficiente de cadernos Jimmy para substituir seus amigos de carne e osso?

– Quem dera se você pudesse ir também! – desejou Teddy, enquanto caminhavam pelo Caminho do Amanhã, que, àquela altura, já estava se convertendo no Caminho de Hoje, visto como estavam altos e frondosos os bordos ao longo dele.

– Não adianta nada ficar desejando isso. Não vamos falar desse assunto. Ele me deixa triste – pediu Emily.

– Bom, de qualquer maneira, ainda vamos ter os fins de semana. E é a você que devo agradecer por poder ir. Foi por causa do que você disse para a minha mãe naquela noite no cemitério que ela decidiu deixar. Eu sei que ela tem pensado nisso desde então, por causa das coisas que ela diz de vez em quando. Na semana passada, eu a ouvi resmungar: "É terrível ser mãe. É terrível ser mãe e sofrer deste jeito. Mesmo assim, ela me chamou de egoísta!". E também teve outra vez em que ela disse: "É egoísmo querer manter por perto a única coisa que se tem no mundo?". Mas, hoje, ela estava muito carinhosa quando me falou que eu poderia ir. Eu sei que as pessoas dizem que ela é meio amalucada; e às vezes ela é estranha mesmo. Mas é só quando tem gente por perto. Você nem imagina como ela é gentil e carinhosa quando estamos sozinhos, Emily. Fico triste por ter que deixá-la, mas preciso estudar.

– Fico feliz que ela tenha mudado de ideia por causa do que eu disse, mas ela nunca vai me perdoar. Ela me detesta desde aquele dia; você sabe disso. Você vê como ela me olha quando eu vou ao Sítio dos Tanacetos. Ela é muito educada, mas, nossa, o *olhar* dela, Teddy…

– Eu sei – admitiu Teddy, desconfortável. – Mas não seja dura com minha mãe, Emily. Tenho certeza de que ela nem sempre foi assim, embora seja desde que eu me entendo por gente. Não sei nada dela antes disso. Ela nunca me conta nada. Não tenho informação nenhuma sobre meu pai. Ela se recusa a falar dele. Não sei nem como ela ficou com aquela cicatriz no rosto.

– Na verdade, não acho que tenha nada de errado com a cabeça da sua mãe – explicou Emily. – Mas acho que tem alguma coisa que a incomoda o tempo todo; algo que ela não consegue esquecer nem superar. Acho que alguma coisa *assombra* sua mãe, Teddy. Claro que não falo de fantasma nem coisa do tipo, mas de alguma *lembrança* terrível.

– Sei que ela é infeliz – reconheceu Teddy –, e ainda tem o fato de sermos pobres. Ela disse que só poderá pagar meus estudos em Shrewsbury por três anos. Depois disso, vou me virar de algum jeito. *Sei* que consigo. Algum dia, vou recompensá-la.

– Você ainda vai ser um grande artista, Teddy – profetizou Emily.

Haviam chegado ao fim do Caminho do Amanhã. Diante deles, estendia-se o campo que cercava o lago, salpicado de margaridas. Para os fazendeiros, as margaridas são como ervas daninhas, mas um campo coberto delas, reluzindo de brancura sob o sol veranil, é como uma visão da Terra dos Deleites Perdidos. Mais abaixo, Blair Water fulgurava como um enorme lírio dourado. No alto da colina a leste, a Casa Desolada se amuava entre as sombras, talvez sonhando com a noiva falaz que nunca veio habitá-la. Não havia luz no Sítio dos Tanacetos. Estaria a senhora Kent chorando no escuro, sem nenhuma outra companhia além da ânsia secreta que atormenta seu coração?

Emily admirava o pôr do sol, com os olhos absortos e o rosto pálido, ela parecia buscar algo. Já não se sentia triste nem deprimida; por algum motivo, nunca se sentia assim na companhia de Teddy. Não havia música no mundo como a voz dele. Tudo que é bom parecia possível com aquele rapaz. Emily não iria para Shrewsbury, mas poderia trabalhar e estudar em Lua Nova. Ah, como trabalharia e como estudaria! Um ano a mais com o professor Carpenter seria de grande valia para ela, talvez tanto quanto Shrewsbury. Além disso, ela tinha seu Caminho Alpino a escalar e faria isso com ou sem ajuda, independentemente dos obstáculos que surgissem em seu caminho.

– Quando eu for um grande artista, vou pintar você do jeito que você está agora – prometeu Teddy. – O nome do quadro vai ser *Joana d'Arc, de rosto enlevado, escutando os espíritos.*

Apesar do que lhe disseram os espíritos, Emily foi dormir sentindo-se pesarosa. Na manhã seguinte, contudo, acordou com a convicção inexplicável de que boas notícias estavam para chegar. Essa convicção não diminuiu com o lento passar das horas, como era típico em Lua Nova nos dias de sábado. Eram horas de muito trabalho, nas quais a despensa era abastecida, e a casa, limpa, pois deveria estar imaculada no domingo. O dia estava frio e úmido; uma neblina subia do costa e envolvia Lua Nova em um denso véu branco.

No fim da tarde, uma chuva fina começou a cair, mas ainda não havia chegado nenhuma boa notícia. Emily estava terminando de polir os candelabros e de compor, ao mesmo tempo, um poema chamado *Canção da Chuva* quando a tia Laura lhe disse que a tia Elizabeth chamava por ela na sala de visita.

Emily não tinha boas lembranças das conversas com a tia Elizabeth na sala de visitas. Não conseguia se lembrar de nada que fizera (ou que deixara de fazer) que pudesse motivar aquele chamado; mesmo assim, dirigiu-se à sala sentindo-se aflita: a tia Elizabeth certamente queria tratar de algum assunto importante, do contrário não usaria aquele cômodo. Essa era só uma das peculiaridades da tia Elizabeth. Ciso, o imenso gato de Emily, ia ao seu lado como uma sombra cinza e silenciosa. Ela desejou que a tia Elizabeth não o espantasse: a presença dele com certeza a confortaria, pois os gatos são sempre bons companheiros quando estão do nosso lado.

A tia Elizabeth estava tricotando; tinha o semblante sério, mas não zangado nem ofendido. Ela ignorou Ciso e achou que Emily parecia muito alta sob a luz crepuscular que banhava aquele cômodo suntuoso. Como as crianças cresciam rápido! Parecia ter sido ontem que a bela Juliet Murray... Elizabeth rechaçou esses pensamentos com um piscar de olhos.

– Sente-se, Emily – ordenou. – Quero conversar com você.

Emily sentou-se, e Ciso também, envolvendo as patas com a cauda. De repente, Emily sentiu as mãos suadas e a boca seca. Desejou estar tricotando também. Era angustiante estar sentada ali, sem nada para fazer, imaginando o que estava por vir. Mas o que veio foi algo que Emily jamais teria imaginado. Depois de terminar uma carreira da meia que estava tricotando, a tia Elizabeth perguntou, sem rodeios:

– Emily, quer ir para Shrewsbury na semana que vem?

Ir para Shrewsbury? Ela havia ouvido bem?

– Oh, tia Elizabeth! – exclamou ela.

– Tenho discutido esse assunto com seus tios – continuou a tia Elizabeth. – Eles concordam comigo que você deve seguir estudando. Obviamente, os gastos vão ser altos, mas... Não, não me interrompa! Não gosto de ser interrompida. Mas Ruth vai abrigá-la por metade do preço, para contribuir com sua criação... Emily, não quero ser interrompida! Seu tio Oliver vai pagar a outra metade; seu tio Wallace vai pagar pelos seus livros; e eu vou cuidar das suas roupas. Evidentemente, você vai ter que ajudar sua tia Ruth com as tarefas domésticas de todas as formas possíveis, como agradecimento pela gentileza dela. Você tem permissão para passar três anos em Shrewsbury, com uma condição.

Qual seria a condição? Emily se perguntou isso quanto lutava para permanecer rigidamente sentada na otomana, quando na verdade queria sair cantando, dançando e rodopiando pelo antigo cômodo como nenhum Murray antes dela, nem mesmo sua mãe, ousou fazer. Contudo, por baixo de todo esse êxtase, Emily sabia que aquele momento era muito importante.

– Três anos em Shrewsbury vão valer tanto quanto três anos na Queen's – continuou a tia Elizabeth. – Salvo, obviamente, pelo fato de que você não vai obter a licenciatura, o que não é problema no seu caso, já que você não precisa trabalhar para se sustentar. Mas, como eu disse, tem uma condição.

Por que a tia Elizabeth não dizia logo qual era a condição? Esse suspense era insuportável. Seria possível que ela estivesse *com medo* de dizer? Não era do feitio dela enrolar para dizer as coisas. Seria algo tão ruim?

– Você precisa prometer – prosseguiu a tia Elizabeth, séria – que, pelos três anos que passar em Shrewsbury, vai abandonar *por completo* esse seu hábito absurdo de escrever. Salvo, obviamente, pelas redações escolares.

Emily permaneceu imóvel, fria. Tinha que escolher entre Shrewsbury e seus poemas, seus contos, seus "estudos" e seus cadernos Jimmy de variados temas. Não levou nem um minuto para se decidir.

– Não posso prometer isso, tia Elizabeth – afirmou, resoluta.

A tia Elizabeth baixou as agulhas de espanto. Não esperava essa resposta. Pensava que Emily estava tão desejosa de ir estudar em Shrewsbury que aceitaria qualquer exigência que lhe fosse imposta para isso, especialmente uma tão banal quanto essa, que, na opinião da tia Elizabeth, não implicava nada mais que abrir mão da teimosia.

– Quer dizer que você não aceita abandonar essa besteira de escrever para garantir a educação que você tanto finge querer? – indagou ela.

– Não é que *não aceito*, é que *não posso* – respondeu Emily, aflita. Ela sabia que a tia Elizabeth não entenderia. Sua tia nunca havia entendido sua relação com a escrita. – *Não consigo* parar de escrever, tia Elizabeth. É algo que está no meu sangue. Nem adianta me pedir. Eu quero, sim, estudar; não é fingimento, mas não posso abrir mão da minha escrita para garantir minha educação. Eu já *sei* que não vou ser capaz de cumprir essa promessa. De que adianta dizer o contrário?

– Então, nada de Shrewsbury – determinou a tia Elizabeth, zangada.

Emily imaginou que a tia Elizabeth fosse se levantar e disparar porta afora. Antes, ela tomou as agulhas e pôs-se a tricotar furiosamente. Para dizer a verdade, a tia Elizabeth estava completamente estarrecida. Ela queria mandar Emily para Shrewsbury. A tradição exigia isso, e toda a família concordava que isso deveria ser feito. Essa condição havia sido ideia dela. Ela imaginou que essa seria uma boa oportunidade para extirpar de Emily esse hábito ridículo e estranho à família Murray de desperdiçar tempo e papel. Jamais imaginou que seu plano fosse falhar, pois sabia o quanto Emily desejava ir. Agora, contudo, deparava-se com aquela obstinação ingrata, insensata e irrazoável. "Isso é o sangue Starr se revelando", pensou a tia Elizabeth, com rancor, esquecendo-se da herança dos Shipleys. O que poderia ser feito? Ela sabia muito bem, por experiência própria, que Emily não arredava o pé depois de tomar uma decisão. Sabia também que Wallace, Oliver e Ruth não apoiariam essa exigência dela, embora considerassem esse hábito tão inútil e pouco tradicional quanto ela. Elizabeth Murray previu uma derrocada completa à frente e não gostou disso. Seria capaz de chacoalhar aquela coisinha magra e pálida sentada na otomana à sua frente. Aquela criatura era tão franzina, tão jovem, tão indomável! Por mais de três anos, Elizabeth havia tentado curar Emily desse mal e, apesar de nunca ter fracassado em nada antes, falhou miseravelmente nessa empreitada. Matar Emily de fome não bastaria para fazê-la ceder, e nada menos que isso parecia ter eficácia.

Elizabeth tricotava furiosamente, perdida no nervosismo desses pensamentos, e, enquanto isso, Emily permanecia sentada, imóvel, lutando contra o amargor da desilusão e contra a sensação de injustiça. Estava determinada a não chorar na frente da tia Elizabeth, mas era difícil segurar as lágrimas. Desejou que Ciso não ronronasse com tanta satisfação, deixando claro que, de seu ponto de vista de gato cinza, tudo estava perfeitamente em ordem. Desejou que a tia Elizabeth a dispensasse. Mas a tia Elizabeth só fazia tricotar furiosamente, sem dizer uma palavra sequer. Aquilo parecia um pesadelo. O vento havia ficado mais forte, a chuva batia contra a vidraça, e os antepassados da família Murray a observavam desde suas molduras, com semblantes austeros e acusadores. *Eles* não demonstravam nenhuma simpatia com lampejos, cadernos Jimmy e Caminhos Alpinos, tampouco com a busca por divindades sedutoras e extraordinárias. Mesmo assim, apesar de sua profunda desilusão, Emily não conseguia deixar de pensar que aquele era um excelente cenário para a cena trágica de um romance.

A porta da sala se abriu, e o primo Jimmy entrou. Sabendo o que estava por acontecer, ele havia escutado secretamente toda a conversa atrás da porta. Jimmy sabia que Emily não faria aquela promessa; havia dito isso a Elizabeth dez dias antes, na reunião de família. Ele podia ser apenas o Jimmy zureta, mas era capaz de entender o que Elizabeth Murray não conseguia.

– Qual é o problema? – perguntou, olhando de uma para a outra.

– Não há problema algum – respondeu a tia Elizabeth, altiva. – Ofereci a Emily uma boa educação, mas ela recusou. Obviamente, ela tem liberdade para recusar.

– Quando se tem milhares de ancestrais, não é possível ser livre – rebateu o primo Jimmy, no tom misterioso que emprega para dizer coisas desse tipo. Elizabeth sempre tinha calafrios quando ele falava assim; não conseguia se esquecer de que a estranheza de Jimmy era culpa dela. – Emily não pode lhe prometer o que você quer. Certo, Emily?

– Não – respondeu ela. Apesar de seu esforço, um par de lágrimas lhe desceu pelo rosto.

– Se pudesse, você faria essa promessa por *mim*, não faria? – continuou ele.

Emily assentiu.

– Você está pedindo demais, Elizabeth – disse o primo Jimmy à dama mal-humorada das agulhas de tricô. – Você está pedindo que ela abra mão de *tudo* que escreve. Mas, se pedisse aquela que abrisse mão de *parte*... Emily, e se ela lhe pedisse para abrir mão de *parte* do que escreve? Acha que conseguiria fazer isso?

– De *que* parte? – perguntou Emily, cautelosa.

– Bom, de tudo que é fictício, por exemplo – o primo Jimmy foi até Emily e pousou uma mão suplicante em seu ombro. Elizabeth não parou de tricotar, mas o ritmo das agulhas diminuiu. – Como os seus contos, Emily. Elizabeth é particularmente avessa aos seus contos, porque ela acha que eles são como mentiras. Ela não liga tanto para as outras coisas. Você acha que consegue deixar de escrever contos por três anos, Emily? Estudar é importante. Sua avó teria passado a vida a pão e água para ter a chance de estudar; eu mesmo a ouvi dizer isso várias vezes. O que me diz, Emily?

Emily avaliou rapidamente a proposta. Adorava escrever seus contos; seria difícil abrir mão deles. Mas, se ainda pudesse escrever seus versos fantasiosos, seus esboços de personagens e seus relatos de eventos cotidianos, espirituosos, satíricos, trágicos, conforme lhe aprouvesse, talvez fosse capaz de suportar.

– Negocie com ela, Emily, vamos! – incentivou o primo Jimmy. – Ceda um pouco. Você deve muita coisa a ela. Busque um meio-termo.

– Tia Elizabeth – disse Emily, hesitante –, se você me deixar ir estudar em Shrewsbury, prometo que vou passar três anos sem escrever nenhum tipo de ficção. Isso é o bastante? Porque é *tudo* que posso prometer.

Elizabeth terminou de tricotar duas carreiras antes de se prestar a responder. O primo Jimmy e Emily chegaram a achar que ela nem responderia. Mas, de repente, ela recolheu os apetrechos e se levantou.

– Muito bem. Concordo com essas condições. Evidentemente, meu problema maior é com seus contos. Quanto ao resto, imagino que Ruth vai se certificar de que você não tenha muito tempo a perder com eles.

A tia Elizabeth então se retirou, secretamente aliviada por não ter sido terminantemente sobrepujada e por ter podido escapar daquela situação inextricável ostentando as honras da batalha. O primo Jimmy fez um cafuné na cabeleira negra de Emily.

– Você agiu bem, Emily. Não devemos ser teimosos, entende? E três anos não são tanto tempo, gatinha.

De fato não são, mas, aos 14 anos, parecem ser. À noite, Emily chorou até dormir, mas tornou a acordar exatamente às três horas daquela madrugada fria e cinzenta na velha costa norte. Então, levantou-se, acendeu uma vela, sentou-se em frente à escrivaninha e começou a descrever todo aquele evento em seu caderno Jimmy, tomando bastante cuidado para não acrescentar no relato nenhuma palavra que fugisse à mais estrita verdade.

Prelúdios de Shrewsbury

Teddy, Ilse e Perry saltaram de alegria quando Emily lhes contou que também iria para Shrewsbury. Ao pensar sobre todos os detalhes, Emily sentiu-se razoavelmente feliz. O lado bom é que ia cursar o Ensino Médio. Contudo, não lhe agradava a ideia de ir morar com a tia Ruth. Não esperava por isso. Havia imaginado que a tia Ruth jamais fosse querê-la por perto e que, se a tia Elizabeth realmente decidisse mandá-la para Shrewsbury, ficaria alojada em outro lugar, provavelmente com Ilse. Emily certamente teria preferido isto. Sabia muito bem que a vida não seria fácil sob o teto da tia Ruth. Como se não bastasse, também não poderia escrever seus contos.

Sentir dentro de si um ímpeto criativo e não poder expressá-lo; divertir-se com a criação de personagens trágicas e cômicas, mas não poder trazê-las à "vida"; ser acometida pela ideia de uma trama perfeita e, logo em seguida, perceber que não pode desenvolvê-la... Essas coisas são como uma tortura que não pode ser assimilada por quem não nasceu com uma comichão fatal pela escrita. As tias Elizabeths da vida não conseguem compreender isso. Para elas, é tudo besteira.

Aquelas duas últimas semanas de agosto em Lua Nova foram muito corridas. Elizabeth e Laura conduziram longas conferências para tratar das roupas de Emily. Seu guarda-roupa deveria fazer jus ao nome da família, mas foi com base no bom senso, e não na moda, que as decisões foram tomadas. A própria Emily não teve voz nessas deliberações. Um dia, Laura e Elizabeth discutiram, "do meio-dia ao orvalho da tarde[32]", sobre se Emily deveria ou não ter uma blusa de tafetá (Ilse tinha três) e decidiram que não, para a tristeza de Emily. Todavia, Laura teve a última palavra na escolha de uma peça, que não ousou chamar de "vestido de festa", para não influenciar negativamente a opinião de Elizabeth. Era um lindo vestido de crepe de um tom rosa-acinzentado que, se não me engano, era chamado naquela época de cinza das rosas. Fora feito sem colarinho, o que era uma grande concessão da parte de Elizabeth, e tinha aquelas mangas bufantes que seriam muito absurdas hoje em dia, mas que, como toda tendência da moda, eram muito apreciadas e populares entre as belas e jovens damas daquele tempo. Era o vestido mais lindo que Emily havia tido até então, e também o mais longo, o que significava muito naqueles dias em que não se era considerada adulta até que se tivesse usado um vestido longo. Chegava-lhe à altura dos belos tornozelos.

Ela o vestiu um dia, quando Laura e Elizabeth estavam fora, porque queria que Dean a visse nele. Ele viera passar a tarde em companhia dela, pois partiria de viagem no dia seguinte (havia se decidido pelo Egito), e eles então foram caminhar no jardim. Emily se sentiu muito adulta e sofisticada, pois precisava levantar um pouco a barra da saia para conseguir caminhar em meio aos caniços-malhados. Levava uma delicada echarpe cinza-rósea em volta do pescoço, e Dean pensou que ela nunca se pareceu tanto com uma estrela. Os gatos iam acompanhando: Ciso, com seu pelo lustroso e listrado, e Sal Sapeca, que seguia reinando absoluta sobre os celeiros de Lua Nova. Outros gatos chegavam e partiam, mas Sal Sapeca permanecia inabalável. Eles saltavam por sobre a grama, davam botes um

[32] Citação do famoso poema de John Milton (1608-1674), *Paradise Lost* (ou, em português, *Paraíso Perdido*). (N.T.)

no outro em meio à selva de flores e se esfregavam nas pernas de Emily, insinuantes. Dean iria para o Egito, mas sabia que, em nenhum lugar, nem mesmo em meio ao estranho charme de antigos impérios, encontraria visão que lhe agradasse mais que a de Emily com seus gatinhos no suntuoso, perfumado e bem-cuidado jardim de Lua Nova.

Eles não conversaram tanto como de costume, e o silêncio despertou sentimentos estranhos dentro deles. Por duas vezes, Dean lutou contra o ímpeto insano de jogar para o alto a viagem para o Egito e passar o inverno em casa (talvez em Shrewsbury); encolhendo os ombros, ele riu de si mesmo. Aquela criança não carecia de seus cuidados: as senhoras de Lua Nova eram valorosas guardiãs. Ela ainda era apenas uma criança, apesar de sua figura alta e esbelta e de seus olhos insondáveis. Mas como eram perfeitas as alvas linhas de seu pescoço! Como convidavam ao beijo as doces curvas de seus lábios avermelhados! Ela logo seria uma mulher, mas não seria dele; não seria do corcunda coxo com idade para ser seu pai. Pela centésima vez, Dean disse a si mesmo para não ser tolo. Precisava se satisfazer com o que o destino lhe concedera: a amizade e o afeto dessa formidável e estrelada criatura. No futuro, o amor dela seria algo maravilhoso de se ter, mas pertenceria a outro homem. Certamente, refletiu Dean, um tanto cínico, ela o desperdiçaria com algum belo e jovem janota completamente indigno de recebê-lo.

Por sua vez, Emily refletia sobre como sentiria falta de Dean, mais do que jamais havia sentido. Haviam estado muito próximos naquele verão. Sempre que conversavam, mesmo que apenas por alguns minutos, a vida parecia se tornar mais plena. Era impossível não aprender algo com as frases sábias, sagazes, engraçadas e satíricas que ele dizia. Eram frases estimulantes, intrigantes e inspiradoras. Além disso, seus elogios ocasionais melhoravam a autoconfiança de Emily. Ele nutria por ela uma fascinação estranha, que ninguém mais tinha. Emily percebia isso, embora não conseguisse compreender o que era. Ela sabia perfeitamente bem por que gostava de Teddy. Gostava de Teddy porque ele era Teddy. E Perry era um peralta alegre, espontâneo, exibido e bronzeado do qual era impossível não gostar. Mas Dean era diferente. Estaria seu charme na atração despertada pelo desconhecido? Pela experiência? Pelo conhecimento sutil? Por aquela mente que se tornou sábia à força das amarguras da vida? Pelas coisas que Dean conhecia, e Emily, não? Era impossível dizer. Emily só sabia que todos pareciam meio insossos se comparados a Dean; mesmo Teddy, embora ela gostasse mais dele.

Ah, sim, Emily nunca teve dúvida de que gostava mais de Teddy. Ainda assim, Dean parecia satisfazer uma parte sutil e obscura de sua natureza que sempre padecia na falta dele.

– Obrigada por tudo que você já me ensinou, Dean – disse ela quando se aproximaram do relógio de sol.

– E você acha que não me ensinou nada, Estrela? – rebateu Dean.

– Como eu poderia lhe ensinar alguma coisa? Sou tão jovem e ignorante...

– Você me ensinou a sorrir sem tristeza; espero que nunca se dê conta da bênção que isso significa. Não deixe que a corrompam em Shrewsbury, Estrela. Você está tão feliz em ir que não quero lhe jogar um balde de água fria. Mas a verdade é que você estaria bem melhor aqui, em Lua Nova.

– Dean! Eu quero estudar...

– Ora, estudar! A educação não vem em pequenas colheradas de álgebra e latim de meia-tigela. O Velho Carpenter seria capaz de lhe ensinar muito mais e melhor do que os universitariozinhos que dão aula no Liceu de Shrewsbury.

– Não posso mais ir à escola aqui, Dean – protestou Emily. – Eu ficaria completamente solitária. Todos os alunos da minha idade estão indo ou para a Queen's ou para Shrewsbury, ou então vão abandonar os estudos. Não estou entendendo você. Achei que você fosse ficar feliz com o fato de me deixarem ir.

– Mas eu *estou* feliz, porque você também está. É só que o conhecimento que eu desejava para você não se adquire no Ensino Médio nem se mede com provas finais. Qualquer coisa de valor que você aprenda em uma escola vai ser por iniciativa própria. Não deixe que a transformem em algo diferente do que você é; é só isso. Mas não acho que vão.

– Não vão, não – determinou Emily. – Sou como o Gato de Kipling[33]: caminho sozinha e selvagem, balançando minha selvagem cauda por onde quer que eu queira. É por isso que os Murrays torcem o nariz para mim. Eles acham que eu deveria seguir a matilha. Oh, Dean, você vai me escrever sempre, não vai? Você me entende como ninguém. E nos acostumamos tanto um ao outro que eu já não sei viver sem viver.

Emily disse isso (e era algo que realmente pensava) com delicadeza, mas, ainda assim, Dean enrubesceu visivelmente. Não se despediram; esse era um velho hábito deles. Dean apenas acenou para ela.

– Que todos os dias sejam gentis com você – desejou ele.

Emily limitou-se a sorrir seu sorriso lento e misterioso, e ele partiu. O jardim, salpicado de flores brancas e fantasmagóricas, pareceu muito solitário sob o brando azul do entardecer. Ela se sentiu feliz ao ouvir o assobio de Teddy no bosque de John Altivo.

Em sua última noite na cidade, Emily foi ver o professor Carpenter e ouvir a opinião dele a respeito de alguns manuscritos que ela submetera à apreciação dele na semana anterior. Entre esses textos, estavam seus últimos contos, escritos antes do acordo com a tia Elizabeth. O professor Carpenter sabia tecer críticas como ninguém e nunca media as palavras; mas era justo, e Emily confiava em seus vereditos, mesmo quando eles a deixavam com vergões na alma.

– Esta historinha de amor é terrível – declarou, direto.

– Ela não saiu bem como eu queria – lamentou-se Emily.

– Nenhuma sai – reconheceu o professor Carpenter. – Você nunca vai escrever algo que a satisfaça de verdade, ainda que outras pessoas gostem. Quanto às histórias de amor, você não consegue escrevê-las porque não consegue senti-las. Não tente escrever algo que você é incapaz de sentir. Vai ser sempre um desastre, um eco do vazio. Mas este outro conto sobre a velha não é ruim. O diálogo é inteligente; o clímax, simples e eficiente. E, graças a Deus, você tem senso de humor. Acho, inclusive, que esse é o

[33] Alusão ao personagem principal do conto *O Gato que andava sozinho* (ou, em inglês, *The Cat that walked by himself*), do escritor britânico Rudyard Kipling (1865-1936). (N.T.)

principal motivo pelo qual você não é boa com histórias de amor. Ninguém com senso de humor de verdade consegue escrever esse tipo de história.

Emily não via o porquê disso. Gostava de escrever histórias de amor, e como eram trágicas e sentimentais as histórias dela!

– Shakespeare conseguia – contestou ela, desafiadora.

– Tem uma certa distância entre você e Shakespeare – respondeu o professor Carpenter, seco.

Emily sentiu o rosto em brasa.

– Eu *sei*, mas o senhor disse que *ninguém* consegue.

– E mantenho o que eu disse. Shakespeare é a exceção que confirma a regra, embora o senso de humor dele estivesse meio dormente quando ele escreveu Romeu e Julieta. Mas voltemos para Emily de Lua Nova. *Este* conto aqui... Bem, um jovem talvez consiga lê-lo sem se contaminar.

Emily sabia, pela entonação da voz dele, que aquilo não era um elogio. Ela se manteve em silêncio, e ele prosseguiu, jogando seus preciosos manuscritos de lado sem nenhuma cerimônia.

– Este aqui parece uma imitação barata de Kipling. Você anda lendo Kipling?

– Sim.

– Imaginei. Não tente imitá-lo. Se quiser imitar alguém, que seja Laura Jean Libbey[34]. Este título não é bom. Este continho aqui é puro pedantismo. E este *Riquezas secretas* não é um conto; é uma máquina. O texto range. Por um momento, cheguei a me esquecer de que estava lendo ficção. Logo, não é ficção.

– Eu tentei escrever algo que fosse mais fiel à vida – justificou-se Emily.

– Ah, mas essa é a razão. Todos nós vemos a vida sob uma lente de ilusão, até mesmo os mais desiludidos de nós. Por isso, quando algo é muito fiel a ela, acaba se tornando inverossímil. Vejamos... *A família Madden*, mais uma tentativa de realismo. Mas é só fotografia, e não pintura.

– Quantas coisas desagradáveis o senhor me disse – suspirou Emily.

– O mundo seria mais cômodo se as pessoas nunca dissessem coisas desagradáveis, mas também seria perigoso – retorquiu o professor

[34] Laura Jean Libbey (1862-1924): escritora norte-americana. (N.T.)

Carpenter. – Você me pediu para avaliar seus textos, e não para bajular você. Mas, aqui vão alguns elogios. Guardei para o final. "Algo de novo" é relativamente bom; na verdade, se eu não tivesse medo de mimar você, diria que é definitivamente bom. Daqui a dez anos, você pode reescrevê-lo e tirar algo dele. Sim, sim: dez anos! Não faça careta, minha flor. Você tem talento e um tino maravilhoso para as palavras; sempre encontra a mais adequada. Isso não tem preço! Mas você também tem sérios defeitos. Esses malditos itálicos, por exemplo: livre-se deles, minha flor! Livre-se deles! Além disso, sua imaginação precisa de rédeas quando se afasta do realismo.

– Ela já tem – respondeu Emily, soturna, antes de contar a ele sobre seu acordo com a tia Elizabeth.

– Excelente – reagiu o professor.

– Excelente? – questionou Emily, confusa.

– Sim, é bem disso que você precisa. Vai lhe servir de lição de comedimento e economia. Atenha-se aos fatos por três anos e veja o que consegue fazer com eles. Abandone o mundo da imaginação e se restrinja à vida comum.

– Não existe isso de vida comum – contestou Emily.

O professor Carpenter fitou-a por um momento.

– Verdade, não existe – admitiu. – Mas me pergunto como você sabe disso. Bom, siga em frente! Siga em frente! Siga pelo caminho que escolheu e "agradeça aos deuses que nele houver[35]" por poder passar livremente.

– O primo Jimmy disse que não é possível ser livre quando se tem milhares de ancestrais.

– E ainda há quem chame esse homem de zureta – resmungou o professor. – É verdade, mas seus ancestrais não parecem ter lançado uma maldição sobre você. Parecem apenas ter determinado que você deve alcançar os topos mais altos e não vão deixá-la em paz enquanto você não chegar lá. Chame isso de ambição, aspiração, *cacoëthes scribendi*[36] ou o que

---

[35] Provável alusão ao verso "*I thank whatever gods there be*" ("Agradeço a qualquer deus que houver"), do poema *A Thanksgiving* (*Agradecimento*), do britânico W. E. Henley (1849-1903). (N.T.)

[36] Segundo o *Oxford Dictionary of Literary Terms*, essa frase latina é usada para descrever uma "sanha pela escrita" ou para fazer referência à escrita como um mau hábito. Ainda segundo esse

seja. Sob o jugo (ou influência) desse sentimento, não temos outra opção senão seguir escalando, até que, por fim, fracassemos... Ou...

– Alcancemos o sucesso – completou Emily, erguendo o queixo.

– Amém – concordou o professor.

Mais tarde, naquele dia, Emily escreveu um poema, *Adeus a Lua Nova*, que a fez verter lágrimas. Sentia cada verso dele. Era uma maravilha estar indo para a escola, mas deixar Lua Nova... Tudo naquele lugar estava conectado à sua vida e aos seus pensamentos; ele era parte dela.

"Eu amo meu quarto, as árvores, as colinas... Mas não é só isso: eles também me amam", refletiu.

A pequena mala preta de Emily estava feita. A tia Elizabeth se certificou de que ela contivesse tudo que fosse necessário, ao passo que a tia Laura e o primo Jimmy se certificaram de que houvesse nela uma ou outra coisa não tão necessária assim. A tia Laura disse a Emily que havia escondido um par de meias pretas rendadas junto com as sandálias. As meias bem que poderiam ser de seda, mas nem a tia Laura ousaria tanto. Por sua vez, o primo Jimmy deu a ela três cadernos Jimmy em branco, bem como um envelope contendo uma nota de cinco dólares.

– É para você gastar com o que quiser, gatinha. Eu queria lhe dar dez dólares, mas Elizabeth só me adiantou cinco do próximo salário. Acho que ela suspeitou de algo.

– Se eu conseguir achar selos americanos, posso usar um dólar para comprá-los? – perguntou Emily, animada.

– Pode gastar com o que quiser – reiterou o primo Jimmy, que sempre a apoiava incondicionalmente, embora lhe parecesse um pouco estranha essa ideia de comprar selos americanos. Mas, se eram selos americanos que a pequena Emily queria, selos americanos ela iria ter.

Emily teve a sensação de que o dia seguinte havia saído de um sonho: o pássaro cantando alegremente no bosque de John Altivo logo que ela acordou; a viagem até Shrewsbury naquela manhã fresca de setembro; a

mesmo dicionário, o termo tem origem na sétima sátira do poeta romano Juvenal (ca. 55 d.C.-ca. 120 d.C.). (N.T.)

recepção fria da tia Ruth; as primeiras horas na nova escola; a rigidez das aulas do "preparatório"; a volta para casa; o jantar... Aquilo certamente havia levado mais que um dia.

A casa da tia Ruth ficava no fim de uma rua residencial sem muito movimento, quase nos limites da cidade. Emily não gostou da aparência da edificação, coberta como estava de adornos dos mais diversos tipos, mas aqueles beirais brancos de madeira e aquelas janelas salientes eram o último grito da elegância em Shrewsbury. Não havia jardim, só um pequeno gramado triste e sem graça. Uma coisa, contudo, alegrou os olhos de Emily: atrás da casa, havia uma enorme plantação de pinheiros, cujas árvores – as mais altas, mais retilíneas e mais finas que ela jamais vira – espalhavam-se em um longo, verdejante e elaborado panorama.

A tia Elizabeth havia passado o dia em Shrewsbury e voltou para casa depois do jantar. Na porta, ela apertou a mão de Emily, dizendo-lhe para se comportar e obedecer a tia Ruth. Não houve beijos nem abraços, mas o tom de sua voz estava atipicamente carinhoso para ela. Emily segurou o choro e viu, de olhos marejados, a tia Elizabeth se afastar. Lá se ia ela, de volta para a amada Lua Nova.

– Entre – ordenou à tia Ruth – e, *por favor*, não bata porta.

Era preciso que Emily soubesse que ali não se batiam as portas.

– Precisamos lavar as louças do jantar – disse a tia Ruth. – Vai ser obrigação sua fazer isso todos os dias. Vou lhe mostrar onde guardo tudo. A Elizabeth deve ter lhe avisado que quero que você faça algumas tarefas domésticas para arcar com a estadia.

– Avisou – confirmou Emily, breve.

Emily não se importava em ter de fazer tarefas domésticas; o problema era o *tom* da tia Ruth ao dizer aquilo.

– É evidente que sua presença aqui me trará muitas despesas – prosseguiu a tia Ruth. – Mas é justo que todos contribuamos com sua criação. Na verdade, sempre fui da opinião de que você deveria ir para a Queen's, para fazer a licenciatura.

– Era o que eu queria mesmo – disse Emily.

– Hum – resmungou a tia Ruth, apertando os lábios. – Se é o que você diz... Nesse caso, não vejo por que a Elizabeth não mandou você para lá. Ela sempre fez todas as suas vontades; imagino que ela também cederia nisso, se soubesse que você queria tanto. Você vai dormir no quarto de empregada, que dá para a cozinha. Ele é mais quente que os outros no inverno. Lá não tem gás[37], mas, de qualquer maneira, eu não poderia me dar ao luxo de deixar que você use gás para estudar. As velas vão ter que bastar; você vai poder acender duas por vez. Eu espero que você mantenha o quarto limpo e organizado e que não se atrase para as refeições. Sou muito exigente quanto a isso. E tem mais uma coisa da qual é bom você estar ciente desde já: não quero que traga amigos para cá. Não tenho a intenção de fazer sala para ninguém.

– Nem a Ilse? Nem o Perry e o Teddy?

– Bom, a Ilse é da família Burnley e, por isso, tem parentesco distante conosco. Ela pode vir de vez em quando, mas não a quero perambulando pela casa o tempo todo. Pelo que ouço, ela não é boa companhia para você. Quanto aos rapazes, definitivamente não. Não sei nada desse Teddy Kent, e você deveria se dar mais valor em vez de ficar de amizade com o Perry Miller.

– Eu dou valor *justamente* à minha amizade com ele – retorquiu Emily.

– Não seja impertinente comigo, Emily. É bom que você entenda desde já que aqui não é Lua Nova, e as coisas não vão ser sempre do seu jeito. Você foi muito mimada. Eu não vou aceitar lacaios visitando minha sobrinha. Não sei de quem você herdou esse mau gosto. Até mesmo seu pai *parecia* ser um cavalheiro. Suba e desfaça a mala. Depois, faça a lição de casa. Aqui, dormimos às nove.

Emily estava indignada. Nem mesmo a tia Elizabeth havia sonhado em proibir as visitas de Teddy a Lua Nova. Trancou-se no quarto e, macambúzia, pôs-se a desfazer a mala. O quarto era horrendo. Emily o detestou

[37] Antes do advento e da popularização da eletricidade, o gás era usado não só no aquecimento, mas também, em alguns casos, na iluminação das residências. Isso era mais comum nas cidades que no campo. (N.T.)

imediatamente. A porta não fechava bem, o teto inclinado estava manchado de umidade e era tão baixo que ela conseguia tocá-lo. No piso, havia um tapete bordado[38] feio de sangrar os olhos, incompatível com o bom gosto dos Murrays (até mesmo com o da tia Ruth, para ser justa). Fora um primo do interior do falecido senhor Dutton quem dera aquela coisa horrorosa de presente ao casal. O centro do tapete, de um tom escarlate berrante e intenso, era cercado de volutas de um laranja provocante e um verde agressivo. Nos cantos, grinaldas de samambaias roxas e rosas azuis completavam o pesadelo.

A madeira do piso e dos móveis havia sido coberta com um pavoroso verniz marrom-chocolate, e mais pavorosa ainda era a padronagem do papel de parede. Os quadros faziam jus ao resto, em especial uma cromolitografia da rainha Alexandra[39], ostentosamente ornada de joias, pendendo da parede em um ângulo tal que dava a sensação de que a real senhora estava prestes a despencar de cara no chão. Nem mesmo uma cromolitografia era capaz de deixar a rainha Alexandra feia ou vulgar, mas aquela chegava perigosamente perto de alcançar esse feito. Sobre uma estreita prateleira marrom-chocolate, jazia um vaso com flores de papel que certamente já assombravam o mundo há mais de duas décadas. Era difícil acreditar que *algo* pudesse ser mais feio e deprimente que elas.

– Este quarto é hostil; ele não me quer aqui. *Nunca* vou me sentir em casa neste lugar – lamentou-se Emily.

Sentia muita saudade de casa. Ansiava pelos candelabros de Lua Nova, cuja luz se refletia sobre as bétulas; pelo perfume do orvalho sobre os lúpulos; por seus gatos ronronantes; por seu quarto tão querido e repleto de sonhos; pelo silêncio e pelas sombras do velho jardim; pelo coro majestoso dos ventos e das ondas no golfo – essa antiga e sonora música que tanto lhe fazia falta no silêncio daquele lugar longe das águas. Sentia falta até mesmo do pequeno cemitério onde jaziam os falecidos de Lua Nova.

[38] No original, *hooked rug*, que é um tipo de artesanato da América do Norte em que se usam ganchos para criar figuras bordadas no tecido. (N.T.)

[39] Alexandra da Dinamarca (1844-1925), esposa do rei Eduardo VII, foi rainha-consorte do Reino Unido entre 1901 e 1910. (N.T.)

– Eu *não* vou chorar – determinou ela, cerrando os punhos. – A tia Ruth vai rir de mim. Já que não tem nada *dentro* deste quarto que eu possa amar, será que tem algo *fora* dele?

Ela abriu a janela e olhou para o sul, onde se erguia o bosque de pinheiros, tapando a visão. Imediatamente, uma brisa trazendo o perfume das árvores beijou seu rosto. Mais à esquerda, havia uma abertura em meio às árvores, como uma janela verde e arqueada, através da qual se via uma linda paisagem enluarada. Pela manhã, aquela abertura também permitiria a entrada do esplendor do amanhecer. À direita, via-se o lado da colina ao redor do qual se estendia a parte oeste da cidade. A colina estava salpicada de luzes e se erguia, mágica e bela, contra o céu estrelado daquela noite de outono. Vindo de algum lugar por ali, ouvia-se um chilrear preguiçoso de pássaros sonolentos, empoleirados na escuridão dos galhos.

– Ah, isso *sim* é bonito – suspirou Emily, inclinando-se sobre o parapeito para bebericar o ar com sabor de bálsamo dos pinheiros. – Uma vez, meu pai me disse que era possível achar algo bonito para se amar em *qualquer lugar*. Aqui, é *isso* que vou amar.

De súbito, a tia Ruth espichou o pescoço pela porta destrancada.

– Emily, por que é que você deixou a manta torta no sofá da sala de jantar?

– Eu... Eu não sei... – respondeu Emily, confusa. Ela nem notou que havia desarranjado a manta do sofá. Por que a tia Ruth sentia necessidade de fazer aquela pergunta, como se suspeitasse de alguma intenção sinistra e obscura?

– Desça e arrume – ordenou a tia Ruth.

Quando Emily se virou para obedecer à ordem, a tia Ruth exclamou:

– Emily, feche a janela imediatamente! Perdeu o juízo?

– Mas a sala está tão perto! – clamou Emily.

– Você pode arejar o quarto de dia, mas *nunca* abra a janela depois do pôr do sol. *Eu* sou responsável pela sua saúde agora. Você não sabia que os tísicos precisam evitar o sereno?

– Eu *não* sou tísica – protestou Emily.

– Isso mesmo. Me contradiga – desafiou a tia Ruth.

– E, *se* eu fosse, o ar fresco me faria bem a qualquer hora do dia. Foi o doutor Burnley quem disse. *Detesto* me sentir sufocada.

– Os mais jovens *acham* que os mais velhos são tolos, e os mais velhos *têm certeza* de que os mais jovens é que são – declarou a tia Ruth, julgando que esse provérbio era suficiente para encerrar a questão. – Vá arrumar a manta, Emily.

Emily engoliu aquilo a seco e desceu. A manta violada foi matematicamente ajustada.

Por um momento, Emily observou seu entorno. A sala de jantar da tia Ruth era muito mais suntuosa e "moderna" que a sala de estar de Lua Nova, onde as visitas jantavam. Contudo, apesar do piso de madeira de lei, do tapete belga e dos móveis de carvalho em estilo inglês clássico, Emily sentiu que aquele cômodo não passava nem perto de ser aconchegante e convidativo como o de Lua Nova. Sentia-se nostálgica como nunca. Não se via capaz de gostar de Shrewsbury, de morar com a tia Ruth nem de ir à escola. Comparados à pungência de Carpenter, todos os professores pareciam monótonos e insípidos. Como se isso não bastasse, havia uma menina na turma do segundo ano que Emily detestou tão logo pousou os olhos nela. Achava que seria tão maravilhoso morar naquela bela cidade e cursar o ensino médio... "Bom, nada é exatamente como se espera", refletiu ela, tomada por um pessimismo temporário enquanto voltava para o quarto. Por acaso, Dean não havia lhe contado que sonhou a vida inteira em andar de gôndola pelos canais de Veneza à luz da lua, mas que, quando finalmente fez isso, quase foi comido vivo pelos pernilongos?

Emily franziu o cenho com determinação ao se encolher na cama:

"Então vou focar meus pensamentos no luar e no romantismo; preciso ignorar os mosquitos", refletiu. "O problema é que as picadas da tia Ruth ardem tanto!"

Miscelânea

"20 de setembro de 19...

"Tenho sido negligente com meu diário ultimamente. Não tenho muito tempo livre aqui na casa da tia Ruth. Mas, hoje é sexta-feira, e eu não posso ir passar o fim de semana em casa, então decidi buscar consolo em meu diário. Posso ir a Lua Nova em fins de semana alternados. A tia Ruth quer que, sábado sim, sábado não, eu fique aqui e ajude na 'faxina'. Nos dias de limpeza, reviramos esta casa de cima a baixo, sendo isso necessário ou não, e aí descansamos no domingo.

"Sinto um indício de frio extremo no ar da noite. Acho que o jardim de Lua Nova vai sofrer com isso. A esta altura do ano, a tia Elizabeth já deve estar desistindo de usar a cozinha externa e movendo suas operações para o interior da casa. O primo Jimmy deve estar fervendo batatas para os porcos no velho jardim e recitando suas poesias. É possível que o Teddy, a Ilse e o Perry (que voltaram para casa, esses sortudos) estejam lá também, e que Ciso esteja vagando por perto. Mas não devo ficar pensando nisso. É isso que traz a saudade.

"Estou começando a gostar de Shrewsbury, bem como da escola e dos professores daqui, embora Dean estivesse certo quando disse que nenhum deles seria como o professor Carpenter. Na escola, os alunos do segundo e do terceiro fazem pouco caso dos do preparatório, para os quais sempre empinam o nariz. Alguns deles fizeram isso comigo, mas não acho que vão tentar fazer de novo. Exceto pela Evelyn, que sempre desfaz de mim quando nos encontramos, algo que acontece com frequência, pois a amiga dela, Mary Carswell, divide quarto com a Ilse na república da Senhora Adamson.

"Eu odeio a Evelyn Blake. Não resta dúvida quanto a isso. E também não resta dúvida de que ela me odeia. Somos inimigas por instinto: quando nos vimos pela primeira vez, nos observamos, e isso bastou. Eu nunca odiei alguém de verdade antes disso. Achei que tivesse odiado, mas agora sei que era só uma antipatia. Diferentemente da antipatia, o ódio é muito interessante. Evelyn é aluna do segundo ano, alta, inteligente e muito bonita. Tem olhos grandes, brilhantes e *traiçoeiros* e a voz nasalada. Soube que ela tem *ambições literárias* e se considera a garota mais bem-vestida no Liceu. Talvez seja mesmo, mas, de alguma forma, as roupas dela parecem causar uma impressão mais forte na gente que ela própria. As pessoas criticam a Ilse por se vestir de um jeito muito opulento e velho para a idade, mas pelo menos ela sabe dominar as roupas e usá-las ao próprio favor. Evelyn não. A gente sempre pensa nas roupas dela antes de pensar nela mesma. A diferença parece estar no fato de que a Evelyn se veste para os outros, e a Ilse, para si mesma. Preciso escrever um esboço dela quando a tiver estudado um pouco mais. Que satisfação isso vai me dar!

"Nós nos encontramos pela primeira vez no quarto da Ilse, quando a Mary Carswell nos apresentou. Evelyn, que é um pouco mais alta e um ano mais velha que eu, me olhou de cima a baixo e disse:

"'Ah, sim, você é a senhorita Starr? Ouvi minha tia, a senhora Henry Blake, falar a seu respeito.'

"No passado, a senhora Henry Blake atendia por professora Brownell. Olhei fundo nos olhos de Evelyn e disse:

"'Tenho certeza de que a senhora Henry Blake pintou um retrato bastante lisonjeiro de mim.'

"Evelyn riu. Era um tipo de riso que eu detesto, desses que nos dão a sensação de que a pessoa está rindo de *nós*, e não da piada.

"'Você e ela não se deram muito bem, não é? Pelo que soube, você é dada às letras. Para que jornais você escreve?'

"Ela fez a pergunta com doçura, mas já sabia muito bem que eu não escrevo para nenhum jornal. Ainda.

""''Para o *Charlottetown Enterprise* e o *Shrewsbury Weekly Times*', respondi, com um sorriso brejeiro. 'Acabei de fechar um acordo com eles. Vou receber dois centavos por cada notícia que escrever para o *Enterprise* e vinte e cinco centavos por semana para escrever a coluna social do *Times*.'

"Meu sorriso incomodou Evelyn. Os alunos do preparatório não deveriam sorrir daquele jeito para os do segundo ano. Não era normal.

"'Ah, sim, soube que você precisa trabalhar para pagar a hospedagem', ela disse. 'Imagino que cada centavo conte. Mas, na verdade, eu falava de periódicos literários de verdade.'

"'Como *A Pena*, talvez?', perguntei, lançando mais um sorrisinho brejeiro.

"*A Pena* é o jornal do Liceu, publicado mensalmente. É editado pelos membros do grupo *Caveira e Coruja*, uma 'sociedade literária' da qual somente os alunos do segundo e do terceiro ano podem participar. Os textos publicados n'*A pena* são escritos pelos próprios alunos e, em teoria, todos podem contribuir, embora na prática quase nenhuma contribuição dos pupilos do preparatório seja aceita. A Evelyn é membro do *Caveira e Coruja*, e o primo dela é editor d'*A Pena*, então é muito fácil para ela publicar nesse jornal. Ela logo soube que eu estava sendo sarcástica à custa dela e me deixou em paz pelo resto do dia, exceto por uma leve alfinetada que me deu quando estávamos conversando sobre roupas:

"'Quero muito um desses laços que estão em alta', ela comentou. 'Chegaram uns novos na loja de Jones e McCallum que são lindos de morrer. Esse de veludo preto no seu pescoço lhe caiu muito bem, senhorita Starr. Eu mesma costumava usar um quando estava na moda.'

"Não consegui pensar em nada para responder. Consigo pensar em respostas tão maravilhosas quando não tem ninguém por perto... Então não disse nada; me limitei a sorrir de jeito *bem* lento e *desdenhoso*. Isso pareceu incomodar a Evelyn mais que qualquer palavra, pois depois soube que ela disse que 'essa tal Emily Starr' tem um sorrisinho muito afetado.

"Nota: É possível conseguir bastante coisa com o sorriso adequado. Existe o sorriso amigável, o sorriso reprovador, o sorriso indiferente, o sorriso acolhedor e o sorriso comum. Preciso estudar com mais cuidado esse assunto.

"Quanto à professora Brownell, ou melhor, senhora Blake, eu a encontrei na rua uns dias atrás. Depois de passar por mim, ela comentou alguma coisa com a pessoa que a estava acompanhando, e as duas riram. Isso não me pareceu elegante.

"Gosto de Shrewsbury e da escola, mas nunca vou conseguir gostar da casa da tia Ruth. Este lugar tem uma personalidade desagradável. As casas são como as pessoas: gostamos de algumas, odiamos outras, e, de vez em quando, aparece uma que amamos. A fachada externa da casa é carregada de enfeites desnecessários. Às vezes, me dá vontade de pegar uma vassoura e botar tudo aquilo abaixo. No interior, os cômodos são austeros, escrupulosos e sem vida. Nada que se pusesse neles pareceria *pertencer* a eles. Não tem nenhum cantinho romântico nela, como há aos montes em Lua Nova. Meu quarto também não melhorou nada com o tempo. O teto me oprime de tão perto que chega da cama, e a tia Ruth não quis deixar que eu a movesse. Ela se mostrou espantada quando eu sugeri isso.

"'A cama *sempre* ficou naquele canto', ela disse, como quem diz que a Terra sempre foi redonda.

"Mas, na verdade, os quadros é que são a coisa mais assombrosa no quarto. São cromolitografias cuja feiura escapa à descrição. Uma vez, virei todos eles para a parede, e obviamente isso foi a primeira coisa que a tia Ruth notou quando entrou no quarto (ela *nunca* bate).

"'Emily, por que você atrapalhou os quadros?', ela quis saber.

"A tia Ruth está sempre perguntando o 'porquê' das coisas. Às vezes eu consigo explicar, às vezes, não. Essa foi uma das primeiras vezes em que não consegui. Mas, obviamente, eu precisava dar uma resposta à tia Ruth. Neste caso, um sorriso desdenhoso não bastaria.

"'O colar da rainha Alexandra me dá nos nervos', expliquei, 'e a expressão do Lorde Byron[40] no leito de morte me atrapalha a estudar.'

"'Emily, tente demonstrar um *pouco* mais de gratidão', ela exigiu.

"Eu quis perguntar: 'Com a rainha Alexandra ou com o Lorde Byron?', mas, logicamente, não fiz isso. O que fiz foi virar todos os quadros para o lado certo de novo, submissa.

"'Você ainda não me disse o motivo verdadeiro pelo qual virou os quadros', ela insistiu, em tom severo. 'Imagino que não queira dizer. Insondável e dissimulada... Insondável e dissimulada como eu sempre disse que era. Desde a primeiríssima vez que vi você em Maywood, soube que você era a criança mais dissimulada que eu já havia visto.'

"'Tia Ruth, por que a senhora me diz essas coisas?', perguntei, me sentindo ofendida. 'É porque me ama e quer que eu seja uma pessoa melhor ou porque me odeia e quer me machucar? Ou seria porque a senhora simplesmente não consegue evitar?'

"'Ora, ora, mocinha respondona, não se esqueça de que está na *minha* casa. Não quero que você volte a mexer nos *meus* quadros. Vou lhe perdoar desta vez, mas não admito que aconteça novamente. Ainda vou descobrir por que motivo você os virou, por mais esperta que você ache ser.'

"Em seguida, a tia Ruth saiu do quarto, mas sei que ela ficou escutando para ver se eu começaria a falar sozinha. Ela está sempre me vigiando; mesmo quando ela não diz nem faz nada, eu *sei* que ela está me vigiando. Eu me sinto como uma mosquinha em um microscópio. Nenhuma palavra, nenhuma ação escapa das críticas dela e, ainda que ela não consiga ler minha mente, ela me atribui pensamentos que eu não fazia ideia de ter pensado. Isso é algo que eu odeio mais que tudo.

"E não há nada de bom que eu possa dizer sobre ela? É claro que há.

"Ela é honesta, virtuosa, verdadeira e engenhosa; além disso, na mesa dela, nunca falta o pão. Mas não tem nenhuma virtude admirável. Tenho certeza de que ela nunca vai desistir de tentar descobrir por que virei os quadros. Ela nunca vai acreditar que eu disse a verdade, pura e simples.

---

[40] George Gordon Byron (1788-1824): célebre poeta inglês, mais conhecido como Lorde Byron. (N.T.)

"Obviamente, as coisas 'poderiam ser piores'. Como disse o Teddy, poderia ser a rainha Vitória em vez da rainha Alexandra.

"Pendurei na parede do quarto alguns quadros meus, que me ajudam a suportar a feiura dos outros. São uns esboços maravilhosos de Lua Nova e do velho jardim que o Teddy fez para mim, além de uma xilogravura que o Dean me deu. É um quadro de cores suaves e brandas, que mostra umas palmeiras em volta de um oásis e uma caravana de camelos passando sobre as dunas, contra um céu negro e estrelado. Esse quadro me atrai e me intriga; quando olho para ele, eu me esqueço das joias da rainha Alexandra e da feição moribunda do Lorde Byron. É como se minha alma escapulisse por uma portinha e saísse voando, rumo a um mundo vasto, pleno de sonho e de liberdade.

"A tia Ruth quis saber de onde eu havia tirado aquele quadro. Quando eu respondi, ela fungou e disse:

"'Não entendo essa sua amizade com o Corcunda Priest. Não vejo nada que preste nesse homem.'

"Eu não esperaria que ela visse.

"Contudo, se, por um lado, a casa é feia, e o quarto é hostil, por outro a Terra da Retidão é maravilhosa e mantém minha alma viva. 'Terra da Retidão' é o nome que eu dei ao bosque de pinheiros atrás da casa, nome esse que evidentemente se deve ao fato de que os pinheiros ali são todos extremamente altos, finos e retilíneos. No meio desse bosque, tem um pequeno lago cercado de samambaias e, junto dele, uma grande pedra cinzenta. Esse lago é acessado por um caminhozinho tortuoso e incerto que, de tão estreito, não comporta duas pessoas lado a lado. Quando me sinto cansada, solitária, zangada ou ambiciosa demais, vou para lá e me sento nessa pedra por um tempo. Ninguém consegue continuar aborrecido depois de observar aquelas árvores esguias e altas se erguendo contra o céu. Quando a noite está bonita, vou lá para estudar, embora a tia Ruth ache que essa é só mais uma manifestação da minha natureza dissimulada. Em breve, os dias vão começar a escurecer cedo demais para que eu possa ir estudar junto ao lago; isso me deixa triste. Por algum motivo, quando estou lá, consigo encontrar *significados* nos livros que não se revelam em nenhum outro lugar.

"Há tantos esconderijos lindos e verdejantes na Terra da Retidão, repletos da fragrância das samambaias que secaram ao sol, bem como amplos espaços abertos, nos quais os ásteres brancos colorem a grama, jogando-se gentilmente uns sobre os outros quando a Mulher de Vento passa correndo entre eles... Além disso, bem à esquerda da minha janela, há um grupo de pinheiros bem altos e velhos que, sob a luz do luar ou do entardecer, se assemelham a um grupo de bruxas fazendo trabalhos de feitiçaria. Quando eu os vi pela primeira vez, em uma noite de vento, iluminados apenas pela luz da minha vela, que projetava formas estranhas em seus galhos, o *lampejo* apareceu pela primeira vez em Shrewsbury, e eu me senti tão feliz que nada mais teve importância. Então, escrevi um poema sobre essas árvores.

"Mas, ah, como arde dentro de mim a vontade de escrever contos! Eu sabia que seria difícil manter minha promessa à tia Elizabeth, mas não imaginava o quanto. A cada dia, parece mais difícil: ideias formidáveis surgem o tempo todo em minha mente. Nesses momentos, tenho que me contentar em traçar o esboço das pessoas que conheço. Já escrevi vários desses. Mas, toda vez, sinto um ímpeto muito forte de *retocá-los*, de reforçar as sombras, de destacar os traços mais salientes só um pouquinho a mais. Daí me lembro de que prometi à tia Elizabeth que não iria escrever nada que fosse fictício, controlo minha mão e me esforço para pintá-los exatamente como são.

"Fiz o esboço da tia Ruth. Foi interessante, mas arriscado. Nunca deixo meu caderno Jimmy nem meu diário no quarto. Sei que ela vasculha minhas coisas quando estou fora. Por isso, sempre os levo na bolsa.

"A Ilse veio aqui hoje à tarde para fazermos a lição juntas. A tia Ruth torce o nariz para isso e, para ser franca, não acho que ela esteja errada. A Ilse é tão divertida e engraçada que acabamos rindo mais que estudando, daí, no dia seguinte, nosso desempenho na aula não é tão bom. Além do mais, o riso não é bem-vindo nesta casa.

"O Perry e o Teddy estão adorando o Liceu. O Perry paga pelo alojamento cuidando da fornalha e do *campus* e, para pagar pela alimentação, ele serve as mesas. Além disso, ele recebe vinte e cinco centavos por hora para fazer serviços gerais. Raramente vejo os meninos, salvo nos fins de semana em que vou para Lua Nova, pois é contra as regras da escola que rapazes e moças andem juntos, embora muitos façam isso. Eu tive várias oportunidades de quebrar essa regra, mas senti que isso não faria jus às tradições de Lua Nova. Além disso, a tia Ruth me pergunta todo santo dia se alguém me acompanhou até em casa. Chego a sentir nela uma pontada de frustração quando respondo que não.

"Além do mais, não tenho muito interesse nos rapazes que queriam me fazer companhia."

"20 de outubro de 19...

"Meu quarto está impregnado com o cheiro de repolho cozido, mas não ouso abrir a janela. A noite lá fora está fria, e tem a questão do sereno. Eu até arriscaria deixá-la aberta um tempinho, se a tia Ruth não estivesse tão mal-humorada hoje. Ontem, passei o domingo em Shrewsbury e, quando fomos à igreja, eu me sentei na ponta do banco. Eu não sabia que esse era o lugar da tia Ruth, mas ela achou que eu fiz de propósito. Ela passou o resto do dia lendo a bíblia. Tive a sensação de que queria me dizer algo com isso. Na manhã seguinte, ela me perguntou por que eu havia feito aquilo.

"'Aquilo o quê?', perguntei, desorientada.

"'Emily, você sabe muito bem o que fez. Não vou tolerar esse fingimento. Qual foi o motivo?'

"'Tia Ruth, eu não faço a mais pálida ideia do que a senhora está falando', respondi, um tanto altiva, porque sentia que estava sendo tratada injustamente.

"'Emily, ontem, na igreja, você se sentou na ponta do banco só para eu não poder me sentar lá. Por que fez isso?'

"Eu baixei os olhos para encará-la. Sou mais alta que ela agora, então posso fazê-lo, e sei que ela detesta. Eu estava aborrecida e acho que havia um pouco de 'olhar de Murray' no meu rosto. Aquele fato parecia tão absurdamente fútil para ser motivo de chilique.

"'Se eu fiz isso para a senhora não poder se sentar, não é esse o motivo?', perguntei, cheia de desdém. Em seguida, recolhi minha bolsa e marchei rumo à porta. Parei aí. Me ocorreu que, independentemente de como agiam os Murray, aquele meu comportamento não havia sido digno de uma Starr. Meu pai não teria visto aquilo com bons olhos. Então, dei meia-volta e disse, com muita polidez:

"'Eu não deveria ter falado dessa forma, tia Ruth. Me desculpe. Não tive motivo nenhum para me sentar na ponta do banco. Só fiz isso porque entrei primeiro. Não sabia que era seu lugar preferido.'

"Talvez eu tenha exagerado na polidez. De uma forma ou de outra, meu pedido de desculpas só fez irritar ainda mais a tia Ruth. Ela fungou e respondeu:

"'Vou desculpá-la desta vez, mas que não aconteça de novo. Evidentemente, não esperava que você dissesse o motivo. Você é dissimulada demais para isso.'

"Ai, ai, ai, tia Ruth! Se continuar me chamando de dissimulada, vai me convencer a ser, e aí será bem pior. Se eu resolver ser dissimulada, faço a senhora comer na palma da minha mão. É justamente porque sou franca e verdadeira que a senhora pode comigo.

"Toda noite, tenho que me deitar às nove, porque 'quem tem tendência à tuberculose precisa dormir bastante'. Quando chego da escola, tenho que fazer as tarefas domésticas e, depois, a lição de casa. Quando termino, a noite já caiu, de modo que não tenho tempo para escrever nada. Estou segura de que a tia Elizabeth e a tia Ruth conversaram a respeito disso. Mas eu *preciso* escrever. Então acordo bem de manhãzinha, logo que o sol nasce, me visto, ponho um casaco (pois as manhãs têm sido frias ultimamente) e passo uma hora escrevendo. Não quis que a tia Elizabeth descobrisse isso por conta própria e me chamasse de dissimulada, então eu mesma contei. Ela deu a entender que eu tinha problemas mentais e que terminaria em algum manicômio, mas não me proibiu de continuar. Provavelmente porque sabia que seria inútil. Eu continuaria de qualquer maneira. Eu *preciso* escrever, e isso é tudo. Esses momentos que passo escrevendo pela manhã têm sido os mais felizes nos meus dias.

"Algum tempo atrás, na impossibilidade de escrever meus contos, estava tratando de criá-los mentalmente. Mas aí, um dia, eu me dei conta de que estava quebrando minha promessa com a tia Elizabeth em espírito, ainda que não pusesse nada no papel. Então parei.

"Hoje, escrevi um esboço da Ilse. Foi fascinante. É difícil analisá-la. Ela é tão única e *inadiantável* (fui eu que inventei essa palavra). Nem se irritar do mesmo jeito que os outros ela se irrita. Eu adoro os acessos de raiva dela. Ela já não diz mais tantas coisas horríveis, mas ela é tão *contundente.* ('Contundente' é uma palavra nova para mim. Gosto de usar palavras novas. Nunca me sinto realmente dona de uma palavra até tê-la dito ou escrito.)

"Estou escrevendo junto à janela agora. Adoro observar as luzes da cidade brilhando ao pé da colina na escuridão da noite.

"Recebi uma carta de Dean hoje. Ele está no Egito, entre as ruínas dos templos de antigos deuses e as tumbas de antigos faraós. Através dos olhos dele, pude ver uma terra desconhecida; tive a sensação de regressar com ele a séculos passados e de reconhecer, nos céus de outras épocas, uma magia familiar. Eu então era Emily de Carnaque ou de Tebas, e não Emily de Shrewsbury. Esse é um truque de Dean.

"A tia Ruth insistiu em ler a carta e, quando terminou, disse que ela era herética.

"Eu jamais teria pensado nesse adjetivo."

"21 de outubro de 19...

"Esta noite, escalei a colina íngreme e coberta de árvores que há na Terra da Retidão e, quando cheguei ao topo, tive um momento de êxtase. É sempre uma satisfação escalar até o topo de uma colina. O ar anunciava frio, e a vista do Porto de Shrewsbury era de tirar o fôlego. O bosque à minha volta parecia aguardar que algo acontecesse; pelo menos essa é a única forma que vejo de descrever o efeito que ele causava em mim. Eu me esqueci de tudo: das alfinetadas da tia Ruth, da presunção de Evelyn Blake e do colar da rainha Alexandra.Eu me esqueci de *tudo* na vida que não era perfeito. Lindos pensamentos vieram voando como pássaros até mim. Não eram pensamentos *meus*. Eu não seria capaz de pensar algo tão magnífico. Eles *vieram* de algum lugar.

"Quando voltava pelo caminho escuro, cuja atmosfera estava plena de sons sussurrantes e agradáveis, ouvi uma risadinha vinda do bosque logo atrás de mim. Me alarmei. Soube imediatamente que aquela risadinha não era humana; parecia-se mais com a risota zombeteira e ligeiramente maliciosa das fadas. Mas eu já não acredito mais nos elfos da floresta (ah, quanta coisa se perde quando nos tornamos incrédulos!) e, por isso, essa risada me intrigou bastante. Como era de esperar, um calafrio aterrador me subiu pela espinha. Então, de súbito, me lembrei da existência das corujas e logo soube que criatura se escondia ali no escuro, distraindo-se com a hilaridade da vida. Na verdade, acho que eram duas, e elas se divertiam demais com alguma piada corujenta. Preciso escrever um poema sobre isso, apesar de saber que nunca vou conseguir descrever a essência desse momento em palavras.

"Ontem, a Ilse foi chamada à diretoria por voltar para casa com Guy Lindsay. O senhor Hardy, diretor, disse algo que a deixou tão furiosa que ela agarrou um vaso de crisântemos sobre a escrivaninha e o lançou contra a parede, onde, naturalmente, ele se desfez em mil pedaços.

"'Se eu não tivesse atirado o vaso na parede, teria atirado em você', ela disse.

"Essa atitude teria consequências drásticas para qualquer outra aluna, mas o diretor Hardy é amigo do doutor Burnley. Além disso, tem algo naqueles olhos cor de âmbar da Ilse que provoca coisas na gente. Sou bem capaz de imaginar como ela olhou para o diretor depois de ter quebrado o vaso. Toda a raiva deve ter desaparecido de seu rosto, e seus olhos deviam estar brejeiros, desafiadores... 'insolentes', como diria a tia Ruth. O diretor disse apenas que ela havia agido como criança e que deveria pagar pelo vaso, que era propriedade da escola. A Ilse sentiu-se um tanto frustrada; esperava um final mais heroico para aquela batalha.

"Eu repreendi bastante a Ilse. Alguém *precisa* dar educação a ela e, na falta de quem o faça, assumi a responsabilidade. O doutor Burnley iria apenas cair na gargalhada quando ela lhe contasse. Mas era como se eu estivesse repreendendo a Mulher de Vento: a Ilse só riu e me abraçou.

"'Amiga, você precisava ver que barulhão! Quando eu ouvi, a raiva passou na hora!', ela disse.

"A Ilse recitou no concerto da escola semana passada; todo mundo achou maravilhoso.

"Hoje, a tia Ruth me disse que quer que eu seja uma 'aluna brilhante' na escola. Ela não disse isso para fazer trocadilho[41] com meu sobrenome. Não, não; a tia Ruth nunca faz trocadilhos. Todos os alunos que alcançam uma média de noventa por cento nas provas de fim de ano e que não ficam abaixo dos oitenta por cento em nenhuma matéria recebem o título de 'alunos brilhantes' e ganham um broche dourado em formato de estrela, que podem usar até o final do período letivo. Essa é uma distinção muito cobiçada e, claro, difícil de conseguir. Se eu falhar, a tia Ruth vai esfregar na minha cara pelo resto do ano. Então *não* posso falhar."

"30 de outubro de 19...

"A edição de novembro d'*A Pena* saiu hoje. Submeti meu poema sobre as corujas ao editor há uma semana, mas ele não quis publicar. Por outro lado, publicou um poema da Evelyn Blake, que na verdade não passava de um bocado de riminhas bobas e simplórias sobre as *Folhas de Outono*, muito parecido com o tipo de coisa que eu escrevia três anos atrás.

"Para piorar, a Evelyn veio *me consolar* na frente da turma toda porque meu poema não havia sido selecionado. Imagino que o Tom Blake tenha contado a ela.

"'Não se sinta mal, senhorita Starr. O Tom disse que seu poema não era de todo ruim, mas, evidentemente, não estava à altura dos padrões d'*A Pena*. Tenho certeza de que em um ano ou dois você consegue publicar algo. Continue tentando!'

"'Obrigada, querida', respondi. 'Mas não estou me sentindo mal. Por que deveria? Não é como se eu tivesse tentado rimar 'clarão' com 'som' no meu poema. Isso sim me deixaria muito mal.'

"A Evelyn corou nitidamente.

"'Não deixe transparecer tanto sua frustração, *criança*', ela rebateu.

"Mas notei que, depois disso, ela deixou o assunto de lado.

[41] O sobrenome de Emily, Starr, é parecido com a palavra inglesa *star* (estrela). (N.T.)

"Para minha satisfação, logo que cheguei em casa, escrevi uma crítica ao poema da Evelyn no meu caderno Jimmy. Segui o estilo do ensaio de Macaulay sobre o pobre Robert Montgomery e me diverti tanto com isso que deixei de me sentir triste e humilhada com o que havia acontecido. Preciso mostrar esse texto ao professor Carpenter quando for a Blair Water. Ele vai adorar."

"6 de novembro de 19...

"Esta tarde, repassando as entradas no meu diário, percebi que abandonei em pouco tempo o hábito de registrar minhas boas e más ações. Imagino que seja porque muitas das minhas ações eram em parte boas, em parte ruins, e eu não conseguia decidir em qual categoria colocá-las.

"Às segundas-feiras pela manhã, precisamos responder à chamada com uma citação literária. Hoje, citei um verso de um poema meu, chamado *Janela para o mar*.

"Depois, quando estava descendo para a sala de aula, a senhorita Aylmer, que é a vice-diretora, me abordou.

"'Emily, que verso bonito você citou na chamada! De onde tirou? Você conhece o poema inteiro?', ela perguntou.

"Me senti tão extasiada que mal fui capaz de responder.

"'Sim, senhorita Aylmer', eu disse, com modéstia.

"'Eu gostaria de uma cópia dele', ela pediu. 'Você poderia transcrever uma para mim? E quem é o autor?'

"'A autora é Emily Byrd Starr', respondi, sorrindo. 'Na verdade, senhorita Aylmer, eu me esqueci de escolher uma citação para dizer na chamada e não consegui pensar em nenhuma no aperto do momento, daí acabei recorrendo a um poema meu, mesmo.'

"A senhorita Aylmer ficou atônita. Apenas me olhava. Ela é uma mulher corpulenta de meia-idade, com rosto quadrado e olhos cinzentos, grandes e gentis.

"'Ainda quer o poema, senhorita Aylmer?', perguntei, sorridente.

"'Sim, sim', ela respondeu, ainda me olhando de um jeito engraçado, como se nunca tivesse me visto antes. 'E, por favor, faça um autógrafo!'

"Prometi que faria e desci as escadas. Quando cheguei lá embaixo, olhei para trás. Ela ainda estava lá, me olhando. Algo no olhar dela fez com que eu me sentisse alegre, orgulhosa, feliz, humilde e... grata. Isso, foi exatamente assim que me senti.

"Ah, que dia maravilhoso! Que importância tem *A Pena* agora? Que importância tem Evelyn Blake?

"Hoje à tarde, acompanhei a tia Ruth à cidade, em uma visita ao filho do tio Oliver, Andrew, que se mudou para Shrewsbury para trabalhar no banco. A tia Ruth deu a ele vários conselhos sobre bons costumes, boa alimentação e boa manutenção das roupas íntimas, e então deixou claro que as portas da casa dela estariam sempre abertas caso ele quisesse ir passar a tarde. O Andrew pertence à família Murray e por isso pode entrar e sair sem pedir licença de lugares onde o Teddy e o Perry não ousariam pisar. Ele é muito bonito, com seus cabelos ruivos, lisos e bem aparados, mas anda sempre engomadinho e empertigado demais.

"A tarde só não me pareceu uma completa perda de tempo porque a senhoria dele, senhora Garden, tem um gatinho divertidíssimo, que se engraçou muito comigo. Por outro lado, quando o Andrew tentou acariciá-lo, chamando-o de 'gatinho levado', o bicho, esperto como era, saltou para trás, se eriçou e bufou para ele.

"'Não se deve tomar liberdade com um gato desse jeito', aconselhei. 'E, quando for falar *com* e *sobre* ele, é preciso demonstrar respeito.'

"'Ah, pronto', reagiu a tia Ruth.

"Mas um gato é um gato."

"8 de novembro de 19...

"As noites têm sido frias ultimamente. Quando voltei de Lua Nova na segunda-feira, trouxe algumas das garrafas de gim[42] para me aquecer à noite. Eu me encolho com elas na cama e fico ouvindo os rugidos da tempestade lá fora, na Terra da Retidão, e da chuva que caía com força

[42] Em *Emily de Lua Nova*, a personagem explica que, para driblar o frio na hora de dormir, costumava encher garrafas de gim com água quente e botar entre os lençóis. (N.T.)

sobre o teto. A tia Ruth tem medo de que a rolha da garrafa escapula, ensopando a cama. Isso seria quase tão terrível quanto o que de fato aconteceu anteontem à noite. Acordei por volta da meia-noite com uma ideia maravilhosa para um conto. Senti que precisava me levantar imediatamente para anotá-la, antes que me esquecesse. Eu poderia então manter a ideia guardada por três anos, até que pudesse escrever o conto em si.

"Pulei da cama e, ao tatear a escrivaninha em busca da vela, acabei fazendo o tinteiro tombar. Obviamente, entrei em desespero e não consegui encontrar *nada*. Fósforos... velas... tudo havia desaparecido! Coloquei o tinteiro de pé, mas sabia que havia uma poça de tinta sobre a escrivaninha. Como meus dedos também estavam cobertos de tinta, não ousei tocar em nada e, naquele escuro, não achei nenhum pano para me limpar. Durante todo esse tempo, o som das gotas de tinta pingando no chão não cessava.

"Aflita, abri a porta – *com a ponta do pé*, porque não queria tocar em nada com minhas mãos sujas de tinta – e desci para a cozinha, onde limpei a mão em um trapo que havia perto do fogão e consegui encontrar uma caixinha de fósforos. Mas, a essa altura, como era de esperar, a tia Ruth já havia acordado e exigia saber os porquês e os motivos daquela noctambulação. Ela tomou os fósforos, acendeu uma vela e foi comigo até o quarto. Ah, que visão medonha! Como é que um frasco tão pequeno podia conter um litro de tinta? *Só podia* haver um litro ali, para ter feito aquela bagunça toda!

"Eu me senti como um colono escocês que, ao voltar do trabalho à noite, encontra a casa incendiada e a família inteira escalpelada pelos índios. A toalha da escrivaninha estava arruinada; o tapete, ensopado de tinta; e mesmo no papel de parede se notavam alguns respingos. Mas a rainha Alexandra sorria benévola daquela situação, e o Lorde Byron seguia ocupado em morrer.

"A tia Ruth e eu passamos uma hora em vigília, esfregando a tinta com sal e vinagre. Ela não quis acreditar em mim quando disse que me levantei para anotar uma ideia de enredo para um conto. Estava segura de que havia alguma outra motivação e de que aquilo era só mais uma de minhas dissimulações insondáveis. Ela também disse várias outras coisas que eu prefiro não escrever. Sem dúvida, eu merecia levar bronca por ter deixado o tinteiro destampado, mas não merecia ouvir *tudo* que ela disse. Mesmo assim, aguentei tudo de cabeça baixa. Uma porque eu havia *de fato* sido descuidada, e outra porque estava de pantufas. Qualquer um me subjuga quando estou de pantufas. Ela terminou o serviço dizendo que, daquela vez, me perdoava, mas que não era para acontecer de novo.

"O Perry venceu a corrida de uma milha nos jogos esportivos da escola e bateu o recorde. Depois, gabou-se tanto disso que a Ilse acabou perdendo a paciência."

"11 de novembro de 19...

"Ontem à noite, eu estava lendo *David Copperfield* e chorei quando Davy e sua mãe foram separados. Senti muito ódio do senhor Murdstone. Ao ver isso, a tia Ruth quis saber *por que* eu estava chorando, mas não acreditou na resposta que eu dei.

"'Que ideia essa de chorar por quem nunca existiu!', ela exclamou, incrédula.

"'Mas eles existem, sim', respondi. 'São tão reais quanto *a senhora*, tia Ruth. Você está querendo dizer que a senhorita Betsy Trotwood é pura ilusão?'

"Quando vim para Shrewsbury, pensei que fossem me deixar tomar chá de verdade, mas a tia Ruth disse que não é saudável para quem é da minha idade. Daí eu bebo água gelada, porque me recuso a seguir tomando chá aguado com leite. Não sou mais criança!"

"30 de novembro de 19...

"O Andrew nos fez uma visita esta noite. Ele sempre aparece nas sextas que eu não vou para Lua Nova. A tia Ruth nos deixou sozinhos na sala de visitas para ir a uma reunião das Damas de Beneficência. Como era um Murray, o Andrew era de confiança.

"Eu não detesto o Andrew. É impossível detestar um ser tão inofensivo. Ele é um desses falastrões de bom coração, meio atrapalhados, que nos incitam irresistivelmente a atormentá-los. Depois, sentimos remorso, porque eles têm o coração tão bom!

"Essa noite, depois de a tia Ruth sair, tentei descobrir quão pouco eu precisaria falar para entreter o Andrew, enquanto, ao mesmo tempo, me ocupava de meus próprios pensamentos. Cheguei à conclusão de que conseguia me virar com muito poucas palavras: 'sim' e 'não' (nas mais diversas entonações, acompanhadas por um sorriso ou não); 'não sei'; 'verdade?'; 'ora, ora'; e 'que maravilha!' (especialmente estas últimas). O Andrew falava e falava e, quando parava para respirar, eu entrava com um "que maravilha!". Fiz isso exatamente onze vezes. Andrew adorava. Sei que isso lhe dava a lisonjeira sensação de ser alguém maravilhoso, cujos assuntos são maravilhosos. Enquanto isso, eu vivia uma esplêndida vida imaginária às margens do rio Nilo, nos tempos de Tutemés I.

"Então estávamos os dois muito felizes. Acho que vou fazer isso de novo. Andrew é lerdo demais para perceber.

"Quando a tia Ruth chegou, me perguntou: 'E então, como foi a tarde com Andrew?'

"Ela sempre pergunta isso quando ele vem visitar. *Sei bem por quê.* Conheço bem o esqueminha que os Murray andam tramando, embora não tenham expressado verbalmente.

"'Maravilhosa', respondi. 'O Andrew está melhorando. Hoje, por exemplo, ele conseguiu dizer pelo menos uma coisa interessante. Além disso, ele não estava tão cheio de dedos, como de costume.'

Não sei por que digo essas coisas à tia Ruth. Minha vida seria muito mais fácil se eu não fizesse isso. Mas *algo* – não sei se dos Murray, dos Starrs, dos Shipleys, dos Burnleys ou se simplesmente uma maldade própria minha que eu desconheço –, algo me *faz* dizer essas coisas antes que eu tenha tempo de refletir.

"'Tenho certeza de que você encontraria companhia mais adequada em Stovepipe Town', ela alfinetou."

Sem provas

Relutante, Emily saiu da Booke Shoppe, onde o aroma dos livros e de revistas recém-impressas eram como um doce incenso para seu nariz, e então desceu a fria e borrascosa rua Prince. Sempre que possível, ela entrava nessa livraria e dava mergulhos ávidos em revistas que não tinha como comprar, sedenta por descobrir que tipo de coisa publicavam, especialmente que tipo de poesia. Não lhe parecia que os versos que encontrava nelas fossem todos melhores que os seus; todavia, os editores rejeitavam seus envios implacavelmente. Emily já havia usado uma porção considerável dos selos americanos comprados com o dinheiro do primo Jimmy para pagar as viagens de ida e volta de seus escritos, que sempre regressavam acompanhados de frias mensagens de rejeição e agradecimento. Seu "Corujas a rir" já havia sido recusado seis vezes, mas Emily ainda não tinha perdido completamente a esperança. Naquela mesma manhã, havia depositado esse poema mais uma vez na caixa de correio em frente à livraria.

"Sete é um número da sorte", convenceu-se ela, ao virar na rua que conduzia à república onde morava Ilse. Teria prova de língua inglesa às onze e queria dar uma olhada nas anotações da amiga antes disso. Os alunos do preparatório já haviam quase finalizado as provas finais, que eram feitas após o término das aulas do segundo e do terceiro ano, quando as salas já estavam vazias. A turma do preparatório abominava esse fato. Emily estava segura de que ganharia o broche de estrela. As provas das matérias com as quais tinha mais dificuldade já haviam passado, e não lhe parecia que ficaria abaixo dos oitenta por cento de aproveitamento em nenhuma delas. Naquele dia, seria a de inglês, na qual certamente tiraria mais de noventa. Todos esperavam que ela ganhasse o broche de estrela. O primo Jimmy mostrava-se bastante empolgado com isso, e Dean havia lhe mandado parabéns adiantados desde o alto de uma pirâmide, de tão certo que estava de seu sucesso. A carta dele havia chegado no dia anterior, acompanhada de um presente de Natal.

"Estou lhe enviando um colar de ouro que foi retirado do pescoço da múmia de uma princesa da décima nona dinastia", escreveu Dean. "Chamava-se Mena e, em seu epitáfio, lia-se que ela tinha 'um coração gentil'. Deduzo a partir disso que ela se saiu bem no Salão de Julgamento e que os terríveis deuses da Antiguidade sorriram com benevolência para ela. Esse pequeno amuleto permaneceu sobre o peito da princesa por milênios. Agora, envio-o para você, com o peso de séculos de amor. Acredito que tenha sido presente de algum amante. Do contrário, por que teria passado todo esse tempo junto ao coração dela? Certamente, foi ela quem o escolheu antes de morrer. Outros teriam preferido adornar com algo mais opulento o pescoço da filha de um faraó".

Com seu charme e mistério, a pequena joia intrigou Emily, que quase sentiu medo dela. Teve um calafrio quase sobrenatural ao botá-la em volta do pescoço magro e branco, refletindo sobre a princesa que costumava usá-la nos tempos perdidos do antigo império. Qual era sua história? Quais seriam seus segredos?

Naturalmente, a tia Ruth não viu aquilo com bons olhos. Que história era aquela de Emily estar recebendo presentes do Corcunda Priest?

– Ele poderia pelo menos ter lhe mandado alguma coisa nova, já que mandou – criticou.

– Um suvenir do Cairo feito na Alemanha... – sugeriu Emily, irônica.

– Algo assim – concordou a tia Ruth, sem suspeitar. – A senhora Ayers tem um peso de papel lindo que o irmão dela trouxe do Egito. É de vidro emoldurado em ouro e tem uma imagem da Esfinge dentro. Essa coisinha surrada que ele lhe mandou tem cara de barata.

– Barata?! Tia Ruth, a senhora tem noção de que este colar foi feito à mão e usado por uma princesa egípcia *antes* dos tempos de Moisés?

– Ah, por favor! Mas, se você quer tanto acreditar nos contos de fada do Corcunda... – disse, divertindo-se com o próprio sarcasmo. – *Eu* não usaria isso em público se fosse você, Emily. As mulheres da família nunca usam joias de segunda. Aliás, você não está pretendendo usar essa coisa hoje à noite, está?

– Claro que estou. Esta joia deve ter sido usada pela última vez na corte do faraó, nos tempos da escravidão dos hebreus. Agora, vou usá-la no baile de inverno da Kit Barrett. Quanta diferença! Espero que o fantasma da princesa Mena não venha me assombrar hoje à noite. Ela pode ficar ressentida com meu sacrilégio... Será? Mas não fui eu quem vasculhou a tumba dela e, se eu não ficasse com o amuleto, outra pessoa ficaria; poderia ser alguém que nem se preocuparia com ela. Tenho certeza de que ela prefere ver o amuleto brilhar calorosamente no meu pescoço a ser exposto em algum museu sombrio, sob os olhos frios e curiosos de milhares de visitantes. O Dean disse que ela tinha o "coração gentil", então ela não vai guardar rancor de mim por ficar com este lindo pingente. Dama do Egito, cujo reino se derramou como vinho pelas areias do deserto, envio-lhe minhas saudações por sobre os mares do tempo!

Emily se curvou com reverência e acenou para os séculos que se foram.

– Que jeito mais besta e pomposo de falar! – fungou a tia Ruth.

– Ah, essa última frase foi uma citação quase direta da carta do Dean – reconheceu Emily.

– É bem a cara dele – observou a tia Ruth, com desdém. – Bom, eu acho que seu colar de contas venezianas seria muito mais adequado que esse troço horroroso. Agora, não me vá chegar muito tarde, Emily. Peça ao Andrew para trazer você de volta antes da meia-noite.

Andrew seria o acompanhante de Emily no baile de Kitty Barrett, um privilégio que havia sido concedido com muito boa vontade, já que ele era um dos escolhidos[43]. A tia Ruth se mostrou disposta a fazer vista grossa mesmo Emily tendo chegado depois da uma da manhã. Mas, com isso, Emily passou o dia seguinte com muito sono, em especial porque havia estudado até altas horas nos dois dias anteriores. Na época de provas, a tia Ruth relaxava as regras e concedia um par extra de velas à estudante. Pergunto-me o que ela faria se soubesse que Emily usou algumas dessas velas extras enquanto escrevia um poema intitulado *Sombras*, que eu não conheço e, por isso, não tenho como registrar aqui. Certamente, teria considerado isso mais uma prova da natureza dissimulada da menina. Talvez fosse mesmo. Não se esqueça, cara leitora, de eu sou apenas a biógrafa de Emily, e não sua apologista.

No quarto de Ilse, Emily encontrou Evelyn Blake, que estava bastante inconformada com o fato de não ter sido convidada para o baile de inverno, embora tentasse não demonstrar. Com isso, do alto da escrivaninha de Ilse, balançando ostentosamente as pernas metidas em meias de seda nas fuças de quem não tinha um par igual, Evelyn estava preparada para ser desagradável.

– Ah, que bom que você veio, amiga! – exclamou Ilse. – A Evelyn passou a manhã me dando alfinetadas. Talvez ela agora se distraia com você e me deixe em paz.

– Eu só estava dizendo que ela precisa aprender a controlar o temperamento – disse Evelyn, com ar virtuoso. – Não concorda comigo, senhorita Starr?

– O que foi que você fez desta vez, Ilse? – perguntou Emily.

– Oh, eu tive uma baita discussão com a senhora Adamson hoje de manhã. Isso estava prestes a acontecer, mais cedo ou mais tarde. Me comportei bem por tanto tempo que uma bomba de maldade cresceu dentro de mim. Mary sabia disso, não sabia, Mary? Ela viu que uma explosão estava por vir. Foi a senhora Adamson quem começou, me fazendo perguntas

[43] Isto é, membro da família Murray. V. *Emily de Lua Nova*. (N.T.)

desagradáveis. Ela sempre faz isso, não é verdade, Mary? Depois, começou a me repreender. Por fim, desatou a chorar. Daí eu dei uma bofetada na cara dela.

– Viu? – disse Evelyn, mostrando o que queria dizer.

– Não consegui evitar – explicou-se Ilse, em meio às risotas. – Eu teria aguentado as perguntas impertinentes e as repreensões, mas, quando ela começou a chorar... Ah, ela fica *tão* feia quando chora... Enfim, dei-lhe uma bofetada.

– Imagino que você tenha se sentido melhor depois disso – disse Emily, disposta a não demonstrar nenhuma reprovação diante de Evelyn.

Ilse rompeu em gargalhadas.

– De início, sim. Pelo menos isso fez parar a choradeira. Mas, depois, senti um remorso... Vou me desculpar com ela, evidentemente. E eu *realmente* me sinto mal, mas também sou bem capaz de fazer isso de novo. Se a Mary não fosse tão boazinha, eu não sentiria necessidade de ser tão má. Precisa ter um equilíbrio, entende? A Mary é muito submissa e humilde, e a senhora Adamson pisa em cima dela. Você precisa ver como essa velha briga com a Mary se ela sai à noite mais de uma vez na semana.

– Mas ela está certa – opinou Evelyn. – Vocês só têm a ganhar se saírem um pouco menos. Estão começando a ficar mal faladas.

– Você, por exemplo, ficou em casa ontem à noite, não ficou, meu anjo? – perguntou Ilse, soltando outra risadinha galhofeira.

Evelyn corou e se calou, mas manteve a pose altiva. Emily se enterrou nos cadernos de Ilse, que saiu com Mary. Desejou que Evelyn também fosse, mas a moça não tinha a menor intenção de sair dali.

– Por que você não ensina a Ilse a se comportar? – perguntou ela, afetando intimidade de um jeito detestável.

– Não tenho autoridade nenhuma sobre a Ilse – Emily respondeu, fria. – Além disso, não acho que ela se comporte mal.

– Ora, como não, querida? Você não ouviu que ela bateu na senhora Anderson?

– A senhora Adamson *fez* por merecer. É uma mulher detestável; está *sempre* chorando sem motivo. Não tem nada mais irritante que isso.

– Bom, mas não é só isso. Ontem, ela faltou *de novo* à aula de francês para ir caminhar na margem do rio com o Ronnie Gibson. Se ela continuar fazendo isso com frequência, vai acabar sendo descoberta.

– Ela é bem popular com os rapazes – comentou Emily, sabendo que Evelyn também queria ser.

– Ela é popular com quem não deve – retrucou Evelyn, condescendente, sabendo bem o quanto Emily detestava esse tipo de atitude. – Tem sempre uma matilha de maus elementos atrás da Ilse, mas os rapazes de bem não querem saber dela, entende?

– O Ronnie Gibson é de bem, não?

– Pode ser, mas o que me diz do Marshall Orde?

– A Ilse nunca teve nada com o Marshall Orde.

– Como não? Eles andaram a cavalo até altas horas na terça à noite, e ele parecia bêbado quando foi buscar o animal na cocheira de aluguel.

– Não acredito em nada disso! A Ilse nunca andou a cavalo com o Marsh Orde – Emily estava lívida de indignação.

– Quem me disse isso foi alguém que os viu. Ilse está caindo na boca do povo. Sei que você não tem autoridade sobre ela, mas *com certeza* tem influência. Embora você também apronte suas tolices às vezes, não é? Talvez não necessariamente por maldade. Como aquela vez que vocês foram nadar nuas na praia de Blair Water, por exemplo. Todos sabem disso na escola. Uma vez, ouvi o irmão do Marsh fazer troça disso. Vai me dizer que não foi uma tolice, querida?

Emily enrubesceu de raiva e vergonha, embora o problema maior fosse aquele "querida" de Evelyn Blake. Por que o mundo havia decidido profanar dessa maneira aquele maravilhoso banho de mar à luz da lua? Emily decidiu não discutir esse assunto com Evelyn; não contaria nem que elas estavam de roupa íntima quando foram nadar. Ela que pensasse o que quisesse.

– Eu acho que você não compreende bem algumas coisas, senhorita Blake – respondeu, com uma ironia refinada no tom e uma indiferença na postura que carregaram essa frase comum de significados inexpressáveis.

– Ah, você pertence mesmo ao Povo Escolhido, não é? – alfinetou Evelyn, com uma risada maliciosa.

– Pertenço – retorquiu Emily, calma, recusando-se a tirar os olhos do caderno.

– Ora, não se irrite tanto, querida. Só disse isso porque lamento ver a Ilse escolher o mau caminho. Gosto muito dela, pobrezinha. Também queria que ela maneirasse na escolha das cores na hora de se vestir. Aquele vestido de festa escarlate que ela usou no concerto do Preparatório... Nossa, era assombroso!

– Para mim, ela parecia um buquê de lírios dourados envolto em papel escarlate – rebateu Emily.

– Que amiga leal você é, querida! Será que a Ilse também defenderia você com tanto valor? Bom, vou deixar você estudar. Você tem prova de inglês às dez, não é? O professor Scoville é quem vai aplicar, porque o professor Travers está doente. Você não acha lindo o cabelo do professor Scoville? Falando de cabelo, querida, por que você não solta o seu nas laterais, para cobrir as orelhas? Essas pontinhas... Enfim, acho que ficaria mais bonito.

Emily decidiu que arremessaria o tinteiro na cabeça de Evelyn Blake se fosse chamada de "querida" de novo. *Por que* ela não ia logo embora?

Evelyn decidiu espezinhar um pouco mais:

– Aquele seu amiguinho de Stovepipe Town anda tentando publicar n'*A Pena*. Enviou um poema de culto à pátria para eles. O Tom me mostrou: era lastimável. Especialmente um verso em particular: "O Canadá, como uma *virgem*, recebe os filhos de volta". Você precisava ouvir as gargalhadas do Tom!

Emily também quis rir, apesar de estar profundamente irritada com Perry por ter se prestado a esse papel. *Por que* essa dificuldade em perceber as próprias limitações e em entender que escalar o Parnaso[44] não é para qualquer um?

---

[44] Monte na Grécia consagrado, na Antiguidade, a Apolo, deus das artes e da poesia. Por extensão, lugar onde habitam os poetas. (N.T.)

– Não me parece adequado que o editor d'*A Pena* saia por aí mostrando para os de fora as contribuições que rejeita – disse Emily, fria.

– Ah, mas o Tom não me vê como alguém de fora. Além disso, essa foi boa demais para não contar. Bom, acho que vou dar uma passada na Booke Shoppe.

Emily suspirou de alívio quando Evelyn saiu. Nesse exato momento, Ilse retornou.

– A Evelyn já foi? Nossa, como ela estava de mau humor de manhã! Não entendo o que Mary vê nela. Mary é decente, apesar de sem graça.

– Ilse, você foi andar a cavalo com o Marsh Orde à noite na semana passada? – perguntou Emily, séria.

– Eu não, minha burrinha linda, não era eu. Até imagino onde você ouviu isso. Não sei quem é a moça que estava com ele.

– Mas você faltou à aula de francês para ir caminhar com o Ronnie Gibson?

– *Peccavi*[45].

– Ilse, você não devia ter feito isso. De verdade.

– Ora, não me irrite, Emily! – disse Ilse, curta. – Você tem ficado muito convencida. Algo precisa ser feito para curar você desse mal antes que ele se torne crônico. Detesto lições de moral. Já vou; quero passar na Booke Shoppe antes de ir para a escola.

Ilse recolheu os livros irritadiça e saiu como um furacão. Emily bocejou e decidiu que bastava de estudar. Como ainda tinha meia hora antes de ter de sair para a escola, resolveu se deitar um pouco na cama de Ilse.

Não parecia haver passado um minuto quando Emily acordou sobressaltada e olhou atônita para o relógio de Mary Carswell. Faltavam cinco para as onze. Cinco minutos para percorrer quatrocentos metros e chegar à sala de aula a tempo de fazer a prova. Às pressas, Emily vestiu o casaco, botou o chapéu, recolheu os cadernos e disparou rumo à escola. Chegou ao Liceu sem fôlego, com uma sensação estranha de que todos

[45] Expressão latina que significa "eu pequei", usada para assumir alguma culpa. (N.T.)

a encaravam no caminho. Pendurou os agasalhos no vestíbulo e, sem se olhar no espelho, correu para a sala.

Na sala, olhares admirados foram seguidos de um rompante de gargalhadas. O professor Scoville, alto, esbelto e elegante, distribuía as provas. Ao entregar a de Emily, ele perguntou, sério:

– Você se olhou no espelho antes de vir para a escola, senhorita Starr?

– Não – respondeu Emily, um tanto ofendida, sentindo que havia algo de muito errado.

– Eu acho... Eu... Eu iria dar uma olhada... agora mesmo... se fosse você. – O professor Scoville parecia ter desenvolvido alguma dificuldade repentina na fala.

Emily se levantou e voltou ao vestíbulo. No caminho, topou com o diretor Hardy, que a encarou. Por que ele a havia encarado? Por que os outros alunos haviam rido? Emily entendeu tudo ao se olhar no espelho.

Um bigode extravagante e muito preto havia sido desenhado com destreza em seu rosto, estendendo-se, em cada lado, do lábio superior às bochechas e terminando em curvas extraordinárias. Emily se observou por um momento, estupefata, boquiaberta, lívida de horror. Por quê...? Como...? Quem havia feito aquilo?

Emily percorria o cômodo em círculos furiosos quando Evelyn Blake entrou.

– Foi *você*! Foi você quem fez isto! – vociferou Emily.

Evelyn a olhou por um momento e, em seguida, disparou a rir.

– Emily Starr, você parece um pesadelo! Não me diga que entrou na sala *assim*?

Emily cerrou os punhos.

– Foi *você*! – repetiu.

Evelyn acertou a postura, ganhando ares de altivez.

– Francamente, senhorita Starr, espero que você não pense que eu me *rebaixaria* a esse nível. Imagino que sua querida amiguinha, a Ilse, tenha decidido pregar uma peça em você: ela estava rindo de alguma coisa quando chegou, faz alguns minutos.

– Ilse nunca faria isso! – exclamou Emily.

Evelyn deu de ombros.

– Eu, no seu lugar, pensaria em lavar o rosto antes de tentar descobrir quem foi – disse, segurando o riso, antes de sair do cômodo.

Emily tremia de raiva e vergonha dos pés à cabeça. Aquela havia sido a maior humilhação que jamais sofrera. Depois de lavar o rosto, seu primeiro impulso foi de voltar para casa; não seria capaz de enfrentar aquela sala de novo. Contudo, franziu o cenho com determinação e, erguendo a cabeça, atravessou o corredor, entrou na sala e se sentou na carteira. Seu rosto ardia, e seu espírito flamejava. Com o canto dos olhos, viu Ilse concentrada na prova. Os demais ainda estavam rindo entre os dentes. O professor Scoville mantinha-se ultrajantemente impassível. Emily tomou o lápis, mas suas mãos estavam trêmulas.

Se pudesse chorar com vontade, conseguiria dar vazão à vergonha e à raiva. Mas não podia. *Não* iria chorar. Não deixaria que aquelas pessoas percebessem quão profundamente humilhada ela se sentia. Se Emily conseguisse rir daquela piada maldosa, a situação teria sido mais fácil para ela. Mas, sendo Emily e pertencendo à orgulhosa família Murray, ela não conseguia. Antes, sentia-se indignada até o âmago da alma.

No que dizia respeito à prova de inglês, Emily poderia muito bem ir para casa. Já havia perdido vinte minutos. Ainda levaria mais dez para que ela pudesse firmar a mão o suficiente para escrever. A mente ela seria incapaz de controlar. A prova estava difícil, como sempre são as do professor Travers. Seus pensamentos se contorciam e giravam em torno de um ponto fixo e torturante. Certamente, não alcançaria nada mais que a média mínima, e olhe lá. Contudo, em meio àquela tormenta de sentimentos, ela não conseguia se importar. Voltou para casa apressada e se trancou em seu quarto hostil, grata pelo fato de que a tia Ruth estava fora. Jogou-se na cama e rompeu em prantos. Sentia-se agredida, violentada, ferida; e, sob toda essa dor, havia aquela dúvida cruel.

Fora mesmo Ilse quem fizera aquilo? Não, não; ela *não* faria isso. Mas então quem? Mary? Esta ideia era absurda. Só podia ter sido Evelyn. Por puro despeito e crueldade, Evelyn havia voltado enquanto ela dormia e lhe pregado aquela peça maldosa. Contudo, ela havia negado, demonstrando-se verdadeiramente insultada com a acusação. Além disso, nos olhos dela, havia uma sombra de inocência. Como era mesmo o que Ilse dissera? "Você tem ficado muito convencida. Algo precisa ser feito para curar você desse mal antes que ele se torne crônico." Seria aquilo uma maneira abominável que Ilse encontrou de curá-la?

– Não! Não! Não! – exclamou Emily entre os soluços, com o rosto enfiado no travesseiro. Ainda assim, a dúvida persistia.

A tia Ruth não chegou a ter dúvida. Estava visitando uma amiga, a senhora Ball, cuja filha estava na turma do preparatório. Anita Ball, a filha, chegou da escola contando uma história que havia sido motivo de gargalhada para todo o Liceu. Segundo ela, Evelyn Blake havia lhe dito que fora Ilse Burnley a responsável pelo feito.

– Ora, ora! – disse a tia Ruth, invadindo o quarto de Emily ao chegar em casa. – Ouvi dizer que a Ilse lhe fez uma bela maquiagem hoje. Espero que você perceba quem essa menina é de verdade agora.

– Não foi ela! – exclamou Emily.

– Você perguntou a ela se foi?

– Não. Eu não iria querer ofendê-la com uma pergunta assim.

– Bom, eu acho que foi ela. E ela está proibida de vir aqui. Entendido?

– Tia Ruth...

– Você ouviu o que eu disse, Emily. Ilse Burnley não é boa companhia. Tenho ouvido muitas histórias sobre ela ultimamente, mas isto é imperdoável.

– Tia Ruth, se eu perguntar à Ilse se foi ela, e ela disser que não, a senhora vai acreditar?

– Não; eu não confiaria em ninguém que tenha sido criado como Ilse Burnley. Quando o assunto é ela, não duvido de nada. Não quero vê-la nesta casa.

Emily se levantou e tentou invocar o olhar dos Murray em seu rosto vermelho de tanto chorar.

– Pois não, tia Ruth – disse ela, com frieza. – Se a Ilse não é bem-vinda aqui, não voltarei a trazê-la. Mas vou visitá-la. E, se a senhora tentar me proibir, eu... eu... eu vou voltar para Lua Nova. De toda forma, eu agora tenho mesmo muita vontade de voltar. É só que... não *vou* dar essa satisfação à Evelyn Blake.

A tia Ruth sabia muito bem que Lua Nova não aceitaria esse divórcio peremptório de Emily e Ilse. A amizade deles com o doutor Burnley era forte demais. De sua parte, a senhora Dutton nunca havia gostado do médico. Estava feliz em encontrar uma desculpa para manter Ilse longe de sua casa, algo pelo qual ansiava havia tempos. Seu incômodo em relação ao que havia acontecido com Emily não advinha de sua simpatia pela sobrinha, mas, sim, pela raiva em ver o nome Murray ser ridicularizado.

– Imaginei que você já tivesse passado o suficiente para não querer ir visitar a Ilse. Quanto à Evelyn Blake, ela me parece inteligente e sensata demais para se prestar a fazer uma coisa tão infantil. Eu conheço os Blakes. São uma família de bem, e o pai de Evelyn é bem de vida. Agora, vamos, não chore. Você tem o rosto bonito. De que adianta chorar?

– De nada – concordou Emily, desolada –, mas não consigo evitar. Não *suporto* ser feita de ridícula. Consigo lidar com qualquer coisa, menos isso. Oh, tia Ruth, por favor, me deixe sozinha. Não vou conseguir jantar.

– Você está muito alterada. Isso é coisa de Starr. Na família Murray, costumamos resguardar nossos sentimentos.

"No geral, não acho que vocês têm muito a resguardar...", pensou Emily, rebelde.

– Se você ficar longe da Ilse Burnley de agora em diante, não vai correr o risco de ser tão humilhada em público de novo – aconselhou a tia Ruth antes de sair do quarto.

Depois de uma noite em claro, lutando contra a sensação de sufocamento que aquele teto baixo lhe causava, Emily foi ver Ilse de manhã e, relutante, contou-lhe o que a tia Ruth havia dito. Ilse ficou furiosa, mas Emily notou, com uma pontada no peito, que ela não se defendeu da acusação.

– Ilse, não... não foi você, foi? – perguntou, hesitante. Ela *sabia* que Ilse não havia feito aquilo; tinha *certeza* disso; mas também queria ouvi-la dizer que não. Para sua surpresa, Ilse corou.

– O que é tua serva, senão um cão[46]? – respondeu Ilse, de um jeito confuso. Era atípico para Ilse, sempre tão franca e direta, dar uma resposta como essa. Em seguida, ela desviou o olhar e começou a vasculhar a bolsa, a esmo. – Você acha que eu faria isso com você, Emily?

– Não, claro que não – retorquiu Emily, devagar. O assunto morreu ali. Contudo, uma pontada de dúvida e de desconfiança ardia no coração de Emily. Era difícil acreditar que Ilse pudesse fazer uma coisa assim, e ainda mentir, dizendo que não. Mas então, por que a falta de clareza e o rosto vermelho? Se fosse inocente, não seria natural que ela se ofendesse? Que censurasse Emily por duvidar dela? Que insistisse em esclarecer todas as questões, para que não restasse nenhum tipo de desconfiança?

Não se tocou mais no assunto, mas a sombra dele pairou sobre as duas e atrapalhou, em certa medida, as celebrações de Natal em Lua Nova. Por fora, as meninas demonstravam tanta amizade quanto sempre tiveram, mas Emily percebia nitidamente um rasgo entre as duas que, por mais que se esforçasse, era incapaz de suturar. A aparente indiferença de Ilse em relação a essa cisão só fazia aprofundá-la. Será que ela não se importava com aquela amizade o suficiente para perceber o esfriamento? Seria ela tão superficial e insensível a ponto de não perceber o que se passava? Emily remoía incessantemente esses pensamentos, que, como uma criatura peçonhenta que se esconde nas sombras e não ousa se mostrar às claras, espreitava pelos cantos obscuros de seu temperamento sensível e emotivo. Nenhum embate aberto com Ilse a teria afetado dessa maneira: as duas já haviam discutido diversas vezes e reatado a amizade logo em seguida, sem guardar nenhum rancor. Isto era diferente. Quanto mais Emily pensava sobre o assunto, mais monstruoso ele se tornava. Andava triste, alheia a tudo, desassossegada. A tia Laura e o primo Jimmy perceberam isso, mas atribuíram essa melancolia à perda do broche de estrela.

[46] Possível referência à passagem bíblica, no livro de 2 Reis, que descreve o encontro de Hazael, então futuro rei da Síria, com o profeta Elias. Diante da revelação do profeta de que, ao se tornar rei, faria coisas horríveis, Hazael responde: "O que é teu servo, senão um cão, para realizar tão grande coisa?". Logo em seguida, Hazael assassina o rei, usurpa seu lugar e faz exatamente o que Elias havia profetizado. A resposta de Ilse, portanto, deixa em aberto a questão. (N.T.)

Emily lhes dissera ter certeza de que não o ganharia. Mas, para ela, isso não importava mais.

Mas a verdade é que Emily se sentiu muito mal ao voltar para o Liceu e ver o anúncio dos resultados. Ela não estava entre os quatro invejados alunos que ostentariam o broche, algo que a tia Ruth fez questão de lembrar por semanas. A senhora Dutton sentia que a família havia perdido parte de seu prestígio com esse fracasso de Emily e não se poupou de deixar clara sua insatisfação. No geral, Emily sentiu que o Ano-Novo havia começado de forma muito pouco auspiciosa para ela. O primeiro mês foi uma época que ela nunca mais quis trazer à memória. Sentia-se profundamente solitária. Ilse não tinha permissão para ir vê-la na casa da tia Ruth e, por mais que Emily se obrigasse a ir visitá-la, aquele rasgo entre as duas seguia aumentando, pouco a pouco. Ilse ainda não dava sinais de percebê-lo; e contrapartida, as duas raramente ficavam a sós agora. O quarto estava sempre cheio de outras moças; havia sempre muito barulho, muitas risadas, piadas e fofocas... Era tudo inocente e, em certa medida, divertido, mas também muito diferente da antiga intimidade e do companheirismo que as unia. Antes, brincavam com o fato de poderem caminhar ou permanecer sentadas lado a lado por horas a fio, sem dizer uma palavra sequer, e, ainda assim, saírem com a sensação de terem vivido algo maravilhoso. Agora, já não havia mais momentos de silêncio: quando calhavam de ficar a sós, conversavam animada e superficialmente, como se ambas estivessem secretamente receosas de que o momento traiçoeiro de silêncio chegasse.

Emily amargava a perda daquela amizade; seu travesseiro amanhecia ensopado de lágrimas todos os dias. Mesmo assim, não havia nada que pudesse fazer; por mais que se empenhasse, era completamente incapaz de extirpar aquela dúvida que a consumia. Já havia feito esforços legítimos para consegui-lo. Todos os dias, tentava se convencer de que Ilse nunca lhe pregaria uma peça como aquela; de que a própria natureza de sua amiga era incompatível com uma atitude assim. Então, seguia firme na determinação de tratá-la como sempre a tratou. O resultado disso era que Emily demonstrava uma cordialidade e uma amabilidade pouco naturais, quase efusivas, ficando mais parecida com Evelyn Blake do que consigo mesma. Por sua vez, Ilse era tão cordial e amável quanto, e assim o rasgo seguia aumentando.

"Ilse nunca mais teve um acesso de raiva comigo", refletiu Emily, triste.

E era verdade. Agora, Ilse sempre tratava Emily com muita paciência, exibindo uma fachada de inabalável e desconcertante polidez que em nada deixava transparecer seu antigo espírito indomável. Emily sentia que nada lhe agradaria mais do que um dos bons e velhos surtos de Ilse. Talvez isso servisse para quebrar o gelo que estava se formando tão implacavelmente entre elas, bem como para abrir as comportas do antigo afeto que marcava aquela relação.

Algo que agravava ainda mais aquele quadro era o fato de que Evelyn Blake tinha pleno conhecimento do estado em que se encontrava a amizade de Ilse e Emily. O escárnio em seus grandes olhos castanhos e o sarcasmo velado em suas frases casuais entregavam que ela sabia e se deliciava com aquela situação. Isso era como esfregar sal nas feridas de Emily, que se sentia indefesa. Evelyn era do tipo de pessoa que se incomoda com a amizade dos outros, em especial com a de Emily e Ilse. Era uma relação completa e absoluta. Não havia espaço ali para mais ninguém, e Evelyn não gostava de se sentir barrada, de pensar que havia um jardim no qual não podia entrar. Assim, ela se sentia imensamente satisfeita em perceber que aquela amizade irritantemente bela entre duas garotas que ela secretamente odiava estava chegando ao fim.

Momento sublime

Emily desceu as escadas sem ânimo, sentindo que toda cor e toda música haviam desaparecido do mundo, que se abria diante dela como uma imensidão cinzenta e fria. Dez minutos depois, o mundo era um arco-íris, como se o deserto da vida tivesse desabrochado em flores coloridas.

A causa dessa transformação miraculosa era uma singela carta que a tia Ruth lhe entregou, com uma fungada muito característica. Também havia uma revista, mas Emily não a percebeu de início. No canto do envelope, ela viu o endereço de uma empresa de jardinagem e, ao manuseá-lo, constatou uma finura promissora, inconsistente com a grossura de outras correspondências carregadas de versos rejeitados que costumava receber. Seu coração disparou quando abriu o envelope e leu a carta datilografada:

"SRTA. EMILY B. STARR
Shrewsbury, I. P. Edward, Can.

ILMA. SRTA. STARR,

É com enorme prazer que comunicamos a seleção de seu poema, Corujas a rir, *para publicação na revista* Bosque e Jardim. *Ele foi incluído em nosso último número, cuja cópia enviamos em anexo. Seus versos revelam um gênio autêntico, e ficaríamos gratos em poder conhecer mais de seu trabalho.*

Não costumamos oferecer gratificações em espécie pelas contribuições à revista. Todavia, sinta-se livre para escolher quaisquer sementes ou plantas em nosso catálogo, no valor de C$2,00, que as faremos chegar à sua residência, sem custos de envio.

Reiteramos nossos agradecimentos.

Cordialmente,

THOS. E. CARLTON & CO."

Emily largou a carta e voou sobre a revista, com as mãos trêmulas. Suas pernas bambearam, as letras se embaralharam diante de seus olhos, e o ar lhe faltou, pois ali, na primeira página, emoldurado por elegantíssimos arabescos, estava seu poema: "*Corujas a rir*, de Emily Byrd Starr".

Aquela era sua primeira e dulcíssima sorvedela na taça do sucesso, e não devemos menosprezá-la por ter-se embriagado. Ela levou a carta e a revista para o quarto, onde poderia admirá-las cheia de orgulho, alheia às fungadas cada vez mais intensas da tia Ruth. A matrona suspeitou bastante daquelas faces subitamente coradas e daquele brilho no olhar, bem como de todo aquele ar de êxtase e alheamento ao mundo.

No quarto, Emily se sentou e leu o poema, como se nunca o tivesse visto. De fato, havia um erro de impressão de arrepiar os cabelos: era horrível que "lua cheia" tivesse se convertido em "rua cheia". Contudo, ainda assim, o poema era seu! Seu! Aceito e publicado por uma revista de verdade!

E gratificado! Logicamente, um cheque teria sido preferível: dois dólares todinhos seus, conseguidos à custa de sua pena, seriam um tesouro valioso para Emily. Em contrapartida, como ela e o primo Jimmy se divertiriam escolhendo as sementes! Já conseguia imaginar um lindo canteiro florido no jardim de Lua Nova, um quadro glorioso em tons carmesim, roxos, vermelhos e dourados.

E como era mesmo aquilo que dizia a carta?

"Seus versos revelam um gênio autêntico, e ficaríamos gratos em poder conhecer mais de seu trabalho."

Quanta alegria! Quanto júbilo! O mundo era dela! O *Caminho Alpino* estava praticamente escalado: só mais alguns escritos e logo chegaria ao topo!

Emily não conseguiu permanecer encerrada naquele quartinho escuro, com seu teto opressor e seus móveis hostis. A expressão funérea do Lorde Byron era um insulto à sua felicidade. Depois de vestir apressadamente o casaco, ela escapuliu para a Terra da Retidão.

Quando Emily passou pela cozinha, a tia Ruth, naturalmente mais desconfiada que nunca, indagou, em tom declaradamente sarcástico:

– A casa está pegando fogo? Ou será o porto?

– Nenhum dos dois. É minha alma! – disse Emily, com um sorriso imperscrutável. Fechou a porta atrás de si e, imediatamente, esqueceu-se da tia Ruth e de todas as outras coisas e pessoas desagradáveis que havia. Como era lindo o mundo! Como era linda a vida! Como era maravilhosa a Terra da Retidão!

Os jovens pinheiros ao longo do caminho estreito haviam sido suavemente polvilhados de neve, como se – pensou Emily – um véu rendado tivesse sido lançado furtivamente por sobre austeras sacerdotisas druidas completamente indiferentes às frivolidades desses adornos vãos. Emily decidiu que escreveria essa frase em seu caderno Jimmy quando voltasse. Sempre em frente, ela seguiu rumo à crista da colina. Tinha a sensação de estar voando; seus pés não pareciam tocar o chão. No alto da colina, ela parou: era uma figura extática, enlevada, de punhos cerrados e olhos sonhadores. O sol havia acabado de se pôr. Ao longe, acima do porto congelado, enormes nuvens se empilhavam uma sobre as outras, formando vertiginosas massas iridescentes. Ainda mais além, viam-se as primeiras estrelas da noite surgir acima de luminosas colinas brancas. Por entre os troncos das antiquíssimas árvores à sua direita, através do ar cristalino do entardecer, erguia-se, imensa e redonda, uma majestosa lua cheia.

– "Um gênio autêntico!" – murmurou Emily, saboreando aquelas incríveis palavras. – Querem conhecer mais do meu trabalho! Ah, quem dera meu pai pudesse ver meus versos publicados!

Anos antes, na velha casa de Maywood, seu pai, inclinando-se sobre ela enquanto ela dormia, vaticinou: "Ela vai amar profundamente, vai sofrer terrivelmente, vai ter momentos gloriosos para compensar tudo".

Este era um de seus momentos gloriosos. Ela sentia uma maravilhosa leveza de espírito, uma alegria arrebatadora diante da mera existência. O ímpeto criativo, que permanecera dormente durante todo aquele mês terrível, agora ardia subitamente dentro dela, como uma chama purificadora. Era uma chama que consumia tudo que era mórbido, rançoso, tóxico. De pronto, Emily *soube* que Ilse não havia feito aquela coisa horrível. Então, soltou gargalhadas de alegria, divertindo-se com a própria insensatez:

– Como fui boba! Ah, quanta tolice! Mas é claro que Ilse não fez aquilo. Já não tem mais nada entre nós... Passou! Passou! Passou! Vou procurá-la agora mesmo e dizer isso a ela.

Emily voltou apressada pelo caminho estreito. A Terra da Retidão jazia misteriosa sob a luz do luar, envolta no silêncio dos bosques invernais. Emily sentia-se parte do charme e da beleza enigmática daquele cenário. Depois de um bufar repentino da Mulher de Vento em meio à escuridão dos troncos, o "lampejo" apareceu, e Emily seguiu dançando até Ilse com o coração aquecido por ele.

Encontrou Ilse sozinha no quarto e se lançou nos braços dela, envolvendo-a calorosamente.

– Ilse, me perdoe! – suplicou. – Eu nunca deveria ter duvidado de você, mas duvidei. Só que agora eu *sei*, eu *sei* que não foi você. Consegue me perdoar?

– Sua cabrita! – disse Ilse.

Emily adorou ser chamada de "cabrita". Aquela, sim, era a antiga Ilse... *sua* Ilse.

– Oh, Ilse, tenho estado tão triste!

– Bom, não foi só você – disse Ilse. – Também não tenho vivido em um mundo cor-de-rosa. Veja, Emily, preciso lhe contar uma coisa. Psiu! Não me interrompa. Fique calada e escute. Naquele dia, a Evelyn e eu nos encontramos na livraria e voltamos para pegar um livro que ela tinha esquecido aqui. Quando chegamos, você estava dormindo, e seu sono era tão pesado que você nem se mexeu quando eu apertei sua bochecha. Daí, só de brincadeira, eu peguei um giz de cera preto e disse: "Vou desenhar um bigode nela"... Calada, Emily! Me escute! A Evelyn fez cara de espanto e disse: "Ah, não faça isso! É muita maldade, não acha?". Eu não tinha a menor intenção de desenhar o bigode. Como disse, falei só por brincadeira. Mas o jeito afetado dessa tonta me deixou tão irritada que eu decidi que faria, sim... Psiu! Escute! Minha intenção era acordar você logo em seguida, mostrar um espelho e pronto. Só que, antes mesmo que eu chegasse a desenhar o bigode, a Kate Errol entrou no quarto e nos chamou para ir com ela para a escola. Daí, eu larguei o giz no chão e fui. Foi só isso, Emily, juro por Deus. Depois que tudo aconteceu, eu me senti boba e envergonhada. Eu diria até que fiquei com um peso na consciência, se eu tivesse isso. Deduzi que fui eu quem botou a ideia na cabeça de quem quer que tenha feito o bigode e, por isso, senti que também tinha uma parcela de culpa. Para piorar, percebi que você estava desconfiada de mim, o que me deixou mal. Não era raiva que eu sentia, mas, sim, um frio e um incômodo no peito, sabe? Achei que não deveria nem passar pela sua cabeça a ideia de que eu deixaria você ir para a escola daquele jeito. Mas, já que você desconfiava de mim, decidi deixar que você continuasse desconfiando. Não quis dizer nada... Nossa, mas como estou feliz que você tenha parado de inventar coisas na sua cabeça!

– Você acha que foi a Evelyn Blake?

– Ah, não. Ela é bem capaz, evidentemente, mas não vejo como possa ter sido ela. Nós fomos juntas até a livraria, e ela ficou por lá. Quinze minutos depois, ela já estava na escola. Não vejo como ela possa ter voltado e desenhado o bigode nesse meio-tempo. Na verdade, acho que foi aquela capetinha da May Hilson. Ela é capaz de tudo e estava no cômodo quando eu peguei o giz de cera e ameacei fazer o bigode. Não duvido nem um pouco que ela tenha decidido seguir em frente com a ideia. Mas a Evelyn com certeza não foi.

Emily seguiu acreditando que foi Evelyn, mas a única coisa que importava agora era o fato de que a tia Ruth ainda culpava Ilse e não mudaria de ideia.

– Que pena – lamentou-se Ilse –, porque não podemos conversar direito aqui. Mary sempre traz tanta gente para cá, e Evelyn está sempre xeretando por aqui.

– Ainda descubro quem foi – afirmou Emily, um tanto sombria –, e então a tia Ruth vai ter que ceder.

Na tarde seguinte, Evelyn Blake viu Ilse e Emily tendo uma briga feia. Ou ao menos Ilse brigava, enquanto Emily permanecia sentada, com as pernas cruzadas e uma expressão altiva e entediada no rosto insolente. Aquela deveria ter sido uma visão agradável para alguém que se incomodava com a amizade alheia, mas Evelyn Blake não ficou satisfeita. Ilse estava discutindo com Emily; logo, Ilse e Emily haviam feito as pazes.

– Fico tão feliz em ver que você perdoou a Ilse por aquela brincadeira desagradável – disse ela a Emily no dia seguinte, cheia de doçura. – Obviamente, foi pura insensatez da parte dela. Sempre achei isso: ela não parou para pensar no papel de ridículo que faria você passar. A Ilse é assim, coitada. Você sabe que eu tentei dissuadi-la, não sabe? Eu não disse isso antes, obviamente, porque não queria jogar lenha na fogueira, mas eu *disse* a ela que aquela era uma brincadeira horrível de se fazer com uma amiga. Achei que tivesse conseguido dissuadi-la. É muita gentileza sua perdoá-la, Emily. Seu coração é melhor que o meu. Eu *jamais* perdoaria alguém que me pusesse naquela situação.

– E por que você não a matou ali mesmo? – perguntou Ilse quando Emily lhe contou.

– Eu só olhei para ela com olhos de Murray. Isso é pior que a morte – respondeu Emily.

Momento de cólera

A mostra cultural do Liceu era um evento anual em Shrewsbury cujo objetivo era arrecadar fundos para a biblioteca. Acontecia no início de abril, antes que os alunos precisassem se concentrar em estudar para as provas de primavera. Naquele ano, a ideia inicial era de que a mostra seguisse a programação costumeira: haveria música e alguns jograis. Emily foi convidada a participar destes últimos e aceitou o convite, não sem antes pelejar para conseguir a autorização da relutante tia Ruth, que só aquiesceu após um pedido em pessoa da vice-diretora Aylmer. A vice-diretora era neta do senador Aylmer, e não havia nada como um sobrenome influente para fazer a tia Ruth ceder. Ocorreu que, depois, a vice-diretora Aylmer sugeriu cortar quase todas as músicas e absolutamente todos os jograis, substituindo-os por uma pequena peça teatral. Os alunos gostaram da ideia, e a mudança foi feita. Emily recebeu um papel que se adequava a ela, de modo que demonstrou bastante interesse pelo assunto e se divertiu bastante com os ensaios, que eram conduzidos duas vezes por semana no pátio da escola, sob supervisão da vice-diretora Aylmer.

A peça causou um rebuliço na cidade. Nada tão ambicioso jamais fora empreendido pelos alunos do Liceu. Correu a notícia de que muitos dos alunos da Queen's Academy viriam de Charlottetown no trem da tarde para assistir a ela. Isso deixou os atores enlouquecidos. Os alunos da academia eram veteranos na arte do teatro. Certamente estavam vindo para criticar. Os membros do elenco estavam obcecados em garantir que a peça fosse tão boa quanto qualquer uma jamais apresentada na Queen's Academy, e esforços não foram poupados para alcançar esse fim. A irmã de Kate Errol, que havia se formado na escola de oratória, deu treinamentos para eles e, na véspera da apresentação, a empolgação era evidente nas diversas casas e repúblicas de Shrewsbury.

Em seu quartinho iluminado a vela, Emily admirava Emily-no-Espelho com bastante satisfação – uma satisfação quase injustificável. O rubor de suas faces e a escuridão profunda de seus olhos acinzentados formavam uma composição perfeita com o vestido cor de cinza das rosas. Para completar o quadro, o pequeno diadema de folhas prateadas entrelaçado em seus cabelos negros dava-lhe o aspecto de uma jovem dríade. Contudo, ela não se *sentia* uma dríade. A tia Ruth havia exigido que ela tirasse as meias de renda e calçasse meias de caxemira. Na verdade, sua ideia inicial era fazer com que Emily calçasse meias de lã, mas havia sido completamente sobrepujada nessa batalha e, para recuperar sua posição, insistiu que ela vestisse anáguas de flanela.

"Que roupa mais horrível e pesada", pensou Emily – sobre as anáguas, logicamente. Contudo, àquela época, era comum usar saias com mais volume, e a magreza de Emily lhe permitia levar até mesmo uma grossa anágua de flanela sem perder a elegância.

Ela estava terminando de prender o pingente egípcio no pescoço quando a tia Ruth entrou.

Uma olhada bastou para perceber que a tia Ruth estava bastante zangada.

– Emily, a senhora Ball acaba de sair. Ela me disse algo que muito me surpreendeu. É de uma *peça* que você vai participar hoje à noite?

– Sim, tia Ruth, é uma peça, mas a senhora já sabia.

– Quando você veio me pedir permissão para participar, você disse *jogral* – relembrou a tia Ruth, gélida.

– Aaah, sim, mas a vice-diretora Aylmer decidiu trocar por uma peça. Imaginei que a senhora soubesse, tia Ruth. De verdade. Achei que havia mencionado.

– Não achou *nada*, Emily. Você *deliberadamente* ocultou isso de mim, porque sabia que eu não teria permitido que você participasse de uma peça.

– De forma alguma, tia Ruth! – defendeu-se Emily. – Jamais pensei em esconder coisa alguma. Obviamente, não toquei muito no assunto, porque sabia que a senhora não vê a mostra com bons olhos.

Sempre que Emily subia o tom, a tia Ruth a via como uma criança atrevida.

– Esta é a cereja do bolo, Emily. Por mais dissimulada que eu a achasse, nunca imaginei que fosse tanto.

– Não é absolutamente nada disso, tia Ruth! – retorquiu Emily, impaciente. – Seria uma tolice de minha parte tentar esconder a peça quando todos na cidade estão falando sobre ela. Não sei como a senhora não havia ouvido nada a respeito até agora.

– Você sabia que eu estava evitando sair por causa da minha bronquite. Ah, já percebi tudo, Emily. Não adianta tentar me enganar.

– Eu não tentei enganar a senhora. Eu achei que a senhora soubesse, e isso é tudo. Deduzi que a senhora nunca falava a respeito da mostra porque se opunha à ideia. Essa é a verdade, tia Ruth. E que diferença faz se é um jogral ou uma peça, afinal?

– Faz *toda* diferença! – bradou a tia Ruth. – As peças de teatro não são coisa boa!

– Mas essa é uma peça *pequena*! – suplicou Emily, aflita, mas rompendo em gargalhadas logo em seguida, porque percebeu que havia falado exatamente como a babá de *Midshipman Easy*[47]. Seu senso de humor foi inoportuno, e sua risada enfureceu a tia Ruth.

– Grande ou pequena, você não vai participar.

---

[47] Romance do britânico Frederick Marryat (1792-1848). (N.T.)

Emily a encarou, pálida.

– Tia Ruth, eu *preciso* participar, senão a peça vai ser um desastre.

– Antes perder uma peça que perder a alma – retorquiu a tia Ruth.

Emily não ousou rir. A questão era séria.

– Tia Ruth, não seja tão... tão... tão rígida – estava a ponto de dizer "injusta". – Lamento que a senhora não goste de peças; não vou participar de nenhuma outra. Mas a senhora com certeza percebe por que eu *preciso* participar da de hoje.

– Ah, Emily, minha querida, não acho que você seja *tão* indispensável assim.

A tia Ruth era de fato irritante. Como era desagradável aquele "minha querida"! Ainda assim, Emily se manteve paciente.

– Esta noite, eu sou, sim. Tente entender: eles não conseguiriam uma substituta de última hora. A vice-diretora Aylmer nunca iria me perdoar.

– Você se preocupa mais com o perdão da vice-diretora do que com o de Deus? – demandou a tia Ruth, com ares de quem apresenta um argumento determinante.

– Sim... se for o *seu* Deus – resmungou Emily, incapaz de manter a paciência diante de uma pergunta tão insensata.

– Você não tem respeito pelos seus antepassados? – continuou a tia Ruth com seu interrogatório. – Se soubessem que uma descendente deles anda participando de peças de teatro, eles se revirariam no caixão!

Emily contemplou a tia Ruth com um exemplar do olhar de Murray.

– Bom que eles se exercitam. Tia Ruth, eu vou, sim, cumprir com meu papel na peça hoje.

Emily falou com calma, baixando os olhos resolutos para encarar a tia Ruth.

Por sua vez, a senhora Dutton sentiu-se desconfortavelmente impotente: não havia tranca na porta do quarto de Emily, e ela não seria capaz de deter a sobrinha pela força física.

– Se você for, não precisa voltar hoje – ameaçou, lívida de raiva. – Vou trancar a casa às nove, como sempre faço.

– Se eu não puder voltar hoje, não voltarei mais. – Emily estava irritada demais com a insensatez da tia Ruth para se preocupar com as consequências. – Se a senhora me trancar na rua, vou voltar para Lua Nova. Lá, *todos* sabem da peça. Até a tia Elizabeth queria que eu participasse.

Emily recolheu o casaco e botou na cabeça o chapéu vermelho adornado com pena que havia ganhado da esposa do tio Oliver no Natal. O gosto da tia Addie não era muito apreciado em Lua Nova, mas o chapéu era muito bonito, e Emily o adorava. A tia Ruth teve uma súbita sensação de que Emily parecia estranhamente madura e adulta com ele. Esse fato não amainou em nada a sua fúria. Emily havia partido; ousara desafiá-la e desobedecer a ela. Era uma mocinha dissimulada e ardilosa, que precisava aprender uma lição.

Às nove em ponto, obstinada e ofendida, a tia Ruth trancou todas as portas e foi se deitar.

A peça foi um grande sucesso. Até mesmo os alunos da academia admitiram e aplaudiram generosamente. Emily lançou na personagem com um fogo e uma paixão nascidos de seu encontro com a tia Ruth, que extinguiram todo e qualquer acanhamento por causa da anágua de flanela. Isso surpreendeu positivamente a senhorita Errol, cuja única crítica à atuação de Emily foi de que ela se mostrou um tanto fria e reservada em um papel que exigia mais entrega. Emily foi coberta de elogios ao fim da apresentação. Até mesmo Evelyn Blake disse, cheia de graça:

– De verdade, minha querida, você é maravilhosa: uma estrela, uma poeta, uma romancista em nascimento... Que outra surpresa você está reservando para nós?

"Sua coisinha insuportável e condescendente!", pensou Emily.

– Obrigada! – disse Emily.

A volta para casa com Teddy foi alegre e triunfante. Despediram-se com um boa-noite prazenteiro no portão e então... a porta estava trancada.

Subitamente, a raiva de Emily, que havia sido sublimada em energia e ambição durante a peça, deflagrou de novo, varrendo tudo à sua frente. Era inadmissível ser tratada daquela forma. Já havia suportado o suficiente nas mãos da tia Ruth; aquela era a gota d'água. Não era certo se sujeitar a tudo, mesmo que fosse para garantir a própria educação. Era preciso ter brio e dignidade. Ela tinha três opções. A primeira seria dar com a velha aldraba de latão na porta até que a tia Ruth descesse e a deixasse entrar (já havia feito isso antes), e então passar semanas sendo espezinhada por causa disso. A segunda seria ir para a república de Ilse, onde as meninas com certeza ainda não haviam ido dormir (também já havia feito isso antes e, sem dúvida, era o que a tia Ruth esperava que ela fizesse agora). Contudo, Mary Carswell acabaria contando isso a Evelyn Blake, que, por sua vez, riria maliciosamente e espalharia o fato para toda a escola. Emily não tinha intenção de fazer nenhuma dessas duas coisas. Já sabia, desde o momento em que batera à porta, que recorreria à terceira e última opção: voltar andando para Lua Nova – e não sair mais de lá! Aqueles meses aguentando calada as aporrinhações constantes da tia Ruth haviam conflagrado uma rebelião. Emily saiu marchando pelo portão, bateu-o atrás de si (algo que não era digno de uma Murray, mas que revelava a paixão de uma Starr) e partiu em sua peregrinação de dez quilômetros através da noite. Ela teria feito o mesmo ainda que fossem trinta quilômetros.

Possessa como estava pela fúria, não lhe pareceu que a caminhada fosse longa. Também não sentiu o frio intenso daquela congelante noite de abril, embora não tivesse nenhum outro agasalho além de seu fino casaco.

A neve invernal já havia derretido, mas o chão daquela estrada sem vida ainda estava congelado e duro, nada adequado para as delicadas e finíssimas sandálias de couro de cabrito que havia ganhado do primo Jimmy no Natal. Com uma risada que lhe pareceu sombria e sarcástica, Emily sentiu que, no fim das contas, foi bom que a tia Ruth tivesse insistido que ela usasse meias de caxemira e anágua de flanela.

A lua estava visível, mas o céu estava coberto de grossas nuvens cinzentas, e a paisagem estéril e desolada jazia triste sob a luz pálida do luar. O vento soprava sobre tudo com rajadas queixosas e repentinas, e Emily se sentia satisfeita com o fato de que a atmosfera da noite harmonizava com seu humor trágico e tempestuoso.

Nunca mais voltaria para a casa da tia Ruth; isso estava decidido. Não importava o que diria a tia Elizabeth – e ela com certeza teria muito a dizer – nem qualquer outra pessoa. Se a tia Elizabeth não lhe permitisse buscar outra moradia em Shrewsbury, Emily abandonaria completamente os estudos. Ela sabia que isso causaria um alvoroço em Lua Nova. Que causasse! Naquele humor inconsequente, os alvoroços lhe pareciam muito bem-vindos. Já era hora de alguém se alvoroçar. Ela não toleraria ser humilhada nem mais um dia; isso não! A tia Ruth havia ido longe demais. Não se devia cutucar uma Starr com a vara curta.

– Nunca mais quero ouvir falar de Ruth Dutton – determinou Emily, tremendamente satisfeita por deixar de fora o "tia".

Quando Emily se aproximou de Lua Nova, as nuvens subitamente se dissiparam e, quando ela tomou o caminhozinho que conduzia à casa, a beleza austera dos choupos-da-lombardia contra o céu enluarado fez com que ela prendesse a respiração. Ah, como era lindo aquele lugar! Por um breve instante, ela se esqueceu da tia Ruth, mas logo a amargura inundou de novo a sua alma: nem mesmo a magia das Três Princesas era capaz de afastá-la.

Na janela da cozinha de Lua Nova, via-se uma luz que brilhava e se projetava sobre as altas e brancas bétulas no bosque de John Altivo, produzindo um efeito fantasmagórico. Emily se perguntou quem estaria acordado em Lua Nova: esperava encontrá-la completamente às escuras, entrar pela porta da frente e subir para seu querido quarto, deixando as explicações para a manhã seguinte. Religiosamente, a tia Elizabeth sempre trancava e colocava uma barra na porta da cozinha à noite, antes de se deitar, mas a porta da frente nunca era trancada. Os gatunos e os ratoneiros não seriam mal-educados a ponto de entrar pela porta da frente de Lua Nova.

Emily atravessou o jardim e espiou pela janela da cozinha. O primo Jimmy estava sentado à mesa, completamente só, exceto pela companhia das duas velas. À frente dele, havia uma tigela de pedra, da qual ele retirou uma enorme rosquinha no exato momento em que Emily espiou pela janela. Os olhos dele estavam fixos em um imenso pernil pendendo do teto, e seus lábios se moviam silenciosamente. Emily logo entendeu que o primo Jimmy estava compondo poesia, embora a razão pela qual ele decidira fazer isso àquela hora da noite ainda fosse um mistério.

Emily deu a volta na casa, abriu delicadamente a porta da cozinha e entrou. Atônito, o pobre primo Jimmy tentou engolir metade da rosquinha de uma só vez e, com isso, passou meio minuto sem conseguir falar. Seria aquela Emily uma assombração? Uma alma penada usando um casaco azul-escuro e um lindo chapéu vermelho adornado com pena? Um espírito com os cabelos negros desgrenhados pelo vento e uma expressão trágica nos olhos? Um fantasma calçando sapatinhos de couro? Ou seria mesmo Emily naquele estado em Lua Nova, quando deveria estar no décimo sono em sua cama de solteiro em Shrewsbury?

O primo Jimmy tomou as mãos frias que Emily lhe estendia.

– Emily, minha querida, o que houve?

– Bom, para resumir tudo, deixei a casa da tia Ruth e não pretendo voltar.

O primo Jimmy não disse nada por alguns segundos, mas isso não quer dizer que ele não tenha reagido. Primeiro, foi na ponta dos pés até a porta que separava a cozinha do resto da casa e a fechou. Em seguida, colocou mais lenha no fogão, puxou uma cadeira para perto dele, botou Emily sentada sobre ela e aproximou do fogo os pés frios e maltratados da sobrinha. Depois, acendeu mais duas velas e posicionou-as sobre a prateleira da chaminé. Por fim, sentou-se de novo na cadeira em que estava e repousou as mãos no colo.

– Pronto. Agora me conte tudo.

Emily, ainda ardendo com o fogo da rebeldia e da indignação, narrou todo o acontecimento.

Tão logo entendeu o que havia se passado, o primo Jimmy pôs-se a menear a cabeça lentamente e continuou a fazer isso por tanto tempo que Emily teve a desconfortável sensação de que, em vez de projetar a imagem de uma figura comovente e injustiçada, parecia um tanto tola. Quanto mais o primo Jimmy meneava a cabeça, menor parecia o heroísmo de Emily. Quando ela terminou a história com um decisivo “Para lá eu não volto”, o primo Jimmy deu uma balançada final na cabeça e empurrou a tigela em direção à sobrinha.

– Sirva-se, gatinha.

Emily hesitou. Gostava muito de rosquinhas e fazia tempo desde que jantara. Mas rosquinhas não pareciam combinar com tumulto e rebelião. Elas tinham uma tendência decisivamente reacionária. Percebendo isso, recusou a oferta.

O primo Jimmy tomou uma.

– Então você não vai voltar para Shrewsbury?

– Não vou voltar para a casa da tia Ruth – corrigiu Emily.

– Dá no mesmo – apontou o primo.

Emily sabia disso. Sabia que era inútil esperar que a tia Elizabeth lhe permitisse ficar em outro lugar.

– E você veio andando o caminho inteiro, com as estradas congeladas como estão? – perguntou o primo Jimmy, sempre meneando a cabeça. – Bom, você tem garra. Muita! – refletiu ele, entre as mordidas.

– Você acha que a culpada sou eu?! – demandou Emily, inflamada, em especial porque sentia que o balançar de cabeça do primo Jimmy lhe havia abalado um pouco a confiança.

– De forma alguma! Foi uma vergonha a Ruth ter trancado você na rua.

– E você... você não... não concorda que não posso voltar depois dessa humilhação?

O primo Jimmy mordiscava a rosquinha diligentemente, como se empenhado em determinar quão perto conseguia chegar do buraco no meio dela sem romper completamente o círculo que ela formava.

– Não acho que suas antepassadas teriam desistido tão facilmente da oportunidade de estudar – respondeu. – Pelo menos não as da família Murray – acrescentou ele, depois de um momento de reflexão, no qual pareceu lembrar-se de que sabia muito pouco sobre os Starrs para fazer afirmações a respeito deles.

Emily ficou imóvel. Como diria Teddy, o primo Jimmy havia chutado a bola no ângulo, sem chance de defesa para Emily. Ela imediatamente percebeu que, ao mencionar suas avós naquele diabólico acesso de inspiração, o primo Jimmy havia acabado com tudo, restando agora negociar os termos de rendição. Já conseguia vê-las todas à sua volta: as respeitáveis damas já falecidas de Lua Nova, Mary Shipley e Elizabeth Burnley, junto com todas as demais, serenas, determinadas e recatadas, baixando o olhar para admirar, com um misto de pena e desdém, aquela descendente tola e impulsiva. O primo Jimmy parecia acreditar que havia alguma fraqueza na família Starr. Muito bem, não havia, e Emily lhe mostraria isso!

Ela esperava que o primo Jimmy fosse mais solidário. Sabia que a tia Elizabeth a condenaria e que mesmo a tia Laura faria cara de decepcionada, mas tinha o apoio do primo Jimmy. Ele sempre a apoiava.

– Minhas antepassadas não tinham que lidar com a tia Ruth – disparou ela.

– Elas tinham que lidar com os maridos – rebateu o primo Jimmy, parecendo presumir que aquilo era o suficiente para concluir a discussão. Qualquer um que tivesse conhecido Archibald e Hugo Murray presumiria o mesmo.

– Primo Jimmy, você acha que eu deveria voltar, aceitar a bronca da tia Ruth e seguir em frente como se nada tivesse acontecido?

– O que *você* acha? – perguntou o primo Jimmy. – Coma pelo menos uma, gatinha.

Desta vez, Emily pegou uma rosquinha. Precisava mesmo de algo que a consolasse. A questão é que não é possível comer uma rosquinha e continuar sendo dramática. Faça o teste, leitora.

Emily escorregou do pico da tragédia para o vale da petulância.

– A tia Ruth tem sido insuportável nos últimos dois meses, desde que a bronquite a impediu de sair de casa. Você não faz *ideia* de como tem sido.

– Ah, faço sim. Ruth Dutton sempre incomoda a todos. Seus pezinhos estão mais quentinhos, Emily?

– Eu a *odeio*! – declarou Emily, ainda buscando motivo para se justificar. – É horrível viver debaixo do mesmo teto que alguém que a gente odeia.

– É de matar! – concordou o primo Jimmy.

– E não é culpa minha. *Tentei* gostar dela, tentei agradá-la. Mas ela está sempre me insultando e atribuindo motivações malignas a tudo que eu faço e que eu digo, até mesmo ao que eu *não* faço e *não* digo! Até hoje ela me aporrinha por causa do banco da igreja e faz questão de me lembrar o tempo todo que não consegui o broche de estrela. Passa o dia insinuando ofensas ao meu pai e minha mãe e está sempre me desculpando por coisas que eu nunca fiz e pelas quais não preciso ser desculpada.

– Revoltante... Muito! – admitiu o primo Jimmy.

– Sim, revoltante. Eu sei que, se eu voltar, ela vai dizer: "Eu perdoo você desta vez, mas que não aconteça de novo". Depois, vai dar uma fungada. Oh, o barulho das fungadas na tia Ruth é a coisa mais odiosa do mundo!

– Você nunca ouviu alguém arranhar ardósia com prego? – resmungou o primo Jimmy.

Emily ignorou isso e prosseguiu com suas acusações.

– Eu não posso estar *sempre* errada, mas a tia Ruth acha que estou, e ainda diz que é "transigente demais" comigo. Ela me faz tomar óleo de fígado de bacalhau e, quando consegue, me impede de sair à noite. "Quem é tísico precisa evitar o sereno", ela diz. Se *ela* estiver com frio, *eu* preciso vestir uma anágua a mais. Ela sempre faz perguntas desagradáveis e se recusa a acreditar nas minhas respostas. Ela acha e sempre vai achar que eu escondi essa peça dela porque sou dissimulada. Isso nunca me passou pela cabeça. Ora, por favor: a notícia saiu no jornal da cidade! E a tia Ruth não é de deixar passar uma notícia no jornal. Uma vez, depois de remexer nas minhas coisas, ela achou uma redação que eu assinei como "Emilie"[48]. Passou dias me aporrinhando por isso. "Quando for assinar alguma coisa, é melhor usar o nome de alguém desconhecido", ela disse, caçoando de mim.

– Mas você não acha que foi mesmo um pouco bobo assinar a redação assim, gatinha?

– Bom, imagino que minhas antepassadas não teriam feito isso, mas a tia Ruth não precisava ter insistido no assunto como insistiu! Foi infernal! Se pelo menos ela dissesse o que pensa e aí deixasse o assunto morrer... Ah, uma vez apareceu uma mancha de ferrugem na minha anágua, e a tia Ruth falou disso por semanas. Estava determinada a saber quando e como aquela mancha apareceu, e eu não fazia a menor ideia! De verdade,

[48] Emilie du Châtelet, filósofa francesa. (N.T.)

primo Jimmy, depois de três semanas, eu sentia que ia sair gritando se ela voltasse a falar disso...

– *Qualquer* pessoa sã sentiria o mesmo – disse o primo Jimmy, admirando o pernil.

– Oh, eu sei que todas as coisas, individualmente, são só alfinetadinhas... Também sei que você deve me achar boba por me importar com elas... Mas...

– Não, não. Centenas de alfinetadas acabam sendo mais dolorosas que uma perna quebrada. *Eu* preferiria levar logo um golpe na cabeça e acabar com tudo de uma vez.

– Pois é... nada é pior que ser alfinetada o tempo todo. Ela não deixa que a Ilse me visite. Nem o Teddy. Nem o Perry. Ninguém, exceto aquele tonto do Andrew. Estou tão cansada dele. Ela não me deixou ir ao baile do preparatório. Teve passeio de carruagem e um jantar na pousada Chaleira Marrom, além do baile em si, é claro. Todos foram, menos eu. Foi *o* acontecimento do inverno. Se eu for caminhar na Terra da Retidão de tardinha, ela cisma que tem algo de sinistro nisso. Afinal, se ela não vai caminhar por lá, por que é que eu deveria? Ela diz que eu me acho demais. Não é verdade, é, primo Jimmy?

– Não – respondeu o primo Jimmy. – Você sabe seu valor; não se acha demais.

– Ela diz que eu estou sempre tirando as coisas do lugar. Se eu abro alguma janela para olhar lá fora, ela logo vem e ajusta matematicamente as cortinas. E é sempre "Por quê? Por quê? Por quê?" o tempo todo, primo Jimmy! O tempo todo!

– Tenho certeza de que você se sente bem melhor agora que botou tudo para fora – disse o primo Jimmy. – Quer mais rosquinha?

Com um suspiro de rendição, Emily foi até a mesa e pegou uma rosquinha na tigela entre ela e o primo Jimmy. Estava faminta.

– A Ruth alimenta você direito? – inquiriu o primo Jimmy, preocupado.

– Ah, sim. Pelo menos uma tradição de Lua Nova ela segue. A mesa é sempre farta. Mas nunca tem lanches.

– E você adora um lanchinho antes de dormir, não é? Mas você não levou uma caixinha de petiscos da última vez que veio?

– A tia Ruth confiscou. Isto é, ela guardou na despensa e serviu os petiscos junto com as refeições. Estas rosquinhas estão ótimas! E tem sempre algo de empolgante e clandestino em comer de madrugada, não acha? Aliás, por que você está acordado, primo Jimmy?

– Uma vaca está doente. Achei melhor ficar acordado para cuidar dela.

– Ah, que sorte a minha você estar acordado, primo Jimmy! Agora recobrei o juízo. Tenho certeza de que você está me achando um pouco boba.

– De um jeito ou de outro, todo mundo é meio bobo – respondeu o primo Jimmy.

– Bom, está na hora de eu voltar e dar a cara a tapa.

– Deite no sofá e durma um pouco. Vou preparar a charrete e levo você assim que raiar o dia.

– De forma alguma. Não vai ser possível, por vários motivos. Primeiro porque as estradas não estão boas nem para roda nem para ferradura. Segundo porque não vamos conseguir sair daqui de charrete sem acordar a tia Elizabeth, e daí ela vai ficar sabendo de tudo, e eu não quero isso. Prefiro que minha tolice fique só entre nós, primo Jimmy.

– Então como você pretende voltar para Shrewsbury?

– A pé.

– A pé?! Para Shrewsbury? A esta hora da noite?

– Eu não acabo de vir de lá a pé? Posso fazer a mesma coisa de novo, e não vai ser nem um pouco pior do que ir chacoalhando na charrete por essas estradas congeladas. Claro que antes vou calçar algo que proteja mais que sandálias de couro. Ah, que pena! Nesse meu acesso de raiva, destruí o presente de Natal que você me deu. Tem um par de botas velhas ali no armário. Vou calçá-las. Também vou botar meu velho sobretudo. Vou chegar em Shrewsbury antes de o sol nascer. Vou sair assim que terminarmos com as rosquinhas. Vamos limpar essa tigela, primo Jimmy!

O primo Jimmy aquiesceu. Afinal, Emily era jovem e forte, não estava chovendo nem nevando e, quanto menos Elizabeth soubesse sobre algumas coisas, melhor era para os envolvidos. Com um suspiro de alívio pelo fato de a situação ter se resolvido tão bem (de início, ele realmente temeu que a "teimosia" interior de Emily tivesse aflorado e, quando isso acontece, *uf!*), o primo Jimmy se entregou às rosquinhas.

– E como anda a escrita? – ele perguntou.

– Tenho escrito bastante ultimamente. Apesar de fazer muito frio no meu quarto de manhã, eu gosto tanto! Meu maior sonho é escrever alguma coisa de valor algum dia.

– E você vai. Não empurraram você em um poço – disse o primo Jimmy.

Emily acariciou a mão dele. Ninguém percebia melhor que ela o que o primo Jimmy poderia ter alcançado se não tivesse caído naquele poço.

Quando as rosquinhas acabaram, Emily calçou as botas velhas e vestiu o velho sobretudo. Era uma peça bastante surrada; ainda assim, Emily, jovem e bela, reluzia como uma estrela naquele velho à luz de velas.

O primo Jimmy a admirou. Ocorreu-lhe que as coisas que sucediam àquela bela, alegre e talentosa criatura eram de fato lamentáveis.

– Imponente e majestosa... imponente e majestosa como todas as mulheres – suspirou ele, nefelibata. – Exceto a tia Ruth – acrescentou em seguida.

Emily sorriu e fez uma careta.

– A tia Ruth vai fazer valer cada centímetro de altura em nossa conversa iminente. Este assunto vai render pelo resto do ano. Mas não se preocupe, primo Jimmy querido, não vou fazer mais nenhuma tolice por um bom tempo. Estou com a mente limpa agora. A tia Elizabeth vai criticar você por ter comido uma tigela cheia de rosquinhas, seu comilão.

– Precisa de mais um caderno em branco?

– Ainda não. O último que você me deu ainda está pela metade. Os cadernos duram bastante agora que não posso escrever contos. Ah, como eu queria poder, primo Jimmy!

– Vai chegar a hora... Vai chegar a hora... – disse o primo Jimmy, encorajando-a. – Tenha paciência... Às vezes, precisamos parar de correr para que as coisas nos alcancem. "Com sabedoria se constrói a casa, e com discernimento se consolida. Pelo conhecimento os seus cômodos se enchem do que é precioso e agradável". *Tudo* que é precioso e agradável, Emily. Provérbios, capítulo vinte e quatro, versículos três e quatro.

Depois que Emily saiu, ele fechou a porta e apagou todas as velas, exceto uma. Ele observou a chama por alguns segundos e, em seguida, satisfeito com o fato de Elizabeth não poder ouvi-lo, exclamou enraivecido:

– Ruth Dutton que vá à... à... à... – faltou coragem para completar a frase – ... que vá para os céus!

Emily voltou para Shrewsbury sob o céu limpo e enluarado. Ela imaginou que a caminhada fosse ser longa e cansativa sem o ímpeto da raiva e da revolta. Contudo, descobriu que o caminho havia se tornado muito belo, e Emily era um desses "eternos escravos da beleza" de que cantava Carman, os quais, apesar disso, são também "senhores do mundo". Estava cansada, mas seu cansaço se manifestava em uma intensificação do sentimento e da imaginação, como era comum que lhe acontecesse nos momentos de esgotamento. Seu pensamento estava rápido e ativo. Ela criava uma série de maravilhosos diálogos imaginários e compunha tantos epigramas que se sentia positivamente surpresa consigo mesma. Era bom se sentir animada, interessante e viva de novo. Estava sozinha, mas não solitária.

Enquanto caminhava, Emily se lembrou dos eventos da noite. Havia naquilo um charme selvagem e clandestino que apetecia a uma pulsão selvagem e clandestina escondida profundamente na essência de Emily. Era uma pulsão que desejava caminhar por onde quisesse, guiando-se apenas pela própria vontade. Era a pulsão dos nômades e dos poetas, dos gênios e dos loucos.

Os grandes pinheiros, libertos do peso da neve, lançavam os braços alegremente por sobre os campos enluarados. Haveria algo mais lindo que as sombras daqueles bordos cinzentos e sem folhas que se projetavam na estrada aos pés dela? As casas pelas quais passava estavam envoltas em mistério. Gostava de pensar nas pessoas que dormiam lá dentro, vendo em sonho o que a vida desperta lhes negava; nas mãozinhas encolhidas das crianças, mergulhadas no mais profundo sono; nos corações que se mantinham acordados, em uma vigília aflita e angustiada; nos braços solitários que se estendiam no vazio da noite. Tudo isso acontecia enquanto ela, Emily, flutuava como um fantasma pela escuridão da madrugada.

E também era fácil pensar nas coisas que estavam fora; coisas que não eram mortais nem humanas. Ela sempre vivera na fronteira da terra das fadas e, agora, adentrava completamente nesse reino mágico. A Mulher de Vento soprava de um jeito bastante sinistro entre as raízes do pântano. Emily teve certeza de que ouviu as queridas e diabólicas risotas das corujas em meio às copas dos abetos. Um vulto saltitou atravessando o caminho à frente: talvez fosse uma lebre, talvez fosse algum membro do Pequeno Povo Cinza. As árvores assumiam formas – em parte agradáveis, em parte aterradoras – que nunca se viam durante o dia. Os cardos secos eram um grupos de duendes reunidos junto às cercas. Aquela velha bétula maltratada era um sátiro dos bosques. Os passos dos antigos deuses ecoavam ao seu redor. Aqueles troncos retorcidos na colina com certeza eram Pã, tocando flauta sob o luar, e sua trupe de faunos gargalhantes. Era maravilhoso acreditar nessas coisas.

– Quanta coisa se perde quando nos tornamos incrédulos! – exclamou Emily, que em seguida pensou que essa era uma frase bastante inteligente e desejou ter um caderno Jimmy à mão para anotá-la.

Assim, tendo purificado a alma da amargura com esse banho de natureza e tremendo dos pés à cabeça com a doce sensação de energia que isso lhe trouxe, Emily chegou à casa da tia Ruth. Ao observar o horizonte, viu que as distantes colinas púrpura a leste do porto reluziam sob o sol nascente. Emily esperava encontrar a porta ainda trancada; ao girar a maçaneta, ela se abriu.

A tia Ruth estava acordada, acendendo o fogão.

No caminho, Emily havia pensado em dezenas de formas de dizer o que pensava, mas agora não lançou mão de nenhuma delas. No último instante, um momento travesso de inspiração lhe sobreveio. Antes que a tia Ruth pudesse – ou quisesse – falar, Emily disse:

– Tia Ruth, voltei para dizer que vou perdoá-la desta vez, mas que isso não se repita.

Para dizer a verdade, a senhora Ruth Dutton estava profundamente aliviada que Emily tivesse voltado. Estava com medo de Elizabeth e Laura – as discussões da família Murray eram bastante desagradáveis – e sinceramente temerosa dos efeitos que uma caminhada até Lua Nova teria em Emily, com aqueles calçados finos e mal agasalhada. A realidade é que Ruth Dutton não era um monstro; apenas uma codorna estúpida e teimosa tentando domar um gavião. Ela realmente temia que Emily apanhasse um resfriado ou que sucumbisse à tuberculose. Além disso, se Emily realmente metesse na cabeça de não voltar para Shrewsbury... Bom, isso viraria motivo de "conversa", e Ruth Dutton detestava "conversa" quando o assunto era ela. Assim, consideradas todas as circunstâncias, ela decidiu ignorar a impertinência do cumprimento de Emily.

– Você passou a noite na rua? – perguntou ela, taciturna.

– Céus, não! Fui para Lua Nova, conversei com o primo Jimmy, comi alguma coisa e... voltei.

– A Elizabeth viu você? Ou a Laura?

– Não. Estavam dormindo.

A senhora Dutton também gostou de ouvir isso.

– Bem – disse ela, fria –, você demonstrou bastante ingratidão, Emily, mas vou perdoá-la desta vez... – e então deteve-se. Essa frase já não havia sido dita naquela mesma manhã? Antes que pudesse pensar em uma substituta, Emily já havia desaparecido escada acima. A senhora Ruth Dutton foi deixada com a desagradável sensação de que, de alguma forma, não havia saído tão triunfante da batalha quanto esperava.

Altos e baixos

"28 de abril de 19...

"Passei o último fim de semana em Lua Nova e cheguei hoje de manhã. Por consequência, hoje é um dia triste, e eu me sinto nostálgica. A tia Ruth também é um pouco mais insuportável às segundas – ou pelo menos parece ser, em comparação com a tia Laura e a tia Elizabeth. O primo Jimmy não estava tão agradável neste fim de semana quanto costuma ser. Ele teve vários de seus acessos de estranheza e estava mal-humorado por duas razões: primeiro porque várias de suas macieiras estão morrendo (os camundongos roeram em volta delas no inverno); segundo porque ele não conseguiu convencer a tia Elizabeth a experimentar uma dessas desnatadeiras modernas que todo mundo está usando. De minha parte, fico feliz que ela não queira. Não quero que o progresso leve embora nossa bela e antiga leiteria e nossos reluzentes tachos de cobre. Não consigo imaginar Lua Nova sem uma leiteria.

"Quando consegui encontrar o primo Jimmy em um bom momento, com a mente livre dessas preocupações, convidei-o para olhar o catálogo da

Carlton e escolher os dois dólares de semente que ganhei com o "Corujas a rir". Planejamos uma dúzia de combinações diferentes e nos divertimos o equivalente a centenas de dólares, mas, por fim, nós nos decidimos por um canteiro longo e estreito, cheio de ásteres: no centro, as flores vão ser cor de lavanda; em torno desse centro, elas vão ser brancas; nas bordas, vão ser rosa-bebê; e, nos quatro cantos, como sentinelas, elas vão ser roxo-escuras. Tenho certeza de que vai ser lindo, e eu vou admirá-lo em setembro e pensar: "Isso saiu da minha cabeça!"

"Dei mais um passo no Caminho Alpino. Na semana passada, o *Diário das Mulheres* publicou meu poema 'A mulher de vento' e me gratificou com duas assinaturas do jornal. Nada de dinheiro em espécie, mas isso ainda está por vir. Preciso ganhar dinheiro logo para poder pagar a tia Ruth cada centavo que a minha estadia tem custado a ela. Daí, ela não vai mais poder me aporrinhar por causa dos gastos que tem comigo. Ela não passa um dia sequer sem fazer alusão a eles: 'Não, senhora Beatty, temo que este ano eu não vá poder contribuir com a mesma quantia de costume para as missões: meus gastos aumentaram bastante, percebe?'; 'Ah, não, senhora Morrison; seus produtos novos são muito bonitos, mas não tenho como comprar outro vestido de seda por agora'; 'Este sofá precisa ser reformado. Está tão surrado! Mas isso está fora de cogitação por um ano ou dois', e assim por diante.

"Mas minha alma não pertence à tia Ruth.

"Meu poema 'Corujas a rir' foi publicado no *Times* de Shrewsbury, com a 'rua cheia' e tudo. Soube que Evelyn Blake andou dizendo que não acredita que fui eu quem escreveu. Ela disse que já leu outro poema exatamente igual uns anos atrás.

"Essa Evelyn!

"A tia Elizabeth não comentou nada sobre isso, mas o primo Jimmy me contou que ela recortou o poema e guardou na bíblia que ela deixa na mesa de cabeceira. Quando eu disse a ela que vou receber o equivalente a dois dólares de sementes por ele, ela disse que, quando eu for pedir as sementes, provavelmente vou descobrir que a empresa foi à falência.

"Estou pensando em mandar aquele continho sobre a criança, que o professor Carpenter achou bom, para o *Horas Douradas*. Queria datilografá-lo, mas não tenho como, então eu teria que copiá-lo em letras bem legíveis. Será que devo mandar? Eles com certeza pagam pelos contos que publicam.

"O Dean vai voltar para o país em breve. Como vai ser bom revê-lo! Será que ele vai achar que eu mudei muito? Sei que cresci bastante. A tia Laura disse que logo, logo vou ter que usar vestidos longos e prender o cabelo, mas a tia Elizabeth disse que 15 anos ainda é muito cedo para isso. Ela disse que, hoje em dia, as moças não são tão adultas aos 15 anos como eram na época dela. Eu sei que a tia Elizabeth não quer que eu cresça; ela tem muito medo de que eu fuja 'como a Juliet'. Mas eu não estou com pressa para crescer. Gosto mais da minha idade; de estar entre uma coisa e outra. Assim, se eu quiser ser infantil, eu posso, e ninguém pode me criticar; e, se eu quiser ser adulta, tenho minha altura a meu favor.

"Está caindo uma chuvinha suave hoje à noite. Olho pela janela: as bétulas da Terra da Retidão estão projetando suas sombras, como um véu roxo e transluzente, sobre os galhos sem folhas dos salgueiros no pântano mais além. Acho que vou escrever um poema sobre isso; vai se chamar 'Visão da primavera'."

"5 de maio de 19...

"Houve um surto de poemas sobre a primavera no Liceu. A Evelyn publicou um n'*A Pena* de maio; chama-se 'Flores'. As rimas são tão forçadas!

"E o Perry! Ele também foi vítima da epidemia anual de primavera, como a chama o professor Carpenter, e escreveu uns versos horríveis que chamou de 'O velho fazendeiro lança suas sementes'. Ele submeteu o poema ao editores d'*A Pena*, e eles de fato publicaram – na seção de 'anedotas'. O Perry ficou muito orgulhoso e não se deu conta do papel ridículo a que se prestou. A Ilse empalideceu de ódio quando leu e não fala com ele desde então. Ela disse que ele não é companhia adequada.

A Ilse é dura demais com o Perry. Por outro lado, quando eu li o poema, eu mesma quis esganá-lo. Em especial esta estrofe:

'Carpi, arei, semeei;
Trabalhei os campos meus.
Agora, descansarei;
Entrego nas mãos de Deus.'

"O Perry não entende qual é o problema.

"'Mas rima, não rima?', ele me perguntou.

"Ah, sim, rimar até que rima!

"A Ilse também andava furiosa com o Perry porque estava indo para a escola com todos os botões faltando no casaco, salvo um. Eu mesma não estava suportando ver isso. Então, quando a aula acabou, sussurrei para o Perry me encontrar perto do Lago das Samambaias quando o sol estivesse se pondo. Levei agulha, linha e botões e preguei todos os que estavam faltando. Ele não conseguiu entender por que isso não podia esperar até sexta, quando a tia Tom teria resolvido o problema. Eu perguntei:

"'E por que você mesmo não fez isso, Perry?'

"Ele respondeu:

"'Eu não tenho botões nem dinheiro para comprar, mas não se preocupe: algum dia, vou poder comprar botões de ouro se eu quiser.'

"A tia Ruth me viu chegar com linha, tesoura, etc. e obviamente quis saber como, onde e por quê. Expliquei toda a situação, e ela disse:

"'Você faria melhor em deixar que os amigos do Perry Miller preguem os botões nas roupas dele.'

"'Eu sou a melhor amiga dele', eu respondi.

"'Não sei de quem você herdou esse mau gosto', ela disse.

"7 de maio de 19...

"Hoje à tarde, depois da escola, o Teddy levou a Ilse e a mim de barco para o outro lado do porto, para colher lírios-do-vale nos campos de abeto próximos do rio Green. Colhemos uma cesta cheia deles e passamos uma hora maravilhosa caminhando pelos campos, ouvindo o murmurar amigável dos pequenos pinheiros à nossa volta. O que alguém disse sobre os morangos, eu digo sobre os lírios-do-vale: 'Deus poderia ter criado flor mais doce, mas nunca criou'.

"Quando decidimos voltar, uma densa neblina havia se formado sobre o porto, mas o Teddy remou na direção do apito do trem, de modo que não tivemos nenhum problema. A experiência me pareceu formidável. Parecíamos estar flutuando sobre um mar branco em meio a uma calma inabalável. Nada se ouvia além dos sussurros dos bancos de areia, do chamado do alto-mar mais além e do mergulhar dos remos nas águas límpidas do porto. Estávamos sozinhos em um mundo brumoso, sobre um mar encoberto, sem terra à vista. Vez por outra, por um breve momento, uma brisa fria levantava as cortinas da neblina, e então vislumbrávamos, turvas e imprecisas, as praias à nossa volta, como espíritos à espreita. Porém, a densa brancura da cerração logo voltava a cobrir tudo. Era como se buscássemos alguma praia encantada e desconhecida que sempre recuava para cada vez mais longe. Senti-me um pouco triste quando chegamos ao cais. Quando cheguei em casa, encontrei a tia Ruth muito nervosa por causa da neblina.

"'Sabia que não deveria ter permitido que você fosse!', ela exclamou.

"'Não houve perigo algum, tia Ruth', eu protestei. 'E olha quantas flores bonitas nós colhemos.'

"A tia Ruth nem olhou para as flores.

"'Perigo algum?! Em uma cerração daquela?! Decerto vocês se perderam e só conseguiram chegar à costa porque algum vento soprou...'

"'Como nós poderíamos nos perder em um porto tão pequeno como o de Shrewsbury, tia Ruth?', perguntei. 'A neblina estava linda! Linda! Era como se nós tivéssemos ultrapassado as bordas da Terra e mergulhado nas profundezas do espaço.'

"Eu disse isso com empolgação e acho que pareci um pouco louca, com o cabelo úmido por causa da neblina, porque a tia Ruth respondeu, fria e condoída:

"'Que pena que você se empolgue *tão* facilmente, Emily.'

"É detestável que nos tratem com frieza e se condoam de nós. Eu então respondi, sem pensar:

"'Mas pense em quanta coisa divertida a gente perde quando não se deixa empolgar, tia Ruth. Não tem nada mais maravilhoso que dançar em torno de uma fogueira. De que importa se tudo terminar em cinzas?'

"'Quando você tiver a minha idade, você vai pensar duas vezes antes de ter acessos de êxtase por causa de uma cerração', ela disse.

"Não parece possível que eu vá envelhecer e morrer. Eu *sei* que vou, lógico, mas não *acredito* nisso. Não respondi nada à tia Ruth, de modo que ela mudou de assunto:

"'Vi a Ilse passando. Emily, essa moça não usa anágua?'

"'De linho fino e de púrpura é a sua veste', eu resmunguei, citando um versículo da bíblia só porque tem algum charme nele que me agrada. É impossível pensar em uma descrição mais perfeita para uma mulher bem-vestida. Acho que a tia Ruth não reconheceu o versículo; ela achou que eu estava me fazendo de esperta.

"'Se você quer dizer que ela usa anágua de seda roxa, Emily, fale direito, em linguagem de dia de semana. Claro, anáguas de seda... Essa moça tem mesmo jeito de quem usa esse tipo de coisa.'

"'Algum dia, *eu* vou usar anáguas de seda', respondi.

"'Ah, sim, sem dúvida. E, que mal lhe pergunte, o que é que você tem na vida para poder comprar anáguas de seda?'

"'Tenho meu *futuro*', eu disse, tão orgulhosa quanto o mais orgulhoso dos Murray.

"A tia Ruth fungou.

"Enchi meu quarto de lírios-do-campo e agora até o Lorde Byron parece ter alguma chance de recuperação."

"13 de maio de 19...

"Tomei coragem e enviei meu conto *Algo de novo* para o *Horas Douradas*. Eu de fato tremia quando depositei o envelope na caixa de correio em frente à livraria. Ah, tomara que o selecionem!

"O Perry foi motivo de piada na escola de novo. Ele disse na aula que a França *exporta modas*. No fim da aula, a Ilse o chamou e disse: '*Seu tapado!*'. Desde então, ela não dirige a palavra a ele.

"A Evelyn continua a me dar alfinetadas e a rir de mim. Eu até a perdoaria pelas alfinetadas, mais nunca pelas risadas."

"15 de maio de 19...

"Nós fizemos a tertúlia do preparatório ontem à noite. Ela sempre acontece em maio. Foi no auditório da escola, mas, quando chegamos, não conseguimos ligar o gás para acender as luzes. Nós não sabíamos qual era o problema, mas suspeitamos dos alunos do segundo ano. (Hoje, descobrimos que eles haviam cortado o gás no porão e trancado as portas de lá.) De início, nós não sabíamos o que fazer, mas então eu me lembrei de que a tia Elizabeth havia me trazido uma caixa grande de velas na semana anterior. Eu corri para casa e busquei essas velas (a tia Ruth estava fora), e nós as espalhamos pelo auditório todo. Daí, fizemos nossa tertúlia, que foi um sucesso. Nós nos divertimos tanto improvisando 'candelabros' que começamos com o pé direito e, de alguma maneira, a luz das velas foi muito mais inspiradora e aconchegante que a do gás. Parecia que todos nós tínhamos alguma coisa espirituosa a dizer. Todo mundo precisava fazer um discurso sobre qualquer coisa que quisesse. Foi o Perry quem fez o melhor da noite. Ele havia preparado um sobre a *História do Canadá* (era um texto muito coerente e, na minha opinião, vazio), mas, no último minuto, mudou de ideia e falou sobre as velas. Ele simplesmente foi criando o discurso enquanto falava, comentando sobre todas as velas que já viu nos diversos lugares pelos quais passou enquanto velejava com o pai na infância. Foi tão interessante e divertido que ficamos fascinados. Acho que, a partir de agora, nossos colegas vão relevar as modas francesas e o velho fazendeiro que deixou a adubação e a irrigação nas mãos de Deus.

"A tia Ruth ainda não descobriu sobre as velas, porque a caixa que já estava aberta ainda não acabou. Quando eu for para Lua Nova amanhã, vou tentar convencer a tia Laura a me dar mais uma caixa. Tenho certeza de que ela vai ceder. Daí, entrego para a tia Ruth."

"22 de maio de 19...

"Hoje um envelope grosso e detestável chegou para mim por correio. O *Horas Douradas* enviou meu conto de volta. Junto, mandaram um bilhete de recusa que dizia:

"'Lemos seu conto com bastante interesse, mas lamentamos informar que não poderemos aceitá-lo para publicação no momento.'

"De início, tentei me consolar com o fato de que eles tiveram 'bastante interesse' no meu conto, mas logo percebi que o bilhete era uma cópia impressa, então, obviamente, trata-se de uma resposta padrão que eles enviam com *todos* os textos rejeitados.

"O pior de tudo foi que a tia Ruth abriu o envelope antes de eu chegar da escola. Era humilhante que *ela* soubesse do meu fracasso.

"'Espero que *isso* sirva para convencê-la de que você ganha mais em não gastar selos com essa tolice, Emily. Que ideia absurda essa de que *você* é capaz de escrever algo digno de ser publicado!'

"'Já publicaram dois poemas meus!", eu protestei.

"A tia Ruth fungou.

"'Ah, *poemas*. Mas claro: precisam de alguma coisa para preencher os espaços vazios na página.'

"Talvez isso seja verdade. Subi bastante desanimada para o quarto, levando meu conto. Quer dizer então que eu só estava 'preenchendo um espaço vazio' e ainda ficando feliz com isso? Eu me sentia menor que uma formiga.

"Meu conto está todo amassado e cheirando a tabaco. Acho que vou queimá-lo.

"Não vou, *não*! Vou passá-lo a limpo em um outro papel e tentar de novo. *Vou* conseguir!

"Agora que reli as últimas páginas do meu diário, percebi que estou começando a me livrar dos itálicos. Mas, algumas vezes, eles são necessários."

"Lua Nova, Blair Water.

"24 de maio de 19...

"'Porque eis que passou o inverno; a chuva cessou, e se foi; aparecem as flores na terra, o tempo de cantar chega, e já se ouvem os pássaros em nossa terra.[49]'

"Estou sentada no parapeito da janela aberta do meu quarto. É tão bom quando volto aqui... Lá fora, além do bosque do John Altivo, o céu adquire tons amarelados, e uma estrela fraca e muito branca se faz visível bem no ponto em que esses tons de amarelo vão dando lugar a um verde pálido. Mais além, ao sul, 'nas regiões amenas de ar calmo e sereno[50]', erguem-se castelos de nuvem cor de mármore-róseo. Inclinando-se sobre a cerca, uma cerejeira-americana abunda em flores, que são como lagartas cor de nata. Tudo é tão lindo que 'os olhos não se fartam de ver, nem os ouvidos se enchem de ouvir[51]'.

"Às vezes, penso que é inútil escrever, quando tudo já está tão bem expressado na bíblia. Esse verso que eu acabei de citar, por exemplo, faz com que eu me sinta uma pigmeia na presença de um gigante. São só catorze palavras; ainda assim, catorze páginas não expressariam tão bem o que se sente na primavera.

"Esta tarde, o primo Jimmy e eu plantamos o canteiro de ásteres. As semente chegaram prontamente. Evidentemente, a empresa de jardinagem não foi à falência, mas a tia Elizabeth acha que as sementes são velhas e que não vão brotar.

"Dean voltou de viagem; veio aqui me visitar ontem à noite. Como ele é querido! Ele não mudou nada. Seus olhos continuam verdes; seus lábios continuam lindos; e seu rosto continua tão interessante quanto sempre foi. Ele tomou minhas mãos e me olhou fundo nos olhos.

"'Você mudou, Estrela. Está mais parecida com a primavera que nunca. Mas não cresça mais: não quero que você baixe os olhos para falar comigo', ele disse.

---

[49] Cânticos 2:11-12. (N.T.)

[50] Verso de John Milton: "*in regions mild of calm and serene air*". (N.T.)

[51] Eclesiastes 1:8. (N.T.)

"Também não quero. Eu odiaria ser mais alta que o Dean. Não pareceria certo.

"O Teddy é três centímetros mais alto que eu. O Dean disse que os desenhos dele melhoraram bastante desde o ano passado. A senhora Kent ainda me odeia. Eu a vi ontem à noite, quando fui caminhar sozinha à luz do entardecer primaveril, e ela nem parou para falar comigo. Só passou por mim, como um vulto no escuro. Ela me lançou um olhar ao passar do meu lado, e os olhos dela eram como piscinas de ódio. Acho que ela se torna mais infeliz a cada ano.

"Nessa caminhada, fui dar boa-tarde à Casa Desolada. Sempre sinto pena dela; é uma casa que nunca viveu, que nunca cumpriu seu destino. Suas janelas parecem espiar melancólicas em sua fachada, como se buscassem em vão por algo que não encontram. A luz de um lar jamais brilhou através delas em uma tarde de verão ou uma noite de inverno. Ainda assim, sinto que essa casinha, de alguma maneira, manteve seu sonho vivo e que, algum dia, ele vai se realizar.

"Queria ser dona dela.

"Perambulei por todos os meus antigos esconderijos: o bosque do John Altivo, os Aposentos da Emily, o velho jardim, o cemitério, o Caminho de Hoje (adoro esse caminhozinho; ele é como um amigo íntimo meu).

"Adoro a palavra 'perambular'. Ela me parece maravilhosa; não em si, obviamente, como outras palavras, mas, sim, porque ela é tão expressiva. Mesmo se eu nunca a tivesse ouvido antes, saberia o que quer dizer. Perambular *só* pode ser *perambular.*

"A descoberta de palavras belas e interessantes sempre me traz alegria. Quando descubro alguma palavra nova e fascinante, fico empolgada como um caçador de joias e não me sinto tranquila até que encontre uma frase para usá-la."

"29 de maio de 19...

"Esta noite a tia Ruth chegou em casa com uma expressão soturna.

"'Emily, que história é essa que anda correndo em Shrewsbury de que você foi vista na rua Queen ontem à noite, *abraçada e aos beijos com um homem*?!'

"Eu logo soube o que havia acontecido. Eu quis rir, me jogar no chão, deitar e rolar! Aquilo era tão absurdo e ridículo! Entretanto, eu precisava manter a expressão séria e explicar tudo à tia Ruth.

"Este foi o gravíssimo acontecimento:

"A Ilse e eu estávamos 'perambulando' pela rua Queen ontem à noite, ao escurecer. Na altura da residência dos Taylors, encontramos um homem. Não o conheço e provavelmente nunca vou conhecê-lo. Não sei se era alto ou baixo, velho ou jovem, bonito ou feio, branco ou negro, judeu ou gentio, solteiro ou casado. O que *sei* é que ele não havia feito a barba naquele dia.

"Ele andava apressado. Então, aconteceu uma coisa que não durou mais que uma piscada de olhos, mas que leva um tempo para descrever. Eu fui para o lado, para dar passagem a ele. Por sua vez, ele foi para a mesma direção. Eu então me joguei para o outro lado, e ele também. Então, eu imaginei ter visto espaço para passar e avancei, o que ele também fez. O resultado disso foi que eu me joguei de cara em cima dele. Ao perceber que a colisão era inevitável, ele estendeu os braços. Eu me joguei bem no meio deles e, com o choque, eles involuntariamente se fecharam em volta de mim, bem no momento em que o meu nariz ia violentamente de encontro ao queixo dele.

"'Nossa... Mil perdões!', exclamou o pobre homem, que me soltou como se eu fosse uma batata quente e virou a esquina em um disparo.

"A Ilse tinha espasmos de riso. Ela disse que nunca havia visto uma cena mais engraçada na vida. Tudo aconteceu tão rápido que, para alguém que estivesse passando por perto, de fato pareceria que o homem e eu paramos, olhamos brevemente um para o outro e logo nos lançamos em um abraço apaixonado.

"Meu nariz continuou doendo por uns bons quarteirões. A Ilse disse que a senhorita Taylor espiou pela janela bem quando isso aconteceu. Decerto essa velha fofoqueira espalhou a história da forma como lhe convinha.

"Expliquei tudo isso à tia Ruth, que continuou incrédula e ouviu a história como quem ouve um conto da carochinha.

"'É de fato muito estranho que, em uma calçada de três metros e meio, você não consiga passar por um homem sem o abraçar, Emily', ela disse.

"'Ora, por favor, tia Ruth. Sei que a senhora me acha dissimulada, insondável, tola e ingrata. Mas a senhora *sabe* que eu sou parte Murray. Quando foi que *alguma* mulher da família saiu abraçando cavalheiros no meio da rua?', questionei.

"'Ah, mas eu realmente nunca pensei que você pudesse ser descarada a esse ponto', admitiu a tia Ruth. 'A questão é que a senhorita Taylor disse que *viu* tudo. Todo mundo está sabendo dessa história, e eu *não* gosto de ver minha família na boca do povo desse jeito. Isso não teria acontecido se você não estivesse andando por aí com a Ilse Burnley, como eu aconselhei. Não deixe que coisas assim aconteçam de novo!'

"'Coisas assim não acontecem pura e simplesmente', eu respondi. 'Elas são predestinadas.'"

"3 de junho de 19...

"A Terra da Retidão é maravilhosa. Eu agora posso ir ao Lago das Samambaias para escrever de novo. A tia Ruth fica muito desconfiada disso. Ela nunca se esqueceu de que eu 'me encontrei com o Perry' lá uma vez. O lago está muito lindo nesta época do ano, cercado das samambaias que acabaram de nascer. Eu olho para dentro dele e imagino que ele é um lago mitológico, no qual se pode ver o futuro. Eu me imagino caminhando nas pontas dos pés até ele em uma noite de lua cheia. Então me vejo lançando um feitiço misterioso em suas águas e observando timidamente, para ver o que ele me mostra.

"O que será que eu veria nele? A glória de escalar o Caminho Alpino? Ou seria o fracasso?

"Não! O fracasso nunca!"

"9 de junho de 19...

"Na semana passada, foi aniversário da tia Ruth, e eu dei a ela um caminho de mesa que eu mesma havia bordado. Ela me agradeceu um tanto indiferente e não pareceu se importar muito com ele.

"Esta noite, eu estava sentada junto à janela curvada da sala de jantar, aproveitando os últimos momentos de luz do sol para fazer minha lição de álgebra. A porta sanfonada estava aberta, e eu ouvi a tia Ruth conversar com a senhora Ince na sala de visitas. Imaginei que elas soubessem que eu estava ali, mas acho que as cortinas me esconderam. De repente, ouvi meu nome. A tia Ruth estava mostrando o caminho de mesa à senhora Ince, bastante orgulhosa:

"'Foi minha sobrinha Emily quem me deu de aniversário. Olhe só como foi bem feito! Ela é muito habilidosa no bordado!'

Aquela era mesmo a tia Ruth? Eu estava tão pasma que não consegui me mover nem dizer nada.

"'Ah, mas não é só isso', respondeu a senhora Ince. 'Ouvi dizer que o diretor Hardy espera que ela seja a primeira da turma nas provas finais.'

"'A mãe dela, minha irmã Juliet, era *muito* inteligente', disse a tia Ruth.

"'E ela também é muito bonita', completou a senhora Ince.

"'O pai dela, o Douglas Starr, era um homem de muito boa aparência', a tia Ruth comentou.

"E então elas saíram. Pelo menos uma vez eu ouvi escondido algo bom a meu respeito.

"Mas, quem diria: da tia Ruth!"

"17 de junho de 19…

"Minha 'vela não se apaga durante a noite'[52] agora, pelo menos não muito cedo. A tia Ruth me deixa ficar acordada até mais tarde porque preciso estudar para as provas finais. O Perry deixou o professor Travers enfurecido, porque escreveu 'Mateus 7:5' no fim da prova de álgebra. Quando o professor buscou o versículo na bíblia, foi isto que encontrou: 'Hipócrita, tira primeiro a trave do teu olho, e então cuidarás em tirar o argueiro do olho do teu irmão'. O professor Travers tem fama de saber muito menos de matemática do que faz parecer. Por isso, ele ficou furioso e jogou fora a prova do Perry como 'punição pelo atrevimento'. A verdade

[52] Provérbios 31:18. (N.T.)

é que o coitado do Perry se confundiu. Ele queria ter escrito 'Mateus 5:7': 'Bem-aventurados os misericordiosos, porque eles alcançarão misericórdia'. Ele tentou explicar isso ao professor, que não quis nem ouvir. A Ilse então resolveu matar a cobra e mostrar o pau, isto é, foi até a diretoria, contou toda a história ao diretor Hardy e pediu que ele conversasse com o professor Travers. Como resultado, o Perry recebeu a nota, mas foi avisado para não brincar com as Escrituras."

"28 de junho de 19...

"Estou de férias. Ganhei o broche de estrela. Este foi um ano maravilhoso de muito estudo, muita diversão e muita aporrinhação. Agora, vou passar dois meses maravilhosos em Lua Nova, livre e plena de alegria.

"Vou escrever um *Livro do jardim* durante as férias. A ideia tem estado na minha cabeça há algum tempo e, já que não posso escrever ficção, vou me arriscar em uma série de ensaios sobre o jardim do primo Jimmy, acrescentando um poema ao fim de cada ensaio. Vai ser bom para praticar, e o primo Jimmy vai gostar bastante."

Como agulhas em um palheiro

– Por que você quer fazer uma coisa dessas? – perguntou a tia Ruth, fungando, obviamente. Sempre há uma fungada ao fim de toda frase da tia Ruth, mesmo quando esta biógrafa a omite.

– Para botar algum dinheiro no meu bolso vazio – respondeu Emily.

As férias já haviam acabado, e o *Livro do jardim* já havia acabado de ser escrito. Emily o havia lido para o primo Jimmy em várias partes, nos entardeceres de julho e agosto, para a enorme satisfação dele. Agora, era setembro, hora de voltar para a escola e os estudos, para a Terra da Retidão e a tia Ruth. Vestindo uma saia uns poucos centímetros mais longa e com o cabelo preso bem alto, em uma trança que rodeava a cabeça, Emily estava de volta a Shrewsbury para começar o segundo ano. Naquele momento, acabava de contar à tia Ruth o que pretendia fazer nos sábados em que permanecesse na cidade durante aquele outono.

O editor do *Shrewsbury Times* estava planejando uma edição especial ilustrada do jornal, e Emily pretendia ir tão longe quanto pudesse para vender assinaturas. A duras penas, havia conseguido permissão da tia Elizabeth – permissão essa que nunca teria sido concedida se a tia Elizabeth estivesse arcando com todos os custos dos estudos de Emily. Entretanto, Wallace estava pagando pelos livros e cobrindo as mensalidades e não se poupava de insinuar, sempre que podia, o quão bom e generoso era por isso. No fundo, Elizabeth não morria de amores pelo irmão e se sentia bastante incomodada com esse alarde que ele fazia da pouca ajuda que prestava a Emily. Assim, quando Emily argumentou que, apenas no outono, conseguiria ganhar pelo menos metade do que era necessário para pagar pelos livros do ano todo, Elizabeth aquiesceu. Wallace se ofenderia se *ela*, Elizabeth, insistisse em cobrir os custos da educação de Emily. Contudo, não poderia se ofender se a própria sobrinha decidisse contribuir com sua parte. Afinal, ele estava sempre apregoando que as moças devem ser autossuficientes e capazes de ganhar o próprio sustento.

Embora não visse aquilo com bons olhos, a tia Ruth não ousava proibir o que a tia Elizabeth já havia permitido.

– Não gosto da ideia de você andando sozinha por aí!

– Ah, mas não vou estar sozinha. A Ilse vai comigo – contrapôs Emily.

Aos olhos da tia Ruth, isso não melhorava muito a situação.

– Vamos começar na quinta – prosseguiu Emily. – Na sexta, não vai ter aula, por causa da morte do pai do diretor Hardy, e as aulas vão terminar às três na quinta à tarde. Daí, vamos percorrer a Estrada Oeste vendendo as assinaturas.

– Que mal lhe pergunte, você pretende acampar nas margens da estrada?

– Ah, não. Vamos passar a noite na casa da tia da Ilse, em Wiltney. Na sexta, vamos pegar a estrada de novo e ir até o fim dela. À noite, vamos dormir na casa da família da Mary Carswell, em Saint Clair. Por fim, vamos voltar para casa no sábado pela Estrada do Rio.

– Isso é um perfeito absurdo! – decidiu-se a tia Ruth. – Ninguém na família jamais fez isso. A Elizabeth muito me surpreende. Definitivamente não é decente que duas moças jovens como você e a Ilse passem três dias perambulando pelo país afora.

– O que a senhora acha que pode acontecer conosco? – perguntou Emily.

– Muitas e muitas coisas – respondeu a tia Ruth, severa.

Ela estava certa. Muitas e muitas coisas poderiam ter acontecido e de fato aconteceram nessa excursão. Não obstante, Emily e Ilse partiram muito empolgadas na quinta-feira: duas estudantes sem elegância e com uma inclinação a ver somente o lado divertido de tudo, determinadas a viver bons momentos juntas. Emily, em especial, estava muito animada. Naquele dia, havia recebido outra carta fina, cuja remetente era uma revistinha de terceira que lhe oferecia uma assinatura de três meses pelo poema 'Noite no jardim'. Foi com esse poema que Emily concluíra seu *Livro do jardim*, e tanto ela quanto o primo Jimmy o consideravam a gema de todo o volume. Emily havia deixado esse livro guardado sobre a lareira em seu quarto de Lua Nova, mas, no fim do outono, pretendia enviar cópias dos "poemas de encerramento" contidos nele para várias publicações. Era um bom sinal que o primeiro a ser enviado tivesse sido aceito tão prontamente.

– Bem, aqui vamos nós – disse ela –, 'por sobre as colinas, para muito longe[53]'. Que frase mais encantadora! Qualquer coisa pode estar esperando por nós além daquelas colinas.

– Espero que consigamos bastante material para nossas redações – respondeu Ilse, pragmática.

Como tarefa da disciplina de Língua Inglesa, o diretor Hardy havia solicitado que os alunos do segundo ano apresentassem, no final do outono, uma série de redações. Emily e Ilse haviam decidido que pelo menos uma de suas redações seria para descrever suas experiências vendendo assinaturas, cada uma apresentando seu próprio ponto de vista. Assim, matariam dois coelhos com uma cajadada só.

– Sugiro que, hoje, nós sigamos pela Estrada Oeste e adjacentes até chegarmos a Hunter's Creek – opinou Emily. – Devemos chegar lá por

[53] Alusão ao poema *Over the hills and far away*, de Eugene Field (1850-1895). (N.T.)

volta do entardecer. Depois, podemos tomar a estrada que atravessa os bosques de Malvern e sairemos do outro lado, bem perto de Wiltney. É só meia hora de caminhada, ao passo que, pela Estrada de Malvern, é uma hora. Como está bonita esta tarde!

A tarde estava de fato muito bonita. Era uma dessas tardes que só se veem em setembro, quando o verão retorna para mais um dia de sonho e encantamento antes de se render completamente ao outono. Plantações cobertas de luz se abriam ao redor delas; o charme austero dos pinheiros nórdicos tornava maravilhosos os caminhos pelos quais elas passavam; virgáureas enfeitavam as cercas, e epilóbios coloriam a terra seca ao longo dos caminhos escondidos entre as colinas. Contudo, elas logo descobririam que vender assinaturas de jornal não é só diversão – ainda que tivessem encontrado muito material para as redações, em especial no que diz respeito à natureza humana.

Houve um homem que dizia "hum" depois de todas as frases de Emily. Quando ela enfim ofereceu a assinatura, ele resmungou um "não" grosseiro.

– Que bom que o senhor não disse "hum" desta vez – ironizou Emily. – Estava começando a ficar chato.

O velho a encarou e soltou uma gargalhada.

– Você por acaso é parente daquela gente orgulhosa, os Murray? Trabalhei em uma propriedade deles, chamada Lua Nova, quando eu era jovem. Uma das moças que havia por lá, Elizabeth, tinha um jeito metido a besta de olhar para a gente, assim como o seu.

– Minha mãe era uma Murray.

– Imaginei... Você tem a quem puxar. Bom, tome aqui dois dólares e pode botar meu nome aí. Eu preferiria ver a edição especial antes de fazer a assinatura. Não gosto de comprar gato por lebre. Mas vale a pena pagar dois dólares para ver uma orgulhosa integrante da família Murray baixar em minha casa para oferecer a mim, o velho Billy Scott, uma assinatura de jornal.

– Por que você não o matou com o olhar ali mesmo? – perguntou Ilse, quando se afastaram.

Emily caminhava furiosa, com a cabeça erguida e piscando os olhos nervosamente.

– Estou aqui para oferecer assinaturas, e não para criar viúvas. Nunca esperei que fosse ser tudo cor-de-rosa.

Houve outro homem que resmungou durante toda a explicação de Emily e, bem quando ela esperava ouvir uma negativa, pediu-lhe cinco assinaturas.

– Ele gosta de surpreender as pessoas – Emily explicou a Ilse. – E prefere surpreendê-las positivamente a não as surpreender de forma alguma.

Um terceiro homem xingou a torto e a direito, sem direcionar os xingamentos "a nada em particular, só a esmo", como disse Ilse, mais tarde. Houve ainda outro velho cavalheiro que estava praticamente aceitando fazer a assinatura quando sua esposa interveio.

– Eu não faria se fosse você, Pai. O editor desse jornal é ateu.

– Quanta heresia da parte desse excomungado! – exclamou o "Pai", botando o dinheiro de volta na carteira.

– Que maravilha! – exclamou Emily, ao se afastar. – Preciso anotar isso em meu caderno Jimmy.

Via de regra, as mulheres as recebiam com mais educação que os homens, mas os homens faziam mais assinaturas. Na verdade, a única mulher que fez a assinatura foi uma velha senhora cujo coração Emily ganhou ao ouvir, com muita simpatia, seu longo relato sobre as belezas e as virtudes de seu falecido gato de estimação, Thomas. Contudo, deve-se admitir que, ao fim da história, Emily, irônica, sussurrou para Ilse:

– Jornais de Charlottetown, por favor, copiem[54].

A pior experiência das duas foi com um homem que as presenteou com um discurso de injúrias porque suas visões políticas diferiam das do *Times*, algo pelo qual ele parecia responsabilizar as meninas.

Quando ele parou para recuperar o fôlego, Emily se levantou.

---

[54] Em jornais de língua inglesa, era comum que, ao fim das notas de falecimento, viesse a frase "[nome da cidade] *papers, please copy*". Era uma forma de solicitar que outros jornais reproduzissem a notícia e, assim, garantir que ela chegasse a determinado local, em especial se houvesse familiares por lá. (N.T.)

– Espero que tenha lhe feito bem nos usar de bode expiatório – disse ela calmamente antes de se retirar.

Ilse estava lívida de raiva.

– Dá para acreditar que as pessoas possam ser tão detestáveis?! – explodiu. – Nos destratar como se nós fôssemos responsáveis pelas visões políticas do *Times*! Acho que o título do meu ensaio vai ser "A natureza humana do ponto de vista de uma vendedora de assinaturas de jornal". Vou mencionar esse homem e me descrever dizendo a ele tudo que ficou entalado na minha garganta.

Emily rompeu em gargalhadas e recuperou o bom humor.

– Você pode fazer isso. Eu não posso nem me dar ao luxo dessa vingança: minha promessa à tia Elizabeth não me permite. Preciso me ater aos fatos. Agora venha; não vamos pensar nesse ignorante. Até porque já vendemos bastantes assinaturas e tem tanta coisa bonita à nossa volta! Ali tem um grupo de bétulas brancas no meio das quais com certeza mora uma dríade. E olhe só aquelas nuvens sobre os pinheiros, como elas são fofas e douradas!

– Ainda assim, eu teria gostado de reduzir aquele vampirão a pó – insistiu Ilse.

Na próxima casa em que bateram, a experiência foi muito mais agradável, e elas foram convidadas para o jantar. Ao cair da tarde, haviam se saído muito bem nas vendas e acumulado piadas internas suficientes para vários verões. Decidiram descansar pelo resto do dia. Ainda não haviam chegado a Hunter's Creek, mas Emily achou que seria seguro cortar caminho partindo de onde estavam. Os bosques de Malvern não eram tão grandes e, independentemente de onde elas saíssem do outro lado, na parte norte dos bosques, seria possível ver Wiltney.

Elas saltaram uma cerca, subiram uma colina de pastagem salpicada de ásteres brancos e se embrenharam nos bosques de Malvern, que eram atravessados por dezenas de trilhas. O mundo desapareceu atrás delas, que se viram completamente sozinhas em um reino de beleza selvagem. Emily estava encantada com a trilha, mas Ilse, que estava exausta e havia torcido o pé em uma pedra mais cedo, estava achando aquela caminhada longa e desconfortável. Emily se distraía com tudo: com os cabelos dourados de Ilse avançando por entre os troncos verde-acinzentados, sob os galhos longos e balançantes das árvores; da cantoria modorrenta dos pássaros dorminhocos; do ziguezague e dos assobios da brisa do entardecer em meio ao topo das árvores; do perfume delicado das flores silvestres; das samambaias que roçavam nas meias de seda de Ilse; daquela figura esguia e branca que, com o passar da brisa, se insinuou rapidamente por entre os troncos mais além – seria uma bétula ou uma ninfa dos bosques? Não importa: essa visão havia lhe causado aquele êxtase pungente ao qual ela dava o nome de "lampejo", cujas breves e inesperadas aparições faziam valer a pena toda a existência. Emily avançava, pensando em toda a beleza do caminho, e não no caminho em si, seguindo distraidamente os passos mancos de Ilse, até que, subitamente, as árvores desapareceram diante delas, que se viram entrando em uma clareira. Mais à frente, havia uma espécie de campo e, ainda mais além, sob a luz do entardecer, via-se um longo declive que levava a um vale um tanto estéril e desolado, no qual as fazendas não pareciam produtivas nem convidativas.

– Nossa, onde estamos? – perguntou Ilse, alerta. – Não vejo nem sinal de Wiltney.

Emily saiu abruptamente do mundo dos sonhos e tentou determinar onde estava. O único ponto de referência visível era um pináculo bem alto, que se erguia em uma colina a uns quinze quilômetros de distância.

– Bom, aquele é o pináculo da igreja católica de Indian Head – constatou ela, reflexiva. – E aquela, ali embaixo, deve ser a Estrada de Hardscrabble. Provavelmente tomamos uma curva errada no bosque, Ilse. Em vez de termos saído do lado norte dele, saímos do lado leste.

– Então estamos a oito quilômetros de Wiltney – disse Ilse, aflita. – Eu não vou conseguir andar isso tudo! E também não podemos voltar pelo bosque: logo vai escurecer completamente. O que vamos fazer?

– Admitir que estamos perdidas e ver o lado bom disso – respondeu Emily, calma.

– Ah, mas estamos perdidas mesmo, sem tirar nem pôr – gemeu Ilse, trepando a muito custo em uma cerca maltratada e sentando-se nela –, mas não vejo nenhum lado bom nisso. Não podemos passar a noite aqui. A única opção que vejo é descermos e pedir abrigo em uma dessas casas. Se essa for mesmo a Estrada de Hardscrabble[55], as pessoas aí são muito pobres… e nada asseadas. Minha tia Net já me contou muita história estranha sobre a Estrada de Hardscrabble.

– Por que não podemos passar a noite aqui? – perguntou Emily. Ilse a encarou, para determinar se ela falava a sério; sim, ela falava a sério.

– Onde vamos dormir? Trepadas nesta cerca?

– Pode ser naquele palheiro ali – disse Emily. – Não terminaram de construí-lo, bem coisa de Hardscrabble. O topo dele é reto e tem uma escada que podemos usar para subir. A palha está seca e limpa; como é verão, a noite está quente; não tem mosquitos nesta época do ano; e nós podemos nos cobrir com nossas capas de chuva, para nos proteger do orvalho. Por que não?

Ilse observou o palheiro no fim do pequeno pasto e soltou uma risada de concordância.

– O que a tia Ruth vai dizer disso?

– A tia Ruth não precisa ficar sabendo. Pelo menos uma vez na vida, vou mesmo ser dissimulada, para fazer valer as ofensas que ela me faz. Além disso, eu sempre tive vontade de dormir ao ar livre. Era um desses desejos que eu achava inalcançáveis, atafulhada de tias como eu sou. Agora, ele caiu no meu colo como um presente dos deuses. É sorte demais para ser verdade!

– E se chover? – perguntou Ilse, que, apesar disso, se sentia bastante atraída pela ideia.

– Não vai chover. O céu está limpo, exceto por aquelas nuvens fofas e rosadas acima de Indian Head. Quando vejo nuvens assim, sempre tenho vontade de sair voando como uma águia e mergulhar nelas.

Foi fácil subir no palheiro. Emily e Ilse se afundaram no topo deles com suspiros de satisfação, percebendo que estavam mais cansadas do

---

[55] A palavra *hardscrabble* é usada para fazer referência a uma terra de solo pouco fértil e difícil de cultivar. Por extensão, também é usada para descrever um trabalho muito duro, que não dá muitos frutos. É um termo mais típico do inglês da América do Norte. (N.T.)

que imaginavam. A palha vinha do capim silvestre e perfumado que cobria o pequeno pasto, cujo aroma era intensamente envolvente, diferente de qualquer grama cultivada. Não viam nada além do enorme céu róseo e incrustrado de estrelas acima delas e dos topos das árvores nos limites do campo de visão. A oeste, morcegos e andorinhas cruzavam soturnos o dourado pálido do firmamento; suaves fragrâncias subiam do musgo e das samambaias no bosque mais além; encolhidos em um canto, um casal de álamos cochichava baixinho sobre os segredos da floresta. Emily e Ilse riam, imersas naquele prazer clandestino. Era como se um antigo e poderoso encantamento, fruto da magia branca dos céus e da magia negra das florestas, tivesse se lançado sobre elas.

– Tanta beleza não parece real – suspirou Emily. – É tudo tão maravilhoso que chega a *doer*. Tenho medo de falar muito alto e tudo desaparecer diante dos meus olhos. Será que fomos mesmo humilhadas por aquele homem ignorante, Ilse? Ah, mas ele nem existe! Pelo menos não *neste* mundo... Estou ouvindo a Mulher de Vento correr pela colina, com passos bem, bem suaves. Sempre vou pensar no vento como uma mulher. Quando ela sopra do norte, é uma bruxa; quando sopra do leste, é uma andarilha solitária; quando sopra do oeste, uma menina travessa; e, quando sopra do sul, como agora, uma fada cinzenta.

– Como você inventa essas coisas? – perguntou Ilse. Essa era uma pergunta que, por algum motivo, sempre irritava Emily.

– Eu não invento; elas *vêm* – respondeu Emily, um tanto lacônica.

Ilse não gostou do tom.

– Ai, por favor, Emily, não seja tão rabugenta! – exclamou.

Por um segundo, o maravilhoso mundo em que Emily se encontrava tremeu e ondulou, como quando se joga uma pedra sobre um reflexo na água.

– Por favor, não vamos brigar – implorou Emily. – Uma pode acabar empurrando a outra palheiro abaixo.

Ilse soltou uma gargalhada. Ninguém consegue gargalhar e continuar zangado. Assim, nenhuma briga atrapalhou aquela noite sob as estrelas. Durante um tempo, elas cochicharam segredos de meninas, sonhos e medos. Falaram até sobre se casar no futuro. Obviamente, não deviam ter falado disso, mas falaram. Ilse mostrou-se bastante pessimista em relação a suas perspectivas matrimoniais.

– Os rapazes são loucos por mim, mas não acho que algum deles vá se apaixonar por mim.

– Que bobagem! – rebateu Emily, tranquilizando-a. – De cada dez homens, nove vão se apaixonar por você.

– Mas vai ser o décimo que eu vou querer – insistiu Ilse, triste.

Depois, falaram sobre quase tudo que se tem para falar no mundo. Por fim, fizeram um pacto solene de que qualquer uma das duas que morresse primeiro voltaria para visitar a outra, se isso fosse possível. Quantas vezes esse pacto já foi feito! Mas será que já foi cumprido?

Ilse logo caiu no sono, mas Emily, não. Não queria dormir. Sentia que aquela noite era linda demais para isso. Queria ficar acordada, para aproveitar aquilo e pensar sobre mil coisas diferentes.

Mais tarde, essa noite sob as estrelas seria como um marco para ela. Sentia que precisava descrever aquela beleza para o mundo. Desejava poder cunhar uma palavra que a expressasse.

A lua cheia se ergueu no céu. Seria aquilo uma bruxa, montada em uma vassoura e com chapéu pontudo, passando em frente a ela? Não, era apenas um morcego e a pontinha de uma árvore que havia junto à cerca. Ela logo criou um poema, cujos versos brotaram em sua mente sem nenhum esforço. Parte da essência de Emily preferia escrever prosa; parte, poesia. Esta última parte era a predominante naquela noite, e até mesmo seus pensamentos fluíam em versos rimados. Uma enorme estrela piscou sobre Indian Head. Emily a observou e se lembrou do que Teddy dissera uma vez, sobre já ter existido na forma de estrela. Essa ideia se apoderou da imaginação dela, que logo lhe deu a forma de uma vida fantástica, vivida em um planeta distante que girava em torno daquele distante e cintilante astro. E então vieram as auroras boreais: saraivadas de fogo claro no céu; lanças de luz, como as de um exército empíreo; valentes hostes brancas avançando e recuando no páramo. Extasiada, Emily assistia a esse espetáculo. Sentia que sua alma estava sendo purificada por esse prodigioso banho de esplendor. Naquele momento, ela era como uma sacerdotisa da beleza praticando os ritos sagrados de sua religião, ciente de que sua deusa sorria.

Estava feliz que Ilse estivesse dormindo. Qualquer presença humana, por mais querida e agradável, seria estranha a ela naquele momento. Sentia-se autossuficiente; o amor, a amizade e qualquer outra forma de emoção humana eram desnecessários para completar sua alegria. Momentos como esse são raros na vida, mas, quando acontecem, são indescritivelmente maravilhosos. É como se, por um segundo, o finito fosse infinito; como se, por um átimo, a humanidade fosse alçada à divindade; como se a feiura desaparecesse, ficando apenas a beleza e a perfeição. Ah, a beleza! Emily tremia com o êxtase que ela lhe causava. Amava a beleza, e a beleza a preenchia naquela noite como nunca antes. Não queria se mover e nem mesmo respirar, para não interromper a corrente de beleza que fluía através de si. A vida parecia um instrumento maravilhoso com o qual se podiam tocar harmonias celestes.

– Oh, Deus, me faça digna! Oh, me faça digna disso! – suplicou ela. Seria ela algum dia digna de portar essa mensagem? Ousaria ela levar um pouco da beleza daquele "diálogo divino" de volta para seu mundo cotidiano, de sórdidas feiras e ruas barulhentas? Ela *precisava* compartilhar; não poderia ficar com aquilo para si. Será que o mundo a ouviria? Seria o mundo capaz de sentir e de compreender aquilo? Somente se ela fosse fiel àquilo que lhe fora confiado e só desse o que lhe cabia dar, sem se preocupar com bons ou maus julgamentos. Suma sacerdotisa da beleza... Isso! Ela não serviria em nenhum outro templo!

Em meio a esse êxtase, Emily adormeceu e sonhou que era Safo saltando do alto da rocha de Lêucade[56]. Acordou no chão ao lado do palheiro, com Ilse olhando aflita lá de cima. Por sorte, ao cair, Emily levou um bocado de palha junto, de modo que viveu para dizer:

– Acho que ainda estou inteira.

---

[56] Reza a lenda que Safo tenha se lançado do alto da rocha de Lêucade ao ser rejeitada por Fáon. (N.T.)

O abrigo

Quando se dorme ouvindo os cantos dos deuses, é um tanto anticlimático acordar com um tombo do alto de um palheiro. Em contrapartida, pelo menos isso as despertou a tempo de ver o nascer do sol sobre Indian Head, o que faria valer enormes sacrifícios.

– Além disso, eu talvez nunca soubesse como ficam lindas as teias de aranha quando estão adornadas de gota de orvalho – disse Emily. – Olhe uma ali, entre aqueles arbustos mais altos.

– Escreva um poema sobre elas – zombou Ilse, a quem o susto havia deixado bastante irritada.

– Como está seu pé?

– Ah, melhorou. Mas meu cabelo está ensopado de orvalho.

– O meu também. Vamos levar os chapéus na mão por enquanto, que o sol logo vai nos secar. Também é bom irmos andando logo cedo. Assim, quando chegarmos à civilização, poderemos virar motivo de fofoca. O único problema é que nosso café da manhã vai se resumir aos biscoitinhos na minha bolsa. Não seria prudente sairmos em busca de café da manhã sem nenhuma satisfação aceitável para dar sobre onde passamos a noite. Ilse, prometa que nunca vai falar sobre isso com ninguém. Foi lindo, mas ninguém pode saber. Lembre-se de nosso banho ao luar.

– As pessoas são tão ignorantes! – queixou-se Ilse, enquanto descia do palheiro.

– Ah, que linda essa vista de Indian Head! Eu me sinto uma adoradora do sol.

O monte Indian Head flamejava esplendorosamente com o raiar do sol. Contra o céu radiante, as belas colinas mais além pareciam púrpura. Até mesmo a Estrada de Hardscrabble, normalmente feia e árida, parecia bonita sob aquela luz prateada. Os campos e os bosques estavam lindos sob o suave brilho perolado do sol.

– Toda as manhãs, por alguns instantes, o mundo se torna jovem de novo – suspirou Emily.

Em seguida, apanhou o caderno Jimmy na bolsa e anotou essa frase.

Elas tiveram as mesmas experiências do dia anterior. Algumas pessoas recusaram a assinatura sem muita elegância; outras aceitaram com muita alegria; algumas disseram "não" com tanta polidez que deixaram uma impressão muito agradável; já outras disseram "sim" com tanta grosseria que Emily preferia que tivessem dito o contrário. No geral, foi uma manhã agradável, em especial porque, ao baterem em uma hospitaleira fazenda às margens da Estrada Oeste, foram convidadas para um delicioso almoço que preencheu o espaço deixado pelos míseros biscoitos do café da manhã.

– Vocês não esbarraram com um menininho vagando por aí, esbarraram? – perguntou a anfitriã.

– Não – respondeu Ilse. – Tem alguma criança desaparecida?

– O pequeno Allan Bradshaw, filho do Will Bradshaw, que mora descendo o rio, em Malvern Point. O menino está sumido desde terça-feira. Saiu de casa pela manhã, alegre e cantando, e ninguém mais o viu.

Emily e Ilse trocaram olhares atônitos.

– Quantos anos ele tem? – perguntou Emily.

– Só 7 anos, e é filho único. Dizem que a mãe dele está inconsolável. Os homens de Malvern Point se juntaram e estão procurando por ele há dois dias, mas não encontraram nem sinal do menino.

– O que será que aconteceu com ele? – perguntou Emily, pálida de horror.

– É uma tragédia! Alguns acham que ele caiu do cais de Point Malvern, que fica a menos de meio quilômetro da casa dele. Parece que ele gostava de ficar sentado no cais, observando os barcos. O problema é que ninguém o viu por lá na terça de manhã. Há muitos pântanos a oeste da fazenda dos Bradshaws, com vários charcos e atoleiros. Tem gente que acha que ele foi para aquela região, se perdeu e acabou morrendo. Vocês se lembram de como fez frio na quinta, não lembram? É lá que a mãe dele acha que ele está e, na *minha* opinião, ela está certa. Se ele estivesse em algum outro lugar, os homens já o teriam achado. Eles reviraram toda a redondeza.

Essa história assombrou Emily pelo resto do dia. Coisas desse tipo sempre tinham um efeito mórbido sobre ela. Era-lhe horrível pensar naquela pobre mãe sofrendo em Malvern Point. E o menino, onde estaria? Onde estaria ele na noite anterior, enquanto ela se via imersa em seu êxtase? Não havia feito frio na noite anterior, mas na de quarta, sim. E ela tremeu ao se lembrar da violenta tempestade de granizo que durara toda a noite de terça-feira, até o raiar do dia. Será que ele estava ao relento nesse dia? Pobre criança!

– Que coisa mais triste! – gemeu Emily.

– É horrível! – concordou Ilse, bastante consternada. – Mas não podemos fazer nada. É inútil ficar pensando nisso. Ah! – exclamou ela, de repente e batendo com o pé no chão. – Acho que meu pai estava certo quando não acreditava em Deus. Como pode ser possível que Deus exista quando uma coisa terrível assim acontece?

– Deus não tem nada a ver com isso – rebateu Emily. – Você sabe que o Deus que criou a noite de ontem não poderia ter sido responsável por algo tão monstruoso.

– Bom, mas também não evitou – retorquiu Ilse, que só queria acusar o universo no tribunal de sua revolta.

– Pode ser que encontrem o pequeno Allan Brandshaw... Sei que vão! – exclamou Emily.

– Não vão encontrá-lo vivo – vaticinou Ilse. – Não, não venha me falar de Deus. E não me fale mais nesse assunto. Preciso esquecê-lo. Vou enlouquecer se continuar pensando nisso.

Com mais uma batida de pé, Ilse extirpou esse pensamento, algo que Emily também tentou fazer. Não teve muito sucesso, mas fez um esforço para se concentrar, ainda que superficialmente, nas tarefas do dia. Só houve um momento em que Emily conseguiu se esquecer dessa terrível história: quando iam pela Estrada do Rio Malvern, Emily viu uma casinha junto a uma pequena enseada, atrás da qual se erguia uma colina coberta de grama. Espalhados pela colina, havia lindos pinheiros de diversas formas e alturas, semelhantes a pequenas pirâmides verdes. Não havia nenhuma outra casa por perto. Tudo naquela casa remetia à calma do outono, com seus dias cinzentos, sua brisa fria e seus pinheiros pintados de marrom e vermelho.

– Essa casa é minha – disse Emily.

Ilse quedou-se admirada.

– Sua?

– Sim. Obviamente, não me pertence, mas nunca lhe ocorreu de ver uma casa e ter a sensação de que ela era sua, ainda que pertencesse a outra pessoa?

Não, isso nunca havia ocorrido a Ilse, que não fazia a menor ideia do que Emily queria dizer.

– Eu sei de quem é essa casa – disse ela. – É do senhor Scobie, de Kingsport. Ele a construiu para servir de casa de veraneio. Ouvi a tia Net dizer isso da última vez que fui a Wiltney. Faz poucas semanas que ela ficou pronta. É muito bonita, mas pequena demais para mim. Gosto de casas grandes. Não gosto de me sentir sufocada e presa, ainda mais no verão.

– As casas grandes raramente têm personalidade – disse Emily, pensativa. – Mas as pequenas sempre têm. Essa casinha, por exemplo, tem muita. As linhas e as curvas dela falam, e essas janelas de abrir são lindas, principalmente aquela bem no alto, junto ao beiral da fachada. Ela está sorrindo para mim! Veja só como ela brilha feito um diamante ao sol. Está acenando para nós! Coisinha preciosa, amo você! Compreendo você! Como o Velho Kelly costuma dizer, "que nenhuma lágrima jamais seja derramada sob seu teto"! As pessoas que vão habitar você devem ser muito boas, do contrário nunca teriam pensado em você. Se eu morasse em você, eu iria passar as tardes nessa janela mais alta, para cumprimentar quem chegasse. É justamente para isso que essa janela foi colocada ali. É como uma moldura para o amor e a hospitalidade.

– Quando você terminar de conversar com sua casa, seria bom nos apressarmos – avisou Ilse. – Tem uma tempestade chegando. Repare naquelas nuvens, como estão carregadas. Você viu as gaivotas? Elas nunca vêm tão longe do mar, a não ser que haja tempestade vindo. Vai chover logo, logo. Nada de dormir em palheiro hoje à noite, minha amiga.

Emily se demorou ao passar em frente à casa e a admirou por tanto tempo quanto pôde. Era uma edificação muito linda, com seu teto charmoso e seus ricos tons de marrom, além do ar de intimidade e de segredo que ela emanava. Emily virou-se para olhá-la meia dúzia de vezes enquanto elas subiam a íngreme colina e, quando enfim a casa ficou fora de seu campo de visão, ela suspirou:

– Lamento ter que deixá-la. Tenho uma sensação muito estranha de que ela está me chamando, Ilse; de que eu preciso voltar.

– Não diga asneira! – respondeu Ilse, impaciente. – Viu? Agora está chuviscando! Se você não tivesse demorado tanto em frente àquela bendita casa, já estaríamos na estrada principal, onde seria fácil achar abrigo. Nossa, como está frio!

– Vai ser uma noite terrível – disse Emily, quase em um sussurro. – Oh, Ilse, onde será que está o menininho perdido? Queria tanto que o encontrassem!

– Pare! – interrompeu Ilse, com raiva. – Não diga mais nada sobre ele! É horrível, eu sei. Mas o que podemos fazer?

– Nada. Isso é que é o pior. Parece tão errado seguirmos com nossas vidas, vendendo assinaturas de jornal, quando uma criança está perdida.

Nesse momento, elas chegaram à estrada principal. O resto da tarde não foi agradável: chuvas torrenciais caíam a intervalos, deixando tudo frio e molhado, e rajadas fortes de vento sopravam sob um céu plúmbeo. Em todas as casas pelas quais passavam, eram lembradas da criança desaparecida, pois havia apenas mulheres para aceitar ou recusar a assinatura. Todos os homens estavam à procura do menino.

– Mas agora esses esforços são inúteis – disse uma mulher, em tom lúgubre –, a não ser que seja para encontrar o corpinho. O menino não vai ter sobrevivido tanto tempo. Não consigo comer nem cozinhar pensando na pobre mãe dele. Dizem que ela está completamente abalada. Não é para menos.

– Dizem que a velha Margaret McIntyre está lidando com a situação com bastante tranquilidade – comentou uma senhora mais velha junto à janela, costurando uma colcha de retalhos. – Eu esperava que ela também entrasse em desespero. Ela parecia gostar muito do pequeno Allan.

– Ah, mas a Margaret McIntyre nunca se abala com nada desde que o filho dela morreu congelado em Klondike cinco anos atrás[57] – respondeu a primeira mulher. – É como se os sentimentos dela também tivessem se congelado. Desde então, ela não bate muito bem. Ela não vai se preocupar muito com esse menino... Se alguém perguntar, ela só vai rir e dizer que deu uma sova no rei.

Ambas as mulheres riram. Com seu faro de contadora de histórias, Emily percebeu que havia algo bom ali, mas, embora ela quisesse ter ficado e descoberto mais, Ilse a puxou pelo braço.

– Vamos indo, Emily, ou não chegaremos a Saint Clair antes do anoitecer.

Elas logo perceberam que não chegariam à cidade a tempo. Quando o sol se pôs, Saint Clair ainda estava a quase cinco quilômetros de distância, e a noite dava sinais de tempestade forte.

[57] Klondike é uma região no noroeste do Canadá que se estende ao longo do rio homônimo. Entre 1896 e 1899, houve uma corrida do ouro nessa região, o que promoveu uma forte migração para lá, tanto de outras províncias canadenses quanto do norte e oeste dos Estados Unidos. As massas de garimpeiros se deslocavam a pé pelas altas montanhas da região, tendo que suportar temperaturas muito abaixo de zero. Isso levou a um grande número de mortes por hipotermia e escorbuto. (N.T.)

– Está evidente que não chegaremos a Saint Clair – reconheceu Ilse. – Logo vai começar a chover sem parar e vai ficar escuro como breu. É melhor batermos naquela casa ali e pedirmos para passar a noite. Parece confortável e asseada, apesar de ficar neste fim de mundo.

A casa para a qual Ilse estava apontando era branca, tinha o teto cinza e fora construída na encosta de uma colina, cercada de campos verdejantes. Uma estrada vermelha e molhada serpenteava colina acima, conduzindo a ela. Um denso arvoredo de abetos a separava da costa do golfo e, atrás dessas árvores, uma pequena depressão no terreno revelava o mar cinzento, envolto em brumas. Um pouco mais além da casa, corria um riacho, cujo vale estava coberto de abetos verde-escuros sob a chuva. Grossas nuvens cinza pairavam sobre ela, mas, de repente, por um breve e mágico momento, o sol conseguiu vencê-las. Imediatamente, a colina reluziu com um verde muito vivo, o mar adquiriu tons de roxo, e a velha casa resplandeceu como mármore contra o tom esmeralda de seu entorno e o cinza-escuro do céu.

– Oh! – suspirou Emily. – Nunca vi nada mais lindo!

Afoita, ela remexeu na bolsa até encontrar o caderno Jimmy. O pau de uma porteira serviu de apoio. Emily lambeu a ponta do lápis e pôs-se a escrever freneticamente. Ilse se sentou em uma pedra junto à cerca e esperou com uma paciência de Jó. Ela sabia bem que, quando aquele olhar aparecia no rosto de Emily, era inútil tentar tirá-la do lugar antes que ela estivesse pronta para ir. O sol já havia se escondido, e a chuva começava a cair de novo quando Emily meteu o caderno Jimmy de volta na bolsa, com um suspiro de satisfação.

– Eu precisava registrar isso, Ilse.

– Não dava para esperar até que estivéssemos em lugar coberto, e aí descrever a paisagem de cabeça? – resmungou Ilse, levantando-se.

– Não... Eu teria perdido parte do sabor da coisa. Mas já terminei – e encontrei as palavras perfeitas. Agora venha, vamos apostar corrida até a casa! Ah, sinta o cheiro do vento que vem do mar! Não tem nada no mundo como a maresia! Pensando bem, até que tem algo de bonito nas tempestades. Tem algo dentro de mim que sempre parece querer saltar para fora e ir ao encontro delas, lutar com elas.

– Também me sinto assim às vezes, mas não hoje – disse Ilse. – Estou cansada... e tem esse pobre menininho...

– Oh! – exclamou Emily, saindo de seu êxtase. – Oh, Ilse! Por um momento, eu me esqueci dele. Como pude?! Onde será que ele está?

– Morto – respondeu Ilse, curta. – É melhor pensar isso do que imaginá-lo vivo, ao relento. Venha, precisamos nos abrigar logo. A tempestade começou para valer agora.

Uma mulher macilenta trajando um avental branco que, de tão engomado, ficaria de pé sozinho abriu a porta e botou-as para dentro.

– Ah, sim, podem ficar, acho – disse ela, mas não de modo inospitaleiro –, se não se importarem com a bagunça. Estão em uma situação difícil aqui.

– Oh... eu... sinto muito! – vacilou Emily. – Não queremos atrapalhar; vamos para outro lugar.

– Ah, não, vocês não atrapalham! Tem um quarto vago. São muito bem-vindas! Não dá para sair em uma tempestade dessas, e não tem nenhuma outra casa aqui por perto. Sugiro que vocês fiquem por aqui mesmo. Vou lhes servir algo para comer. Não moro aqui, sou só vizinha deles. Vim ajudar com o que pudesse. Meu nome é Hollinger; senhorita Julia Hollinger. A senhora Bradshaw não está em condições de fazer nada. Vocês devem ter ouvido falar sobre o filho dela...

– Foi aqui que... e... ele... alguém já o encontrou?

– Não. Nem vão. Não disse isso a ela – a senhorita Hollinger fez um breve aceno para o saguão –, mas, na minha opinião, ele ficou preso nas areias movediças que ficam lá embaixo, na baía. É isso que eu acho. Vamos entrando; podem botar as coisas ali. Espero que não se importem de comer na cozinha. A sala está fria; ainda não acendemos a lareira. Vamos ter que acendê-la em breve, se for haver velório. Mas, se ele estiver nas areias movediças, acho que não vai. Não dá para fazer um velório sem corpo, não é?

Tudo aquilo era extremamente macabro. Emily e Ilse desejaram ir para outro lugar, mas a tempestade havia começado com toda a fúria, e a escuridão da noite parecia ter subido desde o mar. Elas tiraram as capas e os chapéus ensopados e seguiram a anfitriã até a cozinha, que era um cômodo muito limpo e tradicional, que parecia bastante acolhedor à luz das velas e do fogão.

– Sentem-se perto do fogo. Vou atiçá-lo um pouco. Não fiquem acanhadas com o avô Bradshaw. Vô, essas são duas moças que pediram para passar a noite aqui.

O avô as olhou com seus pequenos olhos frios e azuis, sem dizer nenhuma palavra.

– Não se preocupem com ele – disse ela, sussurrando bem baixinho. – Ele já tem mais de 90 anos e nunca foi de falar muito. A Clara, isto é, a senhora Bradshaw está lá dentro – prosseguiu, fazendo um aceno rumo ao quartinho adjacente à cozinha. – O irmão dela, o doutor McIntyre, de Charlottetown, está fazendo companhia à coitadinha. Mandamos chamá-lo ontem. Ele é o único que consegue acalmá-la. Ela passou o dia andando para lá e para cá, mas conseguimos convencê-la a se deitar um pouco. O marido dela está fora, procurando pelo pequeno Allan.

– Uma criança *não* pode simplesmente desaparecer em pleno século XIX! – exclamou o avô Bradshaw, com um ímpeto e uma assertividade impressionantes.

– Calma, vô! Sugiro que o senhor não se desespere. E nós já estamos no século XX. Ele ainda vive no passado. A memória dele começou a falhar uns anos atrás. Como vocês se chamam? Burnley? Starr? De Blair Water? Ah, então vocês devem conhecer os Murray. Ah, é sobrinha deles? Vejam só!

O "vejam só" da senhorita Julia Hollinger dizia muita coisa, ainda que de modo sutil. De início, ela havia começado a dispor os pratos e a comida rapidamente sobre uma toalha de linóleo impecável que já estava sobre a mesa. Depois, retirou tudo e apanhou uma toalha de algodão em uma gaveta do armário, talheres de prata em outra e um belíssimo jogo de saleiro e pimenteiro em uma das prateleiras.

– Não queremos dar trabalho – suplicou Emily.

– Ah, não é trabalho nenhum. Em uma situação normal, a senhora Bradshaw teria ficado muito feliz em receber vocês. Ela é muito gentil, pobrezinha. É muito triste vê-la passar por isso. O Allan era filho único, entendem?

– Uma criança não pode simplesmente *desaparecer* em pleno século XIX, é o que eu acho! – repetiu o avô Bradshaw, irritado, mudando a ênfase que dava às palavras.

– Não, não. Não deveria mesmo, vô – concordou a senhorita Hollinger, confortando-o. – O pequeno Allan ainda vai aparecer são e salvo. Tome aqui um copo de chá quentinho. Sugiro que o senhor beba um pouquinho. Isso vai acalmá-lo. Não que ele seja muito irritadiço, mas é que está todo mundo abalado. Todo mundo, exceto a velha senhora McIntyre. Nada a abala. O que tem lá seu lado bom, mas me parece um pouco frio. Evidentemente, ela não é de todo sã. Venham, meninas; sentem-se. Estão ouvindo a chuva? Os homens vão ficar ensopados. Não vão poder continuar procurando por muito mais tempo nesta noite. Logo, logo o Will vai chegar. Me dá até medo de quando isso acontecer. A Clara vai se desesperar de novo quando vir que ele voltou sem o pequeno Allan. Ontem passamos maus bocados com ela, coitadinha.

– Uma criança não pode simplesmente desaparecer em pleno século *XIX*! – insistiu o avô Bradshaw, afogando a indignação no chá quente.

– Não… Nem no vinte – concordou a senhorita Hollinger, dando-lhe tapinhas nas costas. – Sugiro que o senhor vá se deitar, vô. O senhor está cansado.

– Não estou cansado e vou me deitar quando eu quiser, Julia Hollinger.

– Tudo bem, vô. Sugiro que o senhor não se irrite demais. Acho que vou levar uma xícara de chá para a Clara. Talvez ela aceite tomar um pouco agora. Ela não come nem bebe nada desde terça à noite. Pergunto a vocês: que mulher é capaz de aguentar isso?

Emily e Ilse jantaram com o apetite que lhes restara depois disso tudo, sob os olhos desconfiados do avô Bradshaw e ouvindo os gemidos angustiados que vinham do quarto.

– Está chovendo! A noite está fria! Onde está meu filhinho? – dizia a mulher, cuja agonia fazia Emily se contorcer por dentro, como se a dor também fosse dela.

– Vão encontrá-lo logo, logo, Clara! – disse a senhora Hollinger, em um tom enfático e artificial de consolação. – Seja paciente e durma um pouco, é o que eu sugiro. Tenho certeza de que logo vão encontrá-lo.

– Nunca vão encontrá-lo! – a voz agora era quase um grito. – Ele está morto! Morto! Ele morreu naquele frio terrível de terça-feira! Oh, Deus, tenha misericórdia! Ele era tão pequenino! E eu disse tantas vezes a ele para não falar, a não ser que falassem com ele. Agora ele nunca mais vai falar comigo! Eu não deixava que ele ficasse com a vela acesa quando ia dormir, e agora ele morreu no escuro, sozinho, com frio! Eu não deixei que ele adotasse um cachorro... ele queria tanto! Agora ele não precisa de nada... Só de um caixão.

– Não consigo suportar isso – sussurrou Emily. – Não *consigo*, Ilse. Sinto que vou enlouquecer de tristeza. Prefiro estar lá fora, no meio da tempestade.

Consternada e, ao mesmo tempo, com ares de quem é muito importante e indispensável, a senhorita Hollinger saiu do quarto e fechou a porta.

– Que coisa terrível, não é? Ela vai passar a noite assim. Vocês querem ir se deitar? Ainda está cedo, mas talvez vocês estejam cansadas e prefiram ficar onde não possam ouvi-la, coitada. Ela não quis tomar o chá. Está com medo de o doutor ter botado sonífero nele. Ela não quer dormir até que o encontrem, vivo ou morto. Mas, se ele estiver nas areias movediças, evidentemente *ninguém* vai achá-lo.

– Julia Hollinger, você é uma tonta, assim como seus pais, mas até você deve concordar que criança *não* pode simplesmente desaparecer em pleno século XIX! – vociferou o avô Bradshaw.

– Ora, ora. Se outra pessoa me chamasse de tonta, vô, eu ficaria ofendida – disse a senhorita Hollinger, um tanto ácida. Em seguida, ela acendeu uma lamparina e conduziu as meninas ao piso superior. – Espero que consigam dormir. Sugiro que se cubram com os cobertores, apesar de não ter lençol na cama. Coloquei tudo para arejar hoje, tanto os cobertores quanto os lençóis. Achei que seria melhor fazer isso, para o caso de haver um velório. Me lembrei de que os Murray de Lua Nova são muito sistemáticos com isso de arejar a roupa de cama. Achei bom mencionar.

Ouçam só esse vento! Essa tempestade com certeza vai dar muito prejuízo. Não duvido que o teto desta casa saia voando esta noite. A desgraça nunca vem sozinha. Sugiro que não se levantem se ouvirem algo estranho de madrugada. Se os homens chegarem trazendo o corpo, a Clara vai enlouquecer, coitadinha. Talvez seja melhor até vocês trancarem a porta a chave. A velha McIntyre costuma perambular pela casa de madrugada. Ela é inofensiva e, no geral, se comporta bem, mas as pessoas se assustam.

As meninas se sentiram aliviadas quando a senhorita Hollinger saiu e fechou a porta. Ela era uma alma caridosa cumprindo com seu dever de boa vizinha da forma como lhe parecia adequada, mas não era uma pessoa muito agradável de se estar perto. Elas se encontravam em um pequeno quarto de visitas meticulosamente organizado, localizado logo abaixo de uma das águas inclinadas do telhado. A maior parte do cômodo estava ocupada por uma cama grande e confortável, dessas que realmente parecem ter sido feitas para se deitar, e não apenas para decorar o quarto. Uma pequena janela cuja vidraça se dividia em quatro quadrados e adornada com uma branquíssima cortina de musselina rendada as protegia da noite fria e borrascosa lá fora.

– Ufa! – exclamou Ilse, metendo-se rapidamente na cama. Emily seguiu-a um pouco mais lentamente, esquecendo-se de trancar a porta a chave. Exausta, Ilse caiu no sono quase imediatamente, mas Emily não pôde dormir. Permaneceu deitada, aflita, com o ouvido atento para possíveis sons de passos. A chuva batia contra a vidraça, não em gotas, mas em jatos, e o vento uivava e guinchava. Lá embaixo, na praia, as ondas quebravam violentamente. Fazia mesmo apenas vinte e quatro horas desde aquela maravilhosa noite estival sobre o palheiro à luz da lua? Isso parecia ter sido em outra vida!

Onde estaria essa pobre criança desaparecida? Por um breve momento em que a chuva amainou, Emily teve a sensação de ouvir um leve chorinho vindo do escuro do teto, como se uma pequena alma finalmente liberta do corpo estivesse tentando encontrar os seus. Ela não achava alento para a própria tristeza; os portões dos sonhos estavam fechados para ela, que se via incapaz de separar sua mente de seus sentimentos, para poder dramatizá-los. Sentia os nervos tensos. Aflita, lançou os pensamentos rumo à tempestade, buscando, pelejando para desvendar o mistério do paradeiro do menino. Ele *precisava* ser encontrado! Ela cerrou os punhos. *Precisava* ser encontrado! Aquela pobre mãe!

– Ó Deus, permita que ele seja encontrado *são* e *salvo*! Permita que ele seja encontrado *são* e *salvo*! – rezou Emily desesperada e insistentemente, repetidas e repetidas vezes, em especial porque isso parecia ser algo impossível. Contudo, ela insistia nisso, na tentativa de livrar a própria mente das terríveis visões de pântanos, atoleiros e areias movediças, até que essa tortura mental não foi suficiente para mantê-la acordada, exausta como estava, e ela mergulhou em um sono angustiado, enquanto a tempestade continuava a rugir, e os homens, frustrados, desistiam de vez de sua missão malograda.

A mulher que deu uma sova no rei

A manhã úmida subiu desde o golfo, na esteira da tempestade que acabava de terminar, e se entranhou, cinza e fria, no pequeno quarto de visitas da casinha branca na colina. Emily acordou sobressaltada de um sonho atribulado em que buscava – e encontrava – o menino perdido. Todavia, não se lembrava de onde o havia encontrado. Ilse continuou dormindo, com os cabelos dourados caindo em cachos sedosos sobre o travesseiro. Ainda presa nas teias de seu sonho, Emily olhou em volta do quarto e logo teve a sensação de que ainda estava dormindo.

No canto do quarto, havia uma mesinha coberta com uma toalha branca e rendada e, ao lado dela, havia uma senhora alta e corpulenta, cujos cabelos grisalhos estavam cobertos com uma impecável touca branca, dessas que as viúvas provenientes das Terras Altas escocesas ainda usavam no início do século. Ela trajava um vestido de droguete cor de ameixa e um avental branco como a neve, os quais lhe davam ares de rainha. Um sofisticado xale azul repousava sobre seus ombros. Sua face era profundamente branca e enrugada, mas Emily, com seu dom de ver a essência das pessoas, logo percebeu a força e a tenacidade que se escondiam atrás de cada traço. Viu também que aqueles belos olhos azul-claros acusavam que sua dona já sofrera com uma enorme tristeza no passado. Aquela devia ser a velha senhora McIntyre, de quem falara a senhorita Hollinger. Nesse caso, a velha senhora McIntyre era uma pessoa da mais alta elegância.

A senhora McIntyre estava sentada, com a mão no colo, olhando fixamente para Emily com um olhar que é difícil definir; em suma, era um olhar estranho. Emily se lembrou de que aquela velha dama supostamente "não batia muito bem". Um tanto desconfortável, Emily se perguntou o que aquela mulher iria fazer em seguida. Iria dizer alguma coisa? A senhora McIntyre a poupou do trabalho de tentar adivinhar.

– Você por acaso é descendente de escoceses das Terras Altas? – perguntou ela, em uma voz surpreendentemente clara e poderosa, com um forte e delicioso sotaque das Terras Altas[58].

– Sou – respondeu Emily.

– E é presbiteriana?

– Sou.

– Essas são duas qualidades indispensáveis a uma pessoa decente – observou a senhora McIntyre, com satisfação. – Queira fazer a gentileza de me dizer seu nome. Emily Starr? Ah, é um belo nome, sim. Vou lhe dizer o meu: é senhora Margaret McIntyre. Saiba que não sou qualquer uma. Sou a mulher que deu uma sova no rei.

Agora completamente desperta, Emily sentiu de novo a empolgação de uma contadora de histórias. Contudo, nesse momento, Ilse despertou e soltou uma exclamação de surpresa. A senhora McIntyre então ergueu o queixo, em um gesto bastante majestoso.

– Não há o que temer, minha jovem. Não lhe farei mal algum, embora eu seja a mulher que deu uma sova no rei. É assim que me chamam, sim,

[58] No original em inglês, a autora se vale de vários recursos ortográficos para "imitar" o sotaque das Terras Altas da Escócia na fala da senhora McIntyre. Em razão da incompatibilidade com a língua portuguesa, optamos, na tradução, por não tentar reproduzir esses artifícios. (N.T.)

sim. Quando entro na igreja, logo ouço: "Lá vai a mulher que deu uma sova no rei".

– Acho… que é melhor… – disse Emily, hesitante – … irmos nos levantando.

– Você não vai se levantar enquanto eu não lhe contar minha história – determinou a senhora McIntyre, resoluta. – Eu soube, tão logo a vi, que você era a pessoa certa para ouvi-la. Você é muito pálida e não vou dizer que é bonita; não, não. Por outro lado, você tem mãozinhas e orelhinhas de fada. Ah, isso você tem! Essa moça ao seu lado é muito linda e vai ser esposa de algum cavalheiro distinto. Além disso, ela é inteligente. É, sim! Mas é você que tem algo, e é a você que vou contar minha história.

– Ela quer ouvir, que eu sei – disse Ilse. – Eu mesma estou morrendo de curiosidade para saber como foi que o rei levou uma coça.

Percebendo que não era uma questão de querer ou não, mas, sim, de continuar deitada, ouvindo o que a senhora McIntyre tinha a dizer, Emily assentiu.

– Não suponho que você fale gaélico. Estou errada?

Assombrada, Emily meneou negativamente a cabeça.

– Que pena. Minha história não vai soar tão bem nesta língua. Não, não. Você decerto vai pensar que esta velha está delirando, mas já adianto que está errada: o que vou lhe contar é a mais pura verdade. É, sim. Dei mesmo uma sova no rei. Obviamente, ele ainda não era rei nessa época. Era só um príncipe e não devia ter mais do que 9 anos, a mesma idade do meu pequeno Alec… Mas eu preciso começar pelo começo; do contrário, você não vai entender nada. Isso foi há muito e muito tempo, antes mesmo de partirmos do Velho Mundo. Meu marido, que se chamava Alistair McIntyre, era pastor próximo ao Castelo de Balmoral. O Alistair era um homem muito bonito, e nós éramos muito felizes juntos. Entenda: não quero dizer que não discutíamos. Não, não! Que graça teria isso? Mas, todas as vezes que fazíamos as pazes, nosso amor era ainda maior do que antes. E eu também era muito bonita. Hoje eu dia, não paro de engordar, é verdade, mas eu costumava ser muito magra e donairosa antigamente. Ah, eu era sim! É verdade isto que lhe digo, embora eu note que você está segurando o riso. Quando tiver 80 anos, você vai entender o que eu digo.

"Você talvez saiba que a rainha Vitória e o príncipe Albert costumavam passar o verão em Balmoral, acompanhados dos filhos. Eles não traziam mais empregados do que o estritamente necessário, porque não queriam rebuliço nem estardalhaço. Queriam apenas um momento de paz, como gente normal. Aos domingos, eles costumavam descer o vale para ir à igreja e ouvir a pregação do senhor Donald MacPherson. O senhor Donald MacPherson era muito bom pregador e detestava quando os fiéis entravam na igreja no meio da oração. Ele costumava dizer coisas do tipo: 'Ó Senhor, vamos aguardar até que o Sandy Big Jim tome assento'. É verdade! No dia seguinte, eu ouvia a rainha rir. Do Sandy Big Jim, e não do ministro, é bom deixar claro.

"Quando precisavam de ajuda no castelo, mandavam chamar a Janet Jardine e eu. O marido da Janet era criado da propriedade. Ela sempre me cumprimentava dizendo: 'Bom dia, *senhora* McIntyre', e eu respondia com: 'Bom dia, Janet', para deixar clara a superioridade dos McIntyres em relação aos Jardines. Mas ela era muito boa gente, e nós nos dávamos muito bem quando ela não se esquecia de seu lugar.

"Eu era muito amiga da rainha. Ah, mas eu era, sim! Ela não era nada orgulhosa. Ela vinha me visitar, tomava chá e me contava sobre os filhos. Ela não era muito atraente. Isso, não. Mas tinha mãos muito bonitas. O príncipe Albert era de muito boa aparência. Isso é o que diziam. De minha parte, eu achava o Alistair muito mais bonito. De toda forma, eles eram pessoas muito boas, e os pequenos príncipes e princesas costumavam brincar com meus filhos o dia todo. A rainha sabia que eles estavam em boa companhia e ficava mais tranquila do que eu. Isso porque o príncipe Bertie era um menininho atrevido e capcioso! Era, sim! Eu passava o tempo todo preocupada, com medo de que ele e o Alec brigassem a sério. Eles brincavam todo dia juntos… e discutiam muito também. E nem sempre era culpa do Alec. Ainda assim, era sempre o Alec quem levava bronca, pobrezinho. Alguém precisava levar, e eu não me atrevia a dar bronca no príncipe-herdeiro, minha filha.

"Uma preocupação não me saía da cabeça: o córrego que passava atrás da casa, em meio às árvores. Ele era bem fundo e traiçoeiro em alguns lugares e, se alguma criança caísse nele, com certeza se afogaria. Eu sempre dizia ao príncipe Bertie e ao Alec para nunca brincarem nas margens do córrego. Mesmo assim, vez por outra, eles iam, e eu me via obrigada a castigar o Alec. O menino me dizia que não queria ir, mas que o príncipe Bertie havia insistido, dizendo: 'Vamos, sim! Não tem perigo. Não seja covarde!'. E o Alec ia, primeiro porque achava que precisava obedecer ao príncipe Bertie e segundo porque, sendo um McIntyre, não gostava de ser chamado de covarde. Isso me deixava tão preocupada que eu não conseguia dormir à noite. Foi então, minha filha, que um dia o príncipe Bertie caiu no rio e, ao tentar salvá-lo, o Alec caiu junto. Os dois teriam se afogado se eu não tivesse ouvido os gritos quando estava voltando do castelo, depois de ter levado leitelho para a rainha. Teriam, sim! Eu logo soube o que estava acontecendo, corri para o córrego e os tirei de lá. Os dois estavam apavorados! Eu sabia que precisava fazer alguma coisa e estava cansada de botar toda a culpa no pobre Alec. Além disso, para ser franca, minha filha, eu estava furiosa e não queria saber nem de rei nem de príncipe. Para mim, aqueles eram só dois meninos malcomportados. Eu sempre tive esse temperamento forte. É verdade! Eu então peguei o príncipe Bertie, botei de bruços no meu colo e dei-lhe uma boa sova no lugar que o Bom Deus preparou para isso, tanto em príncipes quanto em crianças plebeias. Eu dei a sova nele primeiro, porque ele era o príncipe. Depois, dei uma sova no Alec. Os dois então choraram juntos um bom bocado, porque eu estava bastante irritada e deixei isso transparecer no peso da minha mão, conforme mandam as escrituras.

"Depois disso, o príncipe Bertie voltou para casa, furioso. Eu já havia me acalmado e estava um pouco temerosa, pois não sabia como a rainha reagiria diante disso e não gostava da ideia de ficar por baixo da Janet Jardine. Mas a verdade é que a rainha Vitória era uma mulher muito sensata e, no dia seguinte, ela me disse que eu agi corretamente. Até mesmo o príncipe Albert riu disso mais tarde, fazendo troça sobre imposição de mãos e não sei mais o quê. Ah, mas ele nunca mais desobedeceu a mim.

Isso, não! Ele passou uns bons dias sem poder se sentar direito. Quanto ao Alistair, eu imaginei que ele fosse ficar muito bravo comigo, mas é impossível prever a opinião de um homem sobre o que quer que seja. É, sim! Na verdade, ele riu até chorar e me disse que ainda chegaria o dia em que eu me gabaria de ser a mulher que deu uma sova no rei. Isso foi há muito e muito tempo, mas eu nunca me esqueci. Ela morreu já faz dois anos, e o príncipe Bertie finalmente virou rei. Quando Alistair e eu nos mudamos para o Canadá, a rainha me deu uma anágua de seda. Era uma peça muito elegante, com as cores do clã dela. Eu nunca cheguei a usar, mas um dia eu vou: quando estiver no caixão. Ah, vou, sim! Essa anágua está guardada em meu baú, lá no quarto. Já avisei a todos para me enterrarem com ela. Queria que a Janet Jardine soubesse que vou ser enterrada usando uma anágua que ganhei de presente da rainha, mas a Janet morreu há muitos anos. Ela era boa gente, ainda que não fosse uma McIntyre."

A senhora McIntyre repousou a mão no colo e se calou. Depois de contar toda a história, estava plenamente satisfeita.

Emily ouviu tudo com o mais completo deslumbramento. Ao fim, disse:

– Senhora McIntyre, posso escrever sua história e publicá-la?

A senhora McIntyre se inclinou para a frente. Seu rosto branco e enrugado corou ligeiramente, e seus olhos fundos brilharam de leve.

– Você quer dizer imprimi-la em papel?

– Isso.

A velha ajeitou o xale no ombro com mãos sutilmente trêmulas.

– É estranho como nossos desejos se tornam realidade às vezes. É uma pena que essas pessoas tolas que dizem que Deus não existe não estejam aqui para ouvir isto. Quando você for escrever, você vai adaptar a história e usar palavras bonitas…

– Não, não – refutou Emily rapidamente. – Não vou fazer isso. Se fizer adaptações, vão ser mínimas, e talvez eu precise criar algum contexto, mas, no geral, prometo escrever tudo exatamente como a senhora contou. Eu não teria nem uma sílaba a melhorar na história.

A senhora McIntyre pareceu desconfiada por um momento, mas então agradeceu.

– Eu não passo de uma velha ignorante que não escolhe muito bem as palavras. Você provavelmente é melhor nisso que eu. O fato é que você me ouviu com bastante atenção, e eu peço desculpa por ter tomado seu tempo com meus casos. Vou me retirar agora e deixar que você siga com seu dia.

– Já encontraram o menino desaparecido? – perguntou Ilse, ansiosa.

A senhora McIntyre meneou a cabeça negativamente.

– Ah, não. Não vão encontrá-lo tão cedo. Eu ouvi a Clara chorar a noite inteira. Ela é filha do meu filho Angus. Ele se casou com uma Wilson, e os Wilsons sempre fazem estardalhaço por qualquer motivo. A coitada está preocupada em não ter sido boa mãe para o menino, mas a verdade é que ela o mimava bastante, e ele era muito travesso. Eu não tenho como ajudá-la; não tenho uma segunda visão. Você, sim, tem isso. Ah, eu sei que tem!

– Não tenho, não – negou Emily, apressadamente. Não pôde evitar lembrar-se do incidente em Lua Nova anos antes, no qual nunca gostou muito de pensar.

A senhora McIntyre assentiu com ar de sabedoria e ajeitou o xale branco.

– Não é certo renegar esse dom maravilhoso, minha filha. Minha prima de quarto grau, a Helen, também o tinha. Tinha, sim; é verdade! Mas não vão encontrar o pequeno Allan. Isso, não. A Clara o amava demais, e não é bom amar demais uma pessoa. Deus fica com ciúmes. Ninguém sabe disso como eu, Margaret McIntyre. Eu já tive seis filhos, todos homens muito bons. O caçula se chamava Neil. Ele media um metro e noventa; era mais alto que todos os outros! Ele era tão divertido... Estava sempre rindo! É verdade! E ele conseguia encantar os passarinhos, assobiando igualzinho a eles. Um dia, ele foi para Klondike e acabou morrendo congelado por lá. Sim, sim. Ele morreu enquanto eu rezava por ele. Desde então, nunca mais rezei. A Clara vai se sentir como eu agora. Vai dizer que Deus não a ouve. É muito estranho ser mulher, minhas filhas, e dar tanto amor em troco de nada. O pequeno Allan era um menino muito bonito. Tinha um rostinho redondo e bronzeado e os olhos muito grandes e azuis. É uma pena que ele não vá mais aparecer, assim como não encontraram meu Neil a tempo. Não, não. Vou deixar a Clara em paz; não vou perturbá-la com palavras de consolo. Sempre fui boa em deixar as pessoas em paz, exceto pela vez em que dei uma sova no rei. É a Julia Hollinger quem perturba a paz, falando sem saber. Mulher tonta! Ela largou o marido porque ele não quis se desfazer de um cachorro de estimação. De minha parte, eu acho que ele fez bem em escolher o cachorro. Mas eu sempre me dou bem com a Julia, porque aprendi a suportar os tolos com paciência. Ela adora dar conselhos e sugestões, mas isso não me incomoda em nada, porque eu nunca os sigo. Agora, vou me despedir de vocês, minhas filhas. Foi muito bom conhecê-las! Desejo que nenhum mal entre pelas suas portas! E nunca vou me esquecer de que vocês me ouviram com muita atenção. Ah, mas não vou, não! Posso não ter importância nenhuma hoje, mas, um dia, já dei uma sova no rei!

Fazendo o impossível

Quando a senhora McIntyre saiu do quarto e fechou a porta, as meninas se levantaram e se vestiram sem nenhuma pressa. Emily pensou sem muita animação no dia que se estendia diante delas. O fino sabor de aventura e romance com o qual elas haviam começado a jornada desaparecera, de modo que percorrer a estrada vendendo assinaturas de jornal havia se convertido em um aborrecimento. Fisicamente, estavam mais cansadas do que se davam conta.

– Parece que faz anos que saímos de Shrewsbury – resmungou Ilse enquanto calçava as meias.

Para Emily, essa sensação de passagem de tempo era ainda mais intensa. Sua noite de vigília extasiada à luz da lua já havia sido para ela como um ano inteiro de amadurecimento da alma. Agora, havia passado mais uma noite em claro, imersa em sentimentos muito diferentes do da primeira. Quando acordou de seu breve sono, teve uma sensação estranha e bastante desagradável de ter acabado de sair de uma jornada confusa e atribulada. A história da velha senhora McIntyre havia banido essa sensação por um tempo, mas ela agora retornava enquanto Emily penteava os cabelos.

– Sinto como se tivesse passado horas perambulando... por algum lugar – disse Emily. – Sonhei que encontrava o pequeno Allan, mas não sei onde. Foi horrível despertar com a sensação de que eu *sabia* onde ele estava logo antes de acordar, mas então me esqueci.

– Eu dormi como uma pedra – disse Ilse, bocejando. – Nem sonhar sonhei. Emily, quero sair desta casa e deste lugar o mais rápido possível. Eu me sinto presa em um pesadelo, como se algo horrível estivesse me prendendo e eu não conseguisse me soltar. Seria diferente se eu *pudesse* ajudar de alguma forma, fazer alguma coisa. Mas, como não posso, só quero fugir daqui. Eu me esqueci do horror da situação por um momento, enquanto a senhora contava a história. Que criatura sem coração! Ela não está *nem* um pouco preocupada com o pobre Allan.

– Acho que ela parou de se preocupar com as coisas há muito tempo – disse Emily, reflexiva. – É a isso que as pessoas se referem quando dizem que ela não bate bem. Sempre dizem isso das pessoas que nunca se preocupam com nada, como o primo Jimmy. Mas a história foi maravilhosa. Vou escrevê-la para minha primeira redação. Depois, vou tentar publicá-la. Tenho certeza de que daria uma ótima anedota para alguma revista, se eu conseguir reproduzir o sabor e a tenacidade com que ela narra os acontecimentos. Aliás, acho que já vou anotar algumas das frases dela em meu caderno Jimmy antes que eu esqueça.

– Ah, para os diabos com seu caderno Jimmy! – exclamou Ilse, impaciente. – Vamos descer logo, tomar café da manhã, se tiver, e botar o pé na estrada de uma vez!

No entanto, Emily, mais uma vez perdida em seus devaneios oníricos de contadora de história, esqueceu-se temporariamente de tudo mais que existia.

– Onde está meu caderno Jimmy? – perguntou Emily, aflita. – Não está na minha bolsa... Sei que o deixei nela ontem à noite. Tenho certeza de que não o esqueci na porteira!

– Não é aquele sobre a mesinha? – indagou Ilse.

Emily olhou atônita para o caderno.

– Não pode ser... Mas é! Como ele chegou lá? Tenho *certeza* de que não o tirei da bolsa ontem à noite.

– Talvez tenha tirado – respondeu Ilse, indiferente.

Emily foi até a mesa, com uma expressão confusa no rosto. O caderno Jimmy estava aberto sobre ela, com o lápis do lado. Algo na página capturou seus olhos imediatamente. Ela se inclinou para ver melhor.

– Por que você não termina logo de pentear o cabelo? – demandou Ilse alguns minutos depois. – Eu já estou pronta... Pelo amor de Deus, largue esse caderno Jimmy e vá se arrumar!

Emily se virou, segurando o caderno. Estava pálida, com os olhos negros de medo e mistério.

– Ilse, veja isto – disse ela, com a voz trêmula.

Ilse foi até Emily e espiou a página que ela exibia. Nela havia um esboço primoroso da pequena casa junto ao rio que tanto havia chamado a atenção de Emily no dia anterior. Um xis havia sido feito sobre a pequena janela na fachada e, à margem da página, ao lado de outro xis, lia-se a seguinte frase:

"Alan Bradshaw está aqui."

– O que isso quer dizer? – perguntou Ilse, em um sussurro. – Quem fez isso?

– Eu... não sei – gaguejou Emily. – A letra... é *minha*.

Ilse encarou Emily e então se afastou um pouco.

– Você deve ter feito isso enquanto dormia – disse ela, pasma.

– Eu não sei desenhar – rebateu Emily.

– Quem mais poderia ter feito isso? A senhora McIntyre é que não. Você sabe que não. Emily, nunca vi nem ouvi nada tão estranho. Você acha... acha... que ele pode *mesmo* estar lá?

– Como seria possível? A casa deve estar trancada; não tem ninguém trabalhando nela. Além disso, eles devem ter procurado por lá. Nesse caso, ele teria olhado pela janela. As persianas não estavam fechadas, lembra? Ele teria chamado, e os homens o teriam escutado. Embora eu não consiga entender como, acho que desenhei isso enquanto dormia porque não consigo parar de pensar no pequeno Allan. Isto é tão estranho... Chega a me dar medo.

– Você precisa mostrar isso aos Bradshaws – disse Ilse.

– Imagino que sim... mas odeio ter que fazer isso. Isso vai enchê-los de uma esperança falsa e cruel. E não vai dar em nada. Mas não quero arriscar deixar de mostrar. Mostre você; por algum motivo, não me sinto capaz. Isto me deixou abalada. Eu me sinto assustada, como uma criança. Quero me encolher e chorar. Se ele realmente estiver lá desde terça, já deve ter morrido de fome e sede.

– Bem, eles vão chegar a essa conclusão sozinhos... Pode deixar que eu mostro. Se isso realmente for verdade... Emily, você é uma criatura estranha.

– Não fale isso... Não consigo suportar a ideia – suplicou Emily, em meio a calafrios.

Não havia ninguém na cozinha quando elas entraram, mas logo um homem jovem apareceu. Evidentemente, era o doutor McIntyre, que a senhorita Hollinger mencionara no dia anterior. Ele tinha um rosto agradável, inteligente, com olhos intensos atrás dos óculos, mas parecia triste e cansado.

– Bom dia! – cumprimentou ele. – Espero que tenham consigo descansar e que não as tenhamos incomodado. Estamos todos bastante abalados aqui, obviamente.

– Ainda não encontraram o garotinho? – perguntou Ilse.

O doutor meneou negativamente a cabeça.

– Não. Eles desistiram das buscas. Ele não pode estar vivo ainda, depois da noite de terça e da de ontem. O pântano não devolve os corpos; tenho certeza de que é lá que ele está. Minha pobre irmã está com o coração partido. Sinto muito que a visita de vocês tenha acontecido em um momento tão triste, mas espero que a senhorita Hollinger tenha feito vocês se sentir em casa. A avó McIntyre ficaria muito ofendida se lhes faltasse algo. Ela costumava ser bastante famosa pela hospitalidade.

Imagino que não a tenham visto. Ela não costuma aparecer quando há gente de fora.

– Ah, sim, nós a vimos – disse Emily, absorta. – Ela foi ao quarto hoje pela manhã e nos contou a história de quando deu uma sova no rei.

O doutor McIntyre lutou para esboçar um sorriso.

– Então foi uma honra para vocês. Não é para todo mundo que ela conta essa história. Ela tem um quê de Velho Marinheiro[59] e reconhece as pessoas predestinadas a ouvi-la. Alguns anos atrás, o filho favorito dela, meu tio Neil, acabou morrendo em Klondike, em circunstâncias muito tristes. Ele fazia parte da Patrulha Perdida[60]. Minha avó nunca se recuperou do choque. Desde então, ela não manifesta nenhum sentimento; é como se eles tivessem morrido dentro dela. Ela não ama nem odeia, não tem medo nem esperança. Ela vive no passado e só se permite uma emoção: um orgulho profundo pelo fato de um dia ter dado uma sova no rei. Mas não quero atrapalhar o café da manhã de vocês. Aí vem a senhorita Hollinger chamar minha atenção.

– Um momento, por favor, doutor McIntyre! – chamou Ilse, afoita. – Eu... Vocês... Nós... Tem algo que queremos que vocês vejam.

Intrigado, o doutor observou o caderno Jimmy.

– O que é isto? Não estou entendendo...

– Também não entendemos... Foi Emily quem desenhou isso enquanto dormia.

– Enquanto dormia? – repetiu ele, completamente bestificado.

– Só pode ser. Não havia mais ninguém no quarto. A não ser que sua avó saiba desenhar.

---

[59] Referência ao poema *The rime of the Ancient Mariner* (*O conto do Velho Marinheiro*), do inglês Samuel Taylor Coleridge (1772-1834), no qual um marinheiro narra os eventos sobrenaturais de sua vida a um homem aparentemente aleatório, que estava a caminho de uma cerimônia de casamento. O ouvinte, de início impaciente, acaba se interessando bastante pela história. (N.T.)

[60] A Patrulha Perdida (em inglês, *Lost Patrol*) foi um grupo de policiais que, enviado para manter a ordem e garantir os interesses canadenses em Klondike durante a corrida do ouro (cf. nota de rodapé 57), acabou se perdendo e morrendo. Os corpos foram encontrados juntos aos diários dos policiais, que revelaram os terríveis momentos pelos quais esses homens passaram antes de perderem a vida. (N.T.)

– Não sabe. E ela nunca viu essa casa... É o chalé dos Scobies, perto de Malvern Bridge, certo?

– Sim. Passamos por lá ontem.

– Mas o Allan não pode estar lá. A casa está trancada há um mês. Os carpinteiros terminaram de trabalhar nela em agosto.

– Oh, eu sei... – lamentou-se Emily. – Estava pensando tanto no Allan antes de dormir... Imagino que tenha sido só um sonho. Não entendo muito bem o que aconteceu, mas eu *precisava* mostrar isso a vocês.

– Sim, claro. Bom, não vou dizer nada à Clara e ao Will. Vou chamar o Rob Mason, que mora do outro lado da colina, e nós iremos até lá para dar uma olhada. Seria estranho se... Mas não é possível que seja. Não sei como vamos fazer para entrar no chalé. Ele está trancado, e as janelas têm persianas.

– Uma delas, no alto da fachada, não tem.

– Ah, sim... mas essa janela dá para o armário que fica no fim do corredor do piso superior. Eu dei uma passada por lá quando os pintores estavam trabalhando. A porta do armário tem uma fechadura automática, dessas com molas, então provavelmente não vou conseguir abri-la. Imagino que seja por isso que não botaram persiana nessa janela. Ela fica bem no alto, perto do teto; eu me lembro. Bom, vou dar uma passada na casa do Rob e ver logo isso. Mal é que não vai fazer.

Emily e Ilse tomaram o café da manhã, gratas que a senhorita Hollinger as tivesse deixado em paz, exceto por uns poucos comentários esparsos quando passava pela cozinha, cuidando do trabalho.

– Que noite terrível a de ontem! Mas, pelo menos, a chuva passou. Eu não preguei os olhos. Nem a Clara, pobrezinha, mas ela está mais calma agora. Abalada, obviamente. Estou preocupada com a sanidade dela. A avó dela nunca mais foi a mesma depois de ouvir a notícia da morte do filho. Quando disseram à Clara que não iam mais procurá-lo, ela soltou um único grito, deitou na cama, com o rosto virado para a parede, e não se mexeu desde então. Bom, a vida precisa continuar. Comam torrada! Sugiro que esperem a terra secar um pouco antes de ir.

– Não vou enquanto não soubermos se... – sussurrou Ilse, reticente.

Emily assentiu. Não conseguia comer e, se a tia Elizabeth ou a tia Ruth a tivessem visto naquele momento, teriam exigido que ela fosse repousar; e estariam certas em fazê-lo. Ela estava a ponto de desabar. Uma hora interminável se passou depois da saída do doutor McIntyre. Até que, de repente, elas ouviram um grito de surpresa da senhorita Hollinger, que estava do lado de fora da cozinha, lavando os baldes de leite. Um segundo depois, ela entrou às pressas na cozinha, seguida pelo doutor McIntyre, que mal conseguia respirar depois de ter vindo correndo desde Malvern Bridge.

– A Clara precisa saber primeiro – disse ele. – É direito dela.

Ele então disparou rumo ao quartinho, e a senhorita Hollinger se deixou cair sentada em uma cadeira, rindo e chorando ao mesmo tempo.

– Encontraram o Allan! Ele estava no armário do chalé dos Scobies!

– Ele... Ele está vivo? – perguntou Emily, aflita.

– Sim, mas muito debilitado. Não conseguiu nem falar. Mas o doutor disse que, com cuidado, ele vai se recuperar. Ele foi levado para a casa mais próxima que conseguiram achar. Isso foi tudo que o doutor teve tempo de me contar.

Um grito arrebatado de alegria veio do quarto, e Clara Bradshaw, com cabelos desgrenhados e os lábios pálidos, mas um brilho de êxtase nos olhos, disparou porta afora e colina acima. A senhorita Hollinger apanhou um casaco e saiu às pressas atrás dela. Então, o doutor McIntyre se deixou cair em uma cadeira.

– Não pude contê-la. Ainda não estou em condições de sair correndo de novo. Mas a alegria não mata. Teria sido cruel impedi-la de ir, mesmo se eu fosse capaz.

– O pequeno Allan está bem? – perguntou Ilse.

– Ele vai ficar. As forças do menino estavam quase completamente exauridas, naturalmente. Ele não teria durado nem mais um dia. Nós o levamos direto para a casa do doutor Matheson, em Malvern Bridge, e o deixamos aos cuidados dele. Ainda vai demorar pelo menos um dia para que ele esteja em condições de ser trazido para cá.

– Você faz alguma ideia de como ele foi parar lá?

– Bom, logicamente, ele não conseguiu nos contar nada, mas acho que sei o que houve. Encontramos a janela da despensa[61] entreaberta. Imagino que o Allan estivesse perambulando por perto, coisa de criança, e tenha percebido que essa janela estava destrancada. Ele deve ter entrado por ela, fechando-a quase completamente depois de passar, e começado a explorar a casa. Quando chegou ao armário, ele deve ter deixado a porta bater, e a fechadura automática o prendeu lá dentro. A janela era alta demais para que ele pudesse alcançá-la; do contrário, ele teria chamado a atenção dos homens. O gesso da parede embaixo da janela estava todo marcado, sinal de que ele tentou alcançá-la. Com certeza ele deve ter gritado, mas ninguém chegou perto do chalé o suficiente para ouvi-lo. Vocês viram: a casa está naquele vale onde não tem muito lugar para uma criança se esconder. Imagino que os homens não deram muita atenção ao lugar. Eles só foram procurar às margens do rio ontem, porque, de início, não pensavam que ele pudesse ter ido tão longe. A essa altura, ele já não estava em condições de gritar por socorro.

– Fico *tão* feliz que ele tenha sido encontrado! – exclamou Ilse, segurando as lágrimas de alívio.

O avô Bradshaw de repente esticou o pescoço pela porta que dava para a sala de estar.

– Eu *disse* que uma criança não podia simplesmente desaparecer em pleno século XIX – disse ele, com uma risadinha.

– Mas ele *estava* desaparecido – argumentou o doutor McIntyre – e não teria sido encontrado a tempo, não fosse por essa jovem dama. Isto é extraordinário!

– A Emily é... médium – disse Ilse, citando o professor Carpenter.

[61] Em casas antigas da América do Norte, as despensas costumavam ser subterrâneas. Era comum que houvesse pequenas janelas junto ao chão, cuja finalidade era arejá-las. Também não era raro que as despensas tivessem uma porta que dava para o exterior, de modo que elas pudessem ser abastecidas, sem que os moradores/fornecedores precisassem necessariamente passar por dentro da residência. (N.T.)

– Médium? Hum... Bom, é bastante estranho mesmo. Não vou fingir que sei explicar o que houve. Minha avó com certeza diria que é uma segunda visão. Ela acredita nisso, como todo mundo que vem das Terras Altas – respondeu o doutor.

– Ah, mas eu tenho certeza de que não tenho nada disso de segunda visão – protestou Emily. – Eu devo ter sonhado com isso, me levantado enquanto ainda estava dormindo e... mas tem o fato de que não sei desenhar.

– Alguma coisa usou você como instrumento, então – opinou o doutor McIntyre. – Afinal, a explicação que minha avó dá para a segunda visão é bastante razoável, quando alguém está disposto a acreditar no inacreditável.

– Prefiro não falar disso – disse Emily, com um calafrio. – Fico muito feliz que o Allan tenha sido encontrado, mas, por favor, não conte a ninguém sobre minha participação. Deixe que eles pensem que você simplesmente teve a ideia de procurar na casa dos Scobies. Não consigo suportar a ideia de que isso vire assunto por aí.

Quando elas deixaram a casinha branca na colina dos ventos, o sol raiava por entre as nuvens, e as águas do mar quebravam violentas sob ele. A paisagem estava repleta dessa beleza selvagem que sucede as tempestades, e a Estrada Oeste se estendia em frente a elas em curvas, subidas e descidas, insinuando-se, vermelha e úmida. Contudo, Emily tomou o outro lado.

– Essa estrada vai ficar para minha próxima viagem – decidiu-se. – Por algum motivo, sinto que não consigo trabalhar hoje. Minha amiga do peito, vamos para Malvern Bridge tomar o trem da manhã para Shrewsbury.

– Esse negócio do seu sonho... foi algo realmente muito estranho – comentou Ilse. – Estou com um pouco de medo de você, Emily.

– Oh, por favor, não tenha medo de mim! – suplicou Emily. – Foi mera coincidência. Eu estava pensando tanto nele... E a casa me chamou tanto a atenção ontem...

– Você se lembra de quando descobriu onde estava minha mãe? – perguntou Ilse, em um tom de voz baixo. – Você tem um dom que o resto de nós não tem.

– Talvez isso suma quando eu crescer – desejou Emily, aflita. – Espero que sim. Não *quero* esse dom. Você não sabe como me sinto, Ilse. Acho isso horrível; é como se eu fosse marcada de uma maneira estranha. Não me sinto *humana*. Quando o doutor McIntyre disse que *algo* me usou de instrumento, eu me gelei toda por dentro. É como se, enquanto eu dormia, *outra* consciência tivesse se apossado do meu corpo e feito aquele desenho.

– A letra era *sua* – contestou Ilse.

– Oh, não vou falar nisso... nem *pensar* nisso. Quero esquecer tudo que aconteceu. Nunca mais fale disso comigo, Ilse.

À deriva

"Shrewsbury

"3 de outubro de 19...

"Terminei de cobrir a porção que me foi designada de nossa bela província, vendendo assinaturas. Eu fui a vendedora que mais conseguiu assinaturas, e minha comissão foi suficiente para cobrir quase todos os livros do segundo ano inteiro. Quando contei isso à tia Ruth, ela não fungou. Pelo contrário, achou isso um feito notável.

"Hoje, meu conto 'As areias do tempo' foi devolvido pela *Merton's Magazine*. Contudo, o bilhete de recusa não era uma cópia impressa, mas, sim, um original datilografado. De alguma forma, eu me sinto menos ofendida com isso. Ele dizia:

"'Lemos seu conto com bastante interesse, mas lamentamos informar que não poderemos aceitá-lo para publicação no momento.'

"Se esse 'com bastante interesse' for sincero, já é um incentivo para mim. Mas será que eles estavam apenas tentando ser gentis?

"Há poucos dias, Ilse e eu fomos informadas de que havia nove vagas abertas no *Caveira e Coruja* e de que nós havíamos sido incluídas na lista de alunos que podem se candidatar às vagas. Nós fizemos isso. Os membros do *Caveira e Coruja* são bastante admirados na escola.

"O segundo ano está indo a todo vapor, e eu tenho me interessado bastante pelos estudos. O diretor Hardy conduz várias de nossas aulas, e eu gosto bastante dele como professor; mais do que de qualquer outro depois do professor Carpenter. Ele ficou bastante impressionado com a minha redação, 'A mulher que deu uma sova no rei'. Deu a ela o primeiro lugar na turma e fez vários elogios a ela quando estava comentando a produção dos alunos. Como era de esperar, a Evelyn Blake disse ter certeza de que eu a copiei de algum livro, porque já havia lido algo muito parecido antes. A Evelyn adotou um penteado *pompadour* este ano que, na minha opinião, não lhe caiu muito bem. De qualquer forma, a única parte da anatomia da Evelyn que me agrada são as costas.

"Soube que a família Martin está furiosa comigo. Na semana passada, a Sally Martin se casou na igreja anglicana da cidade, e o editor do *Times* pediu que eu cobrisse o evento. Logicamente, fui, apesar de *detestar* cobrir casamentos. Tem sempre tanta coisa que sinto vontade de dizer, mas não posso. Em todo caso, o casamento foi bonito, e a Sally estava linda, de modo que escrevi uma nota bastante elogiosa sobre a cerimônia, mencionando especialmente o buquê de 'rosas e orquídeas', que era o primeiro do tipo jamais visto em Shrewsbury. Eu escrevi a nota com letras perfeitamente legíveis, de forma que não tem nenhuma justificativa plausível para que o péssimo linotipista do *Times* tenha transformado 'orquídeas' em 'urtigas'. Obviamente, qualquer pessoa com bom senso percebe que se trata de um erro tipográfico. Ainda assim, a família Martin está convencida de que escrevi 'urtigas' para fazer troça com o casamento. Isso porque, aparentemente, alguém contou a eles que eu uma vez disse que estou cansada de escrever notas convencionais de casamento e que eu gostaria de inovar um pouco, pelo menos em uma. Eu *de fato* disse isso, mas minha ânsia pela originalidade dificilmente me levaria a dizer que uma noiva estava levando um buquê de urtigas! Contudo, os Martins acham que sim, e Stella Martin não me convidou para o chá de panelas. A tia Ruth disse que isso em nada a surpreende, e a tia Elizabeth disse que eu deveria ter sido mais cuidadosa. *Eu*! Deus me dê paciência!"

"5 de outubro de 19...

"A senhora Clara Bradshaw veio me visitar hoje à tarde. Por sorte, a tia Ruth estava fora – digo por sorte porque não quero que a tia Ruth saiba do meu sonho e de como ele ajudou a encontrar o pequeno Allan Bradshaw. Talvez eu seja 'dissimulada' por isso, como diz a tia Ruth, mas, seja como for, a verdade é que eu não suportaria que minha tia ficasse revirando esse assunto em meio às fungadas.

"A senhora Bradshaw veio me agradecer. Eu fiquei constrangida, porque, no fim das contas, o que é que *eu* tive a ver com tudo? Não quero pensar nem falar nessa história. A senhora Bradshaw disse que o pequeno Allan já está completamente recuperado, embora ele só tenha conseguido se sentar na cama uma semana depois do resgate. Ela estava muito pálida e séria.

"'Ele teria morrido lá se não fosse por você, senhorita Starr. E eu também teria. Não conseguiria seguir vivendo... sem saber... Oh, nunca vou me esquecer da angústia daqueles dias! Eu *precisava* tentar expressar minha gratidão. Você já tinha ido embora quando voltei naquele dia. Senti que não havia sido hospitaleira...'

"Ela começou a chorar, e eu também. Nós nos debulhamos em pranto juntas. Fico feliz que o Allan tenha sido encontrado, mas nunca vou gostar de pensar na forma como isso aconteceu."

"Lua Nova

"7 de outubro de 19...

"Fiz um lindo passeio pelo cemitério esta tarde. Alguns diriam que esse não é o lugar mais alegre para se fazer uma caminhada ao entardecer, mas eu gosto de andar por entre aqueles túmulos na melancolia do outono. Gosto de ler os nomes e os anos nas lápides e de imaginar todos os amores, as discórdias, as esperanças e os medos que estão enterrados sob cada uma delas. É algo bonito, e não triste. Gosto de observar os campos arados ao redor, coloridos de vermelho, e as encostas cheias de samambaias; todas essas coisas tão familiares que eu sempre amei e sigo amando cada vez mais, a cada ano que envelheço. Todo fim de semana que venho para Lua Nova, essas coisas parecem tornar-se ainda mais queridas, ainda mais constituintes do que eu sou. Eu gosto de *coisas* tanto quanto de *pessoas.* Acho que a tia Elizabeth também é assim. É por isso que ela não permite que nada seja mudado em Lua Nova. Estou começando a compreendê-la melhor. Também acho que ela agora gosta de mim. No início, eu era apenas uma obrigação, mas, agora, sou algo mais.

"Permaneci no cemitério até que o crepúsculo cobrisse o lugar de um dourado brilhante e espectral. Então, o Teddy veio me procurar, e nós fomos caminhando juntos pelo campo e pela Estrada do Amanhã. Deveríamos chamá-la de Estrada de Hoje agora, pois as árvores ao longo dela já estão mais altas que nós, mas ainda a chamamos de Estrada do Amanhã. Em parte, por causa do hábito e, em parte, porque costumamos falar muito sobre nossos planos para o futuro enquanto caminhamos por ela. Por algum motivo, o Teddy é a única pessoa com quem gosto de falar sobre meu futuro e minhas aspirações. Não me sinto confortável com ninguém mais. O Perry caçoa de minhas ambições literárias. Quando falo sobre escrever um livro, ele sempre responde: 'Qual é a utilidade disso?' E, se uma pessoa não consegue ver 'a utilidade disso' por conta própria, é inútil tentar explicar. Não consigo falar nem com o Dean sobre isso; pelo menos não desde que, certa tarde, ele me disse, em um tom bastante amargo: 'Detesto ouvir sobre o seu futuro, porque sei que *não* vou fazer parte dele'. Acho que, de certa forma, Dean não gosta de me ver crescer. Acho que ele tem esse defeito dos Priests de não querer dividir *nada* com *ninguém*, em especial as amizades. Eu me sinto forçada a ser autodependente. De certa forma, sinto que Dean não tem demonstrado muito interesse pelas minhas ambições à escrita. Às vezes, até sinto que ela caçoa um pouco delas. Por exemplo: o professor Carpenter ficou fascinado com o conto 'A mulher que deu uma sova no rei' e disse que ele é excelente. O Dean, por sua vez, leu o texto, sorriu e disse: 'É bem bom, para um trabalho escolar'. Em seguida, sorriu de novo. Mas não era o sorriso de que eu gosto. Era um sorriso 'típico de um Priest', como diria a tia Elizabeth. Eu me senti (e sigo me sentindo) bastante abatida por causa disso. Ele parecia dizer: 'Você escreve bem, minha querida, e tem um bom tino para encadear frases, mas eu estaria lhe fazendo um desfavor se dissesse que esse tino significa muita coisa'. Se isso for verdade (e é provável que seja, porque Dean é muito inteligente e sabe muito), quer dizer que nunca vou conquistar nada grande. Assim, não vou tentar conquistar nada. Não quero ser só uma pessoa boa em 'escrevinhar'.

"Mas com o Teddy é diferente.

"O Teddy estava arrebatado de alegria esta noite, e eu também fiquei quando ouvi o que ele tinha para contar. Ele exibiu duas pinturas na Exposição de Charlottetown em setembro, e o senhor Lewes, de Montreal, comprou-as por cinquenta dólares cada. Isso vai ser suficiente para o Teddy pagar alimentação e moradia pelo resto do inverno, o que vai aliviar bastante a senhora Kent. Ainda assim, ela não ficou feliz ao ouvir isso. Ela disse 'Ah, então você se acha independente de mim agora?' e logo desatou a chorar. O Teddy se magoou, porque isso não havia passado pela cabeça dele. Pobre senhora Kent! Ela deve se sentir muito sozinha. Existe uma barreira estranha entre ela e o resto de nós. Faz muito, muito tempo que não vou ao Sítio dos Tanacetos. Houve uma vez, no verão, que fui acompanhando a tia Laura, porque ela havia ouvido que a senhora Kent estava doente. A senhora Kent conseguiu se levantar e conversou com a tia Laura, mas não me dirigiu a palavra nenhuma vez durante a conversa. Ela se limitou a me encarar com aquele olhar estranho, como se tivesse chama nos olhos. Então, quando nos levantamos para ir embora, ela disse:

"'Você está bastante alta. Logo você vai ser mulher – e roubar o filho de outra.'

"Quando estávamos caminhando de volta, a tia Laura disse que a senhora Kent sempre fora estranha, mas que estava ficando ainda mais.

"'Dizem que ela não tem a mente muito sã', a tia Laura comentou.

"'Não acho que o problema seja na mente dela, mas, sim, na alma', eu respondi.

"'Emily, minha querida, que coisa horrível de se dizer!', a tia Laura exclamou.

"Não sei por quê. Se o corpo e a mente podem adoecer, por que a alma não? Às vezes, sinto uma certeza inabalável de que a senhora Kent tem uma ferida na alma que nunca se curou. Queria que ela não me odiasse. É horrível pensar que a mãe do Teddy me odeia. Não sei por quê. O Dean é um amigo tão querido quanto o Teddy, mas eu não me importaria nem um pouco se alguém da família Priest me odiasse."

"9 de outubro de 19...

"A Ilse e os outros sete candidatos foram eleitos para o *Caveira e Coruja*. Eu fui vetada. Recebemos a notificação na segunda-feira.

"Obviamente, sei que foi a Evelyn Blake quem me vetou. Ninguém mais faria isso. A Ilse ficou furiosa: ela rasgou a notificação e enviou os pedaços para a secretária do grupo, com uma nota contundente de repúdio ao *Caveira e Coruja* e às suas práticas.

"A Evelyn me encontrou no vestiário hoje e garantiu que havia votado a favor tanto da Ilse quanto de mim.

"'Alguém disse o contrário?', eu perguntei, em meu melhor estilo tia Elizabeth.

"'Sim, a Ilse', a Evelyn respondeu, com raiva. 'Ela me tratou muito mal por causa disso. Você quer saber quem *eu* acho que vetou você?'

"Eu olhei a Evelyn bem fundo e disse:

"'Não, não é necessário. Eu já *sei* quem foi'. Então, me virei e a deixei sozinha.

"A maior parte dos membros do *Caveira e Coruja* está insatisfeita com essa situação; especialmente os da *Caveira*. Ouvi dizer que um ou dois membros da *Coruja* andam crocitando que o veto vai ser bom para amainar um pouco meu orgulho de Murray. E, obviamente, vários outros alunos do segundo e do terceiro que também não foram eleitos estão ou tripudiando de satisfação ou revoltosamente solidários.

"Hoje a tia Ruth soube do resultado e quis saber por que eu fui vetada."

"Lua Nova,

"5 de novembro de 19...

"A tia Laura passou a tarde me ensinando uma tradição de Lua Nova, a saber, como pôr as conservas nas jarras formando figuras. Depois, guardamos todos os jarros de conserva nova na despensa e, quando a tia Elizabeth foi olhar, ela admitiu que não conseguia distinguir entre os que haviam sido feitos pela tia Laura e os que haviam sido feitos por mim.

"Eu me diverti muito este fim de tarde, sozinha no jardim. Ele estava muito bonito, envolto nessa beleza misteriosa dos entardeceres de novembro. Nevou um pouco logo que o sol se pôs, mas, naquele momento, a nevasca havia parado, deixando apenas uma fina cobertura sobre a terra, e o ar estava limpo e frio. Quase todas as flores, incluindo meus lindos ásteres, que me encheram os olhos durante quase todo o outono, estão murchas agora por causa do frio. Contudo, ainda era possível encontrar alguns açafates-de-ouro nos canteiros. Uma lua cheia vermelho-acinzentada se exibia logo acima da copa das árvores. Havia um brilho amarelo-avermelhado a oeste, atrás das colinas brancas sobre as quais cresciam umas poucas árvores escuras. A neve havia levado embora a tristeza estéril de fim de outono, e as encostas e vales da velha Lua Nova se viam transformadas em uma terra maravilhosa de gelo e luar. Sobre a casa, reluzia uma cobertura de neve. As janelas iluminadas cintilavam como joias raras. Aquilo era como um cartão de Natal. Sobre a cozinha, notava-se uma leve sombra de fumaça cinza-azulada. Um delicioso aroma de folhas outonais se queimando emanava das fogueiras do primo Jimmy ao longo do caminho que levava à casa. Meus gatos também estavam lá, sapecas, com os olhinhos mágicos refletindo a luz, harmonizando feito dois duendes com a magia do entorno. Não é à toa que chamam o crepúsculo de 'hora dos gatos': é o único momento do dia em que eles realmente se revelam. Sal Sapeca, esguia e reluzente, era como um fantasma prateado. Ciso era como um esquivo tigre cinza-escuro. Ele é o estereótipo do gato: não dá confiança para qualquer um e nunca fala demais. Eles saltavam sobre meus pés, tornavam a fugir, vinham correndo de novo e rolavam um sobre o outro... Ainda assim, integravam-se tão bem com a noite e com o espírito daquele lugar que não incomodavam em nada meus pensamentos. Plena de alegria, eu percorria os caminhos para lá e para cá, passando pelo relógio de sol e o gazebo. Nesses momentos, o ar é inebriante para mim. Eu me sentia verdadeiramente embriagada. Eu ri de mim mesma por ter ficado triste por não ser eleita para o *Corujas*. Para o *Corujas*! Logo eu, que me sentia como uma jovem águia, voando rumo ao sol. O mundo inteiro se estendia diante de mim para que eu o visse, o conhecesse e me exultasse nele. O futuro era meu, e o passado, também. Me senti como se eu sempre tivesse estado viva naquele lugar, como se eu compartilhasse de todos os amores e de todas as vidas que já passaram por aquela antiga casa. Me senti como se eu fosse viver para todo e todo o sempre. Naquele momento, eu tinha certeza da imortalidade. Eu não só acreditava nela: também a *sentia*.

"Foi nesse momento que o Dean me encontrou. Ele já estava do meu lado quando notei sua presença.

"'Você está sorrindo', ele disse. 'Gosto de ver uma mulher sorrir sozinha. Os pensamentos dela com certeza serão inocentes e agradáveis. O dia foi gentil com você, minha querida dama?'

"'Muito! E esta tarde foi o melhor dos presentes! Ah, Dean, estou tão feliz, simplesmente por estar viva! Me sinto como se estivesse conduzindo uma constelação pelos céus. Queria que momentos de felicidade como este durassem. Me sinto tão confiante em mim mesma e em meu futuro! Não tenho medo de nada. Posso não ser a convidada de honra no banquete da vida, mas estou entre os presentes.'

"'Quando eu vinha pelo caminho, você parecia uma vidente observando o futuro', ele disse. 'Estava de pé sob o luar, pálida e extasiada. Sua pele é como a pétala de um narciso. Você poderia se dar ao luxo de segurar a pétala de uma rosa branca junto ao rosto, algo que poucas mulheres podem. Você não é o ápice da beleza, Estrela, e você sabe disso. Mas seu rosto nos faz pensar em coisas belas, e isso é mais raro do que a mera beleza em si.'

"Eu gosto dos elogios do Dean. Eles são sempre muito diferentes dos de outras pessoas. E gosto de ser chamada de mulher.

"'Você vai fazer com que eu me sinta vaidosa', respondi.

"'Com seu senso de humor, isso não é possível', ele rebateu. 'Uma mulher com senso de humor nunca é vaidosa. Nem a mais maléfica das fadas seria capaz de amaldiçoar uma criança com esses dois defeitos.'

"'Você considera o senso de humor um defeito?', perguntei.

"'Com certeza é. Uma mulher com senso de humor não encontra refúgio contra as verdades inclementes sobre si mesma. Ela não é capaz de se julgar incompreendida. Ela não se regala com a autocomiseração. Ela não condena com facilidade quem é diferente de si. Ah, não, Emily: uma mulher com senso de humor não é alguém que se deva invejar.'

"Eu nunca havia pensado por esse lado. Nós nos sentamos no banco de pedra e discutimos esse assunto à exaustão. O Dean não vai viajar neste inverno. Fico feliz; eu sentiria muito a falta dele. Quando não tenho uma conversa com Dean pelo menos uma vez a cada duas semanas, a vida começa a perder o brilho. Nossas conversas são tão vivas, e ele às vezes é tão eloquente em seu silêncio. Passamos parte da tarde assim: sentados no silêncio onírico do crepúsculo no velho jardim, ouvindo os pensamentos um do outro. Em outros momentos, ele me contou histórias de terras antigas e de maravilhosos bazares no Oriente. Por fim, ele me fez perguntas sobre mim, meus estudos e o que tenho feito. Eu aprecio quando um homem, vez por outra, me dá a chance de falar sobre mim.

"'O que você tem lido ultimamente?', ele perguntou.

"'Hoje mais cedo, depois que terminei de fazer as conservas, li vários poemas da senhora Browning[62]. Estamos estudando a obra dela na escola neste ano. Meu poema predileto dela é *The lay of the brown rosary*, e simpatizo muito mais com a Onora do que a senhora Browning parecia simpatizar.

"'Claro', disse o Dean. 'Isso é porque você também é uma criatura cheia de emoções. Você trocaria o céu pelo amor, assim como Onora.'

"'Eu nunca vou amar. Amar é converter-se em um escravo', eu disse.

"Mas, no instante em que eu disse isso, me arrependi. Eu sabia que só estava tentando parecer inteligente. Eu não acredito de verdade que amar

[62] Elizabeth Barrett Browning (1806-1861): poetisa inglesa. (N.T.)

seja se converter em um escravo. Pelo menos não na minha família. Entretanto, o Dean levou a sério.

"'Bem, sempre somos escravos de alguma coisa em um mundo como o nosso', ele disse. 'Ninguém é livre. Talvez, no fim das contas, ó filha das Estrelas, o amor seja o senhor mais gentil: mais gentil que o ódio, a pobreza, o medo, a ambição e o orgulho. Em tempo, como está indo o desenvolvimento das cenas de amor nos seus contos?'

"'Você se esqueceu de que eu não posso escrever contos no momento. Mas, quando eu puder... Bem, você prometeu que me ensinaria a criar cenas artísticas de amor.'

"Eu disse isso apenas brincando, mas o Dean pareceu muito sério de repente.

"'Está pronta para a primeira aula?', ele perguntou, se inclinando para a frente.

Por uma fração de segundo, tive a sensação de que ele tentaria me beijar. Eu me afastei imediatamente. Senti que meu rosto corava. De repente, pensei no Teddy. Não soube o que dizer. Peguei o Ciso no colo e enfiei o rosto no pelo sedoso dele. Fiquei ouvindo o ronronar até que, muito oportunamente, a tia Elizabeth foi até a porta da frente e perguntou se eu estava calçada com minhas galochas. Eu não estava, então entrei, e o Dean se foi. Eu o observei pela janela, mancando caminho abaixo. Ele parecia muito solitário, e me senti muito mal por ele. Adoro a companhia do Dean, e nós passamos momentos tão bons juntos que eu às vezes me esqueço de que a vida dele tem outros lados, que devem ser bastante vazios."

"14 de novembro de 19...

"Houve um novo escândalo envolvendo Emily de Lua Nova e Ilse de Blair Water. Acabo de ter uma conversa bastante desagradável com a tia Ruth e preciso escrever para limpar minha alma da amargura. Foi uma tempestade em copo d'água! A Ilse e eu temos muita má sorte mesmo!

Passei a última tarde de quinta-feira estudando literatura inglesa com a Ilse. Passamos todo o fim do dia estudando duro e, às nove, eu vim para casa. A Ilse foi me acompanhar até o portão. A noite estava agradável, úmida, escura e estrelada. A nova república da Ilse fica na última casa da rua Cardigan e, depois dela, a via passa por cima do riachinho e se embrenha no parque. Nós conseguíamos ver o parque, escuro e insinuante sob a luz das estrelas.

"'Vamos dar um passeio no parque antes de você ir', a Ilse propôs.

"Nós fomos, mas, obviamente, eu não deveria ter ido. Deveria ter voltado imediatamente para casa e ido dormir, como uma boa tísica. Entretanto, eu já havia tomado minha dose outonal de emulsão de fígado de bacalhau (eca!) e pensei que poderia desafiar o sereno pelo menos uma vez. Então fui. E foi ótimo! Ouvíamos a música dos ventos de novembro sobre o porto mais além, mas, entre as árvores do parque, reinava uma calma inabalável. Nós nos desviamos da rua e tomamos uma trilhazinha lateral por entre os perfumados sempre-verdes da colina. Os abetos e os pinheiros são sempre muito amigáveis, mas não nos contam segredos como os bordos e os álamos: nunca revelam seus mistérios e nunca compartilham seus antigos saberes. Logo, são mais interessantes que todas as outras árvores.

"Toda a encosta da colina é plena de barulhos mágicos e agradáveis, bem como dos aromas sedutores da noite, como o do bálsamo e o das samambaias congeladas. Nós parecíamos estar bem no coração de uma calma pacificadora. Como uma mãe, a noite nos envolvia com seus braços e nos puxava para junto de si. Nós contamos tudo uma para a outra. Logicamente, me arrependi disso no dia seguinte, ainda que a Ilse seja uma ótima confidente e jamais espalhe meus segredos, nem mesmo quando brigamos. A questão é que não é uma tradição dos Murray revirar-se do avesso, nem mesmo para nossos amigos mais íntimos. O problema é que a escuridão e o bálsamo nos levam a fazer certas coisas... E nós nos divertimos tanto! A Ilse é uma companheira que vale por mil. Nada é chato na companhia dela. No geral, fizemos um passeio maravilhoso e voltamos do parque nos sentindo ainda mais próximas uma da outra, com várias lembranças gostosas para compartilhar. Logo que chegamos à ponte, encontramos o Teddy e o Perry vindo da Estrada Oeste. Estavam fazendo exercícios físicos. Calhou de ser um dos dias em que a Ilse e o Perry estão se falando, de modo que cruzamos a ponte juntos e, em seguida, cada um tomou seu caminho. Às dez, eu já estava deitada e dormindo.

"Mas alguém nos viu cruzar a ponte juntos. No dia seguinte, toda a escola sabia e, um dia depois, toda a cidade. O que corria à boca pequena era que a Ilse e eu ficamos vadeando pelo parque com o Perry e o Teddy até a meia-noite. Esta noite, quando isso chegou aos ouvidos da tia Ruth, ela me intimou ao seu tribunal. Eu contei toda a história a ela, mas, obviamente, ela não acreditou.

"'A senhora sabe que eu estava em casa às quinze para as dez na quinta, tia Ruth', eu me defendi.

"'Imagino que a hora realmente tenha sido exagerada', ela admitiu. 'Mas deve ter havido alguma motivação para essa conversa. Onde há fumaça, há fogo. Emily, você está seguindo os passos da sua mãe.'

"'Acho conveniente deixarmos minha mãe fora desse assunto. Ela está morta', eu disse. 'A questão é simples, tia Ruth: a senhora acredita em mim ou não?'

"'Não acho que tenha sido tão sério quanto andam dizendo', a tia Ruth concedeu, relutante. 'Mas você se permitiu virar assunto para fofoqueiros. É nisso que dá ficar andando com a Ilse Burnley e com gente saída da sarjeta, como esse Perry Miller. O Andrew convidou você para ir caminhar no parque na sexta-feira e você recusou; eu ouvi. Acho que isso seria respeitável demais para o seu gosto, não é?'

"'Pois é', eu respondi. 'Foi esse mesmo o motivo. Não tem nada de engraçado em ser respeitável.'

"'Impertinência não é inteligência, mocinha', ela me repreendeu.

"Não quis ser impertinente, mas é realmente irritante que tentem me enfiar o Andrew goela abaixo dessa forma. O Andrew ainda vai ser um de meus problemas. O Dean acha a situação engraçadíssima; *ele* percebe o que estão tramando tão bem quanto eu. Ele vive fazendo troça do meu 'ruivinho inteligentíssimo e muito atraente', que, abreviado, dá r.i.m.a.

"'Ele é quase uma rima', o Dean brincou.

"'Mas nada poético', eu respondi.

"Pobre Andrew! Ele com certeza não passa de uma prosa indigesta. Ainda assim, eu teria simpatizado com ele se os Murray não o estivessem praticamente jogando no meu colo. Querem garantir que eu fique noiva antes de ter idade para fugir. E quem melhor para isso que o Andrew Murray?

"Oh, como o Dean disse, ninguém é livre, e eu também não; a não ser por alguns breves momentos, quando o lampejo aparece ou quando, como naquela noite sobre o palheiro, minha alma escapole para fora do corpo e voa pela eternidade. O resto de nossas vidas nós o passamos cativos às coisas, às tradições, às convenções, às ambições, à *família*. Às vezes, como hoje, este último me parece o grilhão mais pesado de todos."

"Lua Nova,
"3 de dezembro de 19...

"Estou deitada em meu quarto, com a lareira acesa (gentileza da tia Elizabeth). As lareiras são sempre aconchegantes, mas, em noites de tempestade, são dez vezes mais. Fiquei observando a tempestade pela janela até escurecer. É particularmente bonito quando a neve cai em linhas diagonais sobre as árvores escuras. Enquanto eu observava isso, escrevi uma descrição no meu caderno Jimmy. Depois disso, um vento forte soprou desde o bosque do John Altivo e, agora, meu quarto foi preenchido pelo suspiro úmido e desolado da neve. Esse é um dos sons mais adoráveis do mundo. Alguns sons são *tão* preciosos; mais preciosos do que qualquer coisa que se possa *ver*. Como o ronronar do Ciso ali no tapete, por exemplo, e o crepitar da lenha no fogo, ou os guinchos dos camundongos fazendo algazarra dentro das paredes. Adoro ficar assim, sozinha no quarto. Gosto de imaginar que até os camundongos estão aproveitando o momento. E consigo extrair muita alegria das pequenas coisas que tenho. Elas têm um significado para mim que ninguém mais vê. Nunca me sinto completamente confortável no meu quarto na casa da tia Ruth, mas, quando entro *aqui*, é como se estivesse entrando no meu próprio reino. Adoro ler aqui, sonhar aqui, me sentar junto à janela e dar forma de verso à minha imaginação.

"Estou lendo um dos livros do meu pai esta noite. Sempre me sinto bem próxima dele quando leio seus livros, como se ele estivesse lendo comigo, por cima dos meus ombros. E, vez ou outra, encontro alguma anotação feita a lápis por ele nas margens; sinto como se elas fossem mensagens dele para mim. Esse livro é maravilhoso, tanto em enredo quanto em concepção. É primorosa a forma como ele ilustra bem as paixões e as motivações humanas. Ao lê-lo, eu me senti humilde e pequena, o que é bom para mim. Uma voz interior me dizia: 'Sua pobre e miserável criaturinha, você imaginou *mesmo* que era capaz de escrever? Pois então agora você será despida de suas ilusões e se verá nua em sua insignificância'. Mas vou me recuperar desse estado de espírito e voltar a acreditar que sou, *sim*, capaz de escrever um pouquinho. Então, seguirei escrevendo alegremente meus esboços e poemas, até que eu me torne melhor. Em um ano e meio, meu trato com a tia Elizabeth vai vencer, e eu vou poder voltar a escrever contos ficcionais. Até lá, paciência! Para ser franca, às vezes fico cansada de dizer 'paciência' e 'perseverança'. É difícil não conseguir ver os resultados dessas inestimáveis virtudes. Às vezes, sinto vontade de me desesperar e ser de tão impaciente quanto me pareça justo. Mas não hoje. Hoje, estou tão satisfeita quanto um gato no tapete. Eu ronronaria se soubesse como."

"9 de dezembro de 19…

"Hoje foi 'noite de Andrew'. Ele veio visitar, perfeitamente engomado, como de costume. É claro que gosto de rapazes que sabem se vestir e se portar adequadamente, mas o Andrew exagera. Ele sempre passa a sensação de que acabou de ser passado e engomado e de que vai se quebrar em pedacinhos caso ria ou se mova demais. Parando para pensar, acho que nunca vi o Andrew dar uma boa gargalhada. E tenho *certeza* de que ele nunca brincou de caça ao tesouro quando criança. Mas ele é bondoso, sentado e asseado; as unhas dele estão sempre limpas, e o gerente do banco parece admirá-lo bastante. E ele gosta de gatos! Contanto que eles fiquem em seu devido lugar. Oh, eu não mereço um primo assim!"

"5 de janeiro de 19...

"O recesso de fim de ano acabou. Passei duas semanas maravilhosas em Lua Nova, que estava coberta de neve. Na véspera de Natal, recebi *cinco* cartas de aceitação. Às vezes me pergunto se não foi um sonho. Três foram de revistas que não me gratificaram com nada além de assinaturas. Mas as outras vieram acompanhadas de *cheques*: um de dois dólares, por um poema, e outro de dez dólares, pelo 'Areias do tempo', que finalmente foi aceito. Foi meu primeiro conto a ser aceito para publicação. A tia Elizabeth olhou os cheques e perguntou, intrigada:

"'Você acha mesmo que o banco vai dar *dinheiro* a você em troca disso?'

"Ela mal pôde acreditar, mesmo depois de o primo Jimmy ter ido a Shrewsbury e descontado os cheques.

"Obviamente, o dinheiro foi todo para arcar com minhas despesas em Shrewsbury, mas me diverti horrores pensando no que eu teria feito com ele se não tivesse esses gastos.

"O Perry está integrando o time do Liceu que vai debater com os rapazes da Queen's Academy em fevereiro. Isso é ótimo para o Perry: é uma grande honra ser escolhido para participar desse time! O torneio de debate é um evento anual, e a academia saiu vencedora nos últimos três anos. A Ilse se ofereceu para treinar a oratória do Perry e não está poupando esforços para isso, em especial para conseguir que ele pare de dizer '*disinvolvimento*' em vez de 'desenvolvimento'. Como ela não gosta muito dele, ela se diverte muito corrigindo-o. Estou torcendo para que Shrewsbury ganhe neste ano.

"Estamos lendo *Idílios do rei*[63] nas aulas de inglês neste período. Até que tem algumas coisas nesses poemas de que eu gosto, mas eu detesto o *rei Artur* de Tennyson. Se eu fosse a *Genebra*, teria dado um cascudo nele. No entanto, eu não o teria traído com o *Lancelote*, que é tão detestável quanto, mas de um jeito diferente. Quanto ao *Geraint*, se eu fosse a *Enid*, eu o teria *mordido*. Essas 'pacientes Griseldas[64]' fazem por merecer

[63] Conjunto de poemas do Lorde Tennyson (1809-1892). (N.T.)

[64] Griselda é uma personagem do folclore europeu. A versão mais popular de sua história foi escrita pelo italiano Giovanni Boccaccio (1313-1375), no *Decamerão*. Nela, Griselda é descrita como uma mulher que permanece fiel ao marido mesmo depois de ele fingir matar seus filhos e se casar com

as coisas que acontecem com elas. *Lady* Enid, se você fosse uma Murray de Lua Nova, com certeza teria guiado seu marido a rédeas curtas, e ele teria gostado ainda mais de você por isso.

"Hoje eu li um conto cujo final era triste. Me senti arrasada enquanto não inventei um final diferente para ele. *Minhas* histórias vão *sempre* ter finais felizes. Não me importo se isso está ou não de acordo com a 'vida real'. Eu descrevo a vida como ela *deveria* ser, e isso é melhor que a realidade.

Falando de livros, li um antigo da tia Ruth outro dia. Se chama *The Children of the Abbey*[65]. A heroína desmaiava a cada capítulo e se punha em prantos se alguém simplesmente olhasse para ela. As provas e as perseguições às quais ela se via submetida, apesar de sua fragilidade, eram inúmeras, e as belas donzelas de nossos dias não sobreviveriam a metade delas, nem mesmo as mais jovens das jovens. Eu ri tanto do livro que intriguei a tia Ruth, a quem a história sempre pareceu bem triste. É o único romance na casa da tia Ruth. Ela ganhou de um namoradinho quando era jovem. Me parece impossível que a tia Ruth tenha tido namorados. O tio Dutton parece irreal; nem mesmo o retrato dele na sala de visitas consegue me convencer de sua existência."

"21 de janeiro de 19...

"Sexta à noite foi o debate entre o Liceu de Shrewsbury e a Queen's Academy. Os rapazes da academia chegaram acreditando que viriam, veriam e venceriam e voltaram para casa com o rabinho entre as pernas. Foi o discurso do Perry que garantiu a vitória. Ele foi maravilhoso! Até a tia Ruth admitiu, pela primeira vez, que ele tem talento. Quando o torneio terminou, ele veio correndo ao meu encontro e da Ilse.

"'Eu não me saí bem, Emily?', ele me perguntou. 'Eu sabia que eu tinha algo dentro de mim, só não sabia se conseguiria botar para fora. Assim que eu cheguei à tribuna, senti que iria travar, mas então vi você me olhando

---

outra esposa. No fim, esse marido revela que tudo não passava de um teste, que os filhos estavam vivos e que o casamento seria mantido. A paciente Griselda é, portanto, uma personificação da passividade. (N.T.)

[65] Romance da irlandesa Regina Maria Roche (1764-1845). (N.T.)

e pensei: 'Você consegue! Você *precisa* conseguir!'. E aí eu deslanchei! Foi você quem ganhou o debate, Emily.'

"Isso não foi muito gentil de se dizer na frente da Ilse, que havia se esforçado tanto para ajudá-lo. Ele não disse *sequer* uma palavra de agradecimento a ela. Foi tudo para mim, que não tinha feito nada além de demonstrar interesse.

"'Perry, você é um bruto mal-agradecido!', eu disse, antes de sair andando e deixá-lo lá, boquiaberto. Ilse ficou tão furiosa que chorou. Desde então, ela não fala com ele, e o tonto não entende por quê.

"'Por que ela está tão ofendida? Eu *disse* obrigado na última vez que ensaiamos juntos', ele se defendeu.

"Visivelmente, Stovepipe Town tem suas limitações."

"2 de fevereiro de 19...

"Ontem à noite, a senhora Rogers convidou a tia Ruth e a mim para jantar com ela; queria nos apresentar sua irmã e seu cunhado, o senhor e a senhora Herbert. A tia Ruth fez seu típico penteado de domingo, vestiu um vestido de veludo marrom que cheirava a naftalina e botou um enorme broche oval com uma mecha de cabelo do tio Dutton. Eu botei meu vestido cor de cinza das rosas e meu pingente da princesa Mena. Eu estava tremendo de empolgação, porque o senhor Herbert é membro do Gabinete do Canadá, ou seja, é um homem acostumado a estar na presença de reis. Ele tem fartos cabelos grisalhos e olhos que já perscrutaram tantas vezes os pensamentos de outras pessoas que temos a estranha sensação de que eles são capazes de ver o âmago de nossa alma e descobrir motivações que não ousamos confessar nem para nós mesmos. O rosto dele é extremamente interessante. Tem tanta coisa nele... Todas as diversas experiências de sua vida plena de maravilhas estavam escritas sobre ele. Era possível perceber com uma olhada que ele nasceu sendo um líder. A senhora Rogers me deixou sentar ao lado dela à mesa. Eu estava com medo de falar, de dizer alguma coisa estúpida, de cometer alguma gafe. Então eu só fiquei quieta como um sapo, ouvindo, maravilhada. Hoje, a senhora Rogers me disse que, depois que fomos embora, o senhor Herbert comentou:

"'Aquela mocinha, a Starr de Lua Nova, sabe conversar melhor que qualquer garota da idade dela que eu já tenha conhecido.'

"Quer dizer então que até os grandes estadistas... Bom, não quero ser desagradável.

"E ele era excepcional: inteligente, espirituoso e bem-humorado. Eu tinha a sensação de estar provando um vinho intelectual raro e estimulante. Até me esqueci da naftalina da tia Ruth. Que magnífico é poder olhar através dos sábios olhos de um homem como esse e observar o fascinante jogo da construção de impérios!

"O Perry foi à estação hoje para poder ver o senhor Herbert. O Perry disse que vai ser tão grande quanto ele um dia. Mas, não. O Perry é capaz de ir longe e voar alto, e eu realmente acredito que ele vai fazer isso. Mas o máximo que ele vai ser é um político de sucesso, e nunca um estadista. Quando eu disse isso à Ilse, ela por pouco não me bateu.

"'Eu detesto o Perry Miller, mas detesto ainda mais quem é esnobe', ela vociferou. '*Você* é esnobe, Emily Starr. Você acha que, só porque o Perry vem de Stovepipe Town, ele nunca será um grande homem. Se ele tivesse nascido no sagrado seio da família Murray, o céu seria o limite!'

"Achei que a Ilse estava sendo injusta comigo. Ergui o queixo e respondi, altiva:

"'Se você pensar bem, tem *mesmo* uma diferença entre Lua Nova e Stovepipe Town.'

O beijo

Eram dez e meia da noite quando Emily percebeu, com um suspiro, que precisava ir se deitar. Quando chegou de uma reunião na casa de Alice Kennedy, por volta das nove e meia, Emily pediu autorização à tia Ruth para dormir uma hora mais tarde, porque precisava estudar. Relutante e desconfiada, a tia Ruth aquiesceu e foi se deitar, dando inúmeros conselhos sobre as velas e os fósforos. Emily estudou diligentemente por quarenta e cinco minutos e passou os outros quinze escrevendo poesia. Ao fim desses minutos, o poema clamou para ser terminado, mas Emily, resoluta, guardou o portfólio.

Nesse momento, ela se lembrou de que havia esquecido seu caderno Jimmy na mochila, que estava na sala de jantar. Isso não era bom. A tia Ruth acordaria antes dela na manhã seguinte e, com certeza, vasculharia suas coisas, encontraria o caderno e o leria. Havia coisas naquele caderno Jimmy que a tia Ruth definitivamente não deveria ler. Emily precisava descer e resgatá-lo.

Cuidadosamente, Emily abriu a porta e desceu na ponta dos pés, morrendo de angústia a cada vez que a madeira do piso rangia. A tia Ruth, que dormia no espaçoso quarto principal do outro lado do saguão, com certeza ouviria aqueles rangidos. Eram altos o suficientes para acordar os mortos. Todavia, não acordaram a tia Ruth, e Emily por fim chegou à sala de jantar e se preparava para voltar quando calhou de espiar a prateleira acima da lareira. Ali, recostada no relógio, estava uma carta para ela, que evidentemente havia chegado no correio da tarde. O envelope era fino e, no canto, havia o endereço de uma revista. Emily depositou a vela sobre a mesa e abriu o envelope. Dentro, encontrou uma carta de aceitação de um poema e um cheque de três dólares. Essas cartas, em especial as que vinham acompanhadas de cheques, ainda eram coisa rara para nossa heroína e a deixavam um tanto inebriada. Ela se esqueceu da tia Ruth; se esqueceu de que já batiam as onze. Só conseguia ficar parada ali, em transe, lendo e relendo o breve bilhete (breve, mas, oh! tão maravilhoso!): "Seu poema é encantador... gostaríamos de conhecer mais de seu trabalho...". Ah, sim! Conheceriam! *Certamente* conheceriam!

De repente, Emily se virou, assustada. Havia ouvido uma batida na porta? Não, era na janela. Quem? Como? Ela logo percebeu que Perry estava na varanda lateral, sorrindo para ela pela janela.

Em um salto, Emily atravessou a sala e, sem pensar, ainda imersa no enleio da carta, destrancou o ferrolho e abriu a janela. Ela sabia de onde Perry estava vindo e queria saber como havia sido. Ele fora convidado para jantar na bela casa do diretor Hardy, na charmosíssima rua Queen. Essa era considerada uma grande honra, concedida apenas a um grupo seletíssimo de alunos. Perry devia o convite a seu brilhante discurso no torneio interescolar de debate. Ao ouvi-lo, o diretor Hardy decidiu que Perry tinha um futuro prometedor.

Perry havia ficado muito orgulhoso com o convite e se gabado dele para Emily e Teddy. Não para Ilse, contudo, visto que ela ainda não o havia perdoado pela falta de tato na noite do debate. Emily estava feliz por ele, mas não deixou de advertir que ele precisaria se atentar aos modos na casa do diretor. Ela estava apreensiva em relação à intimidade de Perry com as regras de etiqueta. *Ele*, em contrapartida, estava tranquilíssimo. Tinha certeza de que se sairia bem. Perry se empoleirou no parapeito, e Emily se sentou no canto do sofá, dizendo-se mentalmente que aquilo não poderia durar muito tempo.

– Eu vi a luz na janela quando estava passando – disse Perry. – Decidi espiar pela janela para ver se era você. Queria lhe contar a história enquanto ela ainda está fresca. Sabe, Emily? Você estava certa! Certíssima! Eu tive que ficar sorrindo. Eu não passaria de novo pelo que passei hoje nem se me pagassem cem dólares.

– Como foi? – perguntou Emily, ansiosa. De certa forma, ela se sentia responsável pelos modos de Perry. Afinal, ele os havia aprendido em Lua Nova.

Perry sorriu, brejeiro.

– Foi de partir o coração. Abalou bastante a minha autoestima. Talvez você ache isso bom.

– Você tem para dar e vender – disse Emily, serena.

Perry encolheu os ombros.

– Está bem. Eu conto tudo se você prometer não contar nem à Ilse nem ao Teddy. Não quero que eles riam de mim. Cheguei na rua Queen na hora certa. Me lembrei de tudo que você disse sobre as botas, a gravata, as unhas e o lenço. Do lado de fora, eu estava tranquilo. Foi quando eu cheguei na casa que os problemas começaram. Ela era tão grande e imponente que eu me senti estranho. Não com medo. Eu não estava com medo *ainda*. Só meio assustadiço, como um gato quando vê gente desconhecida. Eu toquei a campainha e... Obviamente, ela travou e continuou tocando. Eu conseguia ouvi-la lá dentro. Só conseguia pensar: "Vão achar que eu não sei nem tocar uma campainha e esperar que venham abrir". Isso já me deixou nervoso. A situação só piorou quando a empregada abriu a porta. Eu não sabia se deveria ou não apertar a mão dela.

– Oh, Perry!

– Mas eu não *sabia*! Eu nunca tinha estado em uma casa com uma empregada toda emperiquitada, de touca e aventalzinho metido a besta. Olhei para ela e me senti um zé-ninguém.

– Você *apertou* a mão dela?

– Não.

Emily soltou um suspiro de alívio.

– Ela segurou a porta e eu entrei. Não sabia o que fazer depois disso. Acho que eu teria ficado lá até criar raiz, mas o diretor Hardy em pessoa apareceu no saguão. *Ele* apertou minha mão e me mostrou onde botar o chapéu e o casaco. Depois, me levou para a sala de visitas, para me apresentar à esposa. O piso era escorregadio como gelo e, assim que eu pisei no tapete da sala, ele escapuliu debaixo do meu pé. Eu caí com tudo e fui deslizando até parar em frente à senhora Hardy. Eu caí de costas e não de bruços; assim ainda é considerado cair de maduro?

Emily não conseguiu rir.

– Oh, *Perry*!

– Puxa vida, Emily, mas não foi culpa minha! Mesmo se eu soubesse tudo de etiqueta, não teria conseguido evitar isso. Claro que eu me senti um perfeito idiota, mas me levantei e ri. Ninguém mais riu. Eles são muito educados. A senhora Hardy foi muito gentil e perguntou se eu havia me machucado. O diretor Hardy disse que *também* tinha caído umas duas vezes logo que eles trocaram o bom e velho carpete pelo piso de madeira forrado com tapete. Depois disso, eu fiquei com medo até de me mover, então resolvi me sentar na poltrona mais próxima. O problema é que o pequinês da senhora Hardy estava lá. Ah, não se preocupe. Eu não matei o cachorrinho. Na verdade, eu me assustei mais que ele. Quando eu finalmente consegui me sentar, eu estava suando em bicas, digo, transpirando muito. Nesse momento, chegou mais gente, e eu tive tempo de me recuperar. Eu logo não soube o que fazer nem com os pés nem com as mãos. Tive a sensação de que minhas botas eram muito grandes e toscas. Quando vi, já estava com as mãos nos bolsos e *assobiando*.

Emily teve o ímpeto de dizer "Oh, Perry", mas se segurou. De *que* valia dizer isso?

– Eu *sabia* que isso não era educado, então parei de assobiar e tirei as mãos dos bolsos... Dois segundos depois, me peguei roendo as unhas. Por fim, decidi sentar em cima das mãos. Fiz isso e encolhi os pés embaixo da poltrona. Fiquei assim até irmos jantar. Não me mexi nem quando uma senhora gorda entrou na sala e todos os outros homens se levantaram. Eu não entendi por que fizeram isso: tinha várias cadeiras livres. Depois é que me ocorreu que isso é regra de etiqueta, e que eu também deveria ter me levantado, não é?

– Exato – disse Emily, desassossegada. – Você não se lembra de que a Ilse costumava brigar com você por causa disso?

– Ah, eu me esqueci... A Ilse está sempre reclamando por causa de tudo. Mas, vivendo e aprendendo. Disso eu não me esqueço mais; pode ter certeza. Tinha mais três ou quatro rapazes lá: o novo professor de francês e uns bancários. Também tinha algumas moças. Consegui me levantar e andar até a mesa de jantar sem cair; me sentei entre a senhorita Hardy e a velha que mencionei antes. Eu dei uma espiada na mesa e foi então, Emily... Foi então que eu finalmente soube o que é ter medo. Eu nunca tinha sentido medo antes, de verdade. É um sentimento muito estranho. Eu estava em pânico. Costumava achar que vocês ostentavam em Lua Nova quando vinha visita, mas nunca vi nada como aquela mesa. Tudo era tão deslumbrante e brilhante, e cada pessoa tinha talheres suficientes para a mesa inteira. Tinha um pedaço de pão embrulhado no meu guardanapo que caiu no chão e saiu deslizando pela sala. Eu consegui sentir meu rosto ficar vermelho. Acho que a palavra certa é "enrubescer". Eu não sabia se levantava para pegar ou não. Aí, a empregada me trouxe outro pedaço. Eu usei a colher errada para tomar a sopa, mas tentei me lembrar do que sua tia Laura me ensinou sobre o jeito apropriado de se tomar sopa. Eu fiz certinho no início, mas aí me distraí com alguma coisa que alguém disse e fiz um *glug*.

– Você levantou o prato para conseguir pegar o restinho? – perguntou Emily, aflita.

– Não. Quando eu ia fazer isso, lembrei que não é educado. Fiquei triste por desperdiçar o restinho. A sopa estava muito gostosa, e eu estava com fome. A senhora que se sentou do meu lado *fez* isso. Eu me virei bem com a carne e as verduras, exceto por uma coisa. Eu juntei um tantão de carne e batata no garfo e, bem quando estava levando à boca, percebi que a senhora Hardy estava olhando. Daí me lembrei de que não é certo encher o garfo assim. Me atrapalhei todo e, com isso, a comida caiu no guardanapo. Eu não sabia se seria educado catar o que caiu e botar de volta no prato, daí deixei lá. O pudim estava bom. O problema foi que comi com uma colher, que era a da sopa, enquanto todo mundo comeu com um garfo. Mas o gosto é o mesmo de qualquer jeito e, para ser sincero, eu já estava abrindo mão de ser educado. Em Lua Nova, vocês sempre comem pudim com colher.

– Por que você não observou os outros e imitou o que eles estavam fazendo?

– Eu estava nervoso demais. Mas eu digo isto: apesar de toda a pompa, a comida não era nem um pouco melhor que a de Lua Nova. Nem um pouquinho só. O tempero da sua tia Elizabeth dá de dez a zero no da cozinheira dos Hardys. E eles também não servem muito no prato! Depois do jantar, voltamos para a sala de visitas, que *eles* chamam de sala de estar, e aí as coisas não foram tão ruins. Eu não fiz nada de muito errado. Só derrubei uma prateleira.

– Perry!

– Ah, mas ela já estava bamba! Eu me escorei nela enquanto estava conversando com o diretor e acho que botei peso demais, daí o diabo da prateleira caiu. O bom é que botar a prateleira e os livros no lugar me deixou um pouco mais solto, e eu não fiquei tão encabulado depois disso. Em seguida, não me comportei tão mal, salvo por uma ou outra gíria que eu deixava escapar de vez em quando. Confesso que depois eu desejei ter seguido seu conselho para evitar as gírias. Por exemplo, teve um momento em que a velha gorda concordou com uma coisa que eu tinha dito. Ela era uma senhora sensata, apesar da papada. Eu fiquei tão animado com a concordância dela que respondi: "Bacana!". Fora que acho que me gabei um pouco. Eu me gabo demais, Emily?

Essa pergunta nunca havia passado antes pela cabeça de Perry.

– *Sim*, e isso *não* é bonito – respondeu Emily, sincera.

– Pois é, eu me senti meio bobo depois de me gabar. Acho que tenho muito a aprender ainda, Emily. Vou comprar um manual de etiqueta e aprender tudinho. Nunca mais passo um aperto desses. Mas, no fim, até que foi bom. O Jim Hardy me levou para o escritório e nós jogamos dama. Eu ganhei de lavada. Posso não saber muito de etiqueta, mas de jogar dama eu *entendo*! E a senhora Hardy disse que meu discurso no torneio tinha sido o melhor que ela já viu, para uma pessoa da minha idade, e perguntou que profissão eu queria seguir. Ela é muito elegante e sabe se portar muito bem. É por isso que quero que você se case comigo, quando for a hora, Emily. Preciso ter uma esposa inteligente.

– Não diga asneira, Perry – protestou Emily, altiva.

– Não é asneira – teimou Perry. – E já *está* na hora de começarmos a falar disso. Você não precisa levantar o nariz para mim só porque é uma Murray. Eu ainda vou ser um bom partido, mesmo para uma Murray. Vamos, diga que sim.

Emily se levantou, desdenhosa. Ela tinha seus sonhos, como todas as moças têm, e o sonho dourado do amor estava entre eles. A questão é que Perry não fazia parte dele.

– Eu não sou uma Murray e já vou subir. Boa noite!

– Espere! – pediu Perry, com um sorriso maroto. – Quando o relógio bater onze horas, vou beijar você.

Emily não acreditou nem por um segundo que Perry fosse mesmo beijá-la, o que foi muita ingenuidade da parte dela, visto que Perry sempre fazia o que dizia que iria fazer. Em contrapartida, ele não costumava ser tão sentimental. Ela ignorou esse comentário, mas ficou um pouco mais para fazer mais uma pergunta sobre o jantar com os Hardys. Perry não chegou a responder à pergunta: tão logo o relógio bateu onze horas, ele lançou as pernas janela adentro e ficou de pé na sala. Emily percebeu, tarde demais, que ele realmente havia falado a sério. Ela só teve tempo de desviar o rosto, de modo que o beijo sonoro e entusiasmado de Perry (não havia nada de sutil nos beijos dele) foi recebido pela orelha em vez da bochecha.

No exato momento em que Perry a beijou e antes que ela tivesse tempo de verbalizar qualquer protesto, duas coisas aconteceram. Uma rajada de vento entrou pela janela vindo da varanda e apagou a pequena vela. *Então*, a porta da sala de jantar se abriu, e a tia Ruth apareceu, trajando um robe de flanela rosa e trazendo consigo outra vela, cuja luz produziu efeitos sinistros em seu rosto coroado de grampos.

Este é um dos momentos em que uma biógrafa sensata sente que, como diz o ditado, sua pena não faz jus à cena.

Emily e Perry continuaram parados, como se transformados em estátua. Por um momento, a tia Ruth também. Ela esperava encontrar Emily escrevendo, como acontecera uma vez no mês anterior, quando a menina teve um arroubo de inspiração no meio da noite e desceu para a sala de jantar, onde é mais quente, para sua ideia no caderno Jimmy. Mas *isto*! Devo admitir que a cena *não* estava bonita. Na verdade, eu diria que não devemos tirar a razão da tia Ruth por sua indignação mais do que justa.

A senhora Dutton fulminou o casal infeliz.

– O que você está fazendo aqui? – demandou ela a Perry.

Stovepipe Town cometeu um erro.

– Ah, só batendo na nuca de quem passa – respondeu Perry casualmente, com os olhos brilhando de afronta e marotice.

A "insolência" de Perry (foi assim que a tia Ruth descreveu aquela atitude e, francamente, eu concordo com ela) só fez piorar as coisas. A tia Ruth se voltou para Emily.

– Será que *você* consegue me explicar por que está aqui a esta hora, beijando esse sujeito no escuro?

Emily se encolheu com a crueza e a vulgaridade da pergunta, como se a tia Ruth tivesse lhe dado um golpe. Esquecendo-se de que as aparências justificavam a reação de sua tia, Emily se deixou tomar por um espírito de perversa rebeldia. Erguendo o queixo, respondeu:

– Não tenho nenhuma resposta a dar a uma pergunta como essa, tia Ruth.

– Imaginei que não.

A tia Ruth soltou uma gargalhada bastante antipática, sob a qual uma nota aguda e discordante de triunfo ressoou. Seria possível dizer que, por baixo de toda a raiva, algo agradava a tia Ruth. De fato, é *muito* agradável quando encontramos razão para justificar nossa opinião sobre alguém.

– Bem, vamos ver se você se dispõe a responder a algumas perguntas. Como esse sujeito entrou aqui?

– Pela janela – respondeu Perry, lacônico, percebendo que Emily não responderia.

– A pergunta não foi para *você*, rapaz. Fora! – ordenou a tia Ruth, apontando teatralmente para a janela.

– Não arredo o pé daqui até saber o que você vai fazer com a Emily! – recusou-se Perry, teimoso.

– Eu não *vou* fazer nada com a Emily – disse a tia Ruth, com um terrível ar de indiferença.

– Senhora Dutton, compreenda – implorou Perry, persuasivo. – Foi tudo culpa minha! De verdade! Emily não faz nada. Escute, foi assim...

Mas era tarde demais.

– Eu fiz uma pergunta à minha sobrinha e ela se recusou a responder. Não pedi para ouvir a *sua* resposta.

– Mas... – tentou insistir Perry.

– É melhor você ir, Perry – disse Emily, cujo rosto dava sinais claros. Sua voz estava calma, mas o mais Murray dos Murray não teria expressado uma ordem mais claramente. Havia algo nela que Perry não ousava desobedecer. Submisso, ele pulou a janela e se embrenhou na escuridão da noite. A tia Ruth então fechou a janela e, sem olhar para Emily, sumiu escada acima com seu robe de flanela rosa.

Emily não dormiu muito bem naquela noite – tampouco merecia dormir, admito. Uma vez que a raiva passou, a vergonha tomou o lugar, ardendo como brasa. Ela se deu conta de que agiu muito mal ao se recusar a dar uma explicação à tia Ruth. Sua tia tinha direito a isso, por mais detestável que fosse sua forma de exigir, visto que aquela situação havia se desenrolado debaixo de seu teto. Obviamente, a senhora Dutton não teria acreditado em nada que a sobrinha dissesse; contudo, ao responder alguma coisa, Emily não teria agravado ainda mais as circunstâncias.

Emily estava certa de que seria mandada de volta para Lua Nova em completa desgraça. A tia Ruth se recusaria terminantemente a continuar mantendo em casa uma moça como aquela. A tia Elizabeth concordaria com ela. A tia Laura ficaria arrasada. Será que até a lealdade do primo Jimmy se abalaria? A perspectiva não era boa. Não é de espantar que Emily tenha passado a noite em claro. Sentia-se tão infeliz que era como se cada batida de seu coração doesse. Ainda assim, eu insisto categoricamente: ela fez por merecer. Não tenho nenhuma palavra de simpatia ou de defesa a dispensar em favor dela.

Prova indiciária

No café da manhã de sábado, a tia Ruth manteve um silêncio sepulcral, mas não se poupou de sorrir cruelmente ao passar manteiga na torrada. Qualquer um teria notado sem dificuldade que ela estava adorando a situação, ao passo que Emily, visivelmente, *não*. A tia Ruth passou as torradas e a geleia para Emily com uma polidez contundente, como se para dizer: "Eu me recuso a falar do assunto em si. Posso decidir expulsar você de casa, mas vai ser culpa sua se você for com fome".

Depois do café, a tia Ruth foi ao centro da cidade. Emily deduziu que ela estava indo telefonar para o doutor Burnley, para pedir que ele levasse algum recado a Lua Nova. Esperava que a tia Ruth lhe dissesse para fazer as malas quando retornasse, mas a tia Ruth se manteve em silêncio. No meio da tarde, o primo Jimmy chegou, trazendo a charrete de dois assentos. A tia Ruth saiu e teve uma breve conversa com ele. Quando voltou, quebrou enfim o voto de silêncio:

– Vista-se. Vamos para Lua Nova – ordenou.

Emily obedeceu sem dizer uma palavra. Na charrete, Emily sentou-se atrás, e a tia Ruth, na frente, ao lado do primo Jimmy. Ele olhou para ela por cima do ombro de seu casaco de pele e disse:

– Olá, gatinha!

Seu tom pareceu demasiadamente alegre e encorajador. Obviamente, o primo Jimmy achava que algo de muito sério havia acontecido, embora não soubesse o quê.

A viagem entre os belos tons de cinza, pérola e branco daquela tarde de inverno não foi agradável. A chegada em Lua Nova, também não. A tia Elizabeth parecia séria, e a tia Laura, apreensiva.

– Trouxe a Emily até aqui porque não acho que eu consiga lidar sozinha com ela – disse a tia Ruth, dirigindo-se à tia Elizabeth. – Você e a Laura precisam avaliar o comportamento dela por conta própria.

Isso queria dizer que o tribunal familiar se reuniria, e Emily seria a ré. Haveria justiça naquele julgamento? De uma forma ou de outra, Emily iria se defender. Ela ergueu a cabeça, e a cor voltou-lhe ao rosto.

Estavam todos reunidos na sala de estar quando ela desceu do quarto. A tia Elizabeth estava à mesa, e tia Laura, no sofá, pronta para chorar. Por sua vez, a tia Ruth estava de pé junto à lareira, olhando enfurecida para o primo Jimmy, que, em vez de se retirar para o celeiro como deveria, havia amarrado o cavalo à cerca do jardim e se sentado em um canto da sala, determinado, tal como Perry, a ver o que aconteceria com Emily. Ruth estava incomodada. Desejava que Elizabeth não insistisse em admitir o primo Jimmy aos conclaves familiares sempre que ele decidia estar presente. Era absurdo achar que aquela criança em corpo de adulto tivesse direito a participar daquilo.

Emily não se sentou. Entrou na sala e parou junto à janela, onde sua cabeleira negra se destacou contra o carmesim da cortina tão distintamente quanto um pinheiro contra o entardecer da primavera. Lá fora, um mundo estéril se abria sob o frio crepúsculo de início de março. Estendidos além do jardim e dos choupos-da-lombardia e banhados com a luz intensa e vermelha do ocaso, os campos de Lua Nova pareciam solitários e soturnos. Emily estremeceu.

– Bom, vamos começar e acabar logo com isso. A Emily precisa jantar – intimou o primo Jimmy.

– Quando você souber o que eu tenho a dizer, vai achar que ela precisa de algo mais além de jantar – disse a senhora Dutton, azeda.

– Eu já sei tudo que preciso saber sobre a Emily – retorquiu o primo Jimmy.

– Jimmy Murray, você é um burro – atacou a tia Ruth, enfurecida.

– Bem, nós dois somos primos – devolveu o primo Jimmy, sereno.

– Jimmy, silêncio – ordenou a tia Elizabeth, com ar régio. – Ruth, diga o que tem a dizer.

A tia Ruth então contou toda a história. Ela se ateve aos fatos, mas sua maneira de contá-los os fez parecer ainda mais graves do que eram. Ela realmente se esforçou para dar à história a aparência mais feia possível, e Emily tremeu novamente ao ouvi-la. À medida que a história avançava, as feições da tia Elizabeth se tornavam ainda mais duras e frias. A tia Laura pôs-se a chorar, e o primo Jimmy, a assobiar.

– Ele estava beijando o *pescoço* dela! – concluiu a tia Ruth. Com o tom, era como se ela buscasse indicar que, por pior que fosse um beijo em lugares convencionais, era mil vezes mais escandaloso beijar o pescoço.

– Na verdade, foi minha orelha – resmungou Emily, com um sorriso travesso que não foi capaz de conter a tempo. Apesar de seu desconforto e de seu receio, havia alguma *Coisa* nela que se divertia com aquela situação, com o drama e a comicidade daquilo. Contudo, o sorriso foi bastante inoportuno e fez com que ela parecesse insolente e desavergonhada.

– Agora, eu lhes pergunto – disse a tia Ruth, estendendo as mãos gorduchas –: vocês esperam que eu continue abrigando uma menina como essa em minha casa?

– Não, não esperamos – respondeu Elizabeth, devagar.

A tia Laura rompeu em lágrimas e soluços. O primo Jimmy, que estava se inclinando para trás, fez que as penas da frente da cadeira batessem no chão sonoramente.

Emily, que até então olhava pela janela, voltou-se para eles.

– Quero explicar o que houve, tia Elizabeth.

– Acho que já ouvimos o bastante – respondeu a tia Elizabeth, fria, principalmente porque sentia que a decepção estava preenchendo-lhe a alma. Gradualmente, ela estava se tornando bastante apegada e orgulhosa de Emily, de um modo reservado e contido que é típico dos Murray. Assim, descobrir que sua sobrinha era capaz de se portar dessa maneira era um golpe terrível para Elizabeth. E sua dor a tornava ainda mais inclemente.

– Não, isso já não é admissível, tia Elizabeth – protestou Emily, calma. – Já estou velha demais para ser tratada assim. A senhora *deve* ouvir meu lado da história.

O olhar de Murray estava estampado no rosto de Emily – esse olhar que Elizabeth conhecia tão bem. Ela vacilou.

– Você teve sua chance de explicar ontem à noite e não quis! – acusou a tia Ruth.

– Porque eu estava magoada e chateada que a senhora tivesse pensado o pior de mim – retorquiu Emily. – Além disso, eu *sabia* que a senhora não acreditaria em mim.

– Eu teria acreditado em você se você tivesse dito a verdade – disse a tia Ruth. – O motivo pelo qual você não quis se explicar ontem à noite é que você não foi capaz de pensar em uma justificativa para sua conduta no calor do momento. Imagino que tenha tido tempo desde ontem.

– A Emily alguma vez já mentiu para você? – indagou o primo Jimmy.

A senhora Dutton abriu a boca para dizer que sim, mas logo tornou a fechá-la. E se o primo Jimmy lhe pedisse para especificar quando? Tinha certeza de que Emily já havia lhe contado… lorotas, mas que prova tinha disso?

– Já? – insistiu o primo Jimmy, deliberadamente irritante.

– Eu não vou deixar que você venha me dar lições de moral! – declarou a tia Ruth, dando as costas para ele. – Elizabeth, eu sempre lhe disse que essa menina era dissimulada e insondável, não é verdade?

– Sim – admitiu a pobre Elizabeth, grata que pelo menos quanto a *isso* não houvesse dúvida. Ruth de fato havia lhe dito isso inúmeras vezes.

– E isto não prova que eu estava certa?

– Temo… que sim – concordou Elizabeth Murray, sentindo que aquele era um momento extremamente triste para si.

– Então cabe a *você* decidir o que será feito – concluiu Ruth, triunfante.

– Ainda não – interveio o primo Jimmy, decidido. – Você não deu a Emily nenhuma chance de se explicar. Isso não é justo. Deixe que ela fale por dez minutos sem interrompê-la.

– Isso me parece justo – concordou Elizabeth, repentinamente resoluta. Havia dentro dela uma esperança louca e irrazoável de que Emily conseguisse se inocentar.

– Ah! Pois bem! – aquiesceu a senhora Dutton, sentando-se impacientemente na velha poltrona de Archibald Murray.

– Agora, Emily, conte-nos o que realmente aconteceu – pediu o primo Jimmy.

– Mais essa agora! – explodiu a tia Ruth. – Você está insinuando que eu não contei o que realmente aconteceu?

O primo Jimmy ergueu a mão.

– Por favor! Você teve sua vez! Vamos, gatinha.

Emily contou a história do início ao fim. Algo nela emanava convicção. Pelo menos três dos ouvintes acreditaram nela e sentiram um enorme peso ser retirado de seus ombros. Até mesmo a tia Ruth, no fundo, sabia que Emily estava dizendo a verdade, embora se recusasse a admiti-lo.

– Uma historinha bastante bem engendrada, de fato! – alfinetou, desdenhosa.

O primo Jimmy se levantou, cruzou a sala e se inclinou sobre a senhora Dutton, aproximando o rosto rosado, com a barba bifurcada e os olhos castanhos quase infantis sob as duas sobrancelhas eriçadas, bem próximo do dela.

– Ruth Murray, você se lembra da história que se espalhou há quarenta anos sobre você e o Fred Blair? – perguntou ele. – *Lembra*?

A tia Ruth empurrou a poltrona um pouco para trás. O primo Jimmy avançou, seguindo-a.

– Você se lembra de que foi flagrada em uma situação que parecia muito pior que esta? *Lembra*?

Mais uma vez, a tia Ruth empurrou a poltrona para trás, e, mais uma vez, o primo Jimmy avançou.

– Você se lembra de como ficou furiosa porque as pessoas não acreditavam em você? Mas seu pai acreditou. *Ele*, sangue do seu sangue, confiou em você. *Lembra*?

A essa altura, a tia Ruth já havia chegado à parede, de modo que precisou se render incondicionalmente.

– Eu... Eu... me lembro muito bem – disse, sem muitas palavras.

Suas bochechas adquiriram um tom vermelho intenso. Emily a observou com interesse. Seria aquilo uma tentativa da tia Ruth de enrubescer?

Ruth Dutton de fato viveu meses de agonia em sua juventude. Quando tinha 18 anos, viu-se metida em uma terrível situação, mas era inocente – absolutamente inocente. Havia sido vítima de uma infeliz combinação de circunstâncias. Seu pai acreditou em sua história, e sua família a defendeu. Contudo, seus contemporâneos acreditaram nos fatos apresentados contra ela durante anos – talvez ainda acreditassem quando se lembravam do assunto. Ruth Dutton teve um calafrio ao se lembrar do sofrimento que suportara sob o jugo do escândalo. Já não ousava mais duvidar da história de Emily, mas, ainda assim, não soube se render com graça.

– Jimmy, queira se sentar, por favor – pediu ela, incisiva. – Imagino que Emily esteja *mesmo* dizendo a verdade. É uma pena que ela tenha demorado tanto para fazer isso. Além disso, tenho *certeza* de que aquele sujeito estava tentando seduzi-la.

– Não, ele estava apenas me pedindo em casamento – disse Emily, serena.

Três interjeições de surpresa preencheram a sala. A tia Ruth foi a única capaz de falar:

– E você pretende aceitar, que mal lhe pergunte?

– Não. Já disse isso a ele meia dúzia de vezes.

– Bem, fico feliz que tenha sido sensata. Típico filho de Stovepipe Town!

– Stovepipe Town não tem nada a ver com isso. Daqui a dez anos, Perry Miller vai ser um homem que até uma Murray ficaria feliz em ter como marido. A questão é que ele não faz meu tipo. É isso.

Seria *mesmo* Emily essa mulher jovem e alta que apresenta serenamente as razões pelas quais recusou uma proposta de casamento e que fala dos "tipos" que lhe interessam? Elizabeth, Laura e até mesmo Ruth a olharam como se nunca a tivessem visto. Em seus olhos, surgia algo de respeito por Emily. Obviamente, elas sabiam que Andrew era o... Bom, para resumir, elas sabiam que Andrew *era*. Contudo, também sabiam que ainda demoraria anos para que ele tomasse coragem de... Bom, para que ele *tomasse* coragem! E agora, descobriam que a iniciativa já havia sido tomada por outro pretendente. E pior: meia dúzia de vezes! Naquele momento, embora ainda não estivessem conscientes disso, deixaram de vê-la como criança. Com um salto, Emily havia entrado no mundo delas e, dali em diante, deveria ser tratada de igual para igual. Os tribunais familiares já não seriam mais cabíveis. Elas *sentiam* isso, ainda que não o percebessem. O comentário seguinte da tia Ruth evidenciou isso. Ela falou como teria falado com Laura ou Elizabeth, se sentisse a necessidade de admoestá-las.

– Imagine, Emily, se alguém passasse na rua e visse o Perry Miller sentado na janela àquela hora da noite...

– Sim, claro, tia Ruth. Entendo perfeitamente o que a senhora quer dizer. O que eu quero é que a senhora *me* entenda. Eu fui tola de ter aberto a janela para falar com o Perry. Percebo isso claramente agora. Eu só não pensei. E aí, fiquei tão interessada na história do jantar na casa do diretor Hardy que me esqueci da hora.

– Perry Miller estava jantando na casa do *diretor Hardy*? – perguntou a tia Elizabeth. Esse era outro choque para ela. O mundo (pelo menos o dos Murray) devia mesmo estar de cabeça para baixo se Stovepipe Town era convidada para jantar na rua Queen. Nesse mesmo momento, a tia Ruth se lembrou, com uma pontada de horror, que Perry Miller a havia visto em sua camisola cor-de-rosa de flanela. Isso não importava antes, quando ele era apenas um lacaio de Lua Nova; mas, agora, ele era um convidado do diretor Hardy.

– Estava. O diretor Hardy achou brilhante o desempenho dele no debate e disse que ele tem um futuro promissor – disse Emily.

– *De qualquer forma*, queria que você parasse de perambular pela minha casa no meio da noite, escrevendo romances. Se você estivesse na cama, como deveria, tudo isso teria sido evitado – disparou a tia Ruth.

– Eu não estava escrevendo romances! – protestou Emily. – Desde que eu fiz minha promessa à tia Elizabeth, eu não escrevi nem uma palavra de ficção sequer. Eu já disse à senhora: eu tinha descido só para buscar meu caderno Jimmy.

– E *por que* você não podia deixar o caderno lá embaixo até de manhã? – persistiu a tia Ruth.

– Ai, ai, ai! Não vamos começar outra discussão! Estou com fome e quero jantar – interveio o primo Jimmy. – Vocês duas, vão buscar a comida.

Elizabeth e Laura obedeceram tão prontamente quanto como se o próprio Archibald Murray tivesse dado a ordem. Depois de um momento, Ruth as seguiu. As coisas não haviam saído como ela imaginara; mas, no fim das contas, ela se sentia resignada. Não seria bom que um escândalo como esse envolvendo o nome dos Murray tivesse se espalhado, o que certamente aconteceria se Emily fosse considerada culpada por aquele tribunal.

– Pronto. *Tudo* resolvido – disse o primo Jimmy para Emily quando a porta se fechou.

Emily soltou um suspiro profundo. Aquela sala quieta e suntuosa de repente lhe parecia muito bonita e amigável.

– Sim, graças a você – ela disse, disparando em direção a ele para um abraço impetuoso. – Agora brigue comigo, primo Jimmy! Brigue *feio*!

– Não, não. Mas teria *mesmo* sido mais prudente não ter aberto a janela, não é, gatinha?

– Sim, com certeza. Mas a prudência é uma virtude tão sem graça às vezes, primo Jimmy. Às vezes, ela causa vergonha... Às vezes, a gente só quer fazer o que quer e...

– As consequências que se lasquem – completou o primo Jimmy.

– Algo assim – concordou Emily, rindo. – Eu detesto ir seguir pela vida com passinhos de formiga, com medo de que alguém veja se eu der um passo mais longo. Eu quero “balançar minha selvagem cauda e andar sozinha pelo meu próprio caminho selvagem". Não teve nenhum perigo de verdade em abrir a janela para conversar com o Perry. Não teve perigo nem no fato de ele ter me beijado. Ele fez isso só para me provocar. Ah, como eu *odeio* as convenções. Como você disse, as consequências que se lasquem!

– Mas a verdade é que elas não se lascam, não é, gatinha? Esse é o problema. O mais provável é que nós nos lasquemos. Agora, imagine, gatinha... Não faz mal imaginar. Imagine que você é adulta e casada e tem uma filha da sua idade. Que você desceu as escadas um dia à noite e a encontrou da forma como a tia Ruth encontrou você e o Perry. Você *teria* gostado? *Teria* ficado satisfeita? Seja honesta.

Emily olhou fixamente para a lareira por alguns instantes.

– Não, não teria – respondeu, por fim. – Mas aí seria diferente: eu não *saberia* o que houve.

O primo Jimmy riu.

– Essa é a questão, gatinha. As outras pessoas não têm como saber. Então, precisamos caminhar com cuidado. Sei que sou só o Jimmy zureta, mas até eu sei que precisamos caminhar com cuidado. Gatinha, vamos ter costelinha assada no jantar.

Nesse exato momento, um perfume saboroso veio flutuando da cozinha: um aroma aconchegante e caseiro que em nada tinha que ver com situações constrangedoras e esqueletos no armário. Emily deu outro abraço no primo Jimmy.

– Mais vale um almoço de pão e água com o primo Jimmy do que um banquete de costelinha assada que inclua a tia Ruth – disse ela.

“Vozes no ar”

“3 de abril de 19...

“Às vezes, me sinto tentada a acreditar na influência de astros malignos nos eventos de dias ruins. Do contrário, como seria possível que coisas terríveis acontecessem com pessoas bem-intencionadas? Fazia pouco tempo que a tia Ruth havia se cansado de relembrar a noite em que flagrou o Perry me beijando na sala de jantar e eu já me vi metida em outra enrascada.

“Vou ser bem honesta. O que causou a coisa toda não foi o fato de eu ter aberto o guarda-chuva dentro de casa, nem de eu ter deixado o espelho da cozinha de Lua Nova cair no chão e quebrar. A responsável por tudo foi única e exclusivamente a minha falta de cuidado.

“A Igreja Presbiteriana de São João aqui de Shrewsbury está sem ministro desde o início do ano, e os candidatos ao posto estão sendo avaliados. O senhor Towers, do *Times*, me pediu para cobrir as pregações para o jornal nos domingos que eu passasse na cidade. A primeira pregação foi boa, e eu escrevi a nota com bastante satisfação. A segunda foi inofensiva – completamente inofensiva –, e eu escrevi a nota sem nenhuma dor na consciência.

Mas a terceira, que foi no último domingo, foi ridícula. Eu disse isso à tia Ruth quando estávamos voltando para casa, e ela me perguntou:

"'Você se acha competente o bastante para criticar pregações?'

"Acho, sim!

"A pregação foi a coisa mais incoerente. O senhor Wickham se contradisse meia dúzia de vezes, confundiu as metáforas, atribuiu a São Paulo algo que foi dito por Shakespeare e cometeu praticamente todos os pecados literários que se possam imaginar, inclusive o pior deles: o de ser chato. Contudo, meu trabalho era cobrir a pregação, e foi o que eu fiz. Depois, para aliviar a tensão, eu escrevi uma crítica a ela, só para mim. Foi uma bobagem ter feito isso, mas eu adorei. Apontei todas as inconsistências, as atribuições de autoria equivocadas, os pontos fracos e os lapsos. Eu me diverti muito escrevendo essa crítica; dei a ela o tom mais contundente, satírico e diabólico que consegui. Ah, devo admitir que o texto saiu bastante virulento!

"Daí, eu entreguei *a crítica* ao *Times* por acidente!

"O senhor Towers repassou o texto ao linotipista sem ler. Ele costumava ter uma confiança lisonjeira em meu trabalho, que agora nunca mais terá. A crítica foi publicada no dia seguinte.

"Tão logo acordei, descobri que havia me convertido em uma personalidade infame.

"Imaginei que o senhor Towers fosse ficar furioso, mas ele se mostrou apenas levemente insatisfeito (e um tanto divertido no fundo). Não é como se o senhor Wichkam fosse o ministro fixo da cidade, obviamente. Ninguém se importa nem com ele nem com a pregação que ele fez. Além disso, o senhor Towers é presbiteriano, de modo que os membros da Igreja de São João não têm como acusá-lo de querer difamá-los. Foi sobre a pobre Emily B. que caiu todo o peso da condenação. Aparentemente, eles todos acham que eu fiz isso para 'me exibir'. A tia Ruth está furiosa; a tia Elizabeth, indignada; a tia Laura, desconsolada; e o primo Jimmy, alarmado. É algo bastante assombroso criticar a pregação de um ministro. A tradição entre os Murray é de considerar as pregações (em especial as de ministros presbiterianos) algo sagrado. Minha presunção e minha vaidade ainda vão me levar à ruina, é o que a tia Elizabeth me disse. A única pessoa que parece ter gostado da situação é o professor Carpenter (o Dean está em Nova Iorque; sei que ele também teria gostado). O professor anda dizendo para todos que a minha 'reportagem' foi a melhor coisa do tipo que ele já leu na vida. Mas há quem desconfie que ele seja herege, de modo que o apoio dele não serve muito para me reabilitar aos olhos da sociedade.

"Eu me sinto muito abalada por causa desse assunto. Meus erros me incomodam mais que meus pecados às vezes. Ainda assim, tem alguma coisa profana bem dentro de mim que está rindo de tudo isso, travessa. Toda e cada palavra naquela 'reportagem' era verdadeira. Mais que verdadeira: apropriada. *Eu* não confundi nenhuma metáfora.

"Agora é lidar com as consequências!"

"20 de abril de 19...

"'Levanta-te, vento norte, e vem tu, vento sul; assopra no meu jardim, para que se derramem os seus aromas'[66].

"Isso era o que eu dizia enquanto caminhava pela Terra da Retidão hoje à tarde, com a diferença de que eu substituí 'jardim' por 'bosque', pois primavera já está batendo à porta, e a única coisa que eu vejo é a alegria.

"A madrugada foi cinzenta e chuvosa, mas o sol apareceu à tarde e, agora à noite, o frio de abril soprou de leve – só o suficiente para deixar a terra firme. A noite me parece uma dessas em que é possível encontrar os deuses antigos nos lugares solitários. Eu, contudo, não vi nada, a não ser uns vultos ariscos em meio às copas dos pinheiros, o que pode ter sido tanto uma trupe de duendes quanto meras sombras.

"(Por que será que *duende* é uma palavra tão mágica, e *doente*, tão feia? E por que será que *sombrio* é tão carregada de mistério e beleza, ao passo que *lúgubre* é tão pavorosa?)

"Apesar de não ter visto nada, ouvi vários sons mágicos enquanto subia a colina, como se fossem as vozes das fadas, e isso me encheu de

[66] Cânticos 4:16. (N.T.)

uma alegria etérea e extraordinária. E como eu amo o alto dessa colina! Quando cheguei lá, fiquei quietinha e deixei que a beleza do entardecer fluísse através de mim como música. Que bonita era a voz da Mulher de Vento, que cantava entre as bétulas ao meu redor! Como ela assobiava em meio às copas serrilhadas das árvores! Uma das treze luas novas prateadas do ano se dependurava sobre o porto. Eu fiquei ali, parada, pensando em inúmeras coisas belas: em riachos livres e selvagens, correndo em meio a campos iluminados por estrelas nas noites de abril; em mares com ondas de cetim cinza-prateado; no encanto dos ulmeiros contra o luar; nas raízes que se trançam e se cruzam sob a terra; nas corujas que riem na escuridão; na espuma branca das ondas ao longo das praias; na lua nova nascendo atrás da silhueta de uma colina; no cinza das tempestades sobre o golfo.

"Todas as minhas posses se limitavam a setenta e cinco centavos, mas o Paraíso não se compra com dinheiro.

"Então, eu me sentei em uma pedra e tentei converter esses momentos de sublime felicidade em poema. Acho que consegui capturar a forma deles muito bem; mas a alma, não. Ela me escapou.

"Já estava bem escuro quando eu voltei, e a personalidade da Terra da Retidão parecia ter mudado por completo. Ela estava sombria, quase sinistra. Eu teria corrido se tivesse coragem. As árvores, minhas velhas e íntimas amigas, pareciam estranhas e distantes. O que eu ouvia não eram os sons alegres e companheiros do amanhecer nem as vozes amigáveis das fadas do entardecer. Eram sons macabros e bizarros, como se a alma do bosque subitamente tivesse dado à luz algo hostil a mim; algo furtivo, desconhecido e enigmático. Imaginei que ouvia passos sorrateiros ao meu redor e que olhos medonhos me observavam por detrás das moitas. Quando saí do bosque e saltei a cerca que dava para o quintal da tia Ruth, me senti como se estivesse escapando de um lugar fascinante, mas não de todo sagrado. Um lugar entregue ao paganismo e às pândegas dos sátiros. Não consigo acreditar que os bosques sejam inteiramente cristãos quando eles estão mergulhados na escuridão. Neles, há sempre uma entidade oculta que não ousa se revelar à luz do dia, mas que reclama suas terras à noite.

"'Você não deveria estar exposta ao sereno com essa sua tosse', a tia Ruth aconselhou.

"Mas não foi o sereno que me fez mal (sim, algo *havia* me feito mal). Foi esse vislumbre fascinante de algo profano. Eu tive medo dele e, ao mesmo tempo, o amei. A beleza que eu havia experimentado no alto da colina subitamente pareceu insossa comparada a ele. Subi para o quarto e escrevi outro poema. Quando terminei, senti que havia exorcizado minha alma de algo maligno, e a Emily-no-Espelho deixou de me parecer tão estranha.

"A tia Ruth acaba de me trazer uma xícara de leite quente com pimenta-caiena, para ajudar com a tosse. A xícara está à minha frente; preciso beber; isso fez com que tanto o Paraíso quanto a Terra Pagã parecessem bobos e ilusórios de repente."

"25 de maio de 19...

"O Dean voltou de Nova Iorque na última sexta-feira e, nesse dia à tarde, nós fomos caminhar pelo jardim de Lua Nova, admirando aquele estranho entardecer de dia pós-chuva. Eu estava usando um vestido leve, e, quando Dean chegou, disse:

"'Logo que vi você, tive a impressão de que você parecia uma cerejeira-branca silvestre. Como aquela ali...', ele disse, apontando para uma árvore que se balançava e acenava como um espectro no bosque do John Altivo.

"Era uma imagem tão bonita que ser comparada a ela fez com que eu me sentisse muito bem comigo mesma. Foi uma alegria ter o querido Dean de volta; passamos uma tarde preciosa: colhemos um farto buquê de amores-perfeitos do primo Jimmy e observamos as nuvens carregadas se fundir até formarem uma única massa colossal a leste, deixando todo o céu a oeste completamente limpo e estrelado.

"'De alguma forma, estar com você faz as estrelas parecer ainda mais brilhantes, e os amores-perfeitos, ainda mais púrpura', o Dean disse.

"Como ele é gentil! Como é possível que a opinião dele e a da tia Ruth a meu respeito sejam tão diferentes?

"Ele trazia um pequeno pacote embaixo do braço e, quando estava indo embora, o entregou para mim.

"'Trouxe isto para você, para compensar a feiura do Lorde Byron', ele disse.

"Era uma cópia emoldurada do *Retrato de Giovanna degli Albizzi, esposa de Lorenzo Tornabuoni*, uma dama do *Quattrocento*[67]. Trouxe o retrato para Shrewsbury e o pendurei em meu quarto. Adoro admirar a *signora* Degli Albizzi: essa dama esbelta e bela, com seus cachos sedosos e dourados; seu perfil nobre e refinado (será que o pintor, lisonjeiro, melhorou seus traços?); seu pescoço claro, à mostra; suas sobrancelhas sutis; e seu ar de santidade e transcendência (pois a *signora* morreu jovem).

"As luvas de veludo bordado, trançadas e bufantes, primorosamente costuradas, se ajustam perfeitamente aos braços dela. A *signora* com certeza dispunha dos melhores costureiros e, apesar de sua santidade, temos a impressão de que ela tinha plena consciência disso. Fico desejando que ela virasse a cabeça, de modo que eu pudesse admirar seu rosto por inteiro.

"A tia Ruth acha a pintura estranha e, obviamente, questiona se é adequado mantê-la no mesmo quarto que a cromolitografia da rainha Alexandra coberta de joias.

"Eu também me questiono isso."

"10 de junho de 19…

"Ultimamente, tenho feito todas as minhas lições às margens do lago na Terra da Retidão, em meio àquelas maravilhosas árvores altas e finas. Nos bosques, me sinto uma druida: trato as árvores com algo além do amor; com adoração.

"Além disso, também tem o fato de que as árvores, diferentemente de muitos humanos, sempre melhoram à medida que as conhecemos mais. Independentemente de quanto gostemos dela tão logo a conheçamos, é certo que gostaremos ainda mais delas com o passar do tempo, em especial quando podemos passar anos conversando com elas, ao longo de todas as diferentes estações. Descobri centenas de coisas preciosas sobre as árvores da Terra da Retidão que eu não sabia quando cheguei aqui, há dois anos.

[67] Nome com que se faz referência ao conjunto de acontecimentos sociais, políticos, artísticos, etc. que se desenrolaram na Itália no século XV (ou seja, nos anos 1400). (N.T.)

"As árvores têm tanta individualidade quanto os seres humanos. Nem mesmo dois abetos são idênticos. Tem sempre alguma curva, algum corte ou galho torto que diferencia cada uma delas das demais. Algumas árvores gostam de crescer próximas das outras, emaranhando seus galhos, como a Ilse e eu quando nos abraçamos, e cochichando segredos intermináveis. Por outro lado, há um grupo mais restrito de quatro ou cinco árvores, que são como o clã dos Murray. Por fim, existem as árvores eremitas, que optam por se manter afastadas, solitárias, e que só se relacionam com os ventos dos céus. Contudo, estas últimas árvores são, geralmente, as mais interessantes de se conhecer. Temos uma sensação de triunfo maior ao ganhar a confiança delas do que quando conquistamos as árvores mais dadas. Esta noite, vi de repente uma enorme estrela piscante descansando bem no topo do grande pinheiro que se ergue solitário a leste do bosque. Tive a sensação de estar presenciando o encontro de duas majestades, e essa sensação vai permanecer dentro de mim por muitos dias, tornando tudo mais mágico – até as lições de casa, as louças para lavar e as faxinas de sábado."

"25 de junho de 19…

"Tivemos prova de história hoje. A matéria era o período da dinastia Tudor[68]. Esse período me pareceu fascinante, mais pelo que *não* aparece nas histórias do que pelo que *aparece*. Não nos contam (e não *sabem* nos contar) o que realmente queremos saber. Sobre o que pensava Joana Seymour[69] quando não conseguia dormir? Seria sobre Ana[70]? Ou sobre a pobre e pálida Catarina[71]? Ou seria só sobre o estilo de seu rufo novo?

---

[68] A casa de Tudor reinou sobre a Inglaterra e seus domínios por mais de cem anos, entre o fim do século XV e o início do século XVII. A última monarca dessa dinastia foi a rainha Elizabeth I, falecida em 1603. (N.T.)

[69] Joana Seymour (ca. 1508-1537): terceira esposa do rei Henrique VIII e rainha-consorte da Inglaterra entre 1536 e 1537. Morreu dando à luz Eduardo VI. (N.T.)

[70] Ana Bolena (ca. 1501-1536): segunda esposa do rei Henrique VIII, que acabou sendo acusada de traição e decapitada. (N.T.)

[71] Catarina de Aragão (1485-1536): princesa espanhola e primeira esposa do rei Henrique VIII. O casamento não resultou em um herdeiro homem, o que, em última instância, culminou na cisão entre a Igreja Católica Romana e a Igreja da Inglaterra, para que o rei conseguisse enfim anular o matrimônio. (N.T.)

Terá ela alguma vez pensado que pagou caro demais pela coroa ou estaria ela satisfeita com o preço? E terá ela se sentido feliz nas poucas horas que viveu depois do parto ou será que foi assombrada por uma procissão de almas arrastando-a para o além? Seria a Lady Joana Grey[72] chamada de 'Jô' pelos mais íntimos? E será que ela tinha acessos de raiva? O que será que a esposa de William Shakespeare realmente pensava dele? E será que algum homem se apaixonou *de verdade* pela rainha Elizabeth[73]? Sempre faço perguntas assim quando estudo esse cortejo de reis, rainhas, gênios e tolos registrado no currículo escolar sob o nome 'Período da Dinastia Tudor'."

"7 de julho de 19...

"Dois anos de Ensino Médio concluídos. O resultado das provas finais foi digno da satisfação da tia Ruth, que afirmou, condescendente, sempre ter acreditado que eu era capaz de aprender se me dedicasse a isso. Em suma, fui a primeira da turma, e estou satisfeita. Todavia, começo a entender o que o Dean queria dizer quando falou que a verdadeira educação vem do que conseguimos descobrir sozinhos. Afinal, as coisas que mais me ensinaram nestes últimos dois anos foram as que eu aprendi perambulando pela Terra da Retidão, dormindo sobre o palheiro, admirando a *signora* Degli Albizzi, ouvindo a história da mulher que deu uma sova no rei, tentando me ater aos *fatos* ao escrever, etc. Até mesmo os bilhetes de recusa que recebi e meu ódio à Evelyn Blake me ensinaram algo. Falando na Evelyn, ela reprovou nos exames finais e vai ter que repetir o último ano. Sinto muito por ela, de verdade.

Isso dá a impressão de que eu sou uma pessoa amável e clemente. Que fique perfeitamente claro: sinto muito que ela tenha reprovado porque, se não tivesse, ela não estaria na escola no próximo ano letivo."

---

[72] Joana Grey (ca. 1536-1554): nobre dama inglesa declarada rainha após a morte de Eduardo VI. Devido a seu curto reinado, ficou conhecida como 'a rainha dos nove dias'. Foi executada na Torre de Londres. (N.T.)

[73] Elizabeth I (1533-1603): soberana da Inglaterra de 1559 até sua morte; última monarca da dinastia Tudor. Por nunca ter se casado, ficou conhecida como 'a rainha virgem'. (N.T.)

"20 de julho de 19...

"Ilse e eu temos ido nadar todos os dias ultimamente. A tia Laura é bastante incisiva ao nos lembrar de levar os trajes de banho. Eu me perguntou se ela ficou sabendo de alguma coisa acerca de nosso banho ao luar usando roupas íntimas.

"Por enquanto, nossos mergulhos têm sido à tarde. Depois deles, nos deitamos preguiçosamente nas areias douradas e mornas, com as dunas se erguendo atrás de nós até o porto e o mar azul e preguiçoso se abrindo à nossa frente, salpicado de velas que parecem prateadas sob a luz mágica do sol. Ah, a vida é bela, bela, bela! Apesar das três cartas de recusa que recebi hoje. Esses mesmos editores ainda vão *implorar* pelas minhas obras! Enquanto isso, a tia Laura está me ensinando a fazer um suculento e complicado bolo de chocolate cuja receita ela aprendeu há trinta anos com uma amiga que agora mora na Virgínia. Ninguém em Blair Water conhece a receita, e a tia Laura me fez prometer que jamais a revelaria.

"O verdadeiro nome do bolo é Manjar do Diabo, mas a tia Elizabeth não aceita que ele seja chamado assim."

"2 de agosto de 19...

"Eu fui visitar o professor Carpenter hoje à tarde. Ele está acabado, devido ao reumatismo, e é evidente que ele está envelhecendo. Ele foi bastante rabugento com os alunos no ano passado e houve manifestações contrárias à permanência dele na escola, mas, no final, decidiu-se que ele continuaria. A maior parte de Blair Water sabe que, apesar da rabugice, ele é um professor em um milhão.

"'Não é possível ser amável ensinando tolos', ele resmungou quando os membros da comissão escolar lhe disseram que houvera algumas reclamações sobre seu jeito brusco.

"Talvez tenha sido o reumatismo o que fez com que o professor fosse bastante duro com alguns poemas que eu levei para a avaliação dele. Quando ele leu o que eu havia escrito em abril, no alto da colina, ele jogou o papel de volta para mim e disse:

"'Muito aguinha com açúcar.'

"E eu que achava que o poema expressava bem, em certa medida, a magia daquela tarde. Como devo ter fracassado!

"Eu então entreguei a ele o poema que eu escrevi depois que eu cheguei, naquele mesmo dia. Ele o leu duas vezes e, em seguida, rasgou o papel em pedacinhos, deliberadamente.

"'*Por que* o senhor fez isso?', eu perguntei, um tanto ofendida. 'Não tinha nada de errado com o poema, professor Carpenter.'

"'Não na estrutura', ele respondeu. 'Os versos em si, individualmente, poderiam ser lidos até na escola dominical. Mas a *alma* dele... Onde estava sua cabeça quando você escreveu isso, pelo amor de Deus?

"'Nos tempos da Era Dourada', eu respondi.

"'Não, não... Nos tempos de uma era bem anterior a essa. Esse poema era puro paganismo, menina, embora você talvez não perceba. Para ser franco, do ponto de vista puramente literário, ele vale mais que mil de suas cançõezinhas bonitas. Contudo, é aí que mora o perigo. É melhor que você se atenha às coisas da sua idade. Elas são coisas das quais você faz parte, coisas que você pode possuir sem ser possuída por elas. Emily, havia algo de diabólico em seu poema. O suficiente para me fazer acreditar que os poetas são *mesmo* inspirados por... por espíritos exteriores a eles. Você não se sentiu *possuída* ao escrever esse poema?'

"'Sim', eu respondi, me lembrando. Me senti feliz que o professor Carpenter tivesse rasgado o poema. Eu jamais teria tido forças para fazer isso. Eu já destruí muitos de meus poemas que, depois de uma segunda leitura, me pareceram puro lixo. Mas com este isso não aconteceu, e ele sempre me trazia de volta a sensação medonha e intrigante que eu tive naquela noite. O professor Carpenter estava certo... Sinto que estava.

"Ele também chamou minha atenção quando eu mencionei que estava lendo os poemas da senhora Hemans[74]. A tia Laura tem uma edição de que gosta muito, encadernada em material dourado e azul-claro, com uma dedicatória de um admirador. Nos tempos da tia Laura, era comum presentear as pessoas de quem se gostava com um livro de poesia.

[74] Felicia Hemans (1793-1835): poetisa inglesa. (N.T.)

As coisas que o professor Carpenter disse sobre a senhora Hemans não são apropriadas para o diário de uma dama. Imagino que, no geral, ele esteja certo; ainda assim, gosto muito dos poemas dela. Aqui e acolá sempre aparece um verso ou outro que me persegue deliciosamente durante dias.

'*A marcha das hostes quando passava Alarico*'[75]

"Esse é um, embora eu não saiba justificar por que gosto dele. É impossível justificar o encantamento. Aqui estão mais alguns:

'*Os sons do mar e os sons da noite*
Cercavam Clotilde quando ela se ajoelhou para rezar
Em uma capela na qual jaziam os poderosos
Na antiga costa provençal.'[76]

"Isso não é lá poesia da mais alta qualidade, mas tem algo de mágico nesses versos, em especial no último, na minha opinião. É um verso que eu nunca leio sem sentir que *sou Clotilde*, ajoelhada 'na antiga costa provençal', com os estandartes de antigas guerras flamejando sobre mim.

"O professor Carpenter caçoou do meu 'gosto pelo chorume' e me disse para ler os livros de *Elsie*[77]! Por outro lado, quando eu estava me retirando, ele me fez o primeiro elogio pessoal que jamais recebi dele.

"'Gosto desse vestido azul que você está usando. E você sabe usá-lo bem. Isso é bom. Não suporto mulheres que não sabem se vestir. Me faz mal, e também deve fazer mal ao Deus Todo-Poderoso. Não tenho paciência com gente desleixada, e Ele com certeza também não tem. Até porque, se você souber se vestir bem, não faz diferença se gosta ou não da senhora Hemans.'

---

[75] Citação de um verso do poema *Alaric in Italy*: "*The march of the hosts as Alaric passed*". (N.T.)

[76] Citação de um trecho do poema *The Lady of Provence*: "*The sounds of the sea and the sounds of the night / Were around Clotilde as she knelt to pray / In a chapel where the mighty lay / On the old Provencal shore*". (N.T.)

[77] *Elsie Dinsmore* é uma série de livros de literatura infantil escrita pela estadunidense Martha Finley (1828-1909). Como Emily já não era mais criança, a sugestão é claramente sarcástica. (N.T.)

"No caminho de volta para casa, encontrei o Velho Kelly, que me parou, me deu um saquinho de balas e mandou 'saudações a *ele*'."

"15 de agosto de 19...

"Este ano foi muito bom para as aquilégias. O velho jardim está cheio delas, em tons maravilhosos de branco e roxo, azul das fadas e rosa dos sonhos. Elas são meio silvestres, de modo que elas têm um charme que as flores domesticadas de jardim nunca têm. E que nome lindo! Aquilégia é pura poesia. Eu geralmente prefiro os nomes populares das flores àquelas pavorosas expressões em latim que os floristas usam em seus catálogos. Boca-de-leão, flor-de-maio, amor-perfeito, botão-de-ouro, margarida, brinco-de-princesa, copo-de-leite, rabo-de-gato, ave-do-paraíso... Amo todos!"

"1º de setembro de 19...

"Duas coisas aconteceram hoje. A primeira foi uma carta da tia-avó Nancy para a tia Elizabeth. A tia Nancy nunca mais fez caso de mim depois da minha visita a Priest Pond, quatro anos atrás. Mas ela ainda está viva, com 94 anos, e, pelo que ouço, *muito* viva. Na carta, ela fez alguns comentários sarcásticos tanto a meu respeito quanto a respeito da tia Elizabeth, mas concluiu se oferecendo para custear todas as minhas despesas em Shrewsbury no ano que vem, incluindo os gastos da minha estadia na casa da tia Ruth.

"Fiquei muito feliz. Apesar do sarcasmo da tia Elizabeth, não me sinto mal em ficar em débito com ela. Ela nunca me chateou nem me infantilizou, nem nunca fez nada por mim só porque sentia que era seu 'dever'. 'O dever que vá para o diabo', ela escreveu na carta. 'Estou fazendo isto porque sei que vai irritar alguns dos Priests e porque o Wallace anda se gabando demais por estar 'ajudando a educar Emily'. Ouso dizer que até você anda se achando por ter contribuído. Diga à Emily para voltar para Shrewsbury e aprender tudo que puder, mas também para esconder que sabe muito e mostrar que tem tornozelos bonitos'. A tia Elizabeth ficou escandalizada com isso e não quis me mostrar a carta, mas o primo Jimmy me contou o que estava escrito nela.

"A segunda coisa que aconteceu foi que a tia Elizabeth me informou hoje que, já que a tia Nancy vai custear minhas despesas, ela, a tia Elizabeth, não se sente na posição de continuar me proibindo de escrever ficção. Segundo ela, eu estou livre para escolher como proceder em relação a isso.

"'Eu nunca vou ver com bons olhos seu hábito de escrever ficção, mas sei que você não vai deixar isso atrapalhar seus estudos', ela disse, séria.

"Você está certa, tia Elizabeth: não vou mesmo! Eu me sinto como uma prisioneira sendo liberta. Meus dedos coçam em busca da pena, e minha mente pulula com ideias novas. Estou cheia de personagens que criei em meus sonhos, sobre os quais quero escrever. Ah, quem me dera não houvesse esse abismo tão grande entre a forma como *vejo* as coisas e a forma como as *escrevo*!

"'Desde que você recebeu aquele cheque pelo conto no último inverno, Elizabeth tem refletido se não seria melhor permitir que você escreva', o primo Jimmy me contou. 'Mas ela só encontrou uma desculpa para recuar da decisão quando a tia Nancy enviou a carta. Nada como dinheiro para convencer um Murray, Emily. Você está precisando de selos ianques?'

"A senhora Kent disse ao Teddy que ele pode continuar estudando em Shrewsbury por mais um ano. Depois disso, ele não sabe como vai ser. Então, vamos todos voltar, e isso me deixa tão feliz que sinto vontade de escrever em itálico!"

"10 de setembro de 19...

"Fui eleita presidente da turma do terceiro ano, e o *Caveira e Coruja* me enviou uma carta dizendo que eu havia sido selecionada para ser membra dessa 'augustíssima fraternidade' sem ter que passar pelas formalidades da candidatura.

"A Evelyn Blake, por sinal, está de cama – por causa de uma tonsilite!

"Eu aceitei a presidência, mas escrevi uma carta para o *Caveira e Coruja* declinando o convite, com uma polidez ácida.

"Depois de me vetarem ano passado? Nunca!"

"7 de outubro de 19...

"Houve uma grande comoção hoje na turma quando o diretor Hardy fez um anúncio. O tio da Kathleen Darcy, que é professor na Universidade de McGill, fará uma visita à escola e decidiu oferecer um prêmio ao melhor poema escrito por um aluno do Liceu de Shrewsbury. O prêmio em questão será a coleção completa de Parkman[78]. Os poemas devem ser entregues até o dia primeiro de novembro e 'não devem ter menos de vinte versos, nem mais de sessenta'. Isso faz parecer que o primeiro requisito para começar a escrever é uma fita métrica. Vasculhei freneticamente meus cadernos Jimmy hoje à noite e decidi enviar o 'Uvas silvestres'. É meu segundo melhor poema. O melhor é 'Uma canção de seis vinténs', mas este só tem quinze versos, e acrescentar mais iria estragá-lo. Acho que consigo melhorar um pouco o 'Uvas silvestres'. Tem uns dois ou três versos nele com os quais não estou inteiramente satisfeita. Eles não expressam muito bem o que eu quero dizer, mas também não consigo achar outra forma de dizer que seja melhor. Queria poder inventar palavras, como eu costumava fazer antigamente nas minhas cartas para o meu pai. A questão é que o meu pai teria entendido as palavras que eu inventava se tivesse lido as cartas, ao passo que os juízes do concurso não fariam nenhum esforço para isso.

"Tenho certeza de que o 'Uvas silvestres' vai vencer o concurso. Não é presunção nem vaidade. É só um fato. Se o concurso fosse de matemática, a Kath Darcy ganharia. Se fosse de beleza, a Hazel Ellis. Se fosse de conhecimentos gerais, o Perry Miller. De declamação, a Ilse. De desenho, o Teddy. Mas, como é de poesia, E. B. Starr será a vencedora!

"Estamos estudando Tennyson e Keats[79] nas aulas de literatura este ano. Gosto do Tennyson, mas às vezes ele me irrita. Ele é belo, mas não é belo *demais*, como o Keats, que é o 'Artista Perfeito'. O problema é que Tennyson nunca nos deixa esquecer o artista; estamos sempre conscientes dele; ele nunca é escondido por uma avalanche de sentimentos. Não, não.

---

[78] Francis Parkman Jr. (1823-1893) foi um historiador estadunidense, autor da obra *France and England in North America*, cujos sete volumes cobrem os esforços militares da França e da Inglaterra na América do Norte, no período das colonizações. (N.T.)

[79] John Keats (1795-1821): conhecido poeta do romantismo inglês.

Ele flutua sereno por entre bancos de areia calmos e jardins bem cuidados. Por mais que alguém goste de jardins, ninguém quer estar metido em um o tempo *todo*. Todos gostamos de uma incursão na selva vez ou outra. Pelo menos Emily Byrd Starr gosta, para o horror de sua família.

"Keats tem beleza *demais*. Quando leio seus poemas, me sinto sufocada entre rosas e ansiando por ar fresco ou pela austeridade do pico de uma montanha. Por outro lado, ele tem *alguns* versos...

> '*Janelas mágicas abertas na espuma*
> *De mares perigosos, em terras mágicas e desoladas...*[80]'

"Quando leio isso, sinto uma espécie de desespero! De que *vale* tentar fazer alguma coisa que já foi feita de maneira *tão* perfeita?

"Mas encontrei outros versos que me inspiram. Eu os registrei na página inicial do meu caderno Jimmy:

> '*Jamais será coroado*
> *Com a imortalidade aquele que teme ir*
> *Aonde as vozes no ar o conduzem*[81]'

"Ah, é verdade! Precisamos seguir as 'vozes no ar' e seguir firmes, apesar dos desencorajamentos, das dúvidas e da descrença, até que elas nos conduzam à Cidade da Realização, seja ela onde for.

"Recebi quatro cartas de recusa hoje, todas guinchando roucamente sobre fracasso. As Vozes no Ar ficam mais difíceis de escutar em meio a esse barulho. Mas vou voltar a ouvi-las. E eu *vou* segui-las. Não vou me deixar desencorajar. Anos atrás, escrevi uma 'promessa'. Encontrei-a outro dia em um velho envelope na minha prateleira. Ela dizia que eu 'escalarei o Caminho Alpino e escreverei meu nome no pergaminho da fama'.

"Seguirei escalando!"

---

[80] Citação de *Ode a um rouxinol* (*Ode to a nightingale*): "*Magic casements opening on the foam / Of perilous seas, in faerylands forlorn*". (N.T.)

[81] Citação do poema *Endymion*: "*He ne'er is crowned / With immortality who fears to follow / Where airy voices lead*". Este último verso dá nome a este capítulo. (N.T.)

"20 de outubro de 19...

"Eu reli as 'Crônicas de velho jardim' outro dia à noite. Acho que posso melhorá-las bastante, agora que a tia Elizabeth retirou o embargo aos textos de ficção. Queria que o professor Carpenter as lesse, mas ele disse:

"'Deus me livre, menina! Não consigo ler isso tudo. Minhas vistas andam péssimas. O que é isso? Um livro? Minha flor, ainda vai levar uns dez anos para você ter condições de escrever um livro.'

"'Mas eu preciso praticar!', eu respondi, indignada.

"'Ah, pois então pratique, mas não me faça de cobaia. Já estou velho demais para isso. Falo sério. Não me importo em ler um conto curto (bem curto!) de vez em quando, mas livros, não!'

"Talvez eu pergunte ao Dean o que ele acha. O problema é que ele ultimamente tem rido das minhas ambições. Ri com muito cuidado e muito tato, mas *ri*. E o Teddy acha tudo que eu escrevo perfeito, então ele não é um crítico muito bom. Será... Será que alguém aceitaria publicar as *Crônicas*? Tenho certeza de que já li livros parecidos, que não eram muito melhores que elas."

"11 de novembro de 19...

"Passei a tarde resumindo um romance para o senhor Towers. Quando ele estava de férias em agosto, o subeditor, senhor Grady, começou a publicar uma série no *Times* chamada *Coração partido*. Em vez de encomendar um texto original, como o senhor Towers sempre faz, o senhor Grady simplesmente foi à livraria, comprou uma reedição de um romance inglês sensacionalista e sentimental e começou a publicá-la. O romance é muito longo e, até agora, só metade dele saiu. Percebendo que isso ia durar o inverno inteiro, o senhor Towers me pediu para 'cortar tudo que fosse desnecessário'. Segui essa instrução sem nenhuma clemência: 'suprimi' quase todos os beijos e abraços, dois terços das cenas de amor e todas as descrições. O resultado foi um sucesso: consegui cortar três quartos do que ainda faltava para publicar. A única coisa que tenho a dizer agora é que Deus tenha piedade da alma do linotipista que terá de trabalhar com a versão mutilada da obra.

"O verão e o outono já se foram. Tive a sensação de que passaram mais rápido que de costume. As varas-de-ouro da Terra da Retidão já ficaram brancas, e o gelo se estende como um tapete prateado sobre o chão pelas manhãs. Os ventos da tarde que vão 'sibilando pelos vales desertos'[82] são como almas em busca de coisas que amaram e perderam, chamando em vão por elfos e fadas, que certamente já fugiram para as terras do sul ou estão adormecidos nos troncos dos pinheiros e em meio às raízes das samambaias.

"Todas as tardes, o sol se põe em profundos tons de vermelhos, flamejando em um carmesim fumegante além do porto. Acima dele, sempre surge uma estrela, como uma alma salva assistindo, com olhos compassivos, aos abismos de tormenta nos quais os espíritos dos pecadores são expurgados das manchas adquiridas durante sua peregrinação pela Terra.

"Será que eu ousaria mostrar a frase acima para o professor Carpenter? Não, não ousaria. Logo, tem algo de muito errado com ela.

"Eu sei qual é o problema com ela, agora que a escrevi a sangue-frio. É 'boa escrita'. Ainda assim, é apenas o que eu senti quando estava no alto da colina além da Terra da Retidão, observando o porto. E quem se importa com o que pensa este velho diário?"

"2 de dezembro de 19…

"O resultado do concurso foi anunciado hoje. A Evelyn Blake foi a vencedora, com um poema chamado 'Uma lenda de Abegweit[83]'.

"Não há mais nada a se dizer sobre isso.

"Até porque a tia Ruth já disse tudo!"

"15 de dezembro de 19…

"Os versos vitoriosos da Evelyn foram publicados no *Times* esta semana, com uma fotografia dela e uma breve biografia. A coleção de Parkman está exibida na vitrine da Booke Shoppe.

---

[82] Citação de um verso do poema *Introduction to the songs of innocence*, do inglês William Blake (1757-1827): "*Piping down the valley wild*". (N.T.)

[83] *Abegweit* é como o povo micmac, nativo do Canadá, se refere à Ilha do Príncipe Edward. Uma tradução possível é: "deitado no berço das ondas". (N.T.)

"'Uma lenda de Abegweit' é um bom texto. Foi escrito em forma de balada e tem ritmo e rimas adequados – algo que não se poderia dizer de nenhum outro poema dela que eu já tenha lido.

"Sempre que consigo publicar algo, a Evelyn diz que eu copiei de outro lugar. Detesto imitá-la, mas *sei* que ela não escreveu esse poema. É como se ela imitasse a caligrafia do diretor Hardy e fingisse que é a dela. Existe uma diferença enorme entre os garranchos dela e a letra elegante do diretor; da mesma forma, existe uma diferença enorme entre o que ela normalmente escreve e esse poema.

"Além do mais, 'Uma lenda de Abegweit' é bom, mas não é melhor que 'Uvas silvestres'.

"Não ouso dizer isso a ninguém, mas deixo registrado neste diário, porque é verdade."

"20 de dezembro de 19...

"Mostrei o 'Uma lenda de Abegweit' e o 'Uvas silvestres' para o professor Carpenter. Depois de ler ambos os poemas, ele perguntou:

"'Quem eram os juízes?'

"Eu respondi.

"'Mande meus cumprimentos a eles e diga-lhes que eles são uns imbecis', ele disse.

"Eu me senti reconfortada. Não vou chamar os juízes de imbecis, mas me deixa mais tranquila saber que eles são.

"O mais engraçado é que a tia Elizabeth pediu para ler o 'Uvas silvestres' e, quando terminou, ela disse:

"'Não sou nenhuma crítica de poesia, obviamente, mas me parece que o seu é *de mais qualidade*.'"

"4 de janeiro de 19...

"Passei a semana de Natal na casa do tio Oliver. Não gostei. Foi muita algazarra. Eu teria gostado uns anos atrás, mas eles nunca me convidaram nessa época. Tive que comer quando não estava com fome; jogar ludo quando não queria jogar; conversar quando queria ficar em silêncio.

Não fiquei sozinha em nenhum momento. Além disso, o Andrew tem-se tornado um incômodo tão grande... A tia Addie estava detestavelmente carinhosa e maternal. Eu me sentia como um gato sendo apertado por uma criança excessivamente afetuosa. Tive que dormir no quarto da Jen, que é minha prima de primeiro grau e tem a minha idade. Sei que, no fundo, ela sente que eu não mereço o Andrew, mas está disposta a me aturar. Jen é uma moça gentil e sensata; ela e eu somos *amiguelas*. Essa é uma palavra que eu mesma inventei. Quer dizer que nós somos mais que meras conhecidas, mas não exatamente amigas. Seremos sempre *amiguelas* e nada mais que isso. Não falamos a mesma língua.

"Quando voltei para minha querida Lua Nova, subi para meu quarto, tranquei a porta e me deleitei na solidão.

"As aulas recomeçaram ontem. Hoje, na Booke Shoppe, eu precisei segurar o riso. A senhora Rodney e a senhora Elder estavam olhando alguns livros, quando esta última disse:

"'Aquela história no *Times*, 'Coração partido', foi a coisa mais estranha que eu já li. Eles enrolaram e enrolaram por semanas, e a história parecia não chegar a lugar nenhum. Daí, de repente, acabou tudo de uma vez, *em um piscar de olhos*. Não entendi nada.'

"Eu poderia ter solucionado o mistério para ela, mas decidi não fazer isso."

Na antiga casa de John Shaw

Quando "A mulher que deu uma sova no rei" foi aceita para publicação por uma revista mais ou menos conhecida de Nova Iorque, houve uma comoção em Blair Water e em Shrewsbury, especialmente quando começou a correr a inacreditável notícia de que Emily havia recebido quarenta dólares por isso. Pela primeira vez, o clã dos Murray passou a ver sua mania de escritora com certo grau de seriedade. A tia Ruth, por exemplo, deixou completamente de associar a escrita a perda de tempo. A notícia da aprovação pela revista chegou em um momento em que Emily se encontrava quase sem fé. Seus escritos haviam sido rejeitados durante quase todo o outono e o inverno, com a exceção de duas revistas, cujos editores pareciam pensar que a literatura é uma recompensa em si mesma, dispensando degradantes gratificações pecuniárias. De início, Emily se sentia péssima quando os contos e os poemas nos quais havia trabalhado tanto retornavam, acompanhados de frios bilhetes de recusa ou de umas poucas palavras de reconhecimento. Emily chamava estes últimos de "bilhetes do 'porém'" e os detestava mais que os outros. Lágrimas de desilusão sempre lhe corriam pelas faces. Contudo, depois de um tempo, ela se tornou mais resistente e já não se deixava abalar... muito. Quando os bilhetes de recusa chegavam, ela se limitava a olhá-los com o olhar de Murray e a dizer: "Eu vou conseguir". De fato, nunca houve um momento em que ela tenha deixado de acreditar nisso. No fundo - *bem* no fundo -, algo lhe dizia que sua hora *iria* chegar. Portanto, ainda que ela se encolhesse um pouco a cada recusa, como quem se encolhe após uma chicotada, ela logo se sentava e escrevia uma nova história.

Ainda assim, sua voz interior havia se tornado bastante fraca com tantos desencorajamentos. O aceite do conto "A mulher que deu uma sova no rei" subitamente converteu essa voz em um alegre coro de certeza mais uma vez. O cheque significava muita coisa, mas ter conseguido publicar naquela revista era algo ainda maior. Emily sentia que havia subido um degrau. Ao ouvir a notícia, o professor Carpenter não segurou a alegria e exclamou:

- Isso é ótimo!

- O mérito maior é da senhora McIntyre - disse Emily, triste. - Não posso tomá-lo para mim.

- O contexto é seu, e o que você acrescentou à história harmoniza perfeitamente com o material que você tinha de base. Além disso, você não exagerou ao lapidá-lo; *isso* é o que revela a artista. Você não se sentiu tentada?

- Sim. Tinha muitas partes nele que eu achei que *poderia* melhorar.

- Mas você não tentou! É *isso* que o torna seu - disse o professor, deixando que ela resolvesse esse enigma por conta própria.

Emily gastou trinta e cinco dólares de seu pagamento com tanta prudência que nem mesmo a tia Ruth encontrou defeito para apontar. Contudo, com os cinco que sobraram, ela comprou uma coleção de Parkman. Era uma edição muito mais bonita que a do prêmio (que o doador havia escolhido em uma lista de pedidos pelo correio), e Emily se sentiu mais orgulhosa por tê-la podido *comprar* do que se sentiria se a tivesse *ganhado*. Afinal de contas, é sempre melhor conseguir as coisas por conta própria. Até hoje, Emily ainda possui essa coleção. Os livros já estão um tanto surrados e desbotados, mas, mesmo assim, são os que ela mais estima em sua biblioteca. Ela passou algumas semanas muito feliz e animada. Os Murray tinham orgulho dela; o diretor Hardy a havia parabenizado; uma locutora famosa havia feito a leitura do conto em um concerto em Charlottetown; e, o melhor de tudo, um leitor distante, no México, havia lhe escrito uma carta dizendo como apreciara a leitura de "A mulher que deu uma sova no rei". Emily leu e releu a carta até decorá-la e dormia com ela sob o travesseiro. Nem mesmo uma mensagem de amor teria sido tão bem tratada.

Mas então veio o acontecimento na antiga casa de John Shaw, como uma nuvem carregada cobrindo o céu azul de Emily.

Certa sexta-feira, houve um concerto seguido de uma "reunião social" em Derry Pond, e Ilse foi convidada para recitar. O doutor Burnley deu carona a Ilse, Emily, Perry e Teddy em seu enorme trenó de dois lugares, e os jovens fizeram uma alegre e divertida viagem por aqueles treze quilômetros sob a neve branda que começava a cair. Quando o evento estava pela metade, o doutor Burnley foi chamado. Alguém havia tido um mal súbito muito sério em alguma residência de Derry Pond. O médico foi, tendo antes orientado Teddy a conduzir o grupo de volta para casa depois da festa. O doutor Burnley não viu nenhum problema disso. Os moradores de Shrewsbury e Charlottetown eram dados a inventar regras ridículas sobre quem deve acompanhar as jovens moças, mas essas regras nunca entravam em vigor em Blair Water e Derry Pond. Teddy e Perry eram rapazes decentes, Emily era uma Murray, e Ilse não era boba. O próprio doutor teria concluído isso, mas a verdade é que nem parou para pensar tanto.

Quando o concerto acabou, eles começaram a viagem de volta. A neve estava caindo em maior quantidade agora, e o vento soprava cada vez mais forte, mas os primeiros cinco quilômetros foram em meio à proteção das árvores de um bosque, de modo que essa parte do percurso não foi tão desagradável. Havia um charme estranho e selvagem nas fileiras de árvores cobertas de neve, as quais se erguiam sob a luz pálida do luar, ofuscadas pela cortina da nevasca. Os sinos do trenó gargalhavam dos guinchos do vento que soprava alto. Teddy guiava o veículo sem nenhuma dificuldade. Uma ou duas vezes, Emily suspeitou de que ele estivesse usando apenas um braço para guiar. Ela se perguntou se ele notara que ela havia feito um penteado "de adulta" pela primeira vez naquela noite. Mais uma vez, ela teve a sensação de que havia algo maravilhoso nas tempestades.

Contudo, quando eles saíram do bosque, os problemas começaram. A tempestade soprou sobre eles com toda a fúria. A estrada de inverno[84] cortava os campos, ziguezagueando e serpenteando pelas colinas, bosques e vales. Era uma estrada capaz de "quebrar as costas de uma cobra", como dizia Perry. O caminho estava quase completamente encoberto pela nevasca, e os cavalos afundavam até os joelhos. Haviam percorrido um quilômetro e meio quando Perry berrou, consternado:

– Não vamos conseguir chegar a Blair Water nesta noite, Ted.

– Mas precisamos chegar a algum lugar – gritou Ted. – Não podemos acampar aqui, e as casas mais próximas estão na estrada de verão, depois da colina dos Shaws. Se cubram com os casacos, meninas. É melhor você ir se sentar lá atrás com a Ilse, Emily, e deixar que o Perry venha aqui comigo.

Troca de lugares feita; Emily já não achava mais as tempestades tão divertidas. Perry e Teddy estavam ambos bastante alarmados. Sabiam que os cavalos não conseguiriam avançar muito mais naquela neve tão alta, e a estrada de verão depois da colina dos Shaws estaria completamente bloqueada pela nevasca. Além disso, o frio estava intenso naquelas colinas altas entre os vales de Derry Pond e de Blair Water.

– Se conseguirmos pelo menos chegar à casa do Malcolm Shaw, ficaremos bem – resmungou Perry.

– Não vamos chegar tão longe. A esta altura, a neve já vai ter coberto as cercas na colina dos Shaws – refutou Perry. – A casa velha do John é aqui. Que acha de ficarmos nela?

---

[84] No Canadá (como em outros países de clima frio), é comum que se abram estradas sazonais no inverno para facilitar o deslocamento em condições climáticas desfavoráveis. Essas estradas podem se chamar *winter roads* (estradas de inverno) ou *ice roads* (estradas de gelo), cada uma com suas especificidades. (N.T.)

– Ela é muito fria – disse Perry. – As meninas vão congelar. Precisamos tentar chegar na do Malcolm.

Quando os cavalos finalmente alcançaram a estrada de verão, os rapazes perceberam imediatamente que a colina dos Shaws estava impraticável. Todo e qualquer sinal da estrada havia sido completamente apagado pela neve, que de fato já havia coberto as cercas. Havia postes derrubados pelo vento no caminho à frente, e uma enorme árvore caída obstruía completamente a passagem.

– Não temos alternativa senão voltar para a casa velha do John – disse Perry. – Não podemos sair nessa tempestade e ir andando até a casa do Malcolm. Morreríamos congelados.

Teddy fez os cavalos dar meia-volta. A neve estava ainda mais alta. A cada minuto, ela subia mais. A trilha já havia sumido e, se a casa do velho John estivesse muito longe, eles jamais a teriam encontrado. Por sorte, ela estava perto e, depois de um último esforço através da nevasca incessante, no qual os rapazes precisaram descer e ir conduzindo os cavalos a pé, eles alcançaram a relativa calma daquela clareira em meio aos bosques de abetos na qual se erguia a antiga casa de John Shaw.

A "casa velha do John" já era velha quando, quarenta anos antes, John Shaw havia se mudado para lá com sua jovem esposa. Era um local deserto mesmo nessa época, afastado da estrada e quase completamente cercado pelos bosques. John Shaw viveu nela por cinco anos, até que sua esposa morreu. Ele então vendeu a fazenda para seu irmão, Malcolm, e partiu para o Oeste. Malcolm cultivava a terra e mantinha o pequeno celeiro em bom estado, mas a casa nunca mais foi ocupada. No inverno, os filhos de Malcolm costumavam passar algumas semanas por lá enquanto cortavam lenha, mas nada mais que isso. A casa nem era trancada, já que não havia ladrões e vagabundos em Derry Pond. Nossos náufragos conseguiram entrar sem maiores dificuldades e soltaram um suspiro de alívio ao se verem fora daquela violenta tempestade.

– Pelo menos não vamos congelar – disse Perry. – Ted e eu vamos tentar levar os cavalos para o celeiro e, quando voltarmos, vamos tentar deixar isto aqui mais aconchegante. Eu tenho uma caixinha de fósforos e sempre soube me virar.

Perry nunca encontrava dificuldade em se gabar. Um fósforo aceso revelou um par de velas ainda pela metade em candelabros de latão; um fogão rachado e enferrujado, mas ainda útil; três cadeiras; um banco; um sofá; e uma mesa.

– Pronto! Já não temos mais problemas! – exclamou Perry, tentando ser otimista.

– Salvo que vão ficar muito preocupados conosco em casa – rebateu Emily, limpando a neve das roupas.

– Uma noite de preocupação não mata ninguém – tranquilizou-a Perry. – Amanhã, daremos um jeito de chegar em casa.

– Até lá, viveremos uma aventura! – animou-se Emily. – Vamos nos divertir tanto quanto possível!

Ilse não disse nada, o que era muito raro. Ao olhá-la, Emily percebeu que ela estava muito pálida e notou que ela havia estado excepcionalmente quieta desde que eles saíram do concerto.

– Você está bem, Ilse? – perguntou ela, preocupada.

– Não estou me sentindo muito bem – respondeu Ilse, com um sorriso amarelo. – Estou... Estou enjoada como um bêbado. – acrescentou ela, com mais força que elegância.

– Oh, Ilse...

– Não comece o desespero – determinou Ilse, impaciente. – Não estou com pneumonia nem apendicite. Só enjoada. Acho que a torta que eu comi no salão estava pesada demais. Me deixou com o estômago meio revirado. Aaaiii!

– Deite-se no sofá – aconselhou Emily. – Talvez você se sinta melhor.

Trêmula e miserável, Ilse se deitou. Um "estômago revirado" não é uma enfermidade exatamente poética nem muito séria, mas é capaz de tirar momentaneamente os ânimos de sua vítima.

Os rapazes encontraram uma caixa cheia de madeira atrás do fogão e logo acenderam o fogo. Perry tomou uma das velas e foi explorar a casinha. Em um pequeno cômodo adjacente à cozinha, havia uma cama antiga sem colchão, com estrado de corda. Outro cômodo, que havia sido a sala de visitas de Almira Shaw no passado, estava cheio de palha. No piso de cima, Perry não encontrou nada além de vazio e poeira. Contudo, na despensa, havia algo.

– Tem uma lata de feijão com carne de porco aqui – anunciou ele – e meio pote de biscoito. Temos café da manhã. Acho que foram os filhos do Shaw que deixaram aqui. E o que será isto?

Perry pegou uma pequena garrafa, que abriu e cheirou solenemente.

– É uísque. Não tem muito, mas é o bastante. Aqui está seu remédio, Ilse. Tome um pouco com água morna, que vai melhorar seu estômago em um piscar de olhos.

– Eu odeio o gosto de uísque – queixou-se Ilse. – Meu pai nunca usa; ele não acha que funcione.

– A tia Tom usa – disse Perry, como se isso resolvesse a questão. – É remédio do bom. Prove e veja.

– Mas não tem água – disse Ilse.

– Então você vai ter que tomar puro. Só tem umas duas colheres na garrafa. Se não fizer você melhorar, também não vai matá-la.

A pobre Ilse estava se sentindo tão mal que teria tomado qualquer coisa que não fosse veneno se achasse que havia alguma chance de se sentir melhor. Lânguida, ela se levantou do sofá, se sentou na cadeira mais próxima do fogo e tragou a dose. Era uísque dos bons, forte – isso era o que teria dito Malcolm Shaw. Eu acho que havia mais que duas colheres na garrafa, mas Perry sempre insistiu que não. Ilse permaneceu encolhida na cadeira por alguns minutos, então se levantou e pousou uma mão vacilante no ombro de Emily.

– Está se sentindo pior? – indagou Emily, angustiada.

– Eu estou... estou bêbada – disse Ilse. – Me ajudem a voltar para o sofá, pelo amor de Deus. Minhas pernas estão bambas. Como era o nome daquele escocês em Malvern que dizia que uísque nunca o deixava bêbado, mas firmava as pernas dele? Minha cabeça também não está boa... Está tudo girando.

Perry e Teddy se levantaram rapidamente para ajudá-la, e, escorada neles, Ilse foi levada novamente para o sofá.

– Tem alguma coisa que possamos fazer? – perguntou Emily, nervosa.

– Acho que já foi feito até demais – disse Ilse, com uma solenidade sobrenatural. Ela fechou os olhos e não respondeu a mais nenhuma pergunta. Por fim, os demais julgaram melhor deixá-la em paz.

– O sono vai fazer passar a tontura e, de qualquer modo, acho que vai acalmar o estômago dela – opinou Perry.

Emily não conseguiu ver a situação com tanta tranquilidade. Foi só quando um suspiro discreto de Ilse provou que ela estava dormindo que Emily conseguiu saborear aquela "aventura". O vento soprava forte contra a casinha a ponto de fazer as janelas vibrar, como se estivesse furioso com o fato de os jovens lhe terem escapado. Era prazeroso estar sentada em frente ao fogo, ouvindo a melodia selvagem da tempestade vencida; pensar nas vidas que haviam passado por aquela antiga residência, quando ela ainda era cheia de amor e de riso; conversar sobre reis e plebeus com Perry e Teddy, à débil luz das velas; e também permanecer em silêncio, olhando para o fogo, que lançava luzes sedutoras sobre o rosto lácteo e os olhos negros e enlevados de Emily. Houve um momento em que Emily levantou os olhos de repente e percebeu que Teddy a observava estranhamente. Por um breve instante, seus olhares se cruzaram e se cativaram. Foi um instante muito breve; ainda assim, Emily nunca mais pertenceu a si mesma de novo. Atônita, ela se perguntou o que havia acabado de acontecer. De onde vinha aquela onda inimaginável de doçura que parecia envolver seu corpo e seu espírito? Ela teve um calafrio; estava com medo. Aquilo parecia abrir tantas possibilidades vertiginosas de mudança... A única ideia clara que emergia de sua confusão era a vontade que ela teve de se sentar com Teddy em frente a um fogo, daquela mesma maneira, pelo resto de suas vidas... dando banana para as tempestades! Ela não ousou olhar para Teddy de novo, mas vibrava com a deliciosa sensação da proximidade dele; sentia uma consciência aguda de seu corpo alto e esguio de rapaz, de seus cabelos negros e brilhantes, de seus olhos profundamente azuis. Ela sempre soube que gostava de Teddy mais do que de qualquer outra pessoa, mas *isto* era algo completamente diferente de gostar; era uma sensação de pertencimento, que havia nascido daquela troca de olhares. De repente, ela entendeu por que havia esnobado todos os outros rapazes do Liceu que demonstraram interesse nela.

O prazer daquele encantamento que havia sido lançado sobre ela era tão intolerável que ela precisou quebrá-lo. De súbito, ela se levantou e foi até a janela. O assobio sibilado da neve contra os cristais branco-azulados que se formavam na vidraça parecia caçoar de sua perplexidade. Os três palheiros salpicados de neve, vagamente visíveis no canto do celeiro, pareciam chacoalhar os ombros de tanto rir de sua situação. O reflexo da luz do fogo nos vidros parecia a fogueira de um duende zombeteiro sob os pinheiros. Mais além, através dos bosques, havia espaços insondáveis de tempestade branca. Por um momento, Emily desejou estar lá fora; lá, estaria livre dos grilhões terrivelmente prazerosos que, de modo tão repentino e inexplicável, a haviam feito prisioneira. Logo ela, que odiava grilhões.

"Será que estou me apaixonando por Teddy?", refletiu ela. "Não vou... não vou!"

Completamente alheio a tudo que havia acontecido depois daquela troca de olhares entre Teddy e Emily, Perry bocejou e se espreguiçou.

– Acho melhor descansarmos; as velas já estão quase no final. Acho que aquela palha vai ter de servir de cama para nós. Ted, vamos levar um pouco e botar sobre a cama, para as meninas se deitarem. Se pusermos os tapetes de pele por cima, não vai ser tão ruim. Vamos ter uns sonhos bem estranhos hoje; especialmente Ilse. Será que ela já está sóbria?

– Eu tenho um punhado de sonhos para vender – disse Teddy, espirituoso, com um jeito alegre na voz e na postura que era diferente e inexplicável. – Do que você precisa? Do que você precisa? Um sonho de sucesso? De aventura? Um sonho sobre o mar? Ou sobre os bosques? Tenho de todos os tipos por preços razoáveis, e acompanham dois pesadelinhos exclusivos! Quanto você me dá por um sonho?

Emily se voltou para ele e, de repente, se esqueceu do prazer, do encantamento e de tudo mais e só sentiu uma ânsia terrível por um caderno Jimmy. Como se aquela pergunta – "Quanto você me dá por um sonho?"

– contivesse as palavras mágicas para abrir alguma câmara secreta em seu cérebro, ela logo viu desenrolar-se diante de seus olhos uma ideia maravilhosa para uma história, inclusive com o título: “O vendedor de sonhos”. Pelo resto da noite, Emily não pensou em nada mais.

Os rapazes se deitaram em um sofá improvisado de palha, e Emily se deitou sozinha na cama do quartinho. Como Ilse parecia estar confortável o suficiente, preferiram deixá-la no sofá. Contudo, Emily não dormiu. Jamais havia se sentido tão acordada. Havia se esquecido de que estava se apaixonando por Teddy; havia se esquecido de tudo além de sua maravilhosa ideia. Capítulo por capítulo, página por página, ela se desenrolava na escuridão diante de Emily. Os personagens viviam, riam, conversavam, agiam, divertiam-se e sofriam... ela os via no pano de fundo da tempestade. Suas bochechas queimavam, seu coração batia forte, e ela tremia dos pés à cabeça com o êxtase da criação. Era uma alegria que jorrava, como uma fonte, das profundezas de seu ser e parecia alheia a todas as coisas terrenas. Ilse havia se embriagado com o uísque do velho Malcolm, mas era Emily quem estava inebriada com um vinho imortal.

Laços de sangue

Emily só foi dormir de madrugada, quase de manhã. A tempestade já havia passado, e a paisagem em volta da antiga casa de John Shaw tinha um ar fantasmagórico sob a luz da lua poente quando Emily finalmente se entregou ao sono, embalada por uma deliciosa sensação de realização por haver terminado de compor mentalmente sua história. Não faltava nada, a não ser anotar as ideias principais no caderno Jimmy. Ela não se sentiria segura enquanto não botasse algo no papel. Ainda não tentaria escrever toda a história. Ah, não, isso ainda demoraria anos. Ela precisava esperar até que o tempo e a experiência tornassem sua pena um instrumento capaz de fazer justiça às suas ideias. Pois uma coisa é perseguir uma ideia loucamente em meio a um êxtase noturno, e outra completamente diferente é botá-la no papel de forma que reflita um décimo de seu charme original.

Emily foi acordada por Ilse, que estava sentada na cama, com o rosto bastante pálido e cansado, mas com os olhos cor de âmbar cheios de uma alegria indomável.

– Bom, o sono aliviou minha embriaguez, Emily Starr, e meu estômago está melhor agora. O uísque do Malcolm *realmente* ajudou, embora eu tenha achado o remédio pior que a enfermidade. Acho que você deve estar se perguntando por que eu não quis mais conversar ontem à noite.

– Imaginei que você estivesse bêbada demais para falar – respondeu Emily, franca.

Ilse riu.

– Eu estava bêbada demais para *não* falar. Quando me deitei no sofá, minha tontura passou, e eu *queria* falar. Meu Deus, como eu queria falar! E eu queria dizer as coisas mais tolas e contar tudo que eu sei e que eu penso. Felizmente, havia me restado um pouquinho de bom senso suficiente para saber que, se eu fizesse isso, faria papel de tonta pelo resto dos meus dias. E eu senti que, se dissesse uma palavra, seria como tirar a rolha de uma garrafa: *todo* o resto se derramaria. Daí, só fechei o bico e não quis dizer nada. Me dá calafrios só de pensar nas coisas que eu poderia ter dito; e na frente do Perry. Você nunca mais vai ver sua querida Ilse bêbada de novo. De hoje em diante, sou uma alcoólatra curada!

– O que eu não entendo é como uma dose tão pequena pode ter virado sua cabeça desse jeito – disse Emily.

– Bem, você sabe que minha mãe era uma Mitchell, e é fato notório que os Mitchells não aguentam nem uma colherada de álcool sem cair. É um dos traços da família. Venha, levante-se, amiga. Os rapazes estão acendendo o fogo, e o Perry disse que podemos forrar o estômago com os biscoitos e o feijão com carne de porco. Do jeito que estou faminta, comeria até as latas.

Foi enquanto vasculhava a despensa em busca de sal que Emily fez uma maravilhosa descoberta. Bem no fundo de uma prateleira superior, havia uma pilha de livros e cadernos velhos, que datavam dos dias de John e Almira Shaw. Eram diários, almanaques e livros de contabilidade, todos antigos e mofados. Por acidente, Emily derrubou essa pilha e, quando baixou para pegá-los, notou que um deles era um álbum de recortes. Uma folha solta acabou escapando dele. Ao pegá-la para botá-la no lugar, Emily reparou no título do poema escrito nela. Sua respiração falhou. Era "Uma lenda de Abegweit", o poema com o qual Evelyn havia vencido o concurso! Ali estava ele, no meio de um velho e amarelado álbum de recortes de vinte anos atrás, palavra por palavra, com a única diferença de que Evelyn havia suprimido dois versos, para adequá-lo às exigências do concurso.

"E eram justo os dois melhores versos", pensou Emily, com desdém. "Que típico da Evelyn! Ela não tem o menor tino literário."

Emily botou os cadernos e os livros de volta na prateleira, mas guardou a folha no bolso. Durante o café da manhã, estava bastante absorta. Nesse momento, já havia trabalhadores na estrada, limpando a passagem. Perry e Teddy encontraram algumas pás no celeiro e logo abriram um caminho até a estrada. Por fim, chegaram em casa, depois de uma viagem lenta, mas tranquila. Encontraram os moradores de Lua Nova bastante aflitos com o paradeiro deles e um tanto horrorizados com o fato de eles terem passado a noite na antiga casa de John Shaw.

– Vocês poderiam ter morrido de frio! – alertou a tia Elizabeth, severa.

– Bem, não havia alternativa. Era isso ou morrer congelados pela tempestade – disse Emily, e nada mais se falou sobre o assunto. Haviam chegado em casa a salvo, e ninguém havia apanhado um resfriado. O que mais haveria para ser dito? Foi dessa forma que *Lua Nova* encarou a situação.

Em Shrewsbury, a coisa foi diferente. Contudo, a opinião dos moradores da cidade sobre esse acontecimento não veio à tona imediatamente. A história se espalhou por lá na segunda-feira à noite, depois que, muito empolgada, Ilse contou na escola sua aventura regada a uísque, em meio às gargalhadas e aos gritinhos das colegas.

Naquela tarde, ao ir à casa de Evelyn Blake, Emily percebeu que sua adversária parecia estar se divertindo muito com alguma coisa.

– Por que você não pede à Ilse para parar de espalhar essa história, minha querida?

– Que história?

– Ora, a história de que ela ficou bêbada na sexta, quando vocês estavam passando a noite com o Teddy Kent e o Perry Miller naquela casa velha em Derry Pond – disse Evelyn, calma.

Emily corou de repente. Havia algo no tom de Evelyn que dava àquele fato inocente contornos sinistros. Estaria Evelyn sendo deliberadamente insolente?

– Não vejo por que ela não possa contar a história – disse Emily, fria. – Foi engraçado.

– Mas você sabe como as pessoas falam… – insistiu Evelyn. – Foi muita… má sorte. Obviamente, vocês não poderiam ter seguido na tempestade, imagino; mas Ilse só piora as coisas. Ela é tão indiscreta… Você não tem nenhuma influência sobre ela, Emily?

– Não vim aqui discutir isso – asseverou Emily, direta. – Vim lhe mostrar algo que achei na casa velha do John.

Ela mostrou a folha solta do álbum de recortes. Evelyn olhou, de início sem entender. Contudo, sua face logo tomou um curioso tom roxo mosqueado. Involuntariamente, ela fez um movimento, como para agarrar o papel, mas Emily puxou-o de volta. Seus olhos se encontraram. Nesse momento, Emily sentiu que o jogo entre elas estava, enfim, empatado.

Ela esperou que Evelyn se manifestasse. Depois de um momento, Evelyn perguntou, soturna:

– E o que você pretende fazer com isso?

– Ainda não decidi – respondeu Emily.

Os grandes olhos castanhos e traiçoeiros de Evelyn fulminaram o rosto de Emily com uma expressão astuta e perscrutadora.

– Imagino que você pretenda mostrar isso ao diretor Hardy e me desgraçar na frente da escola inteira, não é?

– Bom, você fez por merecer, não acha? – demandou Emily, em tom de julgamento.

– Eu… eu queria ganhar o prêmio porque meu pai tinha me prometido uma viagem para Vancouver se eu ganhasse – vacilou Evelyn, em um colapso repentino. – Eu… eu… eu queria *muito* ir. Por favor, não me entregue, Emily! Meu pai vai ficar furioso. Eu… eu lhe dou minha coleção do Parkman. Eu faço qualquer coisa… Só não me entregue!

Evelyn desatou em choro. Emily não gostou do que via.

– Não quero sua coleção – disse ela, com desdém. – Mas tem uma coisa que eu quero que você faça. Quero que você confesse para a tia Ruth que foi você quem desenhou o bigode no meu rosto no dia da prova de inglês, e não a Ilse.

Evelyn secou o rosto e engoliu algo a seco.

– Foi só uma brincadeira – soluçou ela.

– Isso não é brincadeira que se faça – retorquiu Emily, austera.

– Você é tão… tão… *direta*. – Evelyn procurou até encontrar um espaço seco no lenço. – Foi só uma brincadeira. Eu voltei correndo da livraria para fazer o bigode. Obviamente, eu imaginei que você fosse se olhar no espelho quando acordasse. Eu n… não imaginei que você apareceria na sala da… daquele jeito. E não imaginei que sua tia fosse levar isso tão a sério. Pode deixar; vou dizer a ela… Isto é, se você… se você…

– Escreva a confissão e assine – ordenou Emily, implacável.

Evelyn escreveu e assinou.

– Agora, por favor, me dê… *isso* – implorou ela, com um gesto suplicante para o papel.

– Ah, não. Isto fica comigo – determinou Emily.

– E como posso ter certeza de que você não vai me entregar algum dia? – perguntou Evelyn, fungando.

– Você tem a palavra de uma Starr – respondeu Emily, altiva.

Emily foi embora sorrindo. Havia finalmente vencido aquele longo duelo e tinha nas mãos algo que inocentaria Ilse aos olhos da tia Ruth.

A tia Ruth fungou bastante lendo a confissão de Evelyn e se sentiu inclinada a perguntar como ela havia sido obtida. Contudo, não conseguiu muita satisfação de Emily quanto a isso e, sabendo que Allan Burnley estava bastante chateado desde que ela proibira as visitas de Ilse, sentiu-se secretamente aliviada em encontrar uma desculpa para voltar atrás na decisão.

– Muito bem, então. Eu disse que Ilse poderia voltar a frequentar minha casa quando você provasse que não havia sido ela quem pregou a peça em você. Você provou, e eu mantenho minha palavra. Sou uma mulher justa – concluiu a tia Ruth, que, talvez, fosse a mulher mais injusta sobre a face da Terra naqueles dias.

Até aqui, tudo bem. Contudo, se Evelyn quisesse vingança, bastaria que ela aguardasse três semanas, e não precisaria levantar um dedo ou dizer uma palavra para consegui-la. A fofoca sobre a noite da tempestade se espalhou por toda a cidade, que ardia com insinuações, distorções e invencionices descaradas. Emily se sentiu tão esnobada no chá da tarde na casa de Janet Thompson que voltou para casa pálida de humilhação. Ilse ficou furiosa.

– Eu não me importaria com as fofocas se tivesse ficado bêbada de cair no chão e me divertido com isso – disse ela, batendo com o pé no chão. – Mas eu não fiquei bêbada a ponto de estar alegre, mas, sim, a ponto de ficar boba. Às vezes, Emily, eu penso que me divertiria muito se eu fosse uma gata e essas futriqueiras da cidade fossem ratas. Mas vamos manter o sorriso no rosto. Não me importo nem um pouco com elas. Isso logo passa. Vamos lutar!

– Não dá para lutar contra insinuações – disse Emily, triste.

Ilse não se importava, mas Emily, sim, muito. O orgulho dos Murray estava seriamente ferido e doía cada dia mais e mais. Uma nota sarcástica sobre a noite da tempestade foi publicada em um jornaleco de uma cidadezinha no continente, que sobrevivia à custa de notas "bombásticas" enviadas para os editores por gente de todas as Províncias Marítimas. Ninguém admitiu ter lido, mas quase todos sabiam o que estava escrito nela – salvo a tia Ruth, que preferia morrer a tocar o folhetim. Nenhum nome foi mencionado, mas todos sabiam a quem o texto se referia, e as insinuações perversas que ele fazia eram inequívocas. Emily pensou que fosse morrer de vergonha. O pior era que a vulgaridade e a baixeza da nota haviam transformado aquela bela noite de risos, descobertas e criações extasiadas na antiga casa de John Shaw em algo igualmente baixo e vulgar. Ela havia pensado que essa seria uma de suas memórias mais bonitas. Agora isto!

Teddy e Perry estavam espumando de ódio e queriam matar alguém; mas quem? Como Emily lhes alertou, qualquer coisa que dissessem ou fizessem só iria piorar a situação. A publicação daquele parágrafo já era ruim o suficiente. Na semana seguinte, Emily não foi convidada para o baile de

Florence Blake, que foi o grande evento do inverno. Foi deixada de fora da festa de patinação de Hattie Denoon. Várias matronas de Shrewsbury a ignoravam quando passavam por ela na rua. Outras a mantinham a quilômetros de distância com uma polidez fria e desenxabida. Alguns homens mais jovens da cidade começaram a tomar estranhas liberdades. Um deles, por exemplo, com quem ela jamais havia tido *nenhum* contato, tentou puxar papo um dia no correio. Emily se voltou para ele e fulminou-o com o olhar. Por mais humilhada e arrasada que estivesse, ela ainda era a neta de Archibald Murray. O pobre miserável já estava a três quadras do correio quando se recuperou do susto. Até hoje, ele não se esqueceu do olhar enfurecido de Emily Byrd Starr.

Mas nem mesmo o olhar de Murray, por mais efetivo que fosse em demolir um adversário, era capaz de aplacar histórias escandalosas. Desassossegada, Emily estava certa de que toda a cidade acreditava naquelas fofocas. Soube que a senhorita Percy, a bibliotecária, dissera sempre ter desconfiado de seu sorriso, que lhe parecia intencionalmente provocativo e insinuante. Como o rei Henrique, Emily sentia que jamais voltaria a sorrir. As pessoas comentavam que a velha Nancy Priest havia sido bastante problemática setenta anos antes e se lembravam que até mesmo a senhora Dutton havia se metido em um escândalo na juventude. Concluíam, a partir disso, que era um mal de família. A mãe de Emily não havia fugido? E a de Ilse também? Tudo bem que ela caiu no velho poço dos Lees e morreu, mas vai saber o que ela teria feito se não tivesse caído, não é? Essas eram as perguntas que se faziam. Então, ressurgiu aquela velha história do banho em pelo na praia de Blair Water. Para resumir, moças de respeito não tinham tornozelos como os de Emily. Simplesmente não.

Até mesmo o inocente e inofensivo Andrew parou de visitar nas noites de sexta-feira. Havia algo nisso que incomodava Emily. Ela sempre detestara essas visitas monótonas de Andrew e sempre tivera a intenção de mandá-lo às favas tão logo tivesse a oportunidade. Contudo, ver que ele havia tomado a iniciativa por conta própria tinha outro sabor. Emily cerrava os punhos ao pensar nisso.

Chegou-lhe aos ouvidos a amarga informação de que o diretor Hardy queria que ela renunciasse à presidência da turma do segundo ano. Emily ergueu a cabeça. Renunciar? Admitir a derrota e confessar a culpa? Jamais!

– Queria arrancar os dentes desse sujeito! – esbravejou Ilse. – Emily Starr, não se deixe abalar por isso. Que importância tem o que esse monte de velho burro pensa? Eles que vão para o inferno! Em um mês, vão ter outro assunto para comentar e vão se esquecer disso.

– *Eu* nunca vou me esquecer disso! – exclamou Emily, com veemência. – Até o dia da minha morte, vou me lembrar da humilhação destas semanas. E para piorar... Ilse, a senhora Tolliver me pediu para ceder minha banca no bazar da Igreja de São João.

– Emily Starr, não me diga isso!

– Digo. Obviamente, ela deu a desculpa de que precisa de uma banca para uma prima de Nova Iorque que virá visitá-la, mas eu entendi. E agora ela me chama de "senhorita Starr", quando há duas semanas era "Emily querida". Todo mundo na igreja vai saber por que eu saí do bazar. E ela quase implorou de joelhos à tia Ruth para que eu pudesse assumir a banca. A tia Ruth não queria deixar.

– O que sua tia Ruth vai dizer sobre isso?

– Ah, isso é o pior, Ilse. Ela agora vai ter que saber. Ela ainda não ficou sabendo de nada, porque está de repouso por causa da ciática. Tenho estado apavorada com a possibilidade de ela descobrir, porque sei que vai ser horrível quando isso acontecer. Ela está se recuperando agora, então logo vai ficar sabendo. E eu não estou em condições de enfrentá-la, Ilse. Oh, isto é um pesadelo!

– As pessoas desta cidade têm mentes tão mesquinhas, daninhas, vis e preconceituosas – disse Ilse, sentindo-se imediatamente reconfortada com isso. Emily, contudo, não era capaz de acalmar seu espírito torturado com uma série de adjetivos bem selecionados. Já não havia mais anotações em seu caderno Jimmy, nem entradas em seu diário, nem contos e poemas novos. O lampejo não aparecia mais – e nunca mais voltaria a aparecer. Nunca mais haveria maravilhosos êxtases secretos de inspiração e criatividade dos quais ninguém mais pudesse saber. A vida havia se tornado pobre, insossa, maculada e desagradável. Não havia beleza em nada, nem mesmo nas solitárias tardes de março pintadas de dourado e branco em Lua Nova, quando ela foi passar o fim de semana. Ela havia ansiado pelo momento de ir para casa, onde ninguém pensava mal dela. Ninguém em Lua Nova havia ouvido os cochichos que corriam em Shrewsbury, mas esse fato torturava Emily. Eles logo ouviriam e ficariam ofendidos e chateados com o fato de que uma Murray, ainda que inocente, tivesse se tornado alvo de um escândalo. E quem saberia dizer como eles reagiriam à história de Ilse com o uísque? Emily sentiu-se quase aliviada ao voltar para Shrewsbury.

Ela imaginava ofensas em tudo que o diretor Hardy dizia; via insultos velados em cada comentário ou olhar de seus colegas. Somente Evelyn Blake se fazia de amiga e defensora, e isso era o pior de tudo. Emily não sabia se por trás da postura de Evelyn havia medo ou malícia, mas estava segura de que suas demonstrações de amizade, lealdade e inabalável confiança diante de evidências tão inequívocas era algo que parecia difamá-la mais do que qualquer fofoca. Evelyn assegurava a todos que não acreditaria em nenhuma invenção sobre "a pobre e querida Emily". Por sua vez, a pobre e querida Emily teria desfrutado de ver Evelyn se afogar – ou pelo menos achava isso.

Nesse meio-tempo, a tia Ruth, que havia estado confinada em casa por várias semanas em razão da ciática, estando tão mal-humorada por causa disso que nem seus amigos nem seus inimigos ousaram insinuar qualquer coisa acerca de Emily, começava a perceber algo. A ciática havia melhorado, deixando seus pensamentos livres para se concentrarem em outras coisas. Ela se lembrou de que Emily havia passado dias sem apetite e suspeitou de que ela não estivesse dormindo. No momento em que as suspeitas se levantaram, a tia Ruth tomou uma atitude. Preocupações secretas não seriam toleradas em sua casa.

– Emily, quero saber qual é o problema com você – demandou ela numa tarde de sábado em que Emily, pálida, apática e com bolsas sob os olhos, não comeu praticamente nada no jantar.

O rosto de Emily corou levemente. O momento que ela tanto temia havia chegado. Era preciso contar tudo à tia Ruth, e Emily se sentia péssima diante do fato de que não tinha a coragem para suportar a bronca que estava por vir nem o ânimo para aturar os questionamentos da tia Ruth. Emily já sabia muito bem como a coisa se desenrolaria: primeiro, seria o horror diante do episódio na casa de John Shaw, como se fosse algo evitável; depois, seria o incômodo com as piadas, como se Emily fosse responsável por elas; logo viriam inúmeras asseverações de que a tia Ruth sempre soubera que algo assim aconteceria; por fim, viriam semanas intoleráveis de insultos e insistência no assunto. Emily se sentiu nauseada com essa perspectiva do futuro. Por um minuto, não teve condições de falar.

– O que você anda aprontando? – insistiu a tia Ruth.

Emily cerrou os punhos. O que era insuportável precisava ser suportado. A história precisava ser contada, e a única coisa a se fazer era acabar logo com aquilo.

– Não ando aprontando nada, tia Ruth. Eu só fiz algo que foi mal interpretado.

A tia Ruth fungou, mas ouviu a história de Emily sem interrompê-la. Emily foi o mais breve possível, sentindo-se uma criminosa confessando seus atos no tribunal, tendo sua tia como juíza, júri e promotora, ao mesmo tempo. Quando terminou, ela permaneceu em silêncio, aguardando algum comentário típico da senhora Dutton.

– E qual é o grande problema que andam vendo nisso? – perguntou a tia Ruth.

Emily não soube muito bem o que responder. Por um momento, apenas encarou sua interlocutora. Então explicou, hesitante:

– Bem... eles... andam pensando e dizendo toda sorte de coisa horrível. A questão é que, como eles estavam abrigados em suas casas aqui em Shrewsbury, eles não tiveram noção da violência da tempestade. Além disso, a história obviamente ganha novos contornos e cores toda vez que passa de uma boca a outra. Quando ela terminou de se espalhar, já éramos uns bêbados devassos.

– O que me deixa pasma é o fato de vocês terem espalhado a história pela cidade inteira – disse a tia Ruth. – Por que não guardaram para si?

– Nós teríamos sido *dissimulados* se fizéssemos isso – o demônio interior de Emily forçou-a a dizer. Agora que tudo viera à toa, ela sentia seu espírito se reavivar.

– Ora, dissimulada! É questão de bom senso – rebateu a tia Ruth. – Mas, obviamente, a Ilse não consegue manter a língua dentro da boca. Como eu sempre lhe digo, Emily, um amigo tolo é pior que um inimigo sábio. Mas por que você está se afligindo tanto? A *sua* consciência está limpa. Essa fofoca logo passa.

– O diretor Hardy disse que eu preciso renunciar à presidência da turma – disse Emily.

– Jim Hardy?! Ora essa, o pai dele foi empregado do meu avô por anos! – exclamou a tia Ruth, em um tom de profundo desdém. – O Jim Hardy acha mesmo que a *minha* sobrinha se comportaria de forma inadequada?

Emily estava atônita. Aquilo parecia um sonho. Essa mulher incrível era mesmo a tia Ruth? Não podia ser. Emily estava defronte a uma das contradições da natureza humana. Estava aprendendo que podemos ter brigas com nossos parentes, desaprovar as atitudes deles e talvez até detestá-los, mas que os laços entre nós e eles nunca deixa de existir. De alguma forma, é como se fôssemos conectados por músculos e nervos. Os de casa sempre vêm primeiro. Quando alguém de fora ataca, é guerra! A tia Ruth dispunha de pelo menos *uma* das virtudes da família Murray: a lealdade ao clã.

– Não se preocupe com o Jim Hardy – tranquilizou-a a tia Ruth. – Vou me entender com ele. Vou ensinar a essa gente a manter a língua longe dos Murray.

– Mas a senhora Tolliver me pediu para ceder minha banca no bazar para a prima dela – disse Emily. – A senhora sabe o que isso significa.

– O que eu sei é que a Polly Tolliver é uma tonta arrivista – retorquiu a tia Ruth. – Desde que o Nat Tolliver se casou com essa estenógrafa, a Igreja de São João nunca mais foi a mesma. Dez anos atrás, ela era uma moleca que corria descalça nas ruas da periferia de Charlottetown. Ninguém conseguia segurá-la em casa. Agora, ela se dá ares de rainha e tenta mandar na igreja toda. Logo, logo corto as asinhas dela. Ela parecia muito grata umas semanas atrás quando conseguiu uma Murray para ficar na banca. Com certeza se sentiu muito importante. Polly Tolliver, francamente. A que ponto chegamos?

A tia Ruth disparou escada acima, deixando Emily completamente atordoada. Logo já estava descendo de novo, pronta para a guerra. Havia retirado os grampos e botado sua melhor boina, seu melhor vestido de seda preta e seu casaco novo de pele de foca. Assim trajada, ela atravessou a cidade rumo à residência dos Tollivers, na colina. Permaneceu lá por meia hora, encerrada com a senhora Tolliver na sala de visitas. A tia Ruth era uma mulherzinha gorda e baixa, com uma aparência um tanto desalinhada e cafona, apesar de sua boina e do casaco novo. A senhora Tolliver, por sua vez, era o último grito da elegância, com seu vestido parisiense, seu lornhão e seus cabelos impecavelmente cacheados com pente quente (essa prática estava entrando na moda, e a senhora Tolliver era a primeira em Shrewsbury a adotá-la). Apesar disso, a senhora Tolliver não saiu vitoriosa do encontro. Ninguém sabe exatamente o que foi dito nessa notável conversa. A senhora Tolliver certamente nunca contou. Contudo, quando a tia Ruth deixou a enorme residência, a senhora Tolliver estava amassando seu vestido parisiense e seus cabelos cacheados entre as almofadas de seu divã enquanto chorava de raiva e humilhação. No regalo, a tia Ruth levava um bilhete destinado à "Emily querida", no qual a senhora Tolliver explicava que sua prima não entraria para o bazar. Poderia a "Emily querida" fazer a gentileza de assumir a banca no bazar, como inicialmente combinado? O doutor Hardy foi o próximo a ser visitado e, novamente, a tia Ruth veio, viu e venceu. A empregada da residência Hardy ouviu – e espalhou – apenas uma frase do diálogo, embora ninguém tenha acreditado que a tia Ruth realmente tivesse dito isso para o imponente homem de óculos que era o diretor Hardy:

– Eu sei que você é um tonto, Jim Hardy, mas, pelo amor de Deus, tente fingir que não é por cinco minutos!

Não, não. A ideia é absurda. Decerto, foi invenção da empregada.

– Você não vai ter mais problemas, Emily – anunciou a tia Ruth ao voltar para casa. – Polly e Jim já não estão com as asinhas tão grandes.

Quando as pessoas virem você no bazar, logo vão entender como a banda toca e dançar de acordo. Tenho mais algumas coisas a dizer a outras pessoas quando a oportunidade aparecer. O mundo está mesmo de cabeça para baixo se quatro jovens decentes não puderem se proteger de uma tempestade sem serem difamados por isso. Não se preocupe mais com isso, Emily. Lembre-se de que sua família apoia você.

Emily foi até o espelho quando a tia Ruth desceu. Inclinou-o no ângulo adequado e, então, sorriu para a Emily-no-Espelho. O sorriso era lento, provocativo e insinuante.

"Onde será que deixei meu caderno Jimmy?", pensou ela. "Preciso fazer alguns ajustes no meu esboço da tia Ruth."

Amor de cão

Quando os moradores de Shrewsbury descobriram que a senhora Dutton estava defendendo a sobrinha, a chama da fofoca que até então ardia sobre a cidade logo esmoreceu. A senhora Dutton contribuía mais com os fundos da Igreja de São João do que qualquer outro membro. Era uma tradição da família Murray fazer contribuições adequadas à igreja da qual se era membro. A senhora Dutton também havia emprestado dinheiro a metade dos negociantes da cidade. O próprio Nat Tolliver lhe devia uma soma que o mantinha acordado à noite. Além disso, a senhora Dutton sabia de desconcertantes esqueletos nos armários da cidade, aos quais ela costumava fazer referência sem nenhuma delicadeza. Portanto, a senhora Dutton era uma pessoa que deveria ser agradada. Se os moradores da cidade cometeram o terrível erro de achar que, por ela ser rígida com Emily, eles tinham permissão para difamar sua sobrinha, bom, então era melhor eles corrigirem esse erro o mais rápido possível, para o bem de todos os envolvidos.

Emily vendeu casacos, cobertores, sapatinhos e toucas de bebê na banca da senhora Tolliver no grande bazar da igreja e, com seu famoso sorriso, convencia facilmente velhos senhores a comprá-los. Todos a tratavam com gentileza, e ela se sentia feliz de novo, embora a experiência tivesse deixado uma cicatriz. Anos depois, os moradores de Shrewsbury diriam que Emily Starr jamais os perdoou por difamá-la – e concluiriam a frase acrescentando que os Murray jamais perdoam. Mas a coisa não tem nada a ver com perdão. Emily havia sofrido tanto que, depois desses acontecimentos, ver qualquer pessoa que tivesse tomado parte em seu sofrimento lhe causava mal. Uma semana mais tarde, quando a senhora Tolliver lhe pediu que servisse chá na recepção que daria a sua prima, Emily declinou educadamente o convite, sem se preocupar em dar justificativas. Algo no erguer de queixo de Emily ou em seu olhar de igual para igual fez com que a senhora Tolliver tivesse a amarga sensação de ainda ser Polly Riordan, do Beco dos Riordans, e que jamais seria algo mais que isso aos olhos de uma Murray de Lua Nova.

Andrew, por sua vez, foi recebido com bastante doçura quando foi visitá-la na sexta seguinte, um tanto acanhado. Pode ser que ele estivesse um pouco receoso da recepção que teria, embora fosse parte da tribo. Entretanto, Emily foi extremamente gentil com ele. Talvez ela tivesse suas próprias razões para isso. Mais uma vez, ressalto que sou apenas a biógrafa de Emily, e não sua apologista. Se ela encontrou alguma forma de se vingar de Andrew que não me parece adequada, o que posso fazer senão lamentar? Contudo, para minha própria satisfação, devo mencionar que ela, a meu ver, foi um pouco longe demais. Quando Andrew terminou de listar os inúmeros elogios que recebeu do chefe, Emily disse que ele era mesmo um prodígio. Não posso nem mesmo defendê-la, dizendo que o tom dela era sarcástico. Não, não; ela disse isso no tom mais doce, com um olhar tímido que causou uma leve arritmia no coração saudável de Andrew. Ah, Emily! Ah, Emily!

As coisas transcorreram bem para Emily naquela primavera. Ela recebeu várias cartas de aceite acompanhadas de cheques e estava começando a se orgulhar de ser uma literata. Seu clã agora via sua febre pela escrita com mais seriedade. Cheques são argumentos inquestionáveis.

– Emily já recebeu cinquenta dólares pelas coisas que escreveu desde o Ano-Novo – disse a tia Ruth à senhora Drury. – Começo a achar que essa menina já tem uma maneira de ganhar a vida tranquilamente.

Tranquilamente! Ao entreouvir isso enquanto cruzava o saguão, Emily sorriu e soltou um suspiro. O que a tia Ruth ou qualquer outra pessoa sabia sobre as decepções e os fracassos que assombram os escaladores do Caminho Alpino? O que ela sabe dos desesperos e das agonias de alguém que *vê* o cume, mas não consegue *alcançá-lo*? O que ela sabe da tristeza de alguém que cria uma história maravilhosa e, ao botá-la no papel, depara-se com um manuscrito insosso que nada tem a ver com a ideia original? O que ela sabe sobre as portas fechadas e os santuários editoriais inexpugnáveis? Sobre as brutais cartas de recusa e o horror dos elogios vazios? Das esperanças desiludidas e das angustiantes horas de dúvida e falta de fé em si mesmo?

A tia Ruth não sabia nada dessas coisas, mas passou a ter arroubos de indignação quando os manuscritos de Emily eram devolvidos.

– Quanta insolência! – exclamou ela uma vez. – Não quero que envie nem mais um verso a esse editor. Lembre-se: você é uma Murray!

– Temo que ele não saiba disso – respondeu Emily, grave.

– Então por que você não diz? – questionou a tia Ruth.

Uma leve comoção acometeu Shrewsbury em maio, quando Janet Royal voltou de Nova Iorque com seus maravilhosos vestidos, sua brilhante reputação e seu *chow-chow*. Janet era de Shrewsbury, mas nunca mais pisara na cidade desde que partira para os Estados Unidos vinte anos antes. Ela era inteligente e ambiciosa, e havia feito sucesso. Era a editora literária de uma grande revista para mulheres e revisora de uma importante editora. Emily prendeu a respiração quando soube da chegada da senhorita Royal. Ah, quem dera pudesse vê-la! Falar com ela! Fazer mil perguntas a ela! Quando o senhor Towers lhe disse casualmente para ir entrevistar a senhorita Royal em nome do *Times*, Emily vacilou entre o pavor e a alegria. Ali estava sua desculpa. Mas será que ousaria? Será que tinha toda essa convicção de si? Será que a senhorita Royal não a acharia insuportavelmente presunçosa? Como poderia fazer perguntas à senhorita Royal sobre sua carreira e sua opinião acerca da política externa dos Estados Unidos? Jamais teria coragem.

"Ambas adoramos no mesmo altar, mas ela é a suma sacerdotisa, e sou apenas uma reles acólita", escreveu Emily em seu diário.

Ela então redigiu uma carta extremamente elogiosa à senhorita Royal pedindo permissão para entrevistá-la, a qual reescreveu uma dúzia de vezes. Depois de postá-la, passou a noite sem dormir porque encerrou a carta com "afetuosamente" em vez de "respeitosamente". O primeiro sugere uma intimidade que não existia. A senhorita Royal certamente a julgaria presunçosa.

Mas a senhorita Royal respondeu com uma carta extremamente amigável. Emily a tem até hoje.

"Ashburn, segunda-feira.

QUERIDA SRTA. STARR,

É claro que pode vir me ver, e eu lhe direi tudo que quer saber para o Jimmy Towers (Deus o abençoe! Ele foi meu primeiro namorado, sabia?) e tudo o que quer saber para si mesma. Acho que, em parte, voltei para a I. do P. Edward porque queria conhecer a autora de 'A mulher que deu uma sova no rei'. *Eu o li no último inverno, quando ele saiu na* Roche, *e o achei a coisa mais maravilhosa! Venha me contar sobre você e suas ambições. Você* tem *ambições, não tem? Eu acho que você vai conseguir realizá-las e quero ajudá-la nisso, se puder. Você tem algo que nunca tive: uma verdadeira habilidade criativa. Mas tenho rios de experiência e vou lhe ensinar tudo que sei; basta perguntar. Posso ajudá-la a evitar alguns percalços e tenho cá meus 'jeitinhos' de conseguir algumas coisas. Venha a Ashburn na próxima sexta-feira à tarde, 'depois da aula', e vamos ter um* tête-à-tête *dos bons!*

Abraços,

JANET ROYAL."

Emily tremia dos pés à cabeça ao terminar de ler a carta. "Abraços"... Oh, céus! Ela se ajoelhou junto à janela e lançou um olhar extasiado aos pinheiros da Terra da Retidão e aos campos orvalhados mais além. Ah, será que, algum dia, ela seria uma mulher brilhante e bem-sucedida como a senhorita Royal? Essa carta fazia isso parecer possível. Na sexta – isto é, dali a quatro dias –, ela se encontraria e teria uma conversa íntima com sua suma sacerdotisa.

A senhora Angela Royal, que havia vindo visitar a tia Ruth naquela tarde, não parecia considerar Janet Royal uma suma sacerdotisa nem nada de mais. Todavia, as profetas nunca gozam de muita honra em sua própria terra, e a senhora Royal havia criado Janet.

– Não costumo dizer, mas ela até que deu certo na vida e tem um ótimo salário – admitiu ela à tia Ruth. – Mas ela acabou encalhada por causa disso e, em alguns aspectos, ela é estranha como o diabo.

Emily, que estava estudando latim na janela curvada, encheu-se de indignação. Aquilo beirava a lesa-majestade.

– Ela ainda é muito bonita – disse a tia Ruth. – A Janet sempre teve boa aparência.

– Ah, sim, ela até que é bonita. Mas eu sempre achei que ela fosse inteligente demais para se casar, e eu estava certa. Ela é cheia de ideias esquisitas. Nunca come na hora certa; e eu detesto o escândalo que ela arma com aquele cachorro dela, Chu-Chin o nome. É *ele* quem manda na casa. Ele faz *exatamente* o que quer e ninguém diz nada. Minha gatinha está sem lugar, coitada. A Janet é *tão* melindrosa com ele… Quando reclamei sobre ele dormir no sofá aveludado, ela ficou tão irritada que não me dirigiu a palavra pelo resto do dia. Essa é outra coisa que detesto na Janet. Ela fica tão altiva e cheia de si quando se ofende! E ela se ofende com coisas para as quais ninguém nem pensaria em dar atenção. Espero que ela não esteja irritada quando você for visitá-la na sexta, Emily. Se ela estiver de mau humor, vai descontar em você. Mas preciso admitir que ela não se irrita com frequência; além disso, ela não é mesquinha nem tem má vontade. Para ajudar um amigo, ela faz de tudo.

Quando a tia Ruth saiu para falar com o entregador de verduras, a senhora Royal acrescentou às pressas:

– Ela está bastante interessada em você, Emily. Ela adora ter moças jovens e bonitas por perto; ela diz que isso a mantém jovem. Ela vê muito talento no seu trabalho. Se você cair nas graças dela, vai ser muito bom para você. Mas, pelo amor de Deus, trate bem o cachorro. Se você o maltratar,

Janet não vai querer nem saber de você, mesmo que você seja o próprio Shakespeare.

Emily acordou na sexta-feira convicta de que aquele seria um dos dias mais importantes de sua vida; um dia de possibilidades vertiginosas. Ela havia tido um pesadelo horrível em que se quedava hipnotizada diante da senhorita Royal, incapaz de dizer qualquer coisa além de "Chu-Chin", que ela repetia como um papagaio sempre que a senhorita Royal lhe fazia uma pergunta.

Choveu a cântaros durante toda a manhã, o que a deixou consternada, mas ao meio-dia o céu se abriu, e as colinas além do porto se cobriram de um azul mágico. Emily voltou às pressas da escola, lívida com a solenidade da ocasião. Precisava vestir-se adequadamente. Usaria seu vestido novo de seda azul-marinho – quanto a isso não restava dúvida. Ele era longo na medida certa para dar-lhe um ar de adulta. Mas o que faria com o cabelo? O coque grego era mais distinto, favorecia seu perfil e lhe caía bem sob o chapéu. Além disso, talvez uma testa à mostra lhe desse um ar mais intelectual. Contudo, a senhora Royal disse que a senhorita Royal gostava de moças bonitas. Logo, ela precisava estar bonita a todo custo. Deixou os fartos cabelos negros soltos sobre a testa e, para coroá-los, usou seu chapéu de primavera novo, o qual comprara com seu último cheque, apesar da desaprovação da tia Elizabeth e da franca declaração da tia Ruth de que uma tonta e seu dinheiro logo se separam. Agora, contudo, Emily estava feliz por tê-lo comprado: não poderia ter ido entrevistar a senhorita Royal com seu insosso chapéu de palha preto. Seu chapéu novo lhe caía muito bem, com uma cascata de violetas roxas que despencava dele por sobre os fartos cachos dela, dando um toque especial à brancura nívea de seu pescoço. Tudo nela era um primor de capricho e delicadeza: ela parecia (gosto desta antiga frase) uma boneca que acabou de ser tirada da caixa. Ao vê-la descer as escadas, a tia Ruth, que estava passando pelo saguão, concluiu, com um choque, que Emily já era uma jovem mulher.

"Ela tem o porte de uma Murray", pensou a senhora Dutton.

A força do elogio não poderia ser maior, embora, na realidade, tenha sido dos Starrs que Emily herdara sua elegância esguia. Os Murray sempre foram majestosos, mas rígidos.

Era uma caminhada e tanto até Ashburn, que era uma bela casa branca afastada da rua e escondida em meio às árvores. Emily subiu o caminho de cascalho ladeado de belas e coloridas flores como um fiel que se aproxima do fano. Um cachorro branco, bastante grande e peludo, estava sentado no meio do caminho. Emily o observou com curiosidade. Ela nunca havia visto um *chow-chow*. Decidiu que Chu-Chin era muito bonito, mas nada limpo. Obviamente, havia acabado de se divertir horrores em alguma poça de lama, pois suas patas estavam cheias de barro. Emily desejou que ele gostasse dela, mas manteve distância.

Ele evidentemente gostou dela, pois seguiu ao lado dela, abanando o rabo felpudo amistosamente – ou, melhor dizendo, abanando um rabo que *seria* felpudo, se não estivesse úmido e sujo de lama. Ele aguardou ansiosamente ao lado dela quando ela tocou a campainha e, tão logo a porta se abriu, ele se lançou com um ímpeto de alegria sobre a dama que se encontrava lá dentro, quase a derrubando no chão.

Foi a própria senhorita Royal quem abriu a porta. Emily logo percebeu que ela não era bela, mas tinha um inquestionável ar de distinção, do alto de seus cabelos dourados à ponta de seus pés metidos em sapatinhos de cetim. Seu vestido era de um maravilhoso veludo púrpura claro, e ela usava um pincenê com armação de tartaruga, o primeiro do tipo já visto em Shrewsbury.

Chu-Chin deu-lhe uma lambida molhada e extasiada e disparou rumo à sala de visitas da senhora Royal. O belo vestido de veludo agora tinha marcas lamacentas de pata do colarinho à bainha. Emily pensou que Chu-Chin merecia a opinião ruim que a senhora Royal tinha dele e que, se fosse *seu* cachorro, se comportaria melhor. Contudo, a senhorita Royal não o admoestou de nenhuma forma. Talvez a crítica mental que Emily fez ao cachorro tenha sido motivada pelo fato de que a senhorita Royal a cumprimentou de forma bastante fria, ainda que muito cortês. A julgar pela carta, Emily esperava uma recepção mais calorosa.

– Queira entrar e se sentar – convidou a senhorita Royal. Ela conduziu Emily sala adentro e indicou uma confortável poltrona; em seguida, sentou-se em uma cadeira Chippendale reta e rígida. De alguma forma,

Emily, que era sempre muito sensível e agora estava ainda mais, sentiu que a escolha dos assentos pela senhorita Royal guardava algum significado agourento. Por que ela não havia se sentado preguiçosamente na enorme poltrona de veludo? Lá estava ela, imponente e altiva, aparentemente alheia às marcas de lama em seu belo vestido. Chu-Chin havia subido no grande sofá de veludo, de onde olhava com petulância para as duas, como se estivesse se divertindo com a situação. Estava evidente que, como previra a senhora Royal, algo havia "incomodado" a senhorita Royal, e Emily imediatamente sentiu um peso no estômago.

– O tempo... está ótimo! – disse Emily, vacilando. Ela sabia que era uma coisa absurdamente estúpida de se dizer, mas sentia que precisava dizer algo, já que a senhorita Royal estava calada. O silêncio era insuportável.

– Maravilhoso! – concordou a senhorita Royal, olhando não para Emily, mas para Chu-Chin, que batia com a cauda suja em uma bela almofada de seda e rendas da senhora Royal. Emily odiou Chu-Chin. Era um alívio odiá-lo, já que ela não ousaria odiar a senhorita Royal. Desejou estar a quilômetros de distância dali. Ah, quem dera ela não estivesse com aquele pequeno calhamaço de manuscritos no colo! Estava tão óbvio o que era aquilo. Ela jamais ousaria mostrá-los à senhorita Royal. Seria esta imperatriz ultrajada a autora daquela carta gentil e amigável? Era impossível acreditar nisso. Aquilo era como um pesadelo. Emily se sentia grosseira, insossa, ignorante, deselegante e... jovem! Ah, tão terrivelmente jovem!

Os minutos pareciam horas para Emily. Sua boca estava seca, e sua mente, paralisada. Ela não conseguia pensar em nada para dizer. Uma terrível suspeita atravessou sua mente de que, após escrever a carta, a senhorita Royal havia ouvido os rumores sobre a noite na antiga casa de John Shaw, o que resultou em sua atitude tão drasticamente alterada.

Em sua agonia, Emily teve um calafrio e, com isso, deixou cair o calhamaço de manuscritos no chão. Ela se abaixou para recolhê-los e, ao mesmo tempo, Chu-Chin saltou do sofá em cima dela. Suas patas enlameadas se agarraram nas violetas do chapéu de Emily, afrouxando-o. Emily então soltou os manuscritos para ajustar o chapéu. Com isso, Chu-Chin soltou as violetas e se lançou sobre os manuscritos. Com eles na boca, ele então disparou porta afora, rumo ao jardim.

"Ah, como eu queria poder arrancar os cabelos!", pensou Emily, enfurecida.

Aquele cão dos diabos havia levado embora sua última e melhor história, bem como uma série de poemas selecionados. Só Deus sabe o que ele faria com eles. Emily supôs que jamais os veria de novo, mas, pelo menos, agora não haveria necessidade de mostrá-los à senhorita Royal.

Emily já não se importava se a senhorita Royal estava ou não de mau humor. Já não tinha interesse em agradar uma mulher que permitia que seu cachorro se comportasse daquela forma com uma convidada sem repreendê-lo. Pelo contrário, ela parecia divertir-se com as diabruras do bicho. Emily estava segura de que havia percebido um rápido sorriso no rosto arrogante da senhorita Royal quando ela viu as violetas arruinadas no chão.

Emily então se lembrou do padre de John Altivo, que, segundo lhe contaram, costumava dizer à esposa:

– Quando tentarem humilhar você, Bridget, levante a cabeça! Levante a cabeça, Bridget!

Emily levantou a cabeça.

– Que cachorro brincalhão – disse ela, sarcástica.

– Bastante – concordou a senhorita Royal, calma.

– Não acha que um pouco de disciplina lhe faria bem? – perguntou Emily.

– Não acho, não – respondeu a senhorita Royal, pensativa.

Chu-Chin voltou nesse momento; correu pela sala; derrubou, com uma batida da cauda, um vaso que estava sobre um tamborete; cheirou os fragmentos resultantes disso; e empoleirou-se no sofá de novo, arquejando com a língua para fora. "Ah, que bom rapaz eu sou!"

Emily pegou o caderno e o lápis.

– O senhor Towers me mandou para entrevistá-la – disse Emily.

– É o que imaginei – retorquiu a senhorita Royal, sem tirar os olhos de seu adorado *chow-chow*.

– Posso lhe fazer algumas perguntas? – disse Emily.

– Ficarei encantada em responder a elas – disse a senhorita Royal, com excessiva amabilidade.

(Tendo recuperado o fôlego, Chu-Chin disparou do sofá e sumiu pela porta sanfonada entreaberta, que dava para a sala de jantar.)

Consultando o caderno, Emily fez, temerária, a primeira pergunta escrita nele:

– Qual você acha que será o resultado das eleições presidenciais deste outono?

– Nunca penso nelas.

(Com os lábios apertados, Emily escreveu no caderno: "Ela nunca pensa nelas". Nesse momento, Chu-Chin reapareceu, atravessou a sala de visitas como um raio e saiu para o jardim, carregando um frango assado na boca.)

– Lá se vai meu jantar – comentou a senhorita Royal.

Após ticar a primeira pergunta, Emily continuou:

– Existe alguma probabilidade de que o Congresso dos Estados Unidos considere favoravelmente as recentes propostas de reciprocidade do governo canadense?

– O governo canadense fez alguma proposta? Não fiquei sabendo – respondeu a senhorita Royal.

("Ela não ficou sabendo", escreveu Emily. A senhorita Royal ajustou o pincenê.)

"Com esse queixo e esse nariz, você vai ter uma baita cara de bruxa quando for velha", pensou Emily.

– Você é da opinião de que o romance histórico está perdendo popularidade? – perguntou Emily.

– Eu sempre deixo minha opinião em casa quando saio de férias – respondeu a senhorita Royal, lânguida.

("Ela sempre deixa a opinião em casa quando sai de férias", escreveu Emily, desejando poder fazer sua própria descrição daquela entrevista, mas sabendo que o senhor Towers não a publicaria. Então, Emily se consolou lembrando-se de que tinha um caderno Jimmy em branco em casa e pensando no relato malicioso que escreveria nele mais tarde. Chu-Chin entrou. Emily se perguntou se ele conseguiu comer o frango inteiro em tão pouco tempo. Evidentemente desejando uma sobremesa, Chu-Chin se serviu de um dos tapetes de crochê da senhora Royal, meteu-se embaixo do piano com ele e pôs-se a mastigá-lo dedicadamente.)

– Cachorro lindo! – elogiou a senhorita Royal, apaixonada.

– Qual é sua opinião sobre os *chow-chows*? – perguntou Emily, subitamente inspirada.

– São as criaturas mais adoráveis do mundo!

"Então você *trouxe* uma opinião consigo", pensou Emily.

– Eu não os admiro tanto – declarou Emily.

– Resta evidente que temos gostos bastante diferentes para cachorros – apontou a senhorita Royal, com um sorriso frio.

"Queria que a Ilse estivesse aqui, para xingar você por mim", pensou Emily.

(Uma enorme gata com ares maternais passou em frente à porta, do lado de fora. Chu-Chin disparou de debaixo do piano e, passando por entre as pernas de uma mesinha, saiu no encalço da gata. O vaso que estava sobre a mesinha caiu e quebrou, e a bela begônia-real da senhora Royal jazeu arruinada no chão, em meio a um monte de terra e estilhaços de porcelana.)

– Pobre tia Angela! Vai ficar tristíssima! – disse a senhorita Royal, indiferente.

– Mas isso não importa, não é? – alfinetou Emily.

– Nem um pouco – admitiu a senhorita Royal, inabalável.

Após consultar o caderno, Emily fez mais uma pergunta:

– Você notou muitas mudanças em Shrewsbury?

– Notei uma mudança nas pessoas. A geração atual não me impressiona favoravelmente – respondeu a entrevistada.

(Emily escreveu isso. Chu-Chin reapareceu, após evidentemente ter perseguido a gata por uma poça, e retomou seu repasto de tapete sob o piano.)

Emily fechou o caderno e se levantou. Não pensava em prolongar essa entrevista por nada; o senhor Towers que fosse às favas. Sua aparência era a de um anjo, mas sua mente pululava com pensamentos malignos. E ela odiava a senhorita Royal. Ah, como a odiava!

– Obrigada! Isso é tudo! – disse ela, com uma altivez idêntica à da senhorita Royal. – Peço desculpas por tomar tanto de seu tempo. Boa tarde!

Com uma leve reverência, Emily se retirou para o saguão. A senhorita Royal a seguiu, parando junto à porta da sala de visitas.

– Não seria melhor levar seu cachorro, senhorita Starr? – perguntou ela, gentil.

Emily, que já estava fechando a porta da frente, parou e olhou para a senhora Royal.

– Desculpe?

– Perguntei se não seria melhor levar seu cachorro.

– Meu cachorro?

– Sim. Ele ainda não terminou de comer o tapete, mas você pode levá-lo também. Não vai ser de muita serventia para a tia Angela nessas condições.

– Esse... Esse... Esse cachorro não é meu! – gaguejou Emily.

– Como assim não é seu? De quem é, então? – perguntou a senhorita Royal?

– Eu... Eu imaginei que fosse seu... que fosse seu *chow-chow* – respondeu Emily.

Uma porta aberta

A senhorita Royal observou Emily por um momento. Em seguida, agarrou seu punho, puxou-a para dentro, fechou a porta, levou-a para a sala de visitas e, com firmeza, empurrou-a na poltrona. Feito isso, a senhorita Royal se deixou cair no sofá enlameado e rompeu em longas e incontroláveis gargalhadas. Vez ou outra, ela se inclinava para a frente, dava um ou dois tapinhas no joelho de Emily e logo se jogava para trás de novo, entregue ao riso. Por sua vez, Emily esboçou um sorriso amarelo. Seus sentimentos haviam sido demasiadamente remexidos para que ela pudesse permitir-se as convulsões de alegria da senhorita Royal, mas, em sua mente, já começava a brilhar um esboço para seu caderno Jimmy. Nesse ínterim, o cachorro branco, terminando de mastigar o tapete, divisou a gata mais uma vez e disparou atrás dela.

Finalmente, a senhorita Royal conseguiu sentar-se ereta e secou as faces.

– Ah, isto é impagável, Emily Byrd Starr! Impagável! Quando eu tiver 80 anos, vou me lembrar disto e gargalhar. Quem vai escrever esta, você ou eu? Afinal, de *quem* é essa besta-fera?

– Não faço a mais pálida ideia – respondeu Emily. – Nunca o vi na vida.

– Bem, vamos fechar a porta antes que ele volte. Agora, minha querida, sente-se aqui ao meu lado. Tem um cantinho limpo aqui embaixo da almofada. Vamos ter nossa conversa de verdade. Oh, eu a tratei tão mal quando você estava me fazendo as perguntas! Eu *queria* tratá-la mal. Por que você não me atirou alguma coisa, coitadinha?

– Eu tive vontade. Mas agora acho que você me tratou até bem, considerando o comportamento do meu suposto cachorro.

A senhorita Royal teve outra convulsão.

– Não acho que vou poder perdoá-la por achar que aquela criatura branca medonha fosse meu glorioso *chow-chow* vermelho-dourado. Antes de você ir, vou levá-la ao meu quarto para você se desculpar com ele. Ele está dormindo na minha cama. Eu o tranquei lá para dar um pouco de sossego à gata da tia Angela. O Chu-Chin não a machucaria; ele só quer brincar com ela. Mas aí a tonta corre. Você sabe que, quando um gato corre, um cachorro não consegue evitar e tem de correr atrás. É como o Kipling disse: ele não seria um bom cachorro se não fizesse isso. Quem dera se aquele demônio tivesse se limitado a perseguir a gata!

– É uma lástima que ele tenha destruído a begônia da senhora Royal – disse Emily, consternada.

– Sim, é uma pena. A tia Angela a tinha há anos. Mas vou dar outra a ela. Quando a vi subir com aquele cachorro ao seu lado, naturalmente deduzi que ele era seu. Eu havia posto meu vestido favorito, porque ele me deixa quase bonita e porque eu queria lhe causar uma boa impressão. Quando aquele monstro o sujou todo de lama e você não disse nenhuma palavra, nem para censurá-lo nem para se desculpar, tive um dos meus arroubos gélidos de raiva. É uma coisa que tenho às vezes; não consigo evitar. É um dos meus defeitos. Mas eles logo passam, se não houver nenhum agravante. O problema é que, neste caso, havia um novo agravante a cada minuto. Eu decidi que, se você não iria dizer nada para repreendê-lo, não seria eu quem faria isso. E imagino que *você* estava indignada porque deixei meu cachorro destruir suas violetas e comer seus manuscritos.

– Exato.

– É uma pena isso dos manuscritos. Talvez os encontremos. Ele não deve tê-los engolido, mas acho que deve tê-los rasgado em pedacinhos.

– Não tem problema. Tenho outras cópias em casa.

– E suas perguntas! Emily, você foi maravilhosa! Você escreveu mesmo minhas respostas?

– Palavra por palavra. E eu pretendia publicá-las exatamente como as anotei. O senhor Towers me deu uma lista de perguntas, mas obviamente eu não pretendia dispará-las à solta daquele jeito. Minha intenção era imiscuí-las sorrateiramente em nossa conversa. Aí vem a senhora Royal.

A senhora Royal chegou sorrindo, mas seu rosto se desfigurou ao ver a begônia. Contudo, antes que ela tivesse tempo de dizer algo, a senhorita Royal interveio:

– Minha tia querida, não caia no choro nem desmaie... Pelo menos não antes de me dizer de quem é aquele diabo de cachorro branco, de pelo encaracolado e sem nenhuma educação.

– Da Lily Bates – respondeu a senhora Royal, em tom de desespero.

– Ah, ela deixou aquele bicho solto de novo? Eu passei um apuro terrível com ele antes de você chegar. Na verdade, ele só é um filhote muito grande e não sabe se comportar. Eu disse a ela que, se eu o visse solto por aqui de novo, daria veneno a ele. Ela o deixou preso depois disso. Mas agora... Oh, minhas lindas begônias!

– Bem, esse cachorro chegou aqui com a Emily. Pensei que ele fosse dela. Quando a visita traz cachorro, é preciso ser cortês com ele também, não é? Ele pulou em mim logo que chegou, e meu vestido é a prova disso. Depois, ele manchou seu sofá inteiro; arrancou as violetas do chapéu da Emily; perseguiu sua gata; derrubou sua begônia; quebrou seu vaso; fugiu com nosso frango assado, oh, sim, tia Angela, fugiu! E, ainda assim, eu me mantive determinada a ser cortês e não disse uma palavra de protesto. Eu diria que meu comportamento foi digno de Lua Nova, não foi, Emily?

– Você só estava furiosa demais para falar – disse a senhora Royal, pesarosa, remexendo a begônia morta.

A senhorita Royal lançou um olhar faceiro para Emily.

– Viu? Não consigo enganar a tia Angela. Ela me conhece bem demais. Eu admito que não fui agradável como costumo ser. Mas, titia querida, vou lhe dar um vaso novo... e uma begônia também. Pense em como você vai se divertir fazendo-a crescer desde o início. A expectativa é sempre tão melhor que a realização!

– Vou me entender com a Lily Bates – disse a senhora Royal, saindo da sala para ir buscar uma pá.

– Agora, minha querida, vamos conversar – disse a senhorita Royal, achegando-se para perto de Emily. Aquela *sim* era a senhorita Royal da carta. Emily não sentiu nenhuma dificuldade em conversar com ela. Foi uma hora maravilhosa a que elas passaram juntas e, no final, a senhorita Royal fez uma proposta que tirou o fôlego de Emily:

– Emily, quero que você volte para Nova Iorque comigo em julho. Tem uma vaga aberta no *Jornal das Mulheres*. Não é nada de mais. Você seria uma espécie de auxiliar geral de escritório e teria que fazer um monte de trabalho chato. Mas você teria chance de crescer. Além disso, você vai estar *bem* onde coisas acontecem. Você escreve bem. Eu percebi isso no momento em que li "A mulher que deu uma sova no rei". Eu conheço a editora da *Roche* e descobri quem você era e onde morava. É por isso que vim para cá nesta primavera; porque queria encontrar você. Você não pode desperdiçar sua vida aqui; seria um pecado. Ah, claro, eu sei que Lua Nova é um lugar lindo, charmoso e gostoso, cheio de poesia e cravejado de romance... Era o lugar perfeito para você passar sua infância. Mas você precisa ter uma chance de crescer e se desenvolver. Você precisa do estímulo do contato com outras mentes brilhantes; do aprendizado que só se adquire em uma cidade grande. Venha comigo. Se você vier, prometo que, em dez anos, Emily Byrd Starr vai ser um nome de peso nas revistas dos Estados Unidos.

Emily sentia-se em um labirinto de perplexidade, confusa e deslumbrada demais para pensar com clareza. Jamais havia sonhado isso. Era como se a senhorita Royal de repente tivesse botado em sua mão a chave para destrancar a porta que dava acesso ao mundo de todos os seus sonhos, esperanças e fantasias. Do outro lado dessa porta, estavam todo o sucesso e a fama que ela desejava. Porém... porém... que ressentimento débil e estranho era aquele que se agitava no fundo daquelas vertiginosas sensações? Incomodava-a a calma sugestão da senhorita Royal de que, se Emily não fosse para Nova Iorque, seu nome permaneceria para sempre desconhecido? Estariam os Murray mortos revirando-se em seus túmulos ao ouvir o sussurro de que uma de suas descendentes nunca conseguiria ser bem-sucedida sem a "ajuda" de uma estranha? Ou teria sido a atitude da senhorita Royal um pouquinho condescendente? O que quer que fosse, impediu Emily de se jogar figurativamente aos pés da senhorita Royal.

– Oh, senhorita Royal, isso seria maravilhoso! – balbuciou ela. – Eu adoraria ir, mas temo que a tia Elizabeth jamais permita. Ela vai dizer que eu sou jovem demais.

– Quantos anos você tem?

– 17.

– Eu tinha 18 anos quando fui. Não conhecia vivalma em Nova Iorque e só tinha dinheiro para me manter por três meses. Eu era uma coisinha tosca e inexperiente. Ainda assim, eu venci. Você vai morar comigo. Vou cuidar de você tão bem quanto sua tia Elizabeth. Diga a ela que eu vou protegê-la como a menina dos meus olhos. Eu tenho um apartamento lindo e confortável, onde vamos ser felizes como rainhas, com meu maravilhoso Chu-Chin. Você vai amar o Chu-Chin, Emily!

– Acho que preferiria um gato – disse Emily, firme.

– Um gato?! Oh, não poderíamos manter um gato no apartamento. Não seria possível discipliná-lo. Você precisa sacrificar seus gatos no altar da sua arte. Tenho certeza de que você vai gostar de morar comigo. Eu sou muito gentil e amável, minha querida, quando quero ser – e eu geralmente quero. Além disso, nunca perco a paciência. Às vezes, fico fria, mas, como eu disse, logo passa. Suporto os infortúnios das outras pessoas com absoluta equanimidade. E nunca digo que alguém está resfriado ou parece cansado. Ah, eu seria uma companheira de apartamento perfeita!

– Tenho certeza de que sim – disse Emily, sorrindo.

– Nunca encontrei uma moça com a qual eu quisesse morar – confessou a senhorita Royal. – Você tem uma personalidade luminosa, Emily. Você vai iluminar os lugares escuros e preencher de púrpura os cinza. Diga que sim! Venha comigo!

– É a tia Elizabeth que precisa ser convencida – disse Emily, pesarosa. – Se ela disser que sim, eu…

Emily parou de repente.

– Vou! – completou a senhorita Royal, alegre. – A tia Elizabeth vai ceder. Eu vou conversar com ela. Vou a Lua Nova na sexta que vem. Você *precisa* correr atrás de suas oportunidades!

– Nem sei como lhe agradecer, senhorita Royal! Mas agora preciso ir. Vou pensar sobre esse assunto. Estou desorientada demais para pensar agora. Você não sabe o que isso significa para mim.

– Acho que sei – disse a senhorita Royal, com gentileza. – Eu também já fui uma jovem garotinha em Shrewsbury, com o coração aflito por não ter oportunidades.

– Mas você criou suas próprias oportunidades – disse Emily, sonhadora.

– Sim, mas eu tive que partir para isso. Jamais teria conseguido chegar a lugar algum aqui. E foi uma escalada muito árdua no início. Levou toda a minha juventude. Eu quero poupá-la das dificuldades e dos desencorajamentos. Você vai chegar muito mais longe do que eu. Você sabe criar. Eu só sei construir a partir do que os outros já fizeram. Mas nós, construtoras, temos nosso lugar. Podemos construir templos para nossos deuses e deusas, ainda que seja só isso. Venha comigo, querida menina Emily, e eu vou fazer tudo que posso para ajudá-la.

– Obrigada! Obrigada! – foi tudo que Emily pôde dizer. Lágrimas de gratidão enchiam-lhe os olhos diante dessa oferta tão generosa. Emily não havia recebido muito apoio e compreensão na vida. E aquilo a emocionara profundamente. Emily se foi sentindo que precisava virar a chave e abrir a porta mágica atrás da qual pareciam jazer toda a beleza e o encanto da vida. Isso se a tia Elizabeth permitisse.

– Não poderei ir se ela não deixar – decidiu-se Emily.

No meio do caminho, ela parou de repente e riu. No fim das contas, a senhorita Royal se esqueceu de lhe mostrar Chu-Chin.

"Mas não importa", pensou ela, "primeiro porque eu não acho que vou me interessar por *chow-chows* depois desta. Segundo, porque vou vê-lo com frequência quando for para Nova Iorque com a senhorita Royal".

Um vale dos sonhos

Ela iria para Nova Iorque com a senhorita Royal?

Essa era a questão à qual Emily precisava responder agora. Ou melhor, a questão à qual a tia Elizabeth precisava responder, pois Emily sentia que tudo dependia da resposta dela e não tinha esperança nenhuma de conseguir um sim. Emily pode ter admirado desejosa aqueles distantes pastos verdejantes pintados pela senhorita Royal, mas tinha plena certeza de que jamais caminharia por eles. O orgulho – e o preconceito – dos Murray era uma barreira intransponível.

Emily não disse nada à tia Ruth sobre a oferta da senhorita Royal. Era dever da tia Elizabeth ouvir primeiro. Ela guardou seu vertiginoso segredo até o fim de semana seguinte, quando a senhorita Royal foi até Lua Nova, muito gentil e graciosa e um tantinho condescendente, para pedir que a tia Elizabeth deixasse Emily ir com ela. A tia Elizabeth ouviu em silêncio; um silêncio desaprovador, Emily sentiu.

– As mulheres da família Murray jamais tiveram que trabalhar fora para se sustentar – disse ela, fria.

– Não é exatamente o que você chamaria de "trabalhar fora", senhorita Murray querida – disse a senhorita Royal, com uma paciência e uma cordialidade indispensáveis a quem está lidando com uma pessoa de uma geração ultrapassada. – Milhares de mulheres estão empreendendo e entrando no mercado de trabalho, no mundo inteiro.

– Imagino que seja importante para elas, se elas não se casarem – disse a tia Elizabeth.

A senhorita Royal corou levemente. Ela sabia que era considerada uma solteirona em Blair Water e Shrewsbury e, portanto, um fracasso, não importa quais fossem sua renda e seu *status* social em Nova Iorque. Todavia, ela manteve a paciência e tentou outra linha de argumentação.

– Emily tem um dom raro para a escrita – ela disse. – Eu acho que ela vai conseguir algo de muito valor se tiver oportunidade. Ela *precisa* ter essa oportunidade, senhorita Murray. Você sabe que não tem muito espaço para esse tipo de trabalho aqui.

– Emily ganhou noventa dólares no ano passado só escrevendo – disse a tia Elizabeth.

"Deus me dê paciência!", pensou a senhorita Royal.

– Sim, e daqui a dez anos ela vai estar ganhando algumas centenas a mais, ao passo que, se ela vier comigo, em dez anos, ela vai estar ganhando milhares de dólares – argumentou a senhorita Royal.

– Preciso pensar – disse a tia Elizabeth.

Emily sentiu-se surpresa que a tia Elizabeth se prestasse a considerar. Esperava um não completo e absoluto.

– Ela vai ceder – sussurrou a senhorita Royal, quando a tia Elizabeth se afastou. – Eu vou levar você, Emily B. querida. Conheço os Murray há muito tempo. Eles são bons em perceber as oportunidades. Sua tia vai deixar você vir comigo.

– Temo que não – respondeu Emily, triste.

Quando a senhorita Royal se foi, a tia Elizabeth olhou para Emily.

– Você quer ir, Emily? – perguntou ela.

– Sim... Acho que sim... se a senhora não se importar – vacilou Emily. Ela estava muito pálida. Não suplicou nem tentou convencer sua tia. Contudo, não tinha esperanças.

A tia Elizabeth pediu uma semana para considerar a questão. Ela chamou Ruth, Oliver e Wallace para ajudá-la a se decidir. Ruth disse, incerta:

– Acho que deveríamos deixá-la ir. É uma oportunidade maravilhosa para ela. Não é como se ela estivesse indo sozinha. Eu jamais concordaria com isso. Janet vai cuidar dela.

– Ela é jovem demais... jovem demais... – disse o tio Oliver.

– Parece uma boa oportunidade para ela... Janet Royal se saiu muito bem, pelo que dizem – disse o tio Wallace.

A tia Elizabeth chegou até a escrever uma carta para a tia-avó Nancy. A resposta voltou na caligrafia tremida da tia Nancy:

"Que tal deixar Emily decidir por conta própria?", sugeria ela.

A tia Elizabeth dobrou a carta da tia Nancy e intimou Emily à sala de visitas.

– Se você quiser ir com a senhorita Royal, pode ir – ela disse. – Sinto que não seria certo impedi-la. Vamos sentir sua falta. Preferiríamos tê-la conosco por mais alguns anos. Não sei nada de Nova Iorque. Pelo que ouço, é uma cidade horrível. Mas você foi bem criada. Deixo a decisão em suas mãos. Laura, por que está chorando?

Emily também sentia vontade de chorar. Para sua surpresa, ela sentiu algo que não era alegria nem deleite. Uma coisa era ansiar pelos pastos proibidos. Outra coisa completamente diferente era ver que as portas eram abertas e poder entrar neles.

Emily não voou imediatamente para seu quarto e escreveu uma carta alegre para a senhorita Royal, que estava visitando amigos em Charlottetown. Em vez disso, ela foi para o jardim e pensou bastante, durante toda aquela tarde e todo o domingo. Durante o fim de semana em Shrewsbury, ela esteve quieta e pensativa, ciente de que a tia Ruth a estava observando atentamente. Por alguma razão, a tia Ruth não discutiu o assunto com ela. Talvez estivesse pensando em Andrew. Ou talvez houvesse algum entendimento entre os Murray de que a decisão de Emily não deveria ser influenciada.

Emily não conseguia entender por que não escrevia para a senhorita Royal de uma vez. Era óbvio que iria. Não seria muita tolice não ir? Ela jamais teria outra oportunidade assim. Era uma chance esplêndida: tudo havia sido facilitado; o Caminho Alpino havia se convertido em uma leve subida; o sucesso seria certo, brilhante e rápido. Então por que ela precisava ficar repetindo isso para si mesma? Por que se sentia tentada a pedir a opinião do professor Carpenter? O professor Carpenter não a ajudaria muito. Ele estava reumático e rabugento.

– Não me diga que os gatos andam caçando outra vez – resmungou ele.

– Não. Não tenho nenhum manuscrito desta vez – disse Emily, esboçando um sorriso. – Vim pedir seu conselho para uma coisa diferente.

Ela lhe contou toda a história.

– É uma oportunidade maravilhosa – concluiu dizendo.

– Claro que é! Vai ser maravilhoso para você ir e se *americanizar* – grunhiu ele.

– Eu não ficaria americanizada – protestou Emily, ressentida. – A senhorita Royal mora em Nova Iorque há vinte anos e não está americanizada.

– Ah, não? Quando eu digo americanizada, não me refiro a isso que você está pensando – retorquiu o senhor Carpenter. – Não estou falando das moças bobinhas que vão trabalhar "nos *States*" e voltam depois de seis meses com um sotaque de arrepiar os cabelos. Janet Royal *está*, sim, americanizada: seu exterior, sua personalidade e seu estilo são todos americanos. Não estou condenando nada; não há problema algum com isso. Mas... ela já não é canadense. E é isso que eu quero que você seja: uma canadense pura, dos pés à cabeça, contribuindo com tudo que puder para a literatura de seu país, mantendo seu sabor e seu perfume canadenses. Mas, obviamente, isso não dá tanto dinheiro.

– Não tem oportunidade para fazer muita coisa aqui – argumentou Emily.

– Não... Não mais do que havia em Haworth Parsonage – resmungou o professor Carpenter.

– Eu não sou nenhuma Charlotte Brontë – protestou Emily. – Ela era uma gênia. Isso por si basta. Eu só tenho talento. Preciso de ajuda... e de orientação.

– Em suma, de um empurrão – disse o professor Carpenter.

– Então, o senhor acha que eu não devo ir? – perguntou Emily, ansiosa.

– Vá, se quiser! Para ficarmos famosos rápido, todos precisamos nos mexer um pouco. Ah, vá! Vá! É o que eu lhe digo. Estou velho demais para discutir. Vá em paz! Seria uma tolice sua não ir. Mas... os tolos às vezes vão longe. Tem uma Providência especial para eles, não há dúvida.

Emily foi embora da pequena casa no vale com os olhos bastante fundos. Encontrou o Velho Kelly no caminho. Ele parou seu velho pangaré e a cumprimentou.

– Tome aqui, menina, minha querida, algumas balinhas. E me diga, já não está na hora...? Ah, você já sabe... – disse o Velho Kelly, com uma piscadela.

– Ah, eu vou ser uma solteirona, senhor Kelly – sorriu Emily.

O Velho Kelly meneou a cabeça e apanhou as rédeas.

– Tenho certeza de que isso não vai acontecer com você. Você é uma dessas criaturas que Deus ama muito... Só não vá se casar com um Priest. Nunca um Priest, minha filha.

– Senhor Kelly – disse Emily, de repente –, me ofereceram uma oportunidade muito boa... de ir para Nova Iorque e trabalhar em uma revista. Não consigo me decidir. O que o senhor acha que eu devo fazer?

Enquanto falava, ela pensou no horror que a tia Elizabeth sentiria ao pensar em uma Murray pedindo conselho ao velho Jock Kelly. Ela mesma se sentiu levemente constrangida por isso.

O Velho Kelly meneou novamente a cabeça.

– O que o pessoal daqui disse sobre isso? O que a velha senhora disse?

– A tia Elizabeth disse que eu posso fazer o que quiser.

– Então eu acho que é isso – disse o Velho Kelly, seguindo o caminho sem dizer mais nenhuma palavra. Visivelmente, nenhuma ajuda seria dada pelo Velho Kelly.

"Por que eu preciso de ajuda?", perguntou-se Emily, desesperada. "O que deu em mim, que eu não consigo me decidir? Por que não consigo dizer que vou? Não tenho a sensação de que *quero* ir... só de que *devo* ir".

Ela desejou que Dean estivesse no país, mas Dean ainda não havia voltado de seu inverno em Los Angeles. E, por algum motivo, ela não queria falar desse assunto com Teddy. Nada mais havia acontecido depois daquele momento maravilhoso na antiga casa de John Shaw – nada além de uma certa timidez que quase arruinou a amizade dos dois. Por fora, eram tão bons amigos quanto sempre foram; mas algo havia sumido, e nada mais parecia ter preenchido o vazio. Ela não admitia para si que estava com medo de perguntar para Teddy. E se ele lhe dissesse para ir? Isso a magoaria profundamente, porque mostraria que ele não se importa com onde ela está ou para onde ela vai. Mas Emily não queria pensar nisso.

– É claro que vou! – ela disse para si, em voz alta. Talvez dizer isso em voz alta resolvesse a questão. – O que eu vou fazer no ano que vem se eu não for? A tia Elizabeth definitivamente não vai permitir que eu vá para outro lugar sozinha. Ilse vai estar longe... e Perry... Teddy também, provavelmente. Ele sempre diz que precisa partir e encontrar alguma forma de ganhar dinheiro para sustentar seus estudos artísticos. Eu *preciso* ir.

Ela disse isso resoluta, como se discutisse com algum oponente invisível. Quando chegou em casa ao entardecer, não havia ninguém, e ela caminhou desassossegada pela residência. Quanto charme, dignidade e fineza havia naqueles antigos cômodos, com suas velas, suas escadas e seus tapetes! Como era querido seu quarto, com seu papel de parede de diamantes, seus anjinhos, seu raso de rosas negras e sua maravilhosa janela! O apartamento da senhorita Royal teria metade desse charme?

– É claro que vou! – disse ela novamente, querendo que a coisa se decidisse.

Saiu para o jardim, que descansava na remota e desapaixonada beleza do luar de início de primavera, e caminhou pelos caminhos que o cruzavam. De longe, veio o assobio do trem de Shrewsbury, como um chamado para um mundo distante, cheio de charme, drama e coisas interessantes. Ela parou por um instante junto ao relógio de sol e leu a frase gravada nele: "*Assim corre o tempo*". O tempo realmente corria, rápido e inclemente, mesmo em Lua Nova, que não se deixava abalar pela pressa da modernidade. Será que ela não deveria mergulhar na corrente do tempo? Os lírios brancos de junho acenaram com uma leve brisa; ela quase conseguia ver sua velha amiga, a Mulher de Vento, inclinar-se sobre eles. Será que a Mulher de Vento a visitaria nas ruas da cidade grande? Será que ela poderia ser um gato de Kipling lá?

"E será que o lampejo vai aparecer para mim em Nova Iorque", ela refletiu, melancólica.

Como era bonito aquele velho jardim do primo Jimmy! Como era bonita a velha fazenda de Lua Nova! Sua beleza tinha um ar sutilmente romântico que lhe era muito característico. Havia um encanto na curva da estradinha vermelha; uma mágica espiritual nas Três Princesas; magia no velho jardim; um verniz de marotice no bosque de pinheiros. Como ela poderia deixar esta antiga casa que a havia abrigado e que a amava? Porque as casas também amam! Como poderia deixar os túmulos de seus antepassados junto ao lago de Blair Water? Os campos abertos e os bosques assombrados onde seus sonhos de infância haviam nascido? De repente, ela soube que não poderia abandoná-los. Ela soube que nunca *quis* deixá-los. Era por isso que ela havia saído tão desesperada a pedir conselhos a pessoas de fora. Ela esperava que alguém lhe dissesse para não ir. É por isso que ela havia desejado tanto que Dean estivesse ali: ele certamente teria dito para ela não ir.

– Eu pertenço a Lua Nova. Vou ficar entre os meus – disse ela.

Não houve dúvida nessa decisão. Ela não precisou da ajuda de ninguém para concluir isso. Uma satisfação profunda e íntima se apoderou dela enquanto caminhava e entrava na antiga casa que já não a olhava com reprovação. Encontrou a tia Elizabeth, a tia Laura e o primo Jimmy na cozinha, cheia de sua magia de velas.

– Não vou para Nova Iorque, tia Elizabeth – disse ela. – Vou ficar aqui, em Lua Nova, com vocês.

A tia Laura soltou um chorinho de alegria. O primo Jimmy soltou um "Eba!". A tia Elizabeth terminou de tricotar uma carreira de sua meia e, por fim, disse:

– Foi o que eu pensei que uma Murray faria.

Na segunda de manhã, Emily foi a Ashburn. A senhorita Royal já havia voltado e a cumprimentou calorosamente.

– Espero que você tenha vindo me dizer que a senhorita Murray decidiu ser sensata e deixou você vir comigo, minha querida.

– Ela me disse que eu poderia decidir por conta própria.

A senhorita Royal bateu palminhas.

– Que bom! Que bom! Então está tudo decidido.

Emily estava pálida, mas seus olhos estavam negros com a intensidade de seus sentimentos.

– Sim, está decidido. Eu não vou – disse ela. – Eu lhe agradeço de todo o coração, senhorita Royal, mas não posso ir.

A senhorita Royal a olhou; logo percebeu que não faria a menor diferença suplicar e argumentar; ainda assim, suplicou e argumentou.

– Emily, você não pode estar falando sério. Por que não pode ir?

– Não posso deixar Lua Nova. Eu a amo demais. Ela significa muito para mim.

– Eu achei que você quisesse ir comigo, Emily – disse a senhorita Royal, em tom reprovador.

– Eu queria. E parte de mim ainda quer. Mas outra parte simplesmente não vai. Não me ache tola nem ingrata, senhorita Royal.

– É claro que não acho você ingrata – disse a senhorita Royal, desconsolada –, mas acho você, sim, muito tola. Você está jogando fora a oportunidade de ter uma carreira. O que você pode fazer aqui que valha a pena, criança? Você não tem ideia das dificuldades que vai enfrentar. Você não vai conseguir reunir material aqui... Não tem nenhuma atmosfera... Nenhuma...

– Eu vou criar minha própria atmosfera – disse Emily, com entusiasmo. Afinal, ela pensava que o ponto de vista da senhorita Royal era exatamente como o da senhora Alec Sawyer, e sua atitude era condescendente. – E, quanto a material, há pessoas vivendo aqui como há em qualquer outro lugar. Elas sofrem, se alegram, pecam e sonham exatamente como se faz em Nova Iorque.

– Você não sabe o que diz – disse a senhorita Royal, um tanto irritada. – Você nunca vai ser capaz de escrever algo que tenha valor de verdade aqui, algo grande. Não existe inspiração. Você vai ter todo tipo de obstáculos. A primeira coisa que os grandes editores vão ver é seu endereço da Ilha do Príncipe Edward no envelope de seus manuscritos. Emily, você está cometendo suicídio literário. Você vai perceber às três da manhã de alguma noite em claro, Emily B. Ah, eu imagino que, com alguns anos, você vai conseguir juntar uma clientela de escolas dominicais e folhetins de agricultura. Mas isso vai satisfazê-la? Você sabe que não! E você conhece a inveja mesquinha de lugares puritanos como este. Se você fizer algo que as pessoas que estudaram com você não conseguiram fazer, elas nunca a perdoarão. E vão achar que você é a heroína de suas próprias histórias... especialmente se você a descrever como uma moça bonita e charmosa. Se você escrever uma história de amor, eles logo vão achar que foi você quem a viveu. Você vai se cansar de Blair Water. Você vai conhecer todos nela. Vai saber o que eles são e o que podem ser. Vai ser como ler um livro pela décima segunda vez. Ah, eu sem bem como vai ser. "Eu estava viva antes de você nascer", como eu dizia quando tinha 8 anos a uma amiga de 6. Você vai ser desencorajada. Você vai se cansar de acordar às três horas da manhã pensando no que poderia ter sido. Você vai desistir. E você vai se casar com aquele seu primo...

– Nunca.

– Bom, então com alguém como ele. E aí você vai "se estabelecer"...

– Não, eu nunca vou "me estabelecer" – retorquiu Emily, resoluta. – Nunca, enquanto em viver. Que monótono é "se estabelecer"!

– ... e você vai ter uma sala de visitas como esta da tia Angela – continuou a senhorita Royal, incansável. – Uma lareira cheia de fotografias; um tripé com um retrato "ampliado" em uma moldura de vinte e cinco centímetros de largura; um álbum aveludado com letras bordadas; uma colcha de retalhos na cama do quarto de visitas; um estandarte pintado à mão no seu saguão; e, como toque final de elegância, uma samambaia vai adornar o centro da sua mesa de jantar.

– Não – disse Emily, séria. – Essas coisas não são tradições dos Murray.

– Ah, mas são equivalentes espirituais delas. Ah, eu consigo ver sua vida inteira, Emily, aqui em um lugar como este, onde as pessoas não veem um palmo na frente dos olhos.

– Eu consigo ver mais longe que isso – disse Emily, levantando o queixo. – Eu consigo ver as estrelas.

– Eu estava falando figurativamente, minha querida.

– Eu também. Oh, senhorita Royal, eu sei que a vida é bem parada aqui de algumas maneiras, mas o céu é tão meu quanto de qualquer um. Eu posso não ser bem-sucedida aqui, mas, se não for, também não seria em Nova Iorque. Alguma fonte de vida se secaria dentro de mim se eu abandonasse a terra que eu amo. Eu sei que vou ter dificuldades e desencorajamentos aqui, mas outras pessoas já superaram coisas bem piores. Você sabe aquela história que me contou sobre Parkman: que, por muitos anos, ele não foi capaz de escrever por mais que cinco minutos por dia; que ele demorou três anos para escrever um de seus livros; seis linhas por dia durante três anos. Sempre vou me lembrar disso quando me sentir desencorajada. Vai me ajudar a superar todas as noites em claro.

– Bem – disse a senhora Royal, fazendo um sinal de desistência com as mãos –, eu desisto! Acho que você está cometendo um erro terrível, Emily, mas se, em alguns anos, eu perceber que estou errada, vou escrever e admitir isso. E, se você descobrir que você está errada, me escreva e admita, e você vai me encontrar tão desejosa de ajudá-la quanto agora. Eu nunca vou dizer "eu avisei". Me envie qualquer história que seja apropriada para minha revista e me peça qualquer conselho que eu possa dar. Vou voltar para Nova Iorque amanhã mesmo. Eu iria esperar até julho se você fosse comigo. Mas, já que não virá, lá vou eu. Detesto estar em um lugar onde só pensam que eu fiz escolhas ruins e perdi minha chance de casar por isso; onde todas as jovens, salvo você, são irritantemente educadas comigo; e onde os velhos não param de me dizer que eu me pareço com minha mãe. Minha mãe era feia. Vamos nos despedir e façamos isso rápido.

– Senhorita Royal – disse Emily, séria –, você realmente acredita que eu sou grata pela sua gentileza? Sua compreensão e seu encorajamento significaram e sempre vão significar mais para mim do que você jamais poderia imaginar.

A senhora Royal secou furtivamente as faces e fez uma elaborada reverência.

– Suas palavras me deixam feliz, Emily – disse ela, solene.

Ela então esboçou um sorriso, botou as mãos nos ombros de Emily e beijou o rosto dela.

– Que todos os bons desejos jamais pensados, ditos ou escritos estejam com você – ela disse. – E eu ficaria feliz se algum lugar significasse para mim o que Lua Nova evidentemente significa para você.

Às três da manhã, uma Emily insone, mas feliz, lembrou-se de que nunca chegou a conhecer Chu-Chin.

Amor de primavera

"10 de junho de 19...

"Ontem à noite o Andrew Oliver Murray pediu a Emily Byrd Starr em casamento.

"A supramencionada Emily Byrd Starr respondeu que não.

"Fico feliz que isso esteja terminado. Faz tempo que eu sentia que esse momento estava chegando. Todas as noites em que Andrew vinha me visitar, eu sentia que ele estava tentando levar o assunto para alguma questão mais séria, mas eu nunca me sentia preparada para a conversa e tentava mudar o tema para frivolidades.

"Ontem à noite, fui à Terra da Retidão fazer uma caminhada que vai ser uma das minhas últimas ali. Escalei a colina de pinheiros e observei a paisagem enluarada. As sombras das samambaias eram como uma dança das fadas. Mais além do porto, abaixo da luz da lua, havia um céu púrpura e âmbar, onde o sol havia se posto. Mas, atrás de mim, era só escuridão – uma escuridão que, com seu aroma de bálsamo, era como uma câmara perfumada onde seria possível sonhar e ter visões. Sempre que vou à Terra da Retidão, deixo para trás o reino da luz do dia e as coisas conhecidas e entro em um reino da escuridão, de mistério e de encantamento, no qual qualquer coisa pode acontecer, qualquer coisa pode se tornar realidade. Consigo acreditar em qualquer coisa ali: mitos antigos; lendas; dríades; faunos; gnomos. Tive um desses momentos de maravilhamento em que pareço sair de meu corpo e vagar livre. Tenho certeza de que ouvir o eco daquela 'palavra aleatória' dos deuses e desejei uma língua desconhecida que pudesse expressar o que eu via e sentia.

"Andrew entrou, impecável, empertigado, cavalheiro.

"Faunos; fadas; momentos maravilhosos; palavras aleatórias; tudo esvaneceu. Nenhuma língua desconhecida era necessária agora.

"'Que pena que as costeletas tenham saído de moda; elas cairiam bem nele', eu pensei.

"Eu sabia que Andrew havia vindo dizer algo especial. Do contrário, ele não teria vindo atrás de mim na Terra da Retidão, mas, sim, esperado decorosamente na sala de visitas da tia Ruth. Eu sabia que o momento havia chegado e decidi botar fim nele logo de uma vez. O ar de expectativa estampado no rosto da tia Ruth e dos parentes de Lua Nova estava extremamente opressor ultimamente. Acho que eles têm certeza de que o motivo pelo qual eu não fui para Nova Iorque é porque eu não conseguiria me separar de meu amado Andrew!

"Mas eu não aceitaria que Andrew fizesse o pedido à luz do luar na Terra da Retidão. Talvez assim algum feitiço me fizesse aceitar. Assim, quando ele disse: 'É bonito aqui; vamos ficar aqui um tempinho. Afinal, não tem nada mais bonito que a natureza', eu respondi, ao mesmo tempo firme e gentil, que, embora a natureza se sentisse lisonjeada, estava úmido demais para uma pessoa com tendência à tuberculose ficar ao ar livre, e que eu precisava entrar.

"Então entramos. Eu me sentei em frente a ele, e nós ficamos olhando para o chão por um momento. Eu me lembro até hoje de cada detalhe do tapete. Andrew começou a falar apressadamente de várias coisas e logo começou a dar indícios do que queria: iria se tornar gerente em uns dois anos; acreditava que as pessoas deveriam se casar jovens, etc. Ele gaguejava terrivelmente. Acho que eu poderia ter facilitado as coisas para ele, mas meu coração se endureceu com a lembrança de como ele havia mantido distância durante aquele escândalo da casa do John. Por fim, ele desembuchou:

"'Emily, que acha de nos casarmos quando... quando... assim que eu puder?'

"Ele parecia achar que precisava dizer mais alguma coisa, mas não sabia o quê, de modo que só repetiu "assim que eu puder" e parou.

"Acho que nem cheguei a enrubescer.

"'Por que deveríamos nos casar?', eu perguntei.

"Andrew pareceu atônito. Obviamente, essa minha reação não seguia as tradições dos Murray.

"'Por quê? Por quê? Porque... eu quero', ele gaguejou.

"'Eu, não', eu respondi.

"Andrew me olhou por alguns momentos, tentando lidar com a ideia de estar sendo rejeitado.

"'Mas por quê?', ele perguntou, exatamente no mesmo tom da tia Ruth.

"'Porque eu não amo você', eu respondi.

"Andrew corou. Sei que ele me achou imodesta.

"'Eu... eu... acho que eles todos gostariam que nós nos casássemos', ele gaguejou.

"'Eu, não', eu repeti. Eu disse isso em um tom que nem Andrew poderia confundir.

"Acho que ele não chegou a sentir nada além de surpresa; nem desilusão. Ele não sabia o que fazer nem dizer: um Murray nunca insiste. Então, ele se levantou e saiu, sem dizer nenhuma palavra mais. Achei que ele tivesse batido a porta, mas depois descobri que foi só o vento. Queria que ele *tivesse* batido a porta. Isso melhoraria minha autoestima. É horrível rejeitar um homem e descobrir que ele não sentiu nada além de surpresa.

"Na manhã seguinte, a tia Ruth, evidentemente suspeitando de alguma coisa estranha na brevidade da visita de Andrew, exigiu que eu esclarecesse sem rodeios o que havia acontecido. Não há nada de sutil na tia Ruth. Portanto, eu disse a ela sem rodeios.

"'Que defeito você vê no Andrew?', ela perguntou, fria.

"'Defeito algum, mas ele é insosso. Ele tem todas as virtudes, mas falta sal', eu disse, empinando o nariz.

"'Espero que você não vá mais longe e acabe pior', disse a tia Ruth ominosamente, referindo-se, certamente, a Stovepipe Town. Se eu quisesse, também poderia tê-la tranquilizado quanto a isso. Na semana passada, Perry veio me dizer que irá para o escritório do senhor Abel, em Charlottetown, para estudar Direito. É uma oportunidade maravilhosa para ele. O senhor Abel ouviu seu discurso na noite do torneio interescolar e estava de olho nele desde então, pelo que sei. Eu dei meus parabéns a ele com alegria. Estava realmente feliz.

"'Ele vai me pagar o suficiente para eu arcar com minha estadia', Perry disse. 'E, para pagar as roupas, vou arrumar algum bico. Preciso me virar sozinho. A tia Tom não quer me ajudar. Você sabe por quê.'

"'Sinto muito, Perry', eu disse, rindo um pouco.

"'Você não quer *mesmo*, Emily?', ele perguntou. 'Quero ter certeza.'

"'Pode ter certeza de que não.'

"'Acho que fiz papel de burro com você', Perry resmungou.

"'Um pouquinho', eu disse, consolando-o, mas sem deixar de rir. Por algum motivo, eu nunca consegui levar Perry a sério, assim como o Andrew. Eu sempre tive a sensação de que ele só *acha* que me ama.

"'Você não vai achar um homem mais inteligente que eu tão rápido', Perry me avisou. 'Eu vou chegar longe.'

"'Tenho certeza de que vai', eu disse, carinhosa, 'e ninguém vai se alegrar mais com isso que sua amiga Emily B.'

"'Ora, amiga! Não quero ser seu amigo!', disse Perry, amuado. 'Mas sei que não adianta insistir com uma Murray. Você me diz uma coisa? Não tenho nada a ver com isso, mas... você vai se casar com Andrew Murray?'

"'Você não tem nada a ver com isso... mas não, não vou', eu respondi.

"'Bom', disse Perry, enquanto saía, 'se você mudar de ideia, me avise. Não vai ter problema, se eu não tiver mudado.'

"Escrevi o relato disso exatamente como a coisa aconteceu. Mas também escrevi outro relato em meu caderno Jimmy sobre como ela deveria ter acontecido. Noto que estou começando a superar minha antiga dificuldade de fazer com que minhas personagens se apaixonem com naturalidade. No meu imaginário, tanto eu quanto Perry falávamos *lindamente.*

"Eu acho que o Perry se sentiu bem pior que o Andrew, e eu tive pena dele. Eu gosto muito de Perry como amigo. Detesto ter de desiludi-lo, mas sei que ele logo vai superar.

"Então, vou ser a única a ficar em Blair Water ano que vem. Não sei como vou me sentir quanto a isso. Ouso dizer que vou me sentir aborrecida às vezes – talvez às três da manhã eu deseje ter ido com a senhorita Royal. Mas vou me ocupar de trabalho sério e duro. A jornada é longa até o cume do Caminho Alpino.

"Mas eu acredito em mim mesma, e sempre existe meu mundo atrás da cortina."

"Lua Nova
"21 de junho de 19...

"Assim que cheguei em casa hoje, senti uma clara atmosfera de desaprovação e percebi que a tia Elizabeth descobrira sobre Andrew. Ela estava com raiva, e a tia Laura estava triste, mas ninguém disse nada. Ao entardecer, conversei sobre isso com o primo Jimmy no jardim. Aparentemente, o Andrew tem se sentido bastante mal sobre o assunto agora que o choque passou. Perdeu o apetite, e a tia Addie está indignada, querendo saber se eu pretendo me casar com um príncipe ou um milionário, já que o filho dela não era o bastante.

"O primo Jimmy acha que eu fiz bem. Ele acharia isso mesmo se eu tivesse assassinado o Andrew e enterrado o corpo na Terra da Retidão. É muito bom ter um amigo assim, embora muitos não façam tão bem."

"22 de junho de 19...

"Não sei o que é pior: que alguém de quem você não gosta a peça em casamento ou que alguém de quem você gosta não o faça. Ambas as situações são bem ruins.

"Decidi que certas coisas que aconteceram na casa velha do John foram só produto da minha imaginação. Temo que a tia Ruth tivesse razão quando dizia que a minha imaginação precisa de rédeas. Esta tarde, estive passeando pelo jardim, apesar do fato de que estamos em junho e fazia frio, e me sentia um pouco solitária, desencorajada e aborrecida – talvez pelo fato de que dois contos meus que eu achava muito bons foram rejeitados. De repente, ouvi o sinal de Teddy vindo do jardim. Obviamente, eu fui. Eu sou um caso perdido de 'Assobie, e irei até você, meu jovem', embora eu prefira morrer a assumir isso para alguém além do meu diário. Assim que vi o rosto dele, soube que ele tinha alguma grande notícia para contar.

"E tinha. Ele me estendeu uma carta destinada ao 'Sr. Frederick Kent'. Sempre me esqueço de que o nome do Teddy é Frederick – ele nunca será outra coisa senão Teddy para mim. Ele conseguiu uma bolsa na Escola de Desenho de Montreal – quinhentos dólares para dois anos. Eu instantaneamente me senti tão animada quanto ele – com uma sensação estranha atrás do entusiasmo que era uma mescla de medos, expectativas e esperanças, e não sei qual predominava.

"'Que maravilhoso, Teddy!', eu disse, um pouco trêmula. 'Ah, estou tão feliz! Mas e sua mãe? O que ela acha?'

"'Ela vai me deixar ir, mas vai ficar muito triste e solitária', disse o Teddy, ficando bastante triste de repente. 'Queria que ela viesse comigo, mas ela não quer deixar o Sítio dos Tanacetos. Detesto imaginá-la sozinha lá. Eu... Eu queria que ela não se sentisse como se sente sobre você, Emily. Assim, você poderia confortá-la.'

"Eu me pergunto se não ocorreu ao Teddy que eu talvez também precise de um pouco de conforto. Um silêncio estranho surgiu entre nós. Nós caminhamos pela Estrada do Amanhã – que está linda a ponto de nos perguntarmos se o amanhã pode deixá-la ainda mais bela – até que chegamos à cerca, e ficamos ali, sob a sombra cinza dos pinheiros. Eu me senti subitamente muito feliz e, naqueles poucos minutos, parte de mim plantou um jardim, arrumou os armários, comprou uma dúzia de talheres de prata, organizou o sótão e bordou uma toalha de mesa; a outra parte de mim só esperou. Eu então disse que a tarde estava bonita, mas não estava; e que parecia que ia chover, mas não parecia.

"Mas eu precisava dizer algo.

"'Vou trabalhar duro e vou aprender tudo que posso nesses dois anos', disse o Teddy, enfim, olhando para o lago, para o céu, para as dunas, para os campos verdejantes... para tudo, menos para mim. 'Aí, depois, quando terminar, vou dar um jeito de ir para Paris. Ir para o exterior, conhecer as obras-primas de grandes artistas, viver na mesma atmosfera deles, ver as cenas que eles imortalizaram... Tudo isso que sempre quis fazer na vida. E aí, quando eu voltar...'

"O Teddy parou de repente e se voltou para mim. Pelo olhar nos olhos dele, achei que ele fosse me beijar... Achei de verdade. Não sei o que eu teria feito se não tivesse fechado meus olhos.

"'E, quando eu voltar...', ele repetiu, parando de novo.

"'Sim?', eu disse. Não vou negar que disse isso com bastante expectativa.

"'Vou fazer que o nome de Frederick Kent signifique algo no Canadá!', disse Teddy.

"Eu abri meus olhos.

"Teddy estava olhando para o dourado pálido do lago, de cenho franzido. Mais uma vez, tive a sensação de que o ar da noite não é bom para mim. Eu tremi, disse alguns lugares-comuns e deixei-o lá, absorto. Eu me pergunto se ele ficou tímido demais para me beijar ou se só não queria mesmo.

"Eu poderia gostar profundamente do Teddy Kent se eu me permitisse; se ele quisesse. É evidente que ele não quer. Ele não está pensando em nada além do sucesso, da ambição e da carreira. Ele se esqueceu de nossa troca de olhares na velha casa do John; ele se esqueceu de que me disse, há três anos, sobre o túmulo de George Horton, que eu era a menina mais bonita do mundo. Ele vai conhecer centenas de garotas maravilhosas pelo mundo e nunca mais vai se lembrar de mim.

"Que assim seja.

"Se Teddy não me quer, eu não o quero. Essa é a tradição dos Murray. Mas eu sou só parte Murray. Também tem a metade Starr a ser considerada. Por sorte, também tenho uma carreira e ambições com as quais me preocupar, e uma deusa ciumenta à qual servir, como o professor Carpenter uma vez me disse. Acho que ela talvez não admita uma aliança dividida.

"Estou consciente de três sensações.

"No exterior, sou tradicional e severamente austera.

"Por baixo disso, há algo que me machucaria bastante se eu não o estivesse sufocando.

"E, ainda mais abaixo, há uma sensação estranha de alívio por eu ainda ter minha liberdade."

"26 de junho de 19...

"Toda a cidade está rindo da última façanha de Ilse, e metade dela a critica. Tem um aluno bastante pomposo no terceiro ano que faz as vezes de recepcionista na Igreja de São João. Ilse o detesta. No último domingo, ela se vestiu de velha. Pediu emprestadas as roupas de uma parente pobre da senhora Adamson que mora com ela: saia, touca, xale e véu. Vestida dessa maneira, ela veio andando pela rua e parou, melancólica, na porta da igreja, como se não conseguisse subir. O Jovem Pomposo a viu e, como tem algum verniz de decência por baixo da pompa, foi ajudá-la. Ele tomou o braço trêmulo dela – estava realmente trêmulo, porque Ilse estava tendo espasmos de riso por baixo do véu – e ajudou a subir os degraus, passar pela porta e se sentar no banco. Ilse resmungou um 'Deus o abençoe', assistiu a toda a celebração e depois voltou serelepe e saltitante para casa. No dia seguinte, obviamente, a história já havia se espalhado por toda a escola, e o pobre rapaz foi tão ridicularizado pelos amigos que toda a sua pompa se esvaiu – pelo menos temporariamente. Talvez o incidente tenha lhe ensinado algo.

"Obviamente, eu repreendi a Ilse. Ela é uma pessoa alegre e ousada, que não mede esforços. Ela sempre vai fazer o que achar que deve, mesmo que isso signifique dar uma cambalhota no meio da igreja. Eu a amo muito e não sei o que vou fazer no ano que vem sem ela. Nossos amanhãs vão ser para sempre separados depois disso e vão se afastar. Então, quando nos encontrarmos ocasionalmente, seremos como estranhas. Ah, eu sei... eu sei...

"Ilse estava furiosa com a 'presunção', como ela disse, do Perry de querer se casar comigo.

"'Ah, não foi presunção; foi condescendência', eu disse, rindo. 'O Perry pertence à grande casa ducal de Carabás.'

"'Ah, ele vai vencer na vida, isso é certo. Mas vai sempre ter um quê de Stovepipe Town nele', a Ilse retorquiu.

"'Por que você é sempre tão dura com o Perry, Ilse?', eu protestei.

"'Porque ele está sempre cantando de galo', ela respondeu, rabugenta.

"'Ah, ele está na idade em que os rapazes acham que sabem de tudo', eu disse, me sentindo bastante sábia e idosa. 'Ele vai se tornar mais ignorante e suportável com o tempo', eu prossegui, me sentindo epigramática. 'E ele já melhorou bastante nesses anos de Shrewsbury', concluí, me sentindo convencida.

"'Você fala como se ele fosse um repolho', explodiu Ilse. 'Pelo amor de Deus, Emily, não seja tão altiva e condescendente!'

"Às vezes, a Ilse me faz muito bem. Sei que fiz por merecer isso."

"27 de junho de 19...

"Ontem à noite, sonhei que estava no velho gazebo de Lua Nova e via o Diamante Perdido brilhar no chão aos meus pés. Eu o peguei, maravilhada. Ele ficou na minha mão por um tempo e, em seguida, pareceu se esvanecer no ar, deixando para trás um rastro de brilho. Então, ele se tornou uma estrela no céu a oeste, bem nos limites do mundo. 'Essa estrela é minha; preciso alcançá-la, antes que ela se ponha', eu pensei, e corri em direção a ela. De repente, o Dean estava ao meu lado – ele também estava perseguindo a estrela. Senti que precisava ir mais devagar, porque ele é manco e não pode correr. E a estrela seguia baixando e baixando. Ainda assim, eu sentia que não podia abandonar o Dean. Então, de repente (e as coisas acontecem assim nos sonhos; é tão maravilhoso; é tudo fácil), Teddy também estava ao meu lado, estendendo as mãos para mim, com aquele olhar que eu só vi duas vezes. Eu agarrei as mãos dele, e ele me puxou para perto. Eu estava com o rosto erguido. Então, o Dean soltou um grito amargurado: 'Minha estrela se pôs!'. Eu virei minha face para olhar, e a estrela havia sumido. Acordei e dei com uma manhã cinzenta, chuvosa e feia, sem Teddy e sem beijo.

"Eu me pergunto o significado desse sonho, se é que tem algum. Não devo pensar que tenha. Não é tradição dos Murray ser supersticioso."

"28 de junho de 19...

"Hoje é minha última noite em Shrewsbury. 'Adeus, mundo orgulhoso, estou indo para casa'. Amanhã, o primo Jimmy virá me buscar, e eu entrarei em Lua Nova como se estivesse em uma parada triunfal.

"Esses três anos em Shrewsbury pareciam tão longos quando eu os tinha pela frente... Agora, olhando para trás, parece que foi ontem. Acho que aprendi algumas coisas nesse período. Já não uso tantos itálicos; desenvolvi certa compostura e autocontrole; tenho um pouco de conhecimento de mundo, ainda que meio amargo; e aprendi a sorrir quando recebo uma carta de recusa. Acho que esta última foi a coisa mais difícil de aprender e, definitivamente, a mais necessária.

"Quando olho para trás, algumas coisas acontecidas nesses três anos se apresentam mais clara e significativamente que outras, como se tivessem algum significado especial muito particular. E não sem necessariamente as coisas que alguém esperaria que fossem. Por exemplo, a inimizade com Evelyn e o terrível episódio do bigode parecem longínquos e banais. Mas o momento em que vi meu poema no 'Bosque e jardim'... Ah! Esse, sim, foi um momento. Minha caminhada para Lua Nova depois da peça; o dia que escrevi aquele poema estranho que o professor Carpenter rasgou; minha noite no palheiro sob a lua de setembro; aquela mulher maravilhosa que deu uma sova no rei; o momento na sala de aula em que eu descobri o verso de Keats sobre as 'vozes no ar'; aquele outro momento na velha casa do John, em que Teddy me olhou nos olhos; ah, essas são as coisas das quais vou me lembrar nos salões da Eternidade, quando o sarcasmo da Evelyn Blake, o escândalo da velha casa do John, as perguntas da tia Ruth e as rotinas escolares já tiverem sido esquecidas. E minha promessa à tia Elizabeth me ajudou, como o professor Carpenter previu. Não no meu diário, claro; aqui, eu me permito correr livre. É preciso ter uma 'válvula'. Mas nos meus contos e nos meus cadernos Jimmy.

"Esta tarde foi a graduação. Vesti meu vestido creme de organdi com violetas e levei um enorme buquê de peônias rosa. O Dean, que está em Montreal, mandou um telegrama para o florista encomendando um buquê de rosas para mim. Dezessete rosas, uma para cada ano da minha vida. O buquê foi entregue quando fui buscar o diploma. O Dean é tão querido!

"O Perry foi o orador da turma e fez um discurso maravilhoso. E ele recebeu uma medalha de destaque acadêmico. Foi uma disputa acirrada entre ele e o Will Morris, mas Perry ganhou.

"Eu escrevi e li o juramento da turma. Foi bastante divertido, e a audiência pareceu ter gostado. Eu tenho outra versão no meu caderno Jimmy em casa. Ela é muito mais divertida, mas não serviria para ler na cerimônia.

"Eu escrevi minha última nota para a coluna social do *Times* hoje à noite. Sempre detestei esse trabalho, mas precisava dos poucos tostões que ele me rendia; além disso, parecia uma boa oportunidade para eu alcançar meus objetivos.

"Também tenho preparado minhas malas. A tia Ruth subia vez ou outra e me observava enquanto eu fazia isso, guardando um silêncio estranho. Por fim, ela soltou um suspiro e disse:

"'Vou sentir muito a sua falta, Emily.'

"Nunca sonhei que ela pudesse dizer – ou sentir – algo assim. E isso me deixou desconfortável. Depois que a tia Ruth agiu de maneira tão decente com relação ao escândalo na casa velha do John, eu passei a vê-la com outros olhos. Ainda assim, não conseguiria dizer que sentiria falta dela.

"Mas algo precisava ser dito.

"'Serei eternamente grata à senhora, tia Ruth, por tudo que fez por mim nestes últimos três anos.'

"'Tentei fazer meu dever', ela disse, virtuosa.

"Percebo que estou estranhamente triste por ter que deixar este quartinho do qual nunca gostei e que nunca gostou de mim, bem como aquela alta colina sob as estrelas. Afinal, tive muitos momentos felizes aqui. E até o pobre Lorde Byron moribundo! Mas de jeito algum me sinto triste em me ver longe da cromolitografia da rainha Alexandra, nem do vaso de flores de papel. Obviamente, a *signora* Degli Albizzi irá comigo. Ela pertence ao meu quarto em Lua Nova. Ela sempre pareceu uma exilada aqui. Fico triste em pensar que nunca mais vou ouvir o vento da noite na Terra da Retidão. Mas terei meu vento da noite no bosque do John Altivo; acho que a tia Elizabeth pretende permitir que eu use uma lamparina a querosene para escrever à noite; minha porta em Lua Nova fecha bem; e eu não vou mais tomar chá aguado com leite. Quando escureceu, fui até o pequeno lago perolado que sempre foi um local mágico tão gostoso de estar nas tardes de primavera. Por entre as árvores que o cercavam, leves tons de rosa e açafrão vindos do oeste se espalharam por ele. Não havia nenhuma brisa que o perturbasse, e todas as folhas, galhos, samambaias e folhas de grama se refletiam nele. Eu olhei o espelho d'água e vi meu rosto e, por efeito de uma estranha ilusão no reflexo de um galho dobrado, eu parecia estar usando uma grinalda de flores na cabeça, como uma coroa de louro.

"Tomei isso como um bom sinal.

"Talvez Teddy só estivesse tímido!"

Fim